U0023972

韓 商 羚 著

THE
NAWFAL STATUE

奈 費 勒 雕 像

序

數年前，我還住在澳洲的時候，有一回去了Mundaring水壩旅行。那天身體微恙，車開上目的地之後，我便坐在一尊雕像旁，聽Tim說起了這個水壩的故事：約莫在十九世紀末，西澳沙漠發現金礦，愛爾蘭工程師歐康那（C. Y. O'Connor）奉命築壩引水，至礦區供應採礦工人日用。這項史無前例的工程耗費了龐大資金，歷時數年卻遲遲無法竣工，人們淘金夢破滅，轉而質疑工程師歐康那貪污無能，而他終因為受不了這巨大的輿論逼迫，自盡身亡。十個月後，水壩的水成功地經由管線流到金礦區，人們這才覺悟錯怪了這個偉大的工程師。功在身後，這樣一個悲劇英雄人物！

當時我為這段事蹟深深震撼，看著眼前這尊歐康那的雕像，心想有一天一定要寫這樣的故事。但也只是一念閃現，還未想到以什麼方式呈現。

這個靈感一直放在心裏，後來偶然間念到古詩：「或云堯幽囚，舜野死，九疑聯綿皆相似，重瞳孤墳竟何是……」堯舜禪讓的美談，竟教李白疑作一個歷史陰謀？那時我又為之所動，想著有一天一定要寫一個關於「歷史真相錯綜複雜」的故事。這篇小說的靈感大抵就是從上述二事交錯而來。

自古功名亦苦辛，行藏終欲付何人。
當時黮闇猶承誤，末俗紛紜更亂真。
糟粕所傳非粹美，丹青難寫是精神。
區區豈盡高賢意，獨守千秋紙上塵。——王安石〈讀史〉

歷史總是擺盪在可信與不可信之間的弔詭，這是這篇小說最大宗旨，也是用以貫穿全文的主軸核心。其次則是想探討人在受到「從眾心理」影響下的盲目與昧惑。

原初我也考慮過直接以西澳為背景，但想想經過演繹，小說內容已與原典相去甚遠，為了避免誤解，便另擇地點——對於寫作和閱讀，我總偏好擬真而非摹真，書中太多熟絡親近的場景和對白總令我彆扭不安，太過超脫的又無法說服自己，導致頻頻出戲。虛實之間需要一個適當的距離，逼真而又不覺得逼近。像卞之琳評論莎士比亞劇所說的：「深入一時一地的實質反映又不囿於一時一地的表面錄像、刻板圖解，才在各時各地都具有廣泛的適應性和長遠的生命。」

文章以「境界」論高下，境界則倚賴筆墨濃淡襯托而出，情思的深遠與文辭的精確不可偏廢。我從前寫作時也受到西方和現代文學的影響，但總覺少了點什麼，回過頭來便向華文古典中去尋，文化的交流固然可喜，卻須慎戒邯鄲學步。而藝術總需要轉機，需要顛覆也需要繼承，就像洛可可風格到了極致，新古典主義興起，既是遙接古典，卻不是全然復古，而是嘗試在古典中融入新的元素。這篇小說便是對於此一理念的演練與試驗。

至於書中一些隱微的密碼，像是幾組隱性重像（latent double）的人物關係，就留待讀者自行發覺了。

我一直希望能寫出這樣的作品——年歲之後，當一切活動靜止、人脈斷絕，沒有雜音鬧擾，沒有附加餘興，甚至就是糊著粗紙成冊，封皮只堪辨識篇名。除去層層裝飾，還有人發自內心地來念我的文章，那時候，我或許身已腐爛，白骨不存，無魂無魄，只有那些許文字，還流連於人世，千迴百轉，與爾同歎。

奈費勒雕像

目次

第一回

雙合圖徵

黃沙漠漠，晨風朗朗，西出陽關更往西行。邊界境外，天山之北，一幢直立火柴盒般的旅店兀自座落，經年塵霜，小樓門面已顯陳舊，漆飾脫落得直見灰泥敷建的四壁，高掛旗幡迎風招展，旗上那褪了色的店名也隨著在曠野藍天之間乍隱乍現。

店主坎吉一如既往地自裏間走出，連著幾個呵欠一面邁步前去，呀的一聲，拉開店門，打起精神預備這一日的辛勤勞碌；方轉身，卻見廳邊坐著一名昨晚前來投宿的客人，正自埋首於桌上攤展的錯疊紙卷，估計已在此坐了些時候。坎吉有些驚訝，忙上前招呼道：「先生真早，趕在小店開門前就起床用功啦！」

那位客人聞聲抬頭，笑道：「早晨安靜，頭腦清醒，特別適合讀書。」面貌斯文，談吐儒雅，舉手投足果然像個學人。坎吉道：「先生外地來的吧，要不要來些早點，嚐嚐小店祖傳的維族佳餚？」那客人道：「也好。我是陝西來的學者，邊疆民族文化暨文字語言研究專員，對各民族的食衣住行都饒富興趣。要不這就勞煩你推薦些祖傳飲食吧。」

坎吉心想：「好長的頭銜，學究說話就是拗口。」陪笑道：「來份薄皮包子如何？皮薄透餡，羊肉鮮嫩爽口，保證一吃便饞上呢。」那學者允道：「好，就來一份吧。」坎吉立即回頭對著廚房叫道：「一份皮提曼塔唷——」

少頃，一盤白煙蒸騰的包子自廚房窗檯遞出，裏頭廚子高聲報道：「伊普拉因艾力克斯拉姆包子好了唷——」坎吉接著，端到邊桌給那學者，道：「先生慢用。」那學者手裏仍握著筆，似不欲放下，對坎吉問道：「老闆，方才聽你和廚子點菜，用的是族語嗎？」坎吉道：「是。」

那學者喜道：「能否請你多說幾句。」坎吉赧然笑道：「說來慚愧，我自幼隨家舉遷，自家語言學得零零碎碎，後來回到這邊隅開著小店，往來招呼的也大多是外地客人，族語更是日久生疏了。」頓了頓，指著桌上餐點道：「不過這祖傳佳餚卻是道道地地的，如假包換。」那學者道：「還請你跟我說說這包子奧妙之處。」坎吉道：「要不先生一面吃，我一面說吧，免得包子涼了。」那學者仍不擲管就食，只道：「不忙。」

坎吉道：「這薄皮包子是我們維吾爾人久傳的飲食，維語叫做『皮提曼塔』。從前有個名叫『伊普拉因．艾力克斯拉姆』的名庖，據說他做的皮提曼塔冠絕西域、遠近馳名，愈來愈多人以他名字做為這包子的特稱，廚子上菜時也跟著這麼報，久了就成習俗流傳下來了。」那學者問：「西北的皮提曼塔，和東北的餡肉包子有何不同？」廳上陸續幾名客人下樓點餐，坎吉招呼妥當，又來回那學者：「差異可大。先說這餡料吧，我們維吾爾人不吃豬肉，所以包子內餡都是選用上好羊肉切丁調製……」接著將如何製餡擀皮、或蒸或烤等料理手法一一說了，每說一句，那學者記一句，紙筆不曾離手，卻教那盤熱騰騰的包子全然成了桌隅擺飾。

坎吉又催道：「先生，包子可得趁熱吃呀。」那學者未及答話，忽地一隻手從後面竄出，一把扒了兩個包子去，同時一個巨雷般聲音呼道：「黃書蟲，起得可早，一大清早就為了你那臭研究在這裏糟蹋美食！」那學者和坎吉回過頭去，只見一胖漢正把包子胡亂往嘴裏塞，此人生得虎背熊腰、方頭大耳，行止卻癡憨輕躁，半點也不沉重。

那學者不疾不徐地應答道：「嗯，早晨安靜……」那胖漢大喝一聲，打插道：「是是是，早晨安靜，頭腦清醒，正適合讀書。中午炎熱，昏昏欲睡，也適合讀書。晚上忘記開燈，伸手不見五指，更加適合讀書。活著張開眼睛讀書，死了閉著眼睛讀書，半死不活，睜隻眼閉隻眼，還是讀書！」他聲若洪鐘，喊得店裏窗戶都似微微震動，廳裏零散幾桌店客各自聚頭訕笑。

那學者微紅了臉，窘然道：「你別嚷嚷。」對坎吉道：「真對不起，我這朋友天生嗓門大，擾了你店裏客人。」坎吉笑道：「不打緊。」又問：「這位和你同行的先生也是來自陝西的學者嗎？」那學者道：「他不是。他……」話未完，那胖漢忽地朝桌面重重一拍掌，罵道：「黃書蟲，你想背約出賣我嗎？別忘了你答應我什麼來，我才勉強讓你跟著。你這回又要道破我的來歷，好教整個旅店都知道我是新疆人，和你素不相識，是你歪打正著瞧見我的寶盒，一路死纏爛打從陝西跟著我回到新疆來的嗎？」那學者道：「明明一路上都是你自己說漏的。」那胖漢惱道：「別耍賴，拿出證據來！」

廳上客人皆不住竊笑，私語道：「哪裏來的二愣，這般顛三倒四地！」忌他雄壯，不敢公然挑釁。那胖漢倒似渾然未察，只一心和那學者纏夾，一面說話，一面伸手往脅邊摸探去，卻摸了個空，一聲驚叫，撲身上來抓住那學者的手腕，怒道：「你盜我寶盒？」

那學者在他耳畔低聲說道：「你非得這麼大聲吵鬧，怕全世界還有人不知曉你有個寶盒嗎？」那胖漢咬牙切齒，道：「我怕啥，都給你偷去了不是！」雖仍逞意，卻已收斂行止、壓低音量。

那學者道：「那木匣你日夜摟著，我連摸也摸不著，如何偷盜？況且我若想偷你匣子，何必一路隨你到此？要真偷了，還留在這裏和你牽扯不清嗎？」胖漢想想這話倒也不假，鬆了手，瞪著眼道：「不是你，那寶盒哪去了？」

正話間，坎吉自去了趟櫃檯，由檯後取了一個灰色布包回來，問道：「先生掉的可是這個？」那胖漢一把搶過，拆了結檢視——灰布巾裏裸出一只木匣，形如八卦，正中央鐫刻著一幢回族禮拜用的高房子圖徽，樓子四個端角皆有突出高聳的圓柱，四根高柱如屏障般地圍著建築物，屋頂上停著一隻展翅大鳥，其頭頸彎曲若鐮刀，喙猶鎗頭、目似鐵環，足細長而爪尖利，神態旖旎，勢如貫虹。

那胖漢放任木匣擱在桌上，逼問道：「你為什麼偷我寶盒？」坎吉陪笑道：「先生誤會了，昨晚你一進店便匆匆忙忙直問我要房間，拿了鑰匙搖搖晃晃上樓。店裏打烊後我收拾整理，才在櫃檯旁撿到這布包，猜想是店裏客人掉的，便先收起，待原主來要時奉還，先時也不知裏頭裝的是只匣子，剛才聽你說掉了東西才取來問問，現在能物歸原主最好。」那胖漢粗聲粗氣地嚷道：「胡說八道，我們回族人從不飲酒。」坎吉道：「我……沒說你飲酒。」那胖漢道：「不飲酒，怎麼喝醉？」坎吉道：「我也沒說你喝醉。」那胖漢道：「不喝醉，怎麼走路搖晃？」

那學者恐他又要造次，忙起身拉住，勸說道：「匣子找回來已是萬幸，你快收好，免得又掉了。」那胖漢目視坎吉道：「怕早讓他偷看光了。」坎吉指著匣上銅鎖道：「別說我沒拆過你的布包了，就算拆了，匣子鎖著，我沒鑰匙怎開得了。」那學者悄聲說道：「你與其在這疑神疑鬼，還不如快找個隱密處檢查檢查，看看匣盒裏是否完好如初。」

那胖漢聽了甚覺有理，這才趕緊將布巾紮好，抱著木匣自往無人處查看去了。

待他去遠，那學者方歉然地對坎吉賠禮道：「真對不起，給你添了這許多麻煩。」坎吉苦笑道：「沒事的。」那學者動手收拾桌上文卷，一面說道：「我們一會就走，再麻煩你替我張羅些維族點心，讓我打包帶走，這一路上迢迢沙漠，不知幾時才遇得到下一家餐館呢。」說著自錢袋掏出幾張大鈔塞給坎吉，坎吉這才開了顏，向廚房吩咐去，又問：「先生上哪去呢？」那學者道：「我們要到磐石鎮的若而村。」坎吉道：「往磐石鎮的路我熟，先生需要指路嗎？」那學者道：「如此甚好。」

兩人於是同出了店門，坎吉指著不遠處的一條大路道：「等會你沿著東邊這條大路走，大約還要五、六小時車程，才能到得磐石鎮。」那學者拿出地圖，坎吉將沿途方向、標誌詳說了一遍，叮囑容易出錯的地段，又拿紅筆在地圖上劃出該走的路線，那學者專注銘記，稱謝再三。

不久那胖漢回來，兩人一同辭了這邊隅旅店，準備上路。那學者坐在駕駛座上，正自發動車子，那胖漢道：「你怎不問我該走哪條路？」那學者便將方才坎吉的指點說了。那胖漢道：「你別信他，走西邊這條小路，用不到四個小時直接通往磐石鎮。」那學者遲疑，那胖漢好生不悅地催道：「快開車呀，發什麼愣？」

那學者攤開地圖，道：「你說西邊這條路怎麼個走法？」那胖漢扯過地圖，一甩手扔到後座，說道：「回到新疆，我就是地圖，你只管聽我的，還怕出錯嗎？」那學者道：「可是旅店老闆說……」那胖漢打插道：「他新疆人還是我新疆人？」自覺語誤，修正道：「好吧，到底誰才是磐石鎮若而村的地頭蛇？」

那學者無奈，只得依言將車開上西邊那條小路。那胖漢一下子鬆懈下來，伸伸懶腰，道：「好啦，你總算沒有誤入歧途，這下我可以安心補眠了。」那學者道：「你不能睡呀，你得醒著給我指路。」那胖漢道：「指什麼路，往前直開便是了，到了再叫醒我。」

車窗風景閃逝，鄉間小店一晌便淹沒在不見人跡的荒沙大漠。那學者嘆道：「你不會是因為人家收了你的匣子，賭氣偏不讓我按他說的路走吧。」那胖漢哼了聲，說道：「開什麼玩笑，我是這等胸襟狹隘的人嗎？你可別忘了我名字叫作『納忠言』，管他親人仇家，只要他說的懇切，我豈有不採納之理。」說著更把雙臂緊緊抱住布包裹的木匣子。那學者笑道：「名字不是向來惦什麼、取什麼。命中少金就叫金鑫鑫，少水就名作長江黃河，久旱逢雨便築『喜雨亭』，黃鶴一去不復返了還叫『黃鶴樓』。」

那胖漢拍手大笑道：「有道理，怪不得你叫黃少，四十不過就這般老氣橫秋的！」那學者道：「是『黃紹』。我說和袁紹異姓同名，你推託不知此人是誰，我又舉『紹興』、『介紹』為字例，這麼簡單的字一路上都幾天了還鬧不清楚。我實不知該怎樣才能……」尚未說完，先聞身側鼾聲大噪，沒奈何，只能收了話專注開車。單道孤途切開萬里大漠，車疾馳如飛，宛若一隻地表上全速爬行的甲殼蟲類，兩側黃沙在旭日照耀下似千萬條金蛇遊動，野駱駝遍處徐行。西疆壯景，自成一格。

＊

樓禾鎮豐源村。一家原木傢俱行前。

一名少年正忙進忙出，指導員工們將新進一批貨源搬運至店後倉庫囤放。少年年僅十七歲上下，生得濃眉大眼、輪廓分明，身著淡青色單衣，白布大檔寬褲，頭戴一頂無檐白帽，俐落而清爽。年輕臉龐上幾分稚嫩未脫，指揮調度卻似個有條不紊的幹練領袖。

傢俱行裏一對中年夫婦走出，協同店員將一只碗櫥搬到自家車上後，偕步朝那少年走來，喚道：「穆克！」那少年回過頭，招呼道：「張老闆、老闆娘，來拿上星期訂購的碗櫥吧。」張老闆笑道：「年輕人好記性，村長真把這店託對人了。」穆克回禮稱謝。老闆娘將手中兩個小竹簍遞上，說道：「這兩簍胡麻饢，一簍你帶回家和姊姊吃，一簍請哈丹帶回去與村長、村長夫人品嚐。」

穆克接過竹簍，謝道：「每回都勞你們送好吃的來，真不好意思。」那張老闆夫婦在村裏經營食鋪，時不時來此送糕送餅。張老闆道：「是我們的榮幸。我們豐源村要不是蒙村長先祖奈費勒築壩引水，改善生活，恐怕還是個貧困落後的窮鄉僻壤，哪得今日欣欣向榮。作人不能忘本，豐源村村民誰不是搶著想為奈費勒的家族效勞呢。」

正說間，另一邊貨車已經清空，只剩下一張榆木桌子。員工李乾自後車廂探出身來，叫道：「穆克！」穆克引頸遙問：「李叔何事？」李乾喊道：「這桌子放哪？」

穆克對張老闆夫婦道謝一回，說了聲「失陪」，快步來到貨車旁，說道：「不是說了新到的餐桌都放西首倉庫？」李乾道：「西首倉庫剛滿了。」穆克伸頸向車箱裏望了望，吩咐道：「那麼搬到展廳後邊吧，早上正好有客人預訂了這貨款。」

李乾應聲縮回身子，與另個同事一人一邊將桌子緩緩抬了出來，穆克在旁叮囑著：「小心些。」待貨完全卸出，發現其上包裝的塑膠封套開了個大洞，穆克責問道：「這封套何時開的缺口？榆木最不耐潮，包裝時怎不仔細檢查。」那送貨的道：「放心吧，從年初到現在還沒下過一滴雨，你想木材受潮，嘿嘿！先祈求天降甘霖吧！」漫不經心地將交貨單遞給穆克。穆克厭惡他打哈哈的嘴臉，扁扁嘴迅速簽了單子打發離開。

穆克鎖了倉庫庫門，正要折回店裏，一個年約六、七歲的孩童自斜側跑來，手裏提著一捆木頭，說道：「穆克哥哥，爺爺託我把這紫檀拿給哈丹哥哥，你替我交給他好不好？」這男孩是木匠常師傅的孫子，時常代他爺爺跑腿。穆克彎身摸了摸男孩的頭，接過木材，笑道：「代我們向你爺爺說謝謝，也辛苦你特地跑一趟。」從其中一個竹簍裏拿了一個胡麻饢出來，男孩卻不肯接，仰著臉認真地說：「爺爺說作人不可忘本，能把這些木頭送給奈費勒的後人，是我們的榮幸。」說完轉身循原路跑回去了。

穆克回到店裏，交代李乾把方才那張榆木桌子拆封徹底檢查過，若無缺損才可重新包裝出售，一手提著竹簍，一手拎著紫檀木，逕自迴向展廳內側。

他繞進櫃檯，檯後有個權充辦公室用的小隔間，其門開敞，房內燈光明亮，一個穿著白襯衫、黛青坎肩的男子正面向裏，坐在桌前專注雕刻手中木塊。穆克由背後叫喚道：「哈丹大哥。」男子回過頭，一雙劍眉朗目、黝黑膚色，衣飾合身整潔，氣質雅健明快。他擱下雕刀，起身笑迎道：「穆克。」

這傢俱行的主人正是豐源村村長哈正卜，哈丹為其獨子，村長忙於公務，把店內之事全數托給了兒子，哈丹對於木材的興趣卻遠高於販售傢俱成品，不時忙裏偷閒，揀著木頭敲敲打打，又把由父親那兒接來的擔子轉托穆克，平時只負責看店，其餘繁雜店務流程皆由穆克一手打理。所幸穆克雖年輕，但聰慧明理，又得人心，店裏老幼無一不服。

穆克上前說道：「又放著店不顧，躲在這兒自得其樂啦，大藝術家。」哈丹笑道：「我坐得離櫃檯近，敞著門，有人過來相詢便即時回應，哪裏是放著店不顧了？何況有你這機靈能幹的助手，幾時輪得到我操心來了。」

穆克把竹簍和木材交上，略述緣由，笑道：「你倒悠閒，這會給你送來更多材料，供你繼續陶然自樂了。」又問：「雕了什麼？快拿來我瞧瞧。」歪了脖子要看桌上木雕，哈丹卻忙用身子擋住，說道：「雕得不好。」穆克指著窗檯上幾只擺飾道：「你我兄弟客套什麼，再說你從前作品都大大方方擺在那，怎這回神神秘秘的。」說著又探頭過去，哈丹移身遮擋，忙道：「還未雕成，看不得。」

兩人左閃右攔，哈丹愈是阻止，穆克愈發心疑，嘴上卻道：「不看便是。」哈丹這才鬆了防備，隨口問道：「店裏今天都還好嗎？」穆克道：「嗯，今天……」接著說了幾件店務，不一會岔開話題，問道：「哈丹大哥，等會店裏打烊，你要不要和我回家去？」哈丹道：「我和你回家做什麼？」穆克道：「去看看我姊姊呀，你們倆幾日不見了……」哈丹打插道：「正說著公事呢。」穆克道：「這麼說來，你一點也不想見我姊姊，而且覺得這些繁雜瑣事都比她重要囉？」哈丹一時答應不出，支吾道：「是……呃，不是……」穆克視線忽而越過他肩頭，叫道：「咦，姊姊，妳怎麼來了？」哈丹略吃一驚，下意識喚道：「小羽，妳別誤會……」一回頭，才覺到自己本來面對著門和穆克說話，背後是牆垣緊合，哪得有人進出。

穆克一閃身又繞到哈丹眼前，兩人錯了位，再度成面對面局勢。哈丹明白了是穆克用計鬧他，且寬了心，佯惱斥道：「離了工作就這般搗蛋頑皮！」穆克道：「誰叫你先有事瞞我。」說著拿出前晌一跨一轉間自桌上順手抓來的木雕，笑道：「哈丹大哥，你想我姊姊想得緊吧。」

哈丹見藏不住，索性坦言道：「嗯，前幾天我從馬師傅那兒得來這塊刨切餘下的楠木，知道這是種不腐不蛀的高等木材，又見其色澤紋理秀斂精緻，忽然得了靈感。」那楠木上半已雕成一朵百合花，花上有細孔能穿成胸墜，下半則約見一個尚未雕成的山谷，細膩流暢的線條襯著楠木溫潤淡雅的質地，散著隱隱幽香。哈丹道：「這會你全知曉了，可別先對小羽說了，待我雕成，再選個時機，送給她做個驚喜。」穆克高聲說道：「大哥放心。」

哈丹關切問道：「小羽這幾天可好？」穆克道：「你什麼心思，她便什麼心思呀。」哈丹霎然惆悵道：「穆克，你看小羽會不會為我老是不務正業失望？」穆克道：「怎麼會，我們三人自小一塊長大，你和姊姊更是心連著心，你的好處她比誰都識得。」哈丹若有所思。穆克又道：「你的先祖可是奈費勒，眾人景仰的築壩英雄，造福百姓、青史留名。不僅他的紀念石像成了咱們豐源村地標，而且子孫世世為村長，備受敬仰崇拜，你也該光榮自信才是。」哈丹低吟道：「可我不想作村長，也不會建水壩，我只愛雕木頭。」

穆克揚著那雕了半邊的楠木，悃誠說道：「雕木頭也得有你這般才華稟賦，不是人人做得來的。你瞧，姊姊要是見了這漂亮的山谷百合，該有多歡喜……」話尾卻面色遽變，愈說愈悄，哈丹忙問：「怎麼了？」穆克慌慌張張把那木雕往背後一藏，道：「姊姊來了。」哈丹笑道：「你又來欺我。」穆克道：「這回真的，不信你回頭看。」方才兩人換了位，哈丹此時正背對著門，直直站著，笑道：「我偏不上當。」伸手要取穆克手裏的木雕，穆克死命藏住，皺著臉頻頻目示哈丹，卻教刻意略過。

正懸宕間，便聞一熟悉女聲說道：「你倆鬼鬼祟祟做什麼？」哈丹猛地轉身，只見一名身穿水藍繡花大襟的女子，正嬝嬝婷婷走來，雪白喬其紗蓋頭罩著頂上雲鬟直瀉於肩，黛眉朱唇、面如霽月，正是他朝思暮想的穆歆羽。一時之間不及應對，挪身和穆克一同手忙腳亂地掩住木雕，一面急聲喚道：「小羽。」

穆歆羽偏著頭，眨著一雙靈秀大眼疑道：「你們藏著什麼？」二人乾笑乾咳不止，穆克側身用單衣將木雕蓋在懷裏，瞅著穆歆羽手上的提袋揚聲呼道：「哈丹大哥，你看姊姊又帶什麼好吃的給我們了！」

穆歆羽目光移下，探手自袋裏取出一頂白線針織小圓帽，走向哈丹，笑道：「我這幾天給你鉤了頂帽子，你試試合不合適。」哈丹依言摘下頭上的圓帽，將新的換上，對著窗戶玻璃照看，一面說道：「合適極了，小羽，謝謝妳。」穆歆羽提手替他整理帽緣擦亂的頭髮，柔聲說道：「你早該換頂帽子，舊的線頭都脫了。」

此時店外傳來一陣嘈雜，穆克乘勢說道：「唉唉，你們兩個繼續蜜裏調油，我看看外頭發生什麼事去。」言迄，以目示哈丹，哈丹會意點頭，穆克即揣著衣中木雕先行離開，經過櫃檯將東西自單衣裏取出，仔細擱在抽屜裏側，方邁步往店門外察看去了。

紅日西斜，霞光映著村間阡陌，一輛中古小車停在路邊，窗門四閉，悶著一個震天價響的聲音：「黃書蟲，你連沿著單道開車也迷路，這會到了哪裏了？該不會出界闖入哈薩克斯坦了吧！」車內坐的正是黃紹與納忠言。

黃紹道：「你也太誇張，國境是可以隨隨便便讓人進出的嗎？」納忠言道：「不是跟你說順那條路走，不出四個鐘頭就到磐石鎮嗎？你足足開了七八個鐘頭，竟不察覺，真夠粗枝大葉的。」黃紹道：「『不出四個鐘頭』到底是多久？你知道車速一百公里，幾分鐘就能從這個村到那個鎮嗎？況且你一上車便呼呼大睡，遇了岔路叫你不醒，我前後找不到人詢問，地圖上也沒見標出那條小路來，只好且走且看，一路繞到這裏來了。」

納忠言有些心虛地咕噥道：「明明沒岔路的。」黃紹道：「這裏看似個聚落，我們下車問問，順便找家餐館吃晚飯吧。」納忠言整日昏睡，午餐沒吃，早已饑腸轆轆，聽得黃紹提議正合己意，欣然應諾，暫時不再為迷路一事鬧騰。

兩人於是下了車，沒幾步來到傢俱行前，李乾並同幾名員工正收拾打烊，黃紹站在店外禮貌問道：「先生，請教一下這裏是何村何店？」李乾道：「樓禾鎮豐源村。」黃紹側身問納忠言，納忠言卻搖頭不知。黃紹又對李乾問道：「真對不起，我們開車迷了路，請問你知道磐石鎮若而村離這多遠，該怎麼去嗎？」李乾停下手邊工作，跨出門檻，疑惑道：「過頭太遠啦，上路前沒先準備嗎？」黃紹於是將自坎吉旅店出發，一路到此的過程略說一遍。李乾道：「開始便錯了，若走東邊那條大路早到了。」納忠言橫眉豎目道：「你這外鄉人別裝懂。」李乾道：「我女兒便是嫁到磐石鎮，頻繁往來，絕不會記錯。」

黃紹在一旁正苦惱如何勸阻，一抬頭忽見傢俱行招牌上一個熟識的徽誌，一把拉過納忠言，低聲問道：「你瞧那招牌上圖徽是不是和你木匣上的相似？」納忠言循方向望去，只見徽誌上一幢由四根高柱圍簇的禮拜樓，其上一隻展翅大鳥挺立，無一筆不與他寶盒上鐫刻著的圖案拓合，只那招牌上的徽誌著了色，那大鳥全身盡黑，卻展著一對血紅大翼，成為圖徽上最鮮艷奪目之處。

納忠言滿腹疑惑，說道：「這店鐵定和我的寶盒有關，我得去問個清楚，說不定地下便埋著萬貫金銀。」轉身欲去。黃紹旨在隔阻他和李乾衝突，復又拉住勸道：「你一路藏得這般辛苦，這會去問了可不前功盡棄，要是讓人知曉店裏埋著寶藏，還輪得到你去挖嗎？」納忠言心想：「黃書蟲說的確實在理，我是天命所予，寶藏真正的主人，絕不能讓人搶功。可好不容易有線索，豈可這麼放過。」思考片晌，說道：「看我旁敲側擊、循循善誘，定要在神鬼不覺間套出他的話來。」

言畢不待黃紹參議，旋步回去，對李乾道：「剛才的事就當誤會一場。大哥，我看你身手熟絡，想必是店裏資深幹部吧。」李乾見他不吼不叫，態度和睦，自也緩解下來，答道：「說資深不假，可惜才陋，只能搬搬東西、打打雜。」納忠言道：「我看你們店徽好特別，好奇其中來歷典故，不知你能否為我說說？」李乾道：「這是我們店主家族圖徽，舉凡自店裏出售的傢俱都帶有這標記。」

納忠言又問：「這圖徽是獨一無二的嗎？」李乾道：「是。」納忠言道：「你們店裏除了賣大型傢俱，還賣不賣其他木製商品，比方說木碗、木盤、木茶壺、木匣子等等？」李乾道：「不賣。」納忠言道：「既如此，那麼這圖徽要不並非獨一無二，要不便是你們店主從別處抄來的。」

此時適逢穆克辭出了辦公間，在櫃檯抽屜放下哈丹要雕給穆歆羽的楠木墜子，出得店門站立片晌，旁聽了納忠言向李乾問詢店徽的對話。原來哈、穆二家有舊，穆克父母早亡，臨終托孤，穆克自小與姊姊相依為命，姊弟倆未能謀生之前衣食日用多受村長一家照顧供應。穆克心中存念，不忘恩情，對村長夫婦向來最是敬重，與哈丹更是親如手足，這會聽了納忠言誣這家族圖徽有抄拷之嫌，哪裏還忍得住，昂著頭過去，質問道：「你說這話，可得有憑據。」

納忠言見來了個乳臭未乾的年輕小子，笑道：「小朋友，一旁玩去，別妨礙大人說話。」穆克怒道：「我有名有姓，哪容你亂叫。」報了姓名，納忠言學著黃紹咬文嚼字取笑道：「克者，不足斤兩也。哈哈，黃書蟲，你現在該相信『人如其名』這回事了吧。」

穆克沉著臉，追問道：「你剛才說這圖徽是抄來的，怎麼證明？」納忠言道：「這個簡單，這位大哥說從你們傢俱行出去的貨品才標著這圖徽，又說你們店裏不賣木匣子。」穆克道：「那又怎樣？」納忠言道：「我偏有個刻著這圖徽的木匣子，不正證明除了你們店，還有別人使用這圖樣？」說著不假思索由布包裏拿出寶盒示眾。黃紹暗自好笑：「說什麼旁敲側擊、循循善誘，三言兩語就反教人給套出秘密來了。」

穆克湊上前看，店裏員工也紛紛聚了過來。李乾見圖徽不假，說道：「可能從前店裏有賣這款木匣也說不定。」伸手欲觸，納忠言只道他要來奪搶，反射性揮臂一推，不及控制力道，李乾也未存防備，竟教他一把推倒在地。

眾人連忙過來扶起，穆克見此人言語魯莽、舉止囂張，本已相當不悅，這下還動手推人，無復可忍，衝上前揪住納忠言衣領，怒道：「你這無賴竟敢來此撒野！」納忠言自知理虧，惱羞成怒，聽得穆克罵詞，更加火上澆油，吼道：「我生平最恨人說我無賴！」

店外群眾漸集，除了傢俱行店員、顧客、偶至的行人，更多聽聞風聲相約前來湊熱鬧或助陣者。納忠言、穆克二人裂眥相視，戰火眼看一觸即發，眾人苦苦勸架，黃紹連聲為納忠言賠不是，穆克不解此人文質彬彬，怎會和個地痞老粗搭在一塊，嗤哼了聲，鬆手欲去，納忠言卻攻其不備，一拳打了過來，穆克左頰中拳，嘴角滲血，踉蹌退了幾步，眾人接著。原本村裏人人最服村長，對其家族極其仰敬，聽納忠言語出輕蔑，皆已對他懷怨於心，現又見他如此蠻橫暴行，無不摩拳擦掌、蠢蠢欲動。

納忠言見勢有些後悔出手，又拉不下臉道歉講和，叫道：「你們人多勢眾了不起呢！」穆克道：「怕是只有我一人，你也未必贏得過。」黃紹在旁憂急勸道：「大家都是一國人，有話好說，何必動手動腳。」納忠言、穆克異口同聲叫道：「閉嘴，誰和你一國！」兩人彼此憎惡，話甫落，不約而同齊聲罵道：「你幹嘛學我說話！」不巧又是字字疊上。

穆克再不想和他囉嗦，回頭交代道：「你們誰都別來幫我。」說著跳上前一拳打中納忠言右眼。

納忠言見他氣燄迫人、來勢洶洶，忙旋身將木匣往黃紹站立處一拋，叫道：「書蟲兄，寶盒先歸你保管！」黃紹未及反應，匣子卻先讓和穆歆羽一同走出店門的哈丹接了去。

哈丹才跨出店門，忽然接住這天降之物，俯首一瞧，暗自疑想：「這匣子好眼熟。」立即想起曾在父親書櫃裏見過此物。

納忠言將木匣一拋，未及分曉，只顧全神貫注應付穆克，兩人體態差異迥然，一個魁梧、一個敏捷，各不能憑身型獨佔優勢。穆克左手出拳，納忠言右手接住，跟著迅速奪了穆克身上腰刀，穆克乘勢抓下納忠言頭上帽子，用食指挑著，皺眉叫道：「唉呀，有蝨子！」大庭廣眾下這麼一叫，納忠言頓時窘紅了臉，合著前時被罵無賴的羞辱，勢如火山爆發，手執腰刀向穆克刺來，穆克急舉帽為盾遮擋，尖刃插入帽心，穆克單手在空中畫圓圈，用帽布將刀子緊緊纏住，納忠言攻不得拔不出，抖著手臂，那帽子頃間教刀刃剮得面目全非，棉布碎絮漫天亂舞，觀鬥群眾無不驚駭失魂。

穆克拍拍手掌上的帽絮叫道：「你的頭已讓我撕成碎片！」納忠言執著腰刀叫道：「你的腸已讓我抽出！」

穆歆羽見弟弟身陷險境，抓著哈丹手臂急道：「哈丹，你快想想辦法教他們停手。」哈丹亦恐穆克有失，恨尋不著破綻上前掩護，內心憂急如焚。

一晌兩人各自棄了刀和帽，近身單搦，雙手揪住對方肩頭推拉廝打。納忠言往左一斜身，卻從右側伸腳絆倒穆克，穆克重心不穩，摔跌出去，收臂死命抱著納忠言不放，兩人雙雙滾翻在地，混打成一團。哈丹忙找人一同過去拆散，費了九牛二虎之力，才把地上酣鬥的巨物一分為二。

哈丹和穆歆羽攙起穆克，黃紹攙起納忠言，眾人分兩邊對峙。黃紹一心圓場，兩頭安撫，穆克、納忠言各自鼻青臉腫、髮散衣裂，皆有罷戰之意，眼看就要偃旗息鼓，納忠言霎時怪叫一聲，問道：「黃書蟲，我的寶盒呢？」待弄清楚寶盒已教哈丹接去，哪裏還肯休，引頸叫道：「快將我寶盒還來，否則跟你沒完沒了！」一面掄起袖子。

哈丹已從眾人那裏聽得事情經過，持盒上前，說道：「這匣子是家中之物，承蒙拾獲，懇請賜還。」納忠言心想：「他怎知道這寶盒是我撿來的？」嚷道：「匣子既然出售，就該歸我，你們賺了錢又想將貨討回，不是黑店便是土匪！」哈丹道：「我抬價跟你買回。這匣子確為家父收藏，還望割愛。」納忠言急道：「連上頭圖徽都來歷不明，你憑什麼說匣子是你家父的？」他平日不學無術，家父令尊一類稱謂用法哪得分辨。

哈丹道：「上面刻的是我的家族圖徽，這禮拜樓是我先祖所建。」納忠言道：「好啊，樓子在哪，你倒領我去瞧瞧。」哈丹道：「聽家父說，那幢古樓早已不在。」

納忠言聽了，卸下心中巨石，大笑道：「聽你爸吹牛，依此道理人人先祖都可以蓋一棟這樓。」眾人聽聞此語，又是一片譁然，紛紛揮臂叫罵：「不許你懷疑村長人格！」「誰敢侮辱奈費勒家族，便是和我們全村作對！」「快滾出豐源村去！」……

哈丹按下眾怒，問道：「那麼你希望我怎麼證明？」納忠言道：「你說匣子是你的，必是知曉裏面裝了什物，說中了東西便歸你。」

哈丹雖曾見過父親收著木匣，卻從未見其打開過，自然答不出來匣中所盛何物。納忠言起先還有些忌憚，怕他真是寶盒原主。一待應答不上，愈發張狂催道：「快說呀，吹牛大王。」

穆克恨他咄咄逼人，又想上前拼鬥，卻教穆歆羽緊緊拉著，只得扯嗓叫道：「哈丹大哥，你別理他，我看這匣子八成和他腦袋一樣，是空的。」納忠言聞言變色，心想：「這小子怎知道匣子是空的？」眾人皆以為他又要發作鬧事，見他只是低頭沉吟、面露憂色，都覺訝然。

穆克說道：「這匣子上了鎖，你若真是物主，該有鑰匙才是。」納忠言原本已佔上風，這會情勢卻又教穆克扭轉過來，心中慌慌想著：「這下可好，我自從撿了寶盒便苦思開鎖辦法，後來也是從銅鎖對邊的鉸鏈把那金屬片上的螺絲旋出來，才得以倒著打開匣子，現在要我去哪拿出鑰匙來？」抱著冒險心態逞辯道：「我怕有心人士來搶，向來把匣子和鑰匙分兩處放，此刻匣子在此，鑰匙自然不帶在身上。」眾人覺他說詞倒也在理，難以反駁，穆克卻道：「依此道理人人都可以自稱物主，然後推托鑰匙放在別處。」納忠言試探道：「要不你們拿出真正的鑰匙來反證。」穆克道：「我正有此意。」

此話一出，場上眾人目光紛紛投了過來，穆克神色肅然，不似虛張聲勢，伸手自衣袋中掏出一把鑰匙，大家目不轉睛地瞧著，及至分辨，哈丹和傢俱行裏知情的員工無不暗暗「咦」的輕呼一聲，疑惑想道：「這不是店裏倉庫的鑰匙嗎？」只道他想以假混真，作作樣子騙過納忠言，皆守口不語，穆克卻先發言說道：「哈丹大哥，把匣子借我。」

哈丹納悶地將木匣遞過去，穆克對納忠言喊道：「你看仔細了！」說著將鑰匙插進鎖孔，喀的一聲，黃銅鎖扣應聲彈開，眾皆譁然。

眼看穆克正要順手掀開盒蓋，納忠言唯恐在場眾人見者有份，都要來和他分取寶藏，急中生智，撲上去一掌又將盒蓋壓下，說道：「不能開。」

哈丹問道：「為什麼不能開？」納忠言一手搭著哈丹，一手拉著穆克，三人圍作一圈。納忠言神祕兮兮地悄聲說道：「事已至此，我實話對你們說吧，這匣子的確是我撿到的，裏面藏了不可告人的祕密，不適合在眾目睽睽下招搖。」哈丹心想：「難道是什麼家族隱私？」穆克直言問道：「什麼不可告人的祕密？」納忠言道：「不如找個隱蔽之處，我把事情來龍去脈都跟你們說了吧。」心中盤量：「多他二人分寶物總比圍觀眾數都來參和的好。」哈丹則顧忌若匣子裏真藏有家族私密，教村裏上下都看見了豈不難堪，於是允道：「可以，只要你別再耍花招。」納忠言道：「一言為定，不過先說好，這件事只我三人知曉，而且你們不能過河拆橋，這匣裏的祕密我也有份。」哈丹和穆克不解他話中玄機，急於一探這木匣內裏，只得應諾了。

第二回

三道祕文

三人商議既定，哈丹走回，對群眾說兩廂衝突已了，其餘細節經過並不交代，揮手示意穆克領納忠言進店去。眾人興頭正熱，孰料大戲突然腰斬，皆摸不著頭腦，但見事主達成共識，不欲多言，雖有些心癢，也不好追問，各自散場或進店收拾下班去了。

穆歆羽忙忙過來，扯著穆克催道：「快隨我回家上藥去。」穆克道：「我的傷不打緊，姊姊放心。」舉手將臉上血跡一抹，不逮穆歆羽回應，依著哈丹指示先行引著納忠言至櫃檯後方的辦公間等候。一會哈丹偕穆歆羽進來，黃紹跟著，五個人圍著方桌坐定，關上門，哈丹將木匣擺上桌面，對納忠言道：「店裏上下皆已離開，現在便請你履行承諾，對我們說出這匣子一切事由。」

納忠言兩眼直勾勾瞪著對面木匣，恨不得一伸手臂將其奪回，攬在懷裏拔腿就跑，奈何他坐在房間裏側，前有桌子相礙，哈丹又坐在近門邊，壓根插翅難飛。穆克見他呆愣愣地盯著匣子沉默不語，催道：「老兄，發什麼傻，快說呀！」黃紹勸道：「你既然先允諾他人，就不該食言，還是快把拾匣經過說了吧，也許集思廣益，大家還能幫上你一把呢。」納忠言忿忿說道：「黃書蟲，你就盡幫外人說話，虧了我當你是唯一的朋友，對你百般信任。」黃紹自認幫理不幫親，但聽納忠言對自己的倚重，不免心生歉疚，不再發言。

納忠言四周掃視一回，目光忽而停在穆歆羽身上，對哈丹和穆克質問道：「不是說好只教你兩個知道，這會怎麼又多個人了？」穆歆羽方才在店外看他和弟弟打架，只覺此人手段凶殘、性如烈獸，怕激怒了他又來傷害自己親愛之人，於是說道：「你們商討私事，我迴避便是。」說著即欲起身，卻教哈丹攔著，道：「小羽是自己人，不需迴避。」穆歆羽聽聞此語，雙頰不由飛上紅雲，心中甜絲絲地，含笑斂眼，低頭不語。

納忠言道：「你們賴皮，她不走，我便不說。」穆克目視黃紹，道：「你不也追加一人，如此兩邊扯平。」納忠言道：「他哪能算，他老早就知曉全事了。」穆克佯怒道：「你剛才在店外明明說好這件事只有我們三人知道，現在卻說你老早告訴第四人了，這不是詐欺是什麼？」納忠言不似穆克能說善道，邏輯條理時常糾結不清，竟教這番似是而非的道理難倒，真以為自己落了把柄在對方手上。

黃紹心中為納忠言「盡幫外人」之語懷歉，出言提點道：「小兄弟此言差矣，我和納兄認識在先，知曉此事也不算盡由他相告，況且若非因我之故，他不會誤打誤撞來到這裏、結識各位，此刻更不會坐在這裏左右為難。說來我算是關鍵人物，不能比作事不關己的局外人，亦不能算在他毀諾洩密之列。」目視穆歆羽，暗示這「局外人」意有所指。

納忠言一時弄不清他這長篇大論其中因果，卻聽出他在幫自己說話，喜道：「對，書蟲兄說得很有道理。」黃紹思索片晌，擬出對策，說道：「你們如果不服，便讓我和這位小姐一同迴避，留你三人獨自談話如何？」

納忠言為人向來最愛護短、黑白二分，前晌氣不過黃紹親敵疏友，此時見他接連為自己說話，激起同仇敵愾的革命情感，便說什麼也不肯教他委屈迴避，叫道：「書蟲兄你不必走，大不了再打一架，誰怕誰來了！」黃紹伏過去，在他耳邊說道：「我早已知情，迴避和留下來再聽一次並無分別，故意這麼說，只是要教他們不再拿我當話柄混淆你。」納忠言登時大悟，撫掌笑道：「此計大妙，你同一件事聽兩次也乏味，不似那丫頭出去了便一個字也無從得知了。若有什麼新發現，我私下再跟你說不就結了。」

得意忘形下把其中機巧盡喊了出來，黃紹尷尬不已，其餘三人暗自哂笑。這一鬧現場氣氛由原來針鋒相對添了幾分滑稽，穆克對穆歆羽笑道：「姊姊，要不妳也先迴避吧，一會回家我再把事情一字不漏轉述與妳。」

黃紹抓著機會，起身緩頰道：「各位聽我一言，大家既然都為此木匣掛心，何不化敵為友，同舟共濟。」對納忠言道：「穆小姐面慈心善，又是兩位小兄弟親信，一定不會給你添麻煩，說不定還能在我們幾個大男人想得不周全之處，提供別開生面的觀點，你且通融一回，讓她加入吧。」又對哈丹等人道：「你們違約在先，這回破了例，不代表以後皆可如此，切莫再得寸進尺。」

哈丹道：「可以，以後若未徵得在場全數人同意，誰都不得私下對人提起。」納忠言則要求若要加上穆歆羽，她「那份」只能由哈丹和穆克那邊撥出。眾人再度達成共識，納忠言於是開始從頭詳述拾得木匣的相關經過。

納忠言原來出生於一務農家族，祖先累世以摘種瓜果為業，過著刻苦儉樸的生活。

納忠言的父親名喚納勉，自孩提時期即在自家農地裏幫忙，及長，亦承襲家業，慢慢從年邁雙親手中接過耕稼重擔。成家之後納勉與妻胝手胼足，共務農事。韶光荏苒，夫婦倆安份守己，日子雖清苦卻也踏實。原以為春耕夏耘的生活將日復一日，且代代延續下去。一日，忽然來了個衣著體面的男人，說是某地產投資商派來的代表。原來這富商看中了這一帶鄰里土地，要出巨款買下納勉的農田。

當時納勉的妻子正身懷六甲，夫婦倆商量，從前辛勤勞苦、縮衣節食實迫於無奈，現在大好機會送上門來，豈可輕易放過？又想這也許是腹中胎兒天定福份，從他這一代起再不必日日揮汗如雨、荷鋤戴月。一番掙扎後終於決心賣了農地，結束納家幾世業農的家族傳統。

納勉賣了田，一夕致富，不久妻子順利產下一子，真可謂雙喜臨門。這嬰孩正是納忠言。

納勉夫婦聽會看相的外族鄰居說這孩子方面大耳，正是福祿之相，故而未出世先旺及雙親，將來必定飛黃騰達、蔭護子孫。表面上雖推拒異端，心裏皆不由堅信此子天命所予、命中帶財，從此對這小小孩童另眼相看，寵溺無邊，親朋好友無一不投其心志，盡來錦上添花。納忠言懂事之前已先將這番命批聽得滾瓜爛熟，從小一言一行都教父母誇作天賦異稟，物質願望有求必應，養成驕矜自恃、目中無人之病。

發財之初，納勉夫婦尚維持從前謹慎用度的習慣，慢慢地放寬約制，記賬理財，及至發現平日開銷比眼前家產根本九牛一毛，便連記賬也懶了，加上兒子一日大似一日，東花西買的條條細項也列不清楚，索性罷了管理一途。

原本納勉賣地所得巨款就算只司守成，尚足供應幾代衣食無虞，但他性喜為大，只聽得親戚朋友奉承幾句，即把錢財大把大把借送，其妻苦勸無效，甚至後來窮了，還不思節制，東典西當，想盡辦法打腫臉權充胖子。不出幾年家產已全數敗盡，並落得負債累累。

納勉掉回從前一窮二白光景，幾次也想發奮圖強，奈何由儉入奢易，由奢入儉難，隨心揮霍的舒服日子過慣了，何來幹勁勞累筋骨。再則農地已捨，無處耕耘更成消沉的藉口。自此終日恍恍，放著家中妻小不顧，避著債主四處遊蕩，某日竟失足跌進路邊水溝，死了。

那年納忠言年僅七歲。父歿之後，為了躲債，母親攜著他離鄉背井，一村一鎮地打零工流浪，過著三餐不濟的艱苦生活。納忠言不平地想著：「不是人人都說我是大富大貴之命，卻成日裏要我吃這半餿的拉條子。」心中不由埋怨母親，朝夕惦著從前的錦衣玉食。有時遇了鄰人孩子手裏拿著香氣四溢的油饢，即怒目瞪視、痞痞低吼，把那孩子嚇得丟下油饢，落荒而逃。他自幼生得如凶神惡煞，個頭比同年孩子高壯許多，生起氣來著實可怖。

幾次之後，納忠言食髓知味，知曉這招數奏效，每見路上孤身孩童即上前欺負，逼得對方把好吃好玩的全讓下方肯罷休，久了孩童家長自有所聞，找上門興師問罪，納忠言打出生便不曾挨過一句責罵，這回遭惡言相向哪裏能忍，撲上前要和大人相搏，卻教輕而易舉地扳倒。納忠言的母親苦苦哀求，逼著他道歉，他恨恨地對母親喊道：「要是妳也能那般供應我，我才不屑去撿他們舊物來用！」說罷起身奪門而去。

待年齡稍長，方知母親為了養活他終日奔忙、席不暇暖，就連那些難以入口的冷食都是她挨餓存下來的。納忠言心中懊悔不已，深深自責著昔日對母親的忤逆和誤解。從此最大的願望便是早日發達，讓母親過好日子。

自十二歲起，納忠言便隨母親在工廠工作，微薄的薪資權敷日用開銷，若遇從前債主上門，只好把點滴積蓄償了，趕緊遷居，住處工作又得重新找過，母子倆不時餐風宿露，一日只靠分食一碗粉湯裹腹。

如此克勤克儉，幾年後終於攢了一筆存款，母子倆來到磐石鎮若而村定居，生活日益穩定，不久納忠言母親卻因積勞成疾，更復年邁體衰，再不能出門工作。其時納忠言已經成年，長期營養不良之下反倒長成個人高馬大的壯丁，拍拍胸脯對母親說道：「阿娜放心，從今而後當由我來照顧妳。」其聲雄渾沉厚，更顯篤信。

納忠言很快地找到一份採礦工作，他膂力過人、體況奇佳，很受雇主青睞，但幼時養成的驕恣脾性半點不改，家道中落後雖隨母親流浪吃苦，心中仍不時惦記從前眾人說他命帶福祿的預言。這回自力更生不比從前跟在母親身邊幫手，一心自命非凡哪堪受人吆喝。稍覺心煩，便想憑蠻力爭勝，三天兩頭打架滋事，上司屢勸不聽，只得將他解雇。

納忠言平時橫行霸道，回到家卻是個不折不扣的孝子，對母親言聽計從、百依百順。他與人衝突丟了幾回工作後，也多少學到些現實利害，心中縱有千萬怨恨，看著臥病在床的母親，只得咬了牙接續四處謀職。

有一回他又因懷疑同事搶了他的功勞找上對方理論，一言不合下揮拳將人揍了一頓而遭開除。捶胸頓足地離開公司，沿途污言叫罵不休，途中忽遇一白髮長鬚老人，納忠言滿腔怒火，見人擋路，怒道：「快閃開，老頭，否則餵你拳頭教你飽餐一頓！」那老人道：「前庭飽滿、聲若洪鐘，此是榮華富貴之象。」言訖遶道欲去。

納忠言聽聞此言不覺熟稔，乃似稚時人人稱讚他之語，急忙攔下那老者，恭敬問訊。那老人道：「你命中帶財，然亨通之前必經一番磨難，二十五歲過後始見運轉。」說罷自去。

納忠言呆立良久，待回過神已遍尋不著老人蹤影，心中讚歎：「必是神仙顯聖提點。」當時他方屆二十三，想想再過兩年即可脫離仰人鼻息的處境，周全地伺奉母親，雀躍之情遽升，一時怨氣早拋至九霄雲外。

歲月忽忽，轉眼兩年去矣，納忠言仍重複著謀職、解雇的沉浮生活，半點不見轉運之兆，恚忿想道：「死老頭，必是牛鬼神蛇化身來戲耍我。」只恨無從尋覓報仇。另一端卻還抓著小時候眾人讚語不放，疑忖：「難道其中有什麼耽擱，才教我的好運延遲了？」聽聞鄰村有一半仙神算，能洩天機，立即動身前往諮詢。那神算收了潤金，言道：「天命有時會因人事稍有變動，但該你的終跑不掉，依我看再過三年你必富貴顯達。」納忠言欣然稱謝而去。

又過三年，四周靜悄悄地，絲毫不見轉機，母親的病情亦毫無起色。納忠言再次越村找那神算，交了一筆潤金，那神算道：「天命又有變動了，幸而該你的總跑不掉，我看再過三年你必富貴顯達。」納忠言半信半疑地怏怏離開。又三年，一切老樣子，母親的身體卻每下愈況。納忠言又找神算，付了錢，得到另一個三年的答覆。納忠言心底盤算：「姑且再信你一回，要敢騙我，三年後看我怎麼收拾你。」

三年期限一到，納忠言怒火衝天地直搗算命館，那神算見他破門而入，自椅上跳起，縮在牆角說道：「天命……」納忠言揪住他的衣襟，咆哮道：「天命又變了，這回不用等三年，今天便作個了斷。」

那神算嚇得魂不附體，直嚷要將先前收的潤金雙倍奉還，搬出一堆命理專詞來自我辯解。納忠言原本便堅信自己天之驕子，聽他說得專業，又動搖起來，但三番兩次拖延令他煩不勝煩，粗聲粗氣問道：「到底還要幾個三年，給我說清楚！」那神算顫著聲說道：「最……最後一個了，三年後你會發一筆橫財，還……會有貴人相助。」納忠言問：「怎樣發財？」那神算道：「呃、這個……你會中獎，自此財源滾滾，終生花用不盡。」納忠言又問：「貴人是誰？」那神算道：「貴人……嗯，貴人都很低調，深……深藏不露，縱使遇上，還要有誠心才不會錯過。」

納忠言將神算隨手扔在椅子上，哼聲離開。兩年後，還未等到預言是否應驗，納忠言的母親已先病逝。

說至此，納忠言聲漸悄靜，垂著頭，肩膀抽抽搐搐，眾人不解，無從打話。一晌忽聞「哇」的一聲，竟是他當眾放聲痛哭起來，口齒不清地泣道：「我阿娜死了，她……她……我……」言未畢又是嗚嗚哇哇一陣，他嗓音本就粗嘎，此刻更若鬼哭神嚎，驚魄侵耳。

哈丹等人原是為聽那寶盒之事而來，孰料他開篇大談自己人生背景，東拉西扯半日仍不提寶盒一字，已倍感疑竇，加上他表達能力欠佳，大段流水賬歷史說得七零八落，三兩句不忘強調自己天命非凡，迷信旁門左道，更教人煩悶無聊。哪猜得他前句還在耀武揚威地教訓那騙子神算，下晌霎時哭得淒淒慘慘。又想他堂堂孔武大漢，處處逞威鬥狠，觸及傷痛竟毫不掩飾地在異境中哭得旁若無人，算來要非個血性漢子，至少是個缺心眼的耿直之人，不由心生惻隱，為他哀慟亡母的孝心深感悲憫。

穆克想及自己也是父母雙亡，同病相憐之情油生，心道：「我父母雖歿，從來還有個姊姊相互扶持，又有哈丹大哥一家無微不至的照應，生活安穩，不似他孤兒寡母處處受人欺凌。」不禁為自己的輕蔑之心愧怍起來，掉頭去看穆歆羽，只見她眉間輕蹙，先前眼神裏的畏懼提防已教惋恤取代。

納忠言自溺悲懷，沒人出聲催趕，大夥耐心靜候著。好半日，他終於漸次緩轉過來，哈丹把眼前的木匣子推過去，說道：「今日到此為止吧，這匣子權且由你收著，其他事再另約商議。」若是半小時之前，納忠言必是一把攬過寶盒，虛應敷衍，以求脫身，此刻他卻又將木匣推了回去，啞聲說道：「有時想想，我阿娜死了，縱有金山銀山也買她不回，我還爭什麼。」長吁口氣，對黃紹說道：「書蟲兄，接下來的事由你來說吧，要不我扯到明日早晨還說不到重點。」在座皆為他此言此舉大感意外，紛紛想著：「此人看似無知，竟不乏自覺。喜怒無常、忽雷忽雨，不可捉摸，到底是本性如此，還是在佯瘋裝傻？」

黃紹聞言依允，接著納忠言續道餘事：

母親亡故之後，納忠言終日鬱結，晝夜啼哭不止。喪事辦完，內心空洞愈發透蝕，無心工作，閒在家裏時刻追緬著屋裏每一處曩昔舊事。渾噩度日，倏忽年餘，眼看積蓄用罄，不得不再度出門謀職。

他素來不善與人相處，獨自過了一年多安靜的日子，重回群體不免又是左衝右突，悲愁情懷都讓日日雞毛蒜皮瑣事攪得無暇兼顧，偶爾思及，更覺愧對亡母，於心中懺悔著：「阿娜，我不是故意不想妳，都是那些蠢蛋不時幹蠢事干擾我，害得我只顧和他們生氣。」

當時納忠言在一家物流公司工作，某日送貨至一偏僻村落，時值盛夏，酷暑磨人，納忠言一面開車，一面在心裏嘀咕道：「什麼窮鄉僻壤的猿猴也學人交寄包裹。」

車上空調壞損，納忠言渾身大汗，途中忍不住下車透氣，行至一河灘大樹下遮陽。正歇間，忽瞟見樹根不遠處的泥土裏隱約雜著一灰白物事，似是由前方支流沖刷上來，在此人跡罕至之地也不知停了幾歲幾載。

納忠言走過去，蹲身以手掌撥開其上沙土，乃是一個油布包起的扁平立方體。油布上紮著結實粗繩，無從窺得其中所藏何物。他好奇心起，取腰刀割斷繩索，拆了油布尚有一層油布，層層剝解後，內裏卻是一只小巧且上了銅鎖的八角形木匣，匣蓋上鐫刻著樓鳥圖徽，雕工精湛。這匣子一度隨波逐流，又埋在河灘日久，在道道油布嚴密保護下卻毫無損減，木材不見腐蛀，銅鎖無鏽蝕之跡，圖徽上刻痕亦未滲入一粒泥沙。

納忠言反覆看視數回，那匣子輕拋拋的，除了蓋上圖徽，上下未見搶眼鑲飾，他只當尋常垃圾，隨手扔下便走。喪母之後他終日慵慵，把較真數年的神算預言也撂下，因此拾得木匣之初並不作他想。直到上車開了一程，熱風拂面，不住怨嘆：「這人間煉獄到底得挨到何年？」憶起方才之事，一念之間，霎然想起神算預言——算算三年期限老早過去，莫非「中獎發財」指的是那木盒裏暗藏玄機？「財源滾滾」四字有三字從水部，原來是暗示河濱之意。他不想起則已，這會發作起來又是穿鑿附會，沒完沒了。篤定想道：「定是命運故意讓我送包裹，好警醒我上天即將送予我一個貴重的大包裹。」連稍前譏作猿猴的客戶也頃間翻成貴人。急忙飛車回去取那寶盒，所幸還未讓人劫走。

納忠言手捧寶盒，再度小心察看，匣身並無蛛絲馬跡，心道：「機關鐵定藏在匣子裏了。」奈何銅鎖堅實難摧，他來回扯動，金屬撞得木頭喀喀作響，舉盒搖晃，匣裏卻悄若無物，想以腰刀刀刃探入縫隙撬開，又怕無意間損壞了寶盒，只好先仔細收著，徐圖良策。

一俟工作結束，納忠言迫不及待回到家中，掏出寶盒玩弄半日，整晚嘗試各種方法卻無一能分毫不損地將之開啟。夜裏輾轉難眠、苦無對策，隔日早晨將匣子藏於衣襟內方出門上班，整天憂心遺落至寶，他人稍靠近即猜忌懷疑，盤算著一等發財方向有著落，立刻辭職遠離這群豎子。但數日過去別無進展，那木匣仍教銅鎖牢牢扣著，紋絲不動，納忠言忐忑焦急卻束手無策，曾想過找鎖匠解鎖或找工匠把黃銅熔了，又提防旁人窺密盜取，只得作罷。

某日，公司倉庫房門遭損，找來工人更換。只見工人們抬過一片新門板，其中一人自箱裏取了起子，將邊側兩片鉸鏈的螺絲旋下，那舊門板輕而易舉落了下來，眾人接住，並將新的那片擺上，旋緊螺絲，三兩下完成任務。

納忠言目送工人抬著舊門板離去，霎時恍然大悟，下了班即順道至五金行買了把起子回家，抵住寶盒鉸鏈上的螺絲旋轉，少時，果然將兩根螺絲釘取了出來，順利開啟寶盒。

納忠言早知此物甚輕，原本期待匣裏裝著獎券、支票，或藏寶圖之儔，但盒蓋一掀起卻見內裏空無一物，探身細辨，卻是一只半實心木匣，其上有兩道細長凹槽，像原本設計成放置兩支名貴之筆的檯座。更愈近看，兩道凹槽把八角形介面分隔成三部分，每一部分皆刻有一行纏繞彎曲的文字。

納忠言心想：「難道這便是尋找寶藏的祕文？但不知究竟載著什麼。」由於倒開木匣，那些文字自然也是倒著寫的，總之是看不懂，便沒有太大分別。納忠言雖不識得其上文字，對此符碼形廓卻不陌生，他曾在許多商店招牌、清真寺壁飾見過類似圖案，遂盤量著該不該前去詢問識字之人，思忖：「若找人翻譯，必先以原文示人，若不如此，卻與入寶山空手而回何異？」掙扎再三，忽有頓悟：「我何必拿出全文，不如先抄寫部分譯出，看看是何緣故再做打算。若真是尋寶指引，另找多人分譯不遲，他們雖得祕文一二，不窺曉全貌當不至於構成威脅才是。」

心意既定，即取紙筆抄寫最近的一道文字（同理，匣盒倒開，故而那道文字原來是離銅鎖最遠的頂項。），奈何那文字曲暢如畫，不易模仿，他向來又最不諳文事，正自一籌莫展，指尖忽觸及匣上陽刻文字，靈光一現，取鉛筆拓印於紙上，大功告成，他蓋上木匣，再度拿起子將螺絲旋上，不由地對自己聰明機智欽佩不已。

次日，納忠言一早便直奔村裏的清真寺，找了寺裏董學阿訇說明來意。他一夜想了十數種理由以解釋自己為何求此譯文，那阿訇卻不多問，接過紙張轉向瞧了瞧，即提筆在那行拓印文字之下寫道：

千里之行，始於足下。直馳東往，至盡而息。

納忠言得了譯文，果然是一道路線指引，歡天喜地，哪裏還有心思工作，奔回家中收拾簡單行李，整裝待發。

他將譯文反覆熟記、撕下燒毀，卻把原文仔細收著，以備不時之需。一切打點妥當，便刻不容緩地帶著寶盒，坐上車子，匆匆出發，一逕往東去了。

納忠言向東直行，出嘉峪關，過張掖、武威，沿途風景瑰奇多異，聽人唱著：「漢家使節名張騫，鑿空絲路勇當先。葡萄酒、夜光杯，滿面塵霜開紀元……」他大半生沒出過新疆境域，此行為尋寶而來，目光卻不免為路上奇山異水吸引，到處吃喝玩樂，且遊且行，出手闊綽。到了陝西，身上旅費已所剩無幾。

一日他在一家生意極好的小吃攤用餐，忽聞過街孩童唱起那首耳熟歌謠，想想不過數日前聽聞此曲，他還不愁價目大吃大喝，看看眼前卻是冒著炎日，擠在人群裏將就飲食，煩悶地拿筷子輕敲瓷碗，隨口胡亂唱道：「納家使節名忠言，倒行絲路勇當先。柿子餅、漿水麵，滿頭大汗荷包扁……」

餐畢，取出錢袋欲付款，但見食客來來往往，人人自顧埋頭而食，老闆穿梭端盤、忙左忙右，似無暇細顧，心想乾脆撇賬開溜，省一餐多一頓。打定主意，即趁著老闆轉身至邊桌送餐時，倏地跨過長凳，一溜煙跑了。

出了巷道，納忠言頭也不回地快步往停車場去，作賊心虛，頻頻覺得背後有人隨來，待走出了熱鬧大街，卻清楚聽得一腳步聲緊伴在後，猜想定是小吃攤老闆發現追來，更是加快步伐小跑前進，那腳步聲亦隨之緊急，同時聽得一男子聲音自背後喊道：「先生留步！」納忠言奔跑間稍轉頭瞥眼，略見一穿著白襯衫的男人匆匆尾隨，不時出聲留阻，慌亂之下無閒細看那人相貌年齡，只忙裝著聽聞不見遁逃脫身。

好不容易到了停車場，納忠言二話不說地跳上了車，揚長而去。原以為小吃攤老闆總不能為了追討他一頓飯錢，放著全場生意不顧，正自寬心鬆懈，卻從後視鏡裏望見一輛車正加速隨來，駕車者正是方才穿白襯衫的男人，看看趕上，納忠言心一凜催緊油門，塵埃漫起，車身如箭射出，又與後方來車拉開距離。奈何對方跟進，催速趕來，兩輛車一前一後、忽近忽遠，在寬敞大路上疾馳追逐。

行了一陣，眼看油表指針漸偏，納忠言愈發煩躁，心想：「再下去油盡車止，不如現在下去做個了結，推說我忘了付款，不是故意賴賬，也沒幾塊錢，還他便是了。」於是緊急煞停下車，氣沖沖地回走，預備先聲奪人嚇住這吝嗇老闆。那白襯衫男人見狀，也忙停車走出，正欲發言，納忠言先大聲叫道：「趕什麼趕，不過就是忘了。飯錢……」原想一面說「飯錢這就還你」，一面理直氣壯地將幾個銅板摔下，話未及，伸手卻摸不到錢袋。

那白襯衫男人接道：「飯錢我已經代你付了，還請先生莫要推卻。」納忠言大惑不解，問道：「你不是來追我要飯錢的？苦苦纏著我到底想幹嘛？」再看看此人風度儒雅，衣衫潔白平整，哪裏像個柴米油鹽裏打滾的商販？

那白襯衫男人上前一步，說道：「你東西掉了，我特來奉還。」說著遞上一只錢袋。原來納忠言一心開溜，將錢袋遺在小吃攤卻不察覺，他伸手接過，嘴裏咕噥著：「你何不早說，害得我一路提心吊膽。」那白襯衫男人道：「我在背後頻頻喊你，奈何你愈走愈急。」

納忠言念在他拾金不昧，懶得同他爭論較勁。稱聲謝，擺手欲去。那白襯衫男人忙出言問道：「先生可是新疆回族人？」納忠言訝然止步，心道：「莫非又是個神算前來提點？」探問道：「你怎知曉？」此刻他未著回族服飾，從外表上並無從判斷。

那白襯衫男人道：「方才用餐時我坐在鄰桌，聽見你哼唱歌謠——昔日漢皇為斷匈奴右臂，遣張騫西使聯絡大月氏共襲匈奴，然而大月氏王已為胡所殺，繼位太子無報胡之心，原計畫雖未成，張騫西使卻從此打通了東西之路，使兩地得以交流聯絡，史稱『鑿空』。

「張騫是漢中成固人，即現今陝西境域，這歌謠原是陝西童謠，後來在陝甘一帶流行，人人朗朗上口。你將這歌謠改了詞，說你『倒行絲路』，嗯，張騫出使西域，西域雖是古時『西方地域』的泛稱，非特指新疆，但你會說中文，且倒行絲路於此，故而推測你來自國境至西，也便是新疆人了。」

納忠言聽得似懂非懂，又問：「回族人又是怎生猜著的？」

那白襯衫男人道：「這個更容易了，你錢袋裏有一張以小兒錦書寫的文字，這種文字只有回、東鄉、撒拉三族使用，你戲稱自己『納家使節』，『納』是回族漢姓，兩相對照下答案便呼之欲出了。」

納忠言這才想起先前把那張由寶盒拓印下來的祕文收在錢袋裏，怒道：「你竟然偷看我的錢袋！」

那白襯衫男人道：「真對不起，我追趕你時，一度擔心萬一跟不上，才想打開錢袋看看裏面是否有你聯絡方式。」躊躕少晌，續道：「實不相瞞，此趟前來，一方面是為歸還原物，另一方面是想請教你，這小兒錦文字從何而來？」納忠言道：「東西放在我錢袋裏，自然是我的。」那白襯衫男人又問：「如此說來，你識得這種文字？」

納忠言在此之前根本不知道這種文字叫「小兒錦」，卻隨口答道：「是又如何？」那白襯衫男人喜道：「那太好，我是邊疆民族文化暨文字語言研究人員，名叫黃紹，最近正計畫學習一種少數民族語文做為本年度研究成果。先時我對小兒錦文字微有涉獵，但一直未曾找到識得這套文字系統的人深入請教。今天幸逢先生，不知道你是否願意作我的老師，若肯襄助，將是對於保存此一珍貴文化遺產莫大貢獻，現今小兒錦面臨墜緒之危，還請先生念在這是回族特有文字，宜謹慎保護上，鄭重考慮我的提議。」

納忠言皺著眉頭，心道：「此人怎地這般囉嗦。」正要推辭，靈機一動，尋思：「我現下旅費所剩無幾，連今晚在哪裏過夜都成問題，眼前機會自行送上門，何不把握？」昂頭清清嗓，說道：「好吧，看你意誠，我勉強答應。這樣吧，我現在就住到你家作你家庭教師，時時助你緊密練習，估計不多時你便能把這小兒錦學全了。」黃紹喜道：「先生真是熱心熱腸之人。」遂將納忠言迎往家中安頓。

當晚黃紹請納忠言上館子飽餐一頓，說是盡地主之誼領他品嘗陝西美食，兼作學生對老師的歡迎宴。納忠言毫不客氣地大快朵頤，隨手在菜單上胡指亂點，皆不見黃紹有半分不悅之色。

杯盤狼籍之後，納忠言靠在椅背上捧腹而歇，黃紹學習心切，問道：「老師今晚便授我小兒錦文字吧。」納忠言正張大嘴打飽嗝，聞言兩瓣嘴唇久久沒闔下，好半天才支吾答道：「從明天開始吧，今晚我得先備課。」心中忽生一計，說道：「這小兒錦是以四個短句貫穿的語文系統，我明天開始每日教你一句，等把這四句基礎牢記了，再接著教你進階功課。」黃紹依允。納忠言又教準備紙、鉛筆、鋼筆、橡皮擦和一把螺絲起子，黃紹也一一筆記照辦了。

納忠言索了工具，自行回房取出寶盒，把螺絲旋下，分四張紙拓印了第一道祕文的四句，再以鋼筆描下字樣，以橡皮擦去拓印留下的鉛筆痕跡，看上去就像直接用鋼筆書寫於紙上的文字。

待隔日早晨黃紹前來求教時，納忠言即拿出「千里之行」那句假意雙語對照指點。黃紹問道：「老師，據我所知小兒錦的三十六個字母中，有四個是特有的，不曾在其他文字系統出現過，這四字中包含這四個字母嗎？」納忠言道：「其中奧祕待你把基礎學全了，自然領會。」

到了下午，黃紹又來求教：「老師，早上那短句我已記熟，你能不能先教我一些小兒錦中的母音？」納忠言道：「不是說過待你四句基礎學熟才能往下進行嗎？」黃紹道：「老師說的是，為學當循序漸進，但我已學會第一句了，能否請老師提前教我第二句？」納忠言慍怒道：「貪多嚼不爛，明日再說。」心想：「我權且在此放縱幾天，等那四句教完了立刻開溜，繼續我的尋寶行程。」黃紹求學不果，怏怏而回。

第二日納忠言拿出「始於足下」句依樣畫葫蘆，對黃紹提出的問題一概三推四阻，所授之課和黃紹過往對小兒錦的認識大相逕庭。黃紹心中懷疑，未敢多問，逕自往圖書館查找資料。

第三日納忠言接著以「直馳東往」句相授，自顧口沫橫飛、天花亂墜地胡謅一通，黃紹默然不言，待退出房間，斟酌道：「小兒錦文字明明像漢語拼音一樣，是一套用來註記漢文音標的書面語言，只是用的是阿拉伯字母，他卻以為是一種獨立語文，自行瞎扯了奇怪的發音，而且每回重覆同一句都念得不同。再則這套拼音文字是由右至左橫向書寫，他卻指著左到右解說。」當下心中已有定奪。

第四日早晨納忠言把「至盡而息」句準備好，等著黃紹來問學，卻久久不聞敲門聲，他打開房門，屋裏靜悄悄地，黃紹並不在家。

納忠言心想，這幾天也休息夠了，要不趁現在沒人趕緊溜走，拿著背包潛入黃紹房裏，想收刮些物事權充旅費帶走，放眼望去卻無值錢之物，心道：「果真是窮酸書生，房裏盡擱著千萬冊書籍。」順手打包桌上古玩擺飾，又到客廳摸探，內心愧責感卻逐漸萌生，想著：「此人雖然迂腐了些，老大不小了叫我老師不害臊，說什麼不恥下問，成日裏文謅謅嘮叨沒完，但除此之外也算個好人，連日來待我如上賓，不論我怎麼刁難他都客客氣氣，我詐欺在先，現又偷盜，實有負他一番誠摯盛情。」他一生沒交過朋友，沒人忍受得了他的脾氣，除了母親不曾有人真心關懷，一下子對黃紹的噓寒問暖有些依依不捨起來。旋即又想：「不，我這不是偷盜，就當暫時向他借用，待我尋得寶藏發了財，再十倍還他。」

正猶豫間，卻聞大門鎖扣聲響，竟是黃紹回來了。

一時間二人面面相覷，納忠言拎著半開的背包進退維谷，裏面依稀可見那些古玩擺飾。各自怔了好半晌，黃紹先開口問道：「老師要走了？」語氣溫和如常。納忠言訝然無言，為他的鎮定所驚怪，不知怎地，竟敞言對他一一道出事情原委。

黃紹聽完，並不作色，語調仍是平平緩緩地，說道：「也怪我雀躍過了頭，強人所難，一股腦地拗你授業，實在是一場誤會，何況我早就知曉你半個小兒錦文字也不懂了。」納忠言驚叫：「你早知曉？」

黃紹點頭，說道：「你的那道祕文，我似領會一二，你若信得過我，便把最末句對我說了，也許我幫得上你。」

納忠言遂把最末句，連同拾得寶盒經過一併概訴一回。

黃紹低頭沉吟良久，說道：「日中則昃，月滿而虧，開到荼蘼，始待來春——依我看，至東之境，西也。這祕文含有弦外之音，並非要你全依表面上的文字行動。」

納忠言道：「什麼意思？」黃紹道：「『直馳東往，至盡而息』，表面上指引你向東而行，路盡方止，但地球是圓的，沿途繞一圈，卻又回到原點，比及東方的盡頭即是西方的起點。第二句『始於足下』，我推測這『始』字隱含『周而復始』之意。也就是說，千里之行，實為足下之境，混沌初萌謂之『始』，一待心領神會即是『終』，終與始若千里之隔，卻只一線相界，差別在於覺與不覺。一旦覺察，方領會東盡即西始也，極目千萬里，以為望之不見之境其實已在足下。」

納忠言道：「我聽不懂。」黃紹道：「總而言之，這祕文並非要你真的東行千里，所指之境其實正是你的出發地，新疆。」納忠言叫道：「此話當真？」黃紹道：「我會作如是解。」納忠言怒道：「這人分明故弄玄虛，存心戲耍我！」黃紹道：「也許他想防止藏起的至寶太輕易為人發覺，也許他想藉此方法找到一個最適合的得主人選。」

納忠言不悅道：「你是在暗示我，你才是尋獲寶藏的合適人選？」黃紹道：「我對寶藏並無興趣。但我覺得事有蹊蹺，祕文既以小兒錦寫成，也許藏的並非金銀財寶，而是一部無價的小兒錦經典。再則，實不相瞞，我確實還想請你引薦當初為你解譯小兒錦的那位阿訇。」納忠言道：「你不會對小兒錦還不死心吧？」黃紹道：「哪裏這麼快就死心的。」

納忠言道：「那阿訇在新疆，怕你不死心也不行。」黃紹道：「那有何難，我隨你西返便是。」納忠言道：「當真？」黃紹點頭道：「這麼吧，我替你出旅費，再幫助你尋寶。事成之後分文不取，只求你替我引薦那阿訇。」納忠言心想：「這書呆倒還有幾分聰明才智，說不定正是神算指的貴人，來助我發財。」又連上那些「貴人低調而深藏不露」的讖語特徵，便愈發肯定黃紹正是上天派來助他轉運的使者。允道：「一言為定，屆時若尋得寶藏，便歸我，若真是什麼無聊的小兒錦經典，我只得自認倒楣，將那沒用的東西拱手讓你。」

就這樣，二人達成協議，輪番開著車由陝西返回新疆，曉行夜宿，共同作息。納忠言初始還為自己有愧於人顯得有些謹慎彆扭，少時即回復本性。二人逐漸熟絡，沿途不時鬧哄哄地拌起嘴來，消磨了不少路程中的煩悶與枯躁。

第三回

雕像傳奇

黃紹述畢，日已西沒，天色轉暗，夜幕高張。

哈丹斂著眉，思忖：「這八角匣盒我明明不久前還見阿大小心收著，怎麼這回又成裹著油布、埋在河灘多時之物，教人不經意撿去了？」滿腹疑竇難解，莫知其言真偽，問道：「你們又是如何找到豐源村來的？」黃紹便把如何迷路，乃至意外撞見傢俱行招牌上圖徽與匣蓋上的相應等事一一概訴。

言未訖，納忠言忽地拍桌大叫，問道：「你們這裏叫『豐源村』？」眾人點頭。納忠言表情如夢初醒，喜道：「原來如此，神算指的財『源』滾滾當暗示此地。」眾皆無奈。穆克笑道：「是呀，你快躺到地上滾滾，看看是否靈驗。」

哈丹指著桌上木匣問道：「我們能否打開瞧瞧？」盒上銅鎖已解，不必再以起子旋出螺絲釘倒開木匣。待徵得同意，哈丹即動手揭開盒蓋，果見半實心的匣身如一檯座，八角界面為兩道平行凹槽均分為三處，每處皆刻有一道陌生文字。

黃紹問：「你們可識得這小兒錦文字？」哈丹搖頭。穆歆羽姊弟亦湊上前看視，皆不能辨。原來小兒錦始於宗教用途，漸兼作他用，於西北回族流傳已有數百年歷史，然而隨著時代更移及漢文普及，此文字系統日益式微，哈丹等三人雖為回人，亦如納忠言一般未曾接觸小兒錦文字。莫怪黃紹聽聞端倪便如獲至寶，不遠千里地西行採集。

納忠言抱怨道：「早知道什麼集思廣益根本是妄語，只平白無故多了這些人分配寶藏而已。」他前時感傷作祟下，一度慨嘆寶藏換不回母親而豁達，一待情緒恢復了又權衡計較起來。

黃紹道：「我倒希望是部小兒錦文獻。」又對哈丹道：「匣上圖徽既與尊族同源，想必所藏之物亦相關聯，屆時若真是部小兒錦經典，還望不吝惠借研究。」

哈丹暗自以為黃紹的推測較納忠言更有依軌，心想：「我也認為三道祕文指引著一重要文卷，但恐怕不是什麼值得研究的經典，而是隱微多時的家族祕密。」因答道：「我現在無法承諾你，待一切明朗後再來斟酌。」

納忠言叫道：「看吧，黃書蟲，我就說人多沒好事。我的財寶給瓜分了，你夢寐以求的研究也泡湯了，咱們累得雞飛狗跳，到頭來竟是教別人坐享其成。」穆克道：「你財寶在哪裏？我們又瓜分多少來了？」納忠言怒道：「我怎知財寶在哪？要是知道，還輪得到你們來瓜分？」

穆克正欲反詰，哈丹先說道：「這匣上圖徽確為我宗族所有，要不我回去問問家父，或許另有線索，也算是為此事出一點力。」話甫落，納忠言急從椅上躍起，指著哈丹罵道：「好奸險！說好破例讓你婆娘加入已是最大讓步，現在又想拖你爸你媽進來！簡直欺人太甚，下回乾脆連你家蟑螂螞蟻也盡抓來湊數便了！」他吹鬚瞪眼，若非隔著桌子怕早已衝上來拼命。

穆歆羽為他語出輕薄所惱，咬著嘴唇低眉斂眼。哈丹道：「你冷靜點，我只是提議，你不給問，我一字不提就是了。」納忠言這才縮臂回座。

眾人又議片晌，莫衷一是。納忠言為寶藏，黃紹為研究，哈丹因事關宗親，非查個清楚不可，穆歆羽和穆克則為支持哈丹。人人各懷目的，你來我往，激辯不止。

眼看天色漸晚，終無定案，只得暫斷話題，約三日後再議。納忠言定要保管寶盒，眾人哪裏肯允，穆克道：「木匣留下，跑得了和尚跑不了廟，傢俱行在此，你隨時可以來尋。」納忠言道：「我也留下地址便是。」穆克道：「誰知道你留的是真是假。」

雙方僵持不下，最後同意以抓鬮決定。

眾人取了白紙等分五段，以筆作記，四缺一得，揉合混攪，各取紙團揭視，結果黃紹拈中。納忠言雖未得手，但想黃紹與自己同路，暗自安心歡喜，哈丹等則不免為此發愁，更聽納忠言洋洋得意道：「書蟲兄和我不分彼此，你的便是我的。」伸臂搭在黃紹肩上，取笑道：「就說我天命所與，我二人對你三人還是得勝。」

黃紹拿下他臂膀，對其餘三人道：「各位放心，我一定善保此物，不教分毫受損。」並再三強調匣盒為五人共有，自己只是暫時託管，絕不徇私偏黨，哈丹等人方才稍稍寬懷。

黃紹問明回磐石鎮的路，與納忠言一道離開，待他二人走遠，哈丹始卸下防禦，對穆歆羽姊弟道出自己的擔憂。

穆克道：「哈丹大哥，你看那黃紹可不可信？」哈丹道：「我也不確定，但總比匣子落在納忠言手裏好。」穆克道：「誰知道他倆是不是一個唱白臉，一個唱黑臉，專來惑我。」

哈丹道：「事已至此，多說無益了。」一面收拾桌椅，檢視四下窗鎖。穆克道：「其實那匣上刻著你家族圖徽，早證明其所屬，你就是要求他物歸原主也不為過。」哈丹道：「話雖如此，他拾獲的東西，咱們也不能強行搶回。黃紹說得對，要非他們迷路至此，我們根本無緣見到那匣子。」

穆歆羽幫著他收拾店內器物，一面問道：「你真的打算不向村長提及此事？」哈丹道：「我按理該說，但既先許諾於他，怎可出爾反爾，阿大那邊只得暫時壓著，看進展如何再另作變通了。」

穆克關了展廳大燈，在另一頭笑喊道：「哈丹大哥一言九鼎，只怕未必有後續進展呢。」哈丹苦笑道：「三日後自然分曉。」又道：「但不知祕文指引何物，若真是筆宗族財產，我恐怕無權決定歸誰。更甚者，若是樁家族私密，我到底該不該違諾向親長提起？」

天邊明月高懸，夜涼如水，三人一同走出店門，邊行邊聊，沿道歸返。兩家相距不遠，且在同一方向，正是適合結伴。

穆歆羽接續話題道：「若是宗族私密，外人想必再無心參與，屆時『不提一字』的承諾自破，說不說都在你。」穆克道：「姊姊說得對，納忠言才沒心思理會別人家事。但若是財產就麻煩了，你要他罷手可不容易，讓他一個外人分取還得看村長肯不肯予。」哈丹道：「但願最後找到的不是什麼棘手之物。」

到了岔路，穆克照例逕自吹著口哨往左首小徑大步行去，留他二人話別。穆歆羽心中雖懷著依戀，畢竟記掛弟弟傷勢，與哈丹匆匆溫言互囑幾句，即揮手離去。哈丹立著疏淡樹影，自背後目送她身影與穆克會上，方動身循右首路途而歸。

回到家中，穆歆羽讓穆克坐在客廳桌前，敞了襟袖好護理傷口，自行進屋端來一盆溫水，沾溼毛巾為他輕拭每一處血漬和泥沙。那傷或青或紫，幾處弄得皮開肉綻，穆歆羽眉頭深鎖，彷彿傷口上條條神經都通至她心裏，每一碰觸不由心顫，手上溼布也隨著愈擦愈輕。

穆克見她愁苦，故意大聲笑道：「姊姊，我今天英不英勇，像不像景陽崗，武松打虎——喝！喝！喝！」說著握拳彎臂，扁嘴瞪眼，對前方擊了兩個空拳。穆歆羽噗哧一笑，說道：「你這叫螳臂擋車，不知死活。下回可不許如此，弄得渾身是傷，別人見了，都怪我這個姊姊失職，沒保護好你。」

穆克道：「妳弱不禁風的，我保護妳還差不多。」穆歆羽佯怒道：「你好大膽子敢小覷我。」看準他頰上一處無傷的皮膚，把毛巾上的水擠得他滿臉。穆克投降道：「是是是，小的失言，姊姊虎背熊腰、慓悍嚇人，連納忠言等級壯漢都望塵莫及。」

穆歆羽啼笑皆非地搖頭笑歎：「不是凡事都可憑蠻力爭勝。」兩人一說一笑間傷口已清理妥當，盆中清水洗得污濁，穆歆羽將其推過，拉來藥箱，扳開箱蓋鐵扣，一面問道：「你既有那只木盒的鑰匙，當對其來歷略知一二？」穆克由口袋中掏出那把鑰匙，道：「妳指這個？」穆歆羽點頭。穆克笑道：「這是傢俱行倉庫鑰匙，我又沒有神算幫助，哪來先見備好匣子鑰匙等他。」

穆歆羽更加不解。穆克又掏出一條鐵絲，解釋道：「我表面上亮鑰匙給他看，卻暗自把這鐵絲藏在袖子裏，待要開鎖，便以這障眼法瞞天過海了。」遂將過程演示一遍。

穆歆羽取了棉花蘸消炎水，瞟他一眼，疑道：「你何時學了這偷雞摸狗的本領？」穆克道：「我會的本領可多呢，妳都不知道妳弟弟多麼聰明機伶……」話未及，傷口碰觸了消炎水便先哇哇叫痛起來。

穆歆羽又急又憐，柔聲責道：「和人打架時怎一副視死如歸，這會可又知道疼了。」

穆克撒嬌道：「有人心疼我，我才知道疼呀。」穆歆羽板著臉道：「你再敢和人打架，我非但不心疼你，還要罰你。」一面上藥，一面低頭輕吹傷口。穆克道：「萬一別人先動手呢？」穆歆羽道：「也不可以。」穆克道：「萬一我不還手，就要給對方打死了呢？」穆歆羽道：「我說不可以就是不可以。」穆克道：「不可以還手，還是不可以被對方打死？」穆歆羽道：「都不可以。你存心害我嗎？你死了我一個人怎麼辦？」想起姊弟倆自幼互依互存，不似其他孩子都有父母庇護，忍不住墜下淚來。

穆克見惹她擔心，懊悔不已，拉著她的手哀言道：「好嘛，我以後絕不敢和人打架了，否則任妳處置。」又道：「不過若是姊姊罰我打我，我絕不會叫一聲痛。」穆歆羽道：「若是姊姊打你，必是你犯了過錯，當然不許你叫痛。」穆克搖頭道：「不，因為姊姊雄壯威武、臂力驚人，一掌劈來，我非死即昏，想叫也叫不出聲來了。」

穆歆羽聽了，不由破啼為笑，拿他沒轍，低頭專注上藥，聽他在耳畔咂咂說起天南地北，閒聞趣事，一抬眼卻見他額上大汗涔涔，知他忍痛嬉笑，好分散她憂思愁緒，奈何這體貼更加深了她的憐愛與心疼。

待傷口全部處理完妥，穆歆羽如釋重負，穆克直嚷肚餓，纏著她餵食。穆歆羽至廚房備了些茯茶和米腸子，併著那籑胡麻饢，姊弟倆倚坐桌緣邊吃邊聊，不覺更漏時移，窗外星辰朗朗。

＊

三日之後，適逢傢俱行休假，一早穆克姊弟自家門走出小徑，哈丹已將車停在岔路口相候。三人會上，準備由樓禾鎮豐源村一路開往磐石鎮若而村，兩地車程說近不遠，哈丹顧慮納忠言曾在店外鬧事，將他約來恐怕引起眾人懷疑猜測、流短蜚長，因此提議日後彼不來而我自往。

車行片晌，屋舍漸稀，夏日炎炎，曝曬著道路兩側貧壤枯草，一畝畝褐土乾竭龜裂，再往前駛，連殘蘆敗草也消失了，眼前所見是一峰峰直達天際的沙漠，奇詭金黃流沙兀自捲噬推擁。

穆歆羽有些憂心地對哈丹道：「你想納忠言會不會留了假地址？」哈丹道：「我查過地圖，往若而村途中的確會行經一段沙漠，我們再往前開，也許不久便景致殊異。」話雖如此，但極目黃沙莽莽，車上三人皆疑慮不定。

又行少時，前後皆為瀚海所浸，天闊雲稀，風塵暗湧，車身浮沉在狹長起伏的沙漠公路上，如一乘風破浪微筏，萬里曠野色域淨然。此時左前方土丘之後卻有一突起灰物乍現，穆克傾身向前，指著那灰物叫道：「哈丹大哥，姊姊，你們看，那是什麼？」哈丹和穆歆羽也已望見，卻因距離遙遠無從分辨。

須臾，車子漸漸駛近，那灰物愈發明顯，似是一布料質地，三人不禁疑惑那灰布之下若非繫著重物，早隨飛沙走石翻騰。待車子與土丘坡高漸抵，方看清那是一只橫放的灰色大背囊，背囊之下隱約穿出一條格紋衫袖臂膀。穆克叫道：「你們看，好像是個人耶。」

哈丹催速向前，猛然煞停，沙漠上確有個背著背囊的男人，面向下伏臥於土丘旁。穆歆羽拉起青紗蓋頭護面遮沙，三人急急下車看視，那男人似已昏厥，儀容裝束皆像個外來的遠行客。哈丹蹲身扶他坐起，那男人氣息奄奄，髮臉衣褲盡沾著沙土，從他手上掉落了一只空瓶子。

哈丹雙手仍撐在他肩後，穆克忙奔回車裏取來水壺，穆歆羽接過，蹲身將水緩緩灌入那兩瓣乾裂脫皮的嘴唇裏。

那男人飲了水，似有些醒轉，朦朧視線裏隱約看見一美貌少女捧著水壺來救他性命，她頰邊金環耳飾在艷陽照射下光輝四散，頃間又襯著那青色飄紗成一片波光瀲灩，接著便覺一冽清泉沁潤舌喉，說不出的舒坦，未及細究這活露來自那只水壺抑或那片水波，又因虛弱而迷迷糊糊地再度昏絕。

穆歆羽見他沉下頭去，憂急問道：「怎麼辦，他又昏過去了？」哈丹道：「大概是脫水，且在太陽下曝曬太久，一時半刻恢復不來。」穆克舉目四望無一避蔭之處，說道：「我們快把他抬到車裏。」哈丹點頭。兩人於是合力將男人連同他的大背囊一同搬移到車子後座。

穆歆羽道：「救人要緊，我們先別管去若而村的事了吧。」哈丹沉吟一會，道：「現在折返，至少得花一小時車程，卻不知他能否承受得了一路顛簸，但倘若納忠言留的地址是真的，再開十分鐘應該就能抵達他家。」

三人匆匆議定，姑且按照原來行程，但願不久即可到得目的地，將人妥善安置。

車子再度發動前駛，不久繞了個大彎，滾滾黃沙轉眼在背後愈拋愈遠，荒煙漫草之後又是一個村落，屋舍逐漸脫出，一晌即見黃紹立在一幢屋前向他們招手。

納忠言本來坐在屋裏搖扇飲著涼水，見大夥竟抬了個人進來，嚇了一跳，指著那人叫道：「你們打哪弄來這屍體？」眾人匆匆草述一回。哈丹道：「得趕緊放他到床上好好休息。」引領四顧房屋內裏。

納忠言好生不悅，頻頻隨著哈丹所顧方向挪動，好以龐大身軀擋住其視線。黃紹道：「先將他放到我床上吧。」遂引著眾人來到他暫住的客房。

忙亂一陣，總算把人安置穩妥，檢視他身上並無嚴重傷處，眾人才略為寬心退出黃紹房間。

納忠言單手撐著桌面，瞪視眾人，惱道：「到底誰的地盤，如此進進出出的。」穆克道：「你明知我們不得已，難不成見死不救。」納忠言冷笑道：「見死不救又怎樣，從前我和阿娜流落街頭時，怎沒一人似你們好管閒事。」眾皆默然無語。

沉寂少晌，納忠言復道：「閒事鬧完了，到底還要不要理會正事？」哈丹道：「不知道大家想出解譯祕文的方法沒有？」黃紹拿出一只提袋，正要發言，納忠言及時攔阻道：「慢點，你們怎又不守約定，多帶個人來？」哈丹道：「那人與我們素不相識，是途中偶然遇上救起。」納忠言道：「天曉得他是不是你們的人，故意喬裝改扮前來偷聽祕密。」穆克道：「你入戲太深，這等多疑，那人不省人事的，怎麼偷聽？」納忠言故意扯嗓叫道：「我去剁下他一根手指，試試他昏迷是真是假。」說著拔出腰刀，眾人駭然，趕緊攔下。

黃紹道：「你倘若不放心，我們到屋外涼亭去議不就結了。」大家順著他所指方向看去，門外幾步遙處果然有一座涼亭。納忠言道：「這就去。還是得先取根繩子把裏頭那廝綑了，免得他一會睡醒，潛來偷聽。」言訖又要去拿繩子，眾人拉住。

穆歆羽道：「要不我留下來，他正虛弱，也得有個人看顧照應。」又問：「納大哥，我能不能借用你廚房，我想熬些湯備著，等那先生醒了或許用得上。」納忠言一生不曾有個年輕女孩這般好聲好氣地求助於他，那聲「納大哥」尤其順耳，當下心中一樂，竟異常豪邁起來，大笑道：「妳儘管用，裏頭雞鴨魚肉全歸妳管了！」穆歆羽道：「謝謝。」納忠言道：「不用客氣，小妹子。」說完又哈哈大笑不止。

眾人漸習慣他瘋瘋癲癲、說風是雨，自不多作理會，魚貫出了大門往涼亭去。

穆歆羽送至門邊，正要回身進屋，又見哈丹折返，殷切交代道：「小羽，妳自己小心，讓大門敞著，一會我會坐在亭子那側，隨時可以望見屋裏動靜。有事妳便大聲叫我。」穆歆羽柔聲應諾，兩人相顧微笑，一晌方各自轉身分別。

哈丹快步進了涼亭，餘人皆已坐定，納忠言手掌拍著石桌，瞟著哈丹擊節哼唱道：「東山的太陽照西山，西山的牡丹映紅了東山，阿哥是太陽山口裏看呀，阿妹是才開的紅牡丹。少年人看上了紅牡丹呀，紅牡丹愛上了少年，哎嗨呦呦，扯不斷情絲綿綿……」

一待哈丹入席，黃紹即取出方才那只提袋，道：「我這幾天到鄰近大學的相關研究系所借來一些書籍，或許派得上用場。」將袋內書冊倒出，一一攤排於石桌上，其中有《素爾夫》、《回語讀本》、《克塔尼》、《信仰問答》等，內容皆為漢文在上，小兒錦在下，且按句對照的雙語讀本。黃紹隨手翻開近冊一頁，說道：「我們雖不識得小兒錦，但如果按著上排漢文逐字逐句對應，觸類旁通，說不定能摸索出端倪，進而抓住其規則要領，解譯出匣中所刻祕文。」雙手各指著兩本書上的兩處漢文，道：「比方說，這兩句皆包含『羊』字，除此之外，其他字詞都不同音，對照下面小兒錦，只有『يْا』在兩邊同時出現，由此可見，『يْا』應該就是指『羊』之標音。再看匣上第二道祕文也有這圖碼，便可推知此題當有一處提及『羊』，或者陽、楊、洋……等同音異字。」

於是分配紙筆書籍予各人研探。大夥尋章摘句、左右參考，記錄下隻字片詞，時而發現一詞兩邊相合，第三處卻出現不同圖碼，只得又劃掉刪除，重新檢閱。

一小時候，納忠言首先放棄，丟了紙筆道：「這怪字彎彎曲曲的，看得我眼花撩亂，脖子左扭右轉，再下去便要跟這些怪字一樣纏作一團了。你等皆自認聰慧過我，案牘勞形這種事就讓予你表現了。」說完自行離座，至亭柱間搭架的長凳曲肱而躺，片刻已聽得他呼呼大睡起來。

又過數時，眾人揮汗校讎，卻始終只撿得零碎字詞，苦心孤詣下仍湊不得章句。哈丹道：「我看此途恐怕不行。若是祕文用了這些書中未曾出現過的字音，我們就算把書翻爛了還是徒然。再者倘若誤解，也沒人來糾察指正。」

黃紹道：「甚是有理，但不知有什麼其他辦法解得的。」哈丹道：「你此行不正是來學小兒錦，待你學成再譯如何？」黃紹道：「我雖志在求學，但還不知那阿訇肯不肯授。就算肯允，猶恐資質愚鈍，學之不成。就算學成，不知已耽誤多少時期。」穆克道：「第一道題誰解的，我們再去找他幫忙便是。」黃紹道：「恐怕納兄不願意。」

此時納忠言小睡方醒，聽得斯話，瞬間清醒，驚叫：「當然不願意。你們也太奇怪，怎老是處心積慮要攬人來分寶藏？」穆克道：「要不你來譯，譯不出就一直曬著。」納忠言一時應答不上。

哈丹道：「我有個提議。不如我們先去找那阿訇解譯第二道祕文，然後黃大哥一邊學習小兒錦文字，大夥一邊執行第二道祕文指引。等祕文指引完成了，那時黃大哥或許已學會小兒錦，再由他來解譯第三道祕文。如此一來，可省下閒等的時間，旁人也無從全然獲悉此三道祕文。」

商議既定，眾人取鉛筆白紙拓印下匣子中央那道文字，由黃紹收妥，準備擇日與納忠言一同前去找那阿訇。

另一邊穆歆羽送出眾人，自往廚房查看，備齊作料，遂起火燒水，煲起了羊肉湯來。

待湯將成，穆歆羽進房探視，那男人已恢復些許知覺，口中喃喃叫渴。穆歆羽又取水來餵，餵了數碗，方漸甦醒。

她輕聲試探：「你覺得好些了嗎？」那男人渾渾噩噩之中似聞耳邊仙音問候，視線裏彷彿又出現先時以仙露相救的女子，心中疑惑：「難道這是瀕死的夢境，絕望至極才得這般虛幻的美好？」迷迷糊糊地對著她的手重重一握，啞聲喊道：「仙人別走……」

穆歆羽為他這突來之舉嚇了一跳，忙抽出手，推了他一把，倏地起身站開。那男子經這一推，意識緩轉過來，瞳中聚焦漸晰，眼前女子並未隨之幻滅，其身影輪廓愈顯信實，芳姿玉容更比迷茫時所見勝出百倍，再看看周圍已非窮天沙漠，耳畔不縈呼嘯風嚎，自己安然置身於溫暖床褥之中，連忙坐起說道：「謝謝小姐相救，荒漠甘泉，沒齒難忘。」目光停在她頰邊青紗蓋頭裏那只若隱若現的金環耳飾，又見她眼神充滿戒備，遠遠站著，忙道：「是不是我迷幻中有失禮之處，還望小姐原諒。」穆歆羽見他誠心誠意，這才放了心，關切問道：「覺得如何了？」那男人道：「好多了，只是給妳添了麻煩。」

穆歆羽笑道：「沒事就好，我燉了羊肉湯，你要是能進食，我這就去取一碗來。」那男人方才發覺腹中饑餓，坦言應答。穆歆羽轉身出去取湯，那男人感念著她的恩予，又為她儀容心折，不覺目不轉睛地獃望著她背影，暗自傾慕不已。

穆歆羽一心救人，不察異處，自往廚房盛了碗湯要端去，適逢涼亭四人議定歸來。納忠言一進門即嗅聞屋裏香氣四溢，見穆歆羽端了湯出來，一箭步上前說道：「小妹子好手藝，這碗湯正是要給我的吧。」雙眼直盯著湯碗不放，右手掌已伸出要接。穆歆羽無奈，只好捨了此湯，逕自再回廚房另盛一碗。

孰知才端出湯來，穆克也笑嘻嘻迎上，說道：「大姊姊好手藝，這碗湯正是要給我的吧。」說著也伸手要接，穆歆羽旋身護湯，輕拍了一下他手背，笑道：「別這麼頑皮，要喝湯的都自己到廚房盛去，這碗要給病人的。」端湯入房，餘下眾人爭先恐後地進廚房舀湯去了。

穆歆羽將熱湯給那男人喝下，未及交談，房外眾人各自爭食完畢，譁譁然進得門來。那男人見霎時間一大群人蜂擁而至，有些愕然，看著穆歆羽問道：「他們是……」坐在床上舉目巡視一回，忽指著哈丹訝然驚問：「你不是……」

納忠言本就恨他鳩佔鵲巢，聞言更是怒不可遏，張牙舞爪罵道：「什麼你呀他呀是不是的？你沒事跑來我家睡，還想我們給你請安報名不成？」他原不把哈丹等當一夥，現在新添外人，反倒劃了界把大家一概攬過「我們」這邊來了。

黃紹一面阻擋安撫，一面草述一回哈丹等人將他由沙漠救至此處的經過。那男人聽罷心下感激不已，乃先主動自我介紹——原來他姓邊，名星友，江蘇常州人，是一名電影導演，為拍攝新片千里迢迢帶隊來到新疆取景，未料大功告成正準備移駕東返，途中卻與劇組走脫。他一人在廣袤瀚海裏獨行摸索，幾日幾夜不見一村一店，亦遍尋不著走散的隊友。身上所存糧水眼看完盡，他終於體力耗竭地昏厥道上，幸得哈丹等三人開車經過，及時發現救起，否則恐怕要葬身沙塵之中，化成白骨都未必教人掘出。

言訖又一一向眾人行禮拜謝。對哈丹和穆克救命之恩，兼穆歆羽無微不至的照顧自不必說，也謝過黃紹不拒他滿身塵土，願意讓他睡在自己床上。最後又謝納忠言慷慨收留，說道：「屋主急人之難，不嫌度外客，如此無私磊落胸懷，想必是世上最有福報之人。」

眾人各通姓名、一一答禮，見他謙恭誠懇，皆覺親近友善，聽他對答如流、談吐不凡，不免又生幾分尊重交好之意。而納忠言雖是回人，卻素來最喜聽人說他命帶福祉一類讖語，每聞之心中總暗自揣度：「或許是個懂天機的聖人刻意出言警示。」邊星友這句祝祈之語正中其下懷，立刻一改前怨，呵呵笑道：「過獎，過獎，我生性最好客，你在這裏慢慢調養，愛住多久便住多久。」邊星友又稱謝再三，餘人暗自好笑地想：「他尚不知自己差點一覺醒來就斷了根手指呢。」

穆克好奇地問：「邊導演，你到新疆取景，預計拍什麼片？」邊星友道：「我正在籌備一部偉人歷史劇，片名叫作《奈費勒傳奇》，內容便是以這位偉大工程師如何築壩引水，完成艱難任務的奇蹟故事為主軸。」

哈丹等三人聽了，不約而同「啊」的輕叫出聲。穆克雀躍地問：「這麼說來，你曾到過我們豐源村取景？」邊星友也甚是意外而欣喜，反問道：「小兄弟是豐源村村民？想必一定已熟知這位築壩英雄的傳奇故事。」哈丹正想作聲，穆克有意在納忠言和黃紹面前稱揚炫耀，搶先答道：「是挺熟悉，但不知和你的電影合不合調，要不你先說說新片情節吧。」又故意說：「唉呀，我差點忘記你為了拍攝此片險些命都送了，竟如此不識趣問起商業機密來，簡直強人所難。」

邊星友笑道：「各位對我的大恩，雖銜環結草不足為報，豈有隱瞞藏私之理。只是從業至今，所拍攝的幾部電影總不賣座，唯恐此片又蹈前轍，說了不能解悶，反教大家無聊。」不由低眉惆悵不已。

哈丹問道：「不知你過去拍過哪些電影？說不定內容教人精彩難忘，只怪我等粗心沒留神記下導演姓名。」邊星友道：「說來慚愧，入行近二十載卻只主導過三部電影，其餘皆是為人作嫁，不足為道。這三部電影，一部是以漠河白夜為背景，一部取北疆明珠同江風情，一部則擷選黑河五大連池火山地貌。三片皆徵採正史並佐稗官野史為基礎，演義當地一則傳奇軼事，兼融奇觀異景，衷願雅俗共賞、寓教於樂，也為一些名聲不顯，但實為一代豪傑的傳奇人物發聲。」

哈丹笑道：「你也太衷情東北，一股腦地往那裏投入。」邊星友笑道：「是呀，我雖生在繁華大城，卻對邊境奇風異俗情有獨鍾，總想避開人盡皆知的熱門主題冒險開採。誰知道到底是不是因為我姓『邊』的緣故。」言訖眾人皆為其幽默會心而笑，又對他苦中作樂的自嘲好生敬佩。

黃紹卻自沉吟思索，念道：「《神州永晝曲》、《界江軼事錄》、《黑河石龍記》。」邊星友聞言變色，挺背直腰，挪身向前，探問：「你看過我的電影？」黃紹點頭。邊星友急問：「指教若何？」黃紹道：「一言蔽之：歎為觀止。」邊星友渾身發顫，驚叫道：「天地之外，竟有知音。」一不覺滿頭暈眩，呼吸都快緩轉不過。

納忠言為兩人自顧一來一往好不耐煩，催道：「你別也學黃書蟲成日裏不說人話，快把那新片故事講來。」黃紹慮他尚未癒可，按下興致，勸道：「你現下只管調息，改日再備水酒，同澆塊壘。」穆克見離題益遠，笑說：「邊導演別吊我們胃口了，我們都等著聽你說那《奈費勒傳奇》呢。」

邊星友於是對眾人講述起奈費勒的故事：

「這部電影設定年代約莫在七、八十年前。當時，古爾班通古特沙漠一帶發現石油，聞訊者無不爭相前來開採，夢想借此機會脫離貧困，改善生活品質。

「然而石油蘊藏之處是一片貧瘠亢旱的大沙漠，終年不雨、滴水難進。急進者雖摩肩擦踵而往，卻終因為沒有水源供應無功而返，其中多有不堪乾渴死於途中者，亦有因此染上惡疾難以醫治者。原本發現地底資源該是一件值得慶賀美事，孰知卻是空歡喜一場，還造成不少難以挽回的悲劇。

「當時的副督軍童震是個深謀遠慮、一心為民的官員，他聞知此事，日夜苦思，希望能想出辦法為民眾實現到沙漠開採石油的夢想。他琢磨著：『眼下最關鍵者為水，若能尋得水源供應，正如拿到一把打開寶庫的鑰匙。但石油遠埋在數百里外沙漠之中，要怎樣才能源源不絕地把水送過去，隨時供應深入荒境的開採工人呢？』

「童震找來了當地極具聲譽的丁姓工程師共商大計。那丁姓工程師聽完童震憂恤百姓的抱負情操之後，低頭沉思良久，說道：『副督軍容我回去想想，幾日後再來答覆。』童震送他到門外，見他不甚熱衷，殷殷囑託道：『請務必力圖良策，若能成功，正是百姓洪福。』那丁姓工程師應了聲『知道了』，逕自道別離去。

「過了幾天靜悄悄的日子，童震猜想那丁姓工程師要不苦無對策，要不早對此事漠然淡忘，正準備另找他人商議，此時卻來人報說丁姓工程師候見。童震喜出望外，忙忙迎入。那丁姓工程師一進門即取出一疊圖稿，說道：『副督軍莫怪怠慢，實因這幾天沒日沒夜地在趕這份工程設計圖，寢食皆廢，也忘了先向你通個音訊。』他話音急促、態度積極，全然不似初見時那般事不關己。

「童震一面命人備茶，一面請丁姓工程師就坐，兩人入了席，不多敘禮，直接切入正題。那丁姓工程師攤開畫稿，說道：『這是一份築壩引水的模擬設計圖。倘使能選定一流量豐沛穩定，且與沙漠間暢達少阻的河流築壩儲水，並修建管線由水庫連接至石油所藏之處，即可定期將儲水送往沙漠之中，供應當地工人日常用水。』接著指著設計圖各部分逐一詳述解釋。」

邊星友說到此處，停頓少頃。哈丹、穆克、穆歆羽皆困惑不解，心想：「這故事怎和向來詳熟的不一樣？」

哈丹問道：「這丁姓工程師倒是別開生面，但不知他全名為何？」邊星友道：「這丁姓工程師並沒有在歷史上留名，人人只知他姓丁，都呼他『丁卒子』。」穆克道：「為什麼？」邊星友笑道：「不忙，聽我說下去自見分曉。」

於是續道：「童震聽完那丁姓工程師的計劃，半信半疑地問：『你是指，要做一條管子，把水直接由城鎮河流引到沙漠之中？』那丁姓工程師道：『正是。』童震驚道：『你可知兩地相隔數百里，其中還有房舍樹林等障礙。』

「那丁姓工程師道：『卻不知實際數據如何，得要見了，方能評估。』童震於是將詳細資料予了他。

「那丁姓工程師接過資料，自顧翻閱片晌，似是面有難色。童震料想不妙，忙問：『怎樣，原計劃還可行否？』丁姓工程師又思片刻，說：『容我回去想想，再來回覆。』自去。

「日子又是靜悄悄地過去。童震心想此人行事謹慎、思慮周全，故不催趕。一星期後，丁姓工程師總算出現。這回他又沒日沒夜地趕了疊設計圖，不似上回的預設模擬，而是一份真正要落實於現實中的圖稿。

「他看中了流經樓禾鎮豐原村的西倫塔善河，準備在村子最低點——西北谷一帶建一道水壩，將河水鎖在谷中，蓄為水庫，並從這水庫接通管線直達沙漠中心，如此一來便能把水庫的水經由管線運往石油開採區，並於途中設置多座抽水站，以及兩個附屬小型水壩以轉換水位和水壓結構。

「童震道：『若實行這工程，西北谷原來屋舍將盡數沉眠水底？』丁姓工程師道：『的確如此，但這也是萬不得已，西北谷一帶水流充足，合著天然山屏，最適合建壩儲水。』

「童震起身徘徊不定，雙手剪在背後，憂道：『這工程太過浩大，萬一途中管子阻塞或者破裂，豈不全盤皆毀？』又問：『你打算怎麼建造這條管線，該選用何種材料適宜？』

「那丁姓工程師低頭翻看手裏的計劃書，答道：『我想應是條鋼管，不過請容我仔細審度，再來回覆。』童震又問：『這工程預算多少？大概多久可以完竣？』丁姓工程師道：『請容我回去確實計算，下回一併答覆。』

「沒多久那丁姓工程師依約交上一份預算明細、一份五年計劃進度表、一份工程細部規劃，包含了管線的材質和作法、各抽水站和小型水壩預設地點、堤堰、溢水口工程等等，無一不鉅細靡遺。

「童震內心掙扎不已，一方面覺這計劃精緻完善，報告書裏處處可見工程師苦心孤詣地力求完美，各種問題皆已設想應對措施。另一方面卻怕盡善盡美只是紙上談兵，未必真能落實。再則開銷預算過於龐大，經費申請難上加難。

「幾番反覆拉鋸，童震終於下定決心放手一搏。遂提案上報，不久果然遭拒。

「童震不死心，多方奔走請求援助，費盡唇舌解釋此案是經三番四次確認修訂，絕非冒然行事，本來這非他管轄之域，多有勸他『不在其位，不謀其政』的聲浪，童震一抬頭，看見民眾相贈的『為民喉舌』牌匾高懸廳上，下定決心，不惜僭越為民謀福。

「皇天不負苦心人，最後總算過關斬將，獲得批准。在當時，這是一項石破天驚的大案，無論工程本身或者經費預算皆是史無前例。

「提案獲准後，童震卻面臨另一個難題——原來西北谷居民世世代代沿河而居，聽到有人想築壩封起西倫塔善河，還要河水淹沒他們家園，自然憤怒難息，日日結眾鬧事抗議，無論童震開出什麼條件都斷不肯從。童震對他們曉以大義道：『你們若肯遷居，一旦水壩築成，石油的開採將帶動經濟繁榮與人口成長，屆時全豐原村、全樓禾鎮，甚至全新疆居民都因此受惠。』西北谷住民叫罵道：『憑什麼要我們犧牲，怎不讓水淹到你家去！』『你先跳到西倫塔善河自盡，讓我們看看你的誠意！』

「童震束手無策，於是找來他女婿洪省善幫忙。此人足智多謀，且能言善道，由他出面，竟三兩下安撫了暴動的西北谷住民，說服他們將家園遷往他處。

「自此丁姓工程師開始著手進行他的築壩引水計劃。動工過程困難重重，所幸他事先設想周全，每一步驟皆擬了多項備案，一遇阻攔即可隨時變通。有時就算有臨時狀況，不出三五日便能找到權變之策。童震見識了他的能耐，暗暗稱奇，先時疑慮也逐漸緩釋，心想總算沒枉費一場曲折勞苦。

「倏忽五、六年轉瞬即過，眼看就要大功告成，童震欣喜若狂地隨口問道：『這鋼製管線看來牢實，想必引水運送不成問題，卻不知平時如何維護？』那丁姓工程師愣了愣，答道：『容我回去想想再來回覆。』……」

邊星友「覆」字餘音未完，納忠言忍不住插嘴道：「這人也真囉嗦，什麼事都要先回去想想，他就不能乾脆點嗎？」

邊星友笑道：「正是如此。童震也早和大家有同樣的疑慮，心想：『這些年來，每回他總遇事不決，回去想想之後卻立刻搖身一變，成個神機妙算，天下真有這等奇事？』故意說：『可我現在便要知道。』那丁姓工程師聞言有些慌亂，說道：『請副督軍容我回去想想，中午之前定來回覆。』言畢快步離去。未及中午果然依約回來，於此問題對答如流。

「其實童震是個外行人，當時巡察時隨口閒聊提問，丁姓工程師即便含糊虛應還不至於露出破綻，但他此舉令久惑多時的童震更加懷疑『回去想想』裏頭大有文章。

「童震找人暗中調查，竟查出那丁姓工程師根本只是個庸碌之輩，一切了不起的大膽計劃皆是由他的學生代為捉刀，每次遇到難題回去想想，其實便是去徵求這學生的解答，再按照其說法一一轉述。這學生大名叫作『哈曼格』。」

言及此，哈丹等三人又不由「啊」的輕呼出聲，輪流對看，臉上盡是似悟非悟的表情混雜。

邊星友續道：「這位哈曼格，經名叫『奈費勒』——回人常在官名之外另取一個經名，每個經名皆有其象徵含義……」

穆克插嘴道：「就像我經名叫『古達麥』，象徵勇敢。哈丹大哥的經名叫『法赫勒』，象徵榮耀。姊姊經名叫『索珊』，象徵山谷中的百合。」納忠言道：「我經名叫『加亞西』，寶藏繼承人的意思。」他自行在原意前加了「寶藏」二字。

邊星友點頭，續道：「說是巧合，不如說更像一則隱喻與暗示，『奈費勒』一名與古阿拉伯大海之名遙相對應。江河歸逕、百川匯流，這個名喚『奈費勒』的無名小卒，竟是藏身於丁姓工程師背後，為人們創造水源的幕後功臣。

「真相揭曉之後，童震驚駭不已，急心約見了這個久遭埋沒的水利天才，問他為何甘願屈居人下，奈費勒道：『我只管築壩引水，全數心力盡已在工程本身得到報償，個人榮辱何足掛齒。』童震對他的專注與無私敬佩不已。

「數月之後水壩竣工，西倫塔善河的水順利經由鋼管運至石油區，人人歡欣鼓舞，簡直要對那丁姓工程師頂禮膜拜，但也許是他生性怯懦，也許是良心不安，日日面對這種歡騰簇擁的大場面愈發退縮羞愧，又聽聞民眾討論著要為他立碑塑像，永銘其德，內心更加倉皇無措，某天夜裏趁著萬籟俱寂，竟逃逸不知所蹤了。

「丁姓工程師走後，童震徵得奈費勒同意，對群眾說出了全數真相，才教這樁隱晦多年的祕密撥雲見日。

「群眾一面唾罵那丁姓工程師，砸毀刻了一半的雕像，並從此以『丁卒子』稱喚加以嘲貶。另一邊則改對奈費勒的功勞和胸襟高呼歌頌，都說他人如其名，是上天欽點的築壩英雄，神鬼莫測，能呼風喚雨，造水於乾旱之境。由於『奈費勒』之名涵義特別，關聯著他的功業，人們便以此代替他的官名『哈曼格』來頌記。奈費勒自此聲譽大振。

「為了慶祝此役大捷，『豐原村』從此改名『豐源村』，以誌其供應豐沛水源之意，且推奈費勒為村長。民眾又在豐源水壩旁置奈費勒石像，紀念其功德，他的後裔也從此世世為村長，且代代皆有傑出政績。豐源村村民至今仍不忘其本，人人打從心裏尊敬著奈費勒家族嫡系，各小學總會安排孩童前往水壩參觀，臨著石像講述這位築壩英雄功勳。而童震知人善任、洪省善恤撫西北谷居民，以及奈費勒成功將西倫塔善河之水引往數百里外沙漠，完成幾乎不可能的任務，也成就了一段至今仍為人津津樂道的傳奇美談。」

邊星友故事說完，大家紛紛表示對此電影充滿期盼。

穆克道：「故事甚是精彩，可是我從小在豐源村長大，雖熟知奈費勒是個築壩引水的英雄，卻從沒聽過什麼丁卒子，更不知曉這一段曲折。」邊星友道：「歷史上對奈費勒的記載聊聊數筆，我也是蒐集許多民間傳說、鄉野奇談，旁徵博引、去蕪存菁之後才決定選用這些情節的。」

黃紹對哈丹道：「從前孤陋寡聞，今日方聽得尊祖偉績，真是失禮。」他從前只知哈丹是村長之子，但未聞奈費勒舊事。哈丹笑道：「哪裏的話，黃大哥太過客氣。」

邊星友訝然驚道：「原來你是奈費勒後人，怪不得我第一眼看到你時，便覺得怎這般眼熟。『哈』又是回族大姓，互通姓名時只當常例，未多聯想，前時愚鈍，此刻悟得，猶如茅塞頓開。」哈丹道：「邊導演不必介懷。承蒙抬愛，不辭千里來此拍攝我太爺的遺事。」穆克問道：「邊導演找誰來演奈費勒？」邊星友乃將那演員說了。穆克笑道：「你這電影要是晚十年再拍，屆時正好可以找哈丹大哥來飾演奈費勒。」

邊星友笑道：「年齡倒不是問題，稍微化點妝，保證一下子便教哈丹兄弟看上去老了十多歲。可惜我這部新片籌備至今，已投入巨額資款及五年心血，進度也已完成大半，無法再換人重拍。」又說：「我們往豐源水壩取景前，曾先到村長辦公室拜會。一見了他我也是好生驚奇——怎麼和資料照片上的雕像長得一模一樣，只是年長了些。」

穆克道：「那不可惜，你拍完此片再追加一部《奈費勒前傳》、一部《奈費勒續傳》，前傳找哈丹大哥來演，續傳則由村長演。」哈丹笑道：「你可想得周全，再加一部《奈費勒沒完沒了傳》，由你來演。」

邊星友笑道：「那都得先看此片觀眾反應如何了。」黃紹問道：「不知電影是否已排定檔期上映？」邊星友道：「希望今年年底前能如期上映。」穆歆羽道：「到時我們定結伴去捧場。」邊星友聽了，不禁心湖蕩漾，她話音縈在耳畔，久久不退。

眾人又笑鬧一陣，各自散去。

哈丹等三人回到豐源村時，天色已晚，哈丹遂在穆歆羽和穆克家裏一同用了晚餐，小敘片晌，方才獨自返家。

一進家門，便見母親俄麗婭點著燈修剪盆栽，庭院裏花團錦簇，在暈黃燈光和月光之下除卻白晝的鬧色爭艷，更顯靜謐內斂。薰風拂過，陣陣馨香撲鼻，舒徐怡人。

哈丹輕喚道：「阿娜。」俄麗婭直起身，回頭笑道：「一早不見人影，上哪去了？」她氣質優雅，燈暈花圍，更襯得雍容華貴。哈丹道：「和小羽、穆克到鄰鎮找朋友聚會。」又問：「阿娜這麼晚了還不歇息？」俄麗婭笑道：「白日裏太熱，趁著夜涼把這花草打理打理，無花不成家，可惜前陣子懶了幾日，竟讓花謝了好幾盆。」哈丹道：「我來幫妳。」正欲提步上前，母親阻道：「不用了，你父親找了你一整天，卻不見人。」哈丹道：「阿大找我何事？」俄麗婭道：「我也不清楚，你自己問他去。」

哈丹依言進了屋去，沿著過道，一路通過松椽、松樑、松檽、松柱，直抵村長哈正卜的書房。哈丹敲門而入，問道：「阿大找我？」哈正卜身著白襯衫，對襟黑坎肩，正肅坐於燈下讀書，手未釋卷，示意哈丹將房門關好，坐在大桌對面的松木椅上，問：「上哪去了，這麼晚回？」哈丹道：「和小羽、穆克開車到鄰鎮找朋友聚會。」哈正卜道：「什麼朋友？」哈丹想起曾應諾不提寶盒一事，答道：「幾天前在傢俱行新識的朋友。」

哈正卜放下書，靠著椅背，雙手扶在椅子把手，若有所思，須臾方問：「我聽店裏員工說，幾天前有人在店門前鬧事。」哈丹道：「是。」哈正卜道：「怎沒聽你提起？」哈丹道：「阿大公務繁忙，怎好再拿店裏小事擾你。況且那是誤會一場，後來解釋清楚，也和對方言和了。」

哈正卜起身在書房裏來回走動，雙手交握背後，面容憂鬱，似有難言之隱。好半日，終於停頓下來，探問：「我聽人說，那鬧事之人是為一只木匣？」哈丹見父親已經知曉，不敢說謊，默然點頭。哈正卜又問：「那匣上刻著我們家族圖徽？」哈丹又點了點頭。

哈正卜回到書桌前坐下，雙眉緊鎖地直視著哈丹，似在小心思考接下來的談話。哈丹不曉父親怎端的這般煩愁，擔心他開口索要寶盒，自己該如何既不欺騙，又維持當時在那小房間裏五人共定的約則。

哈正卜思量少時，終於續道：「你可把那只木匣要回來了？」語氣甚是鄭重謹慎。哈丹搖頭。哈正卜追問：「現下那只匣子何在？」哈丹道：「教對方拿去了。」原以為父親會為此更加失望煩心，但哈正卜聽了，忉怛之色似淡了幾分，說道：「如此甚好。」

哈丹不解其意，探問道：「那匣上有我們家族圖徽，我實不知該不該強行要回。」哈正卜忙道：「不可要回。」哈丹愈是困惑，問：「為什麼？」哈正卜道：「那匣子雖有我們的族徽，但既已售人，怎可要回。就像店內傢俱不也每項都標誌圖徽，若憑此便想將東西奪來，以後誰還敢跟我們作買賣。」哈丹道：「那木匣卻不是從店裏賣出的。」哈正卜道：「縱使如此，也關乎傢俱行信用聲譽，區區一只不值錢匣子，捨了便罷，別鬧個得不償失。」

哈丹原本還想追問那匣子不是父親的收藏，怎如此輕易捨得，又顧慮言多必失，惹得父親知道自己與黃紹、納忠言尚有聯絡，只好喏喏應過。

哈正卜又叮囑幾句，問了些傢俱行近況等日常話題，又問候穆克傷勢，方吩咐他早點休息。哈丹帶著滿腹疑惑，退出了哈正卜的書房。

第四回

豐源水壩

邊星友不日復元，體況、精神皆振。黃紹遂邀他同往鄰近酒館小酌，二人揀了個樓層間臨窗位置對席而坐，燈火暈罩、竹簾半捲，倒也雅緻。一會店伴捧上小菜、清酒，二人勸讓一回，相互斟酌，各自把盞而飲。

黃紹問起他怎投志於此，長年屈才仍不改其志，邊星友道：「說了怕你見笑，就是幼時參加了學校話劇比賽，得了獎，興趣初萌。後來一連串機緣，好似都在暗示我該走此路，於是對『才華』產生了幻覺，以為自己是欽定的戲劇天才那般，愈陷愈深。」黃紹笑道：「就像奈費勒是欽定的水利天才那般。」邊星友苦笑道：「唉唉，就知道你要笑我。奈費勒還有『尉遲恭暗察白袍將』，一朝水落石出，我卻冀盼誰來察訪我？」黃紹收起玩笑，說道：「遇合有時。那奈費勒蟄伏五、六年，終得平反，你這電影不也正拍了五、六年，合該你這回正要靠它出頭了。」說著舉盞與他乾杯。

邊星友飲了酒，笑道：「這也真是穿鑿附會，不符合你學者的身分。」黃紹亦笑，一面吩咐店伴再拿一些酒菜來。邊星友道：「我這一路死撐，執迷不悟，算來便是初始喝了許多迷湯，嚐到甜頭，待要抽身，卻已成癮。悔之無及，又甘之如飴——當真無藥可救了。」黃紹道：「願聞其詳。」邊星友道：「我這腦袋從小就愛自動跑畫面，比方有人說：『我家昨晚失火。』我頭腦裏便直覺有幢房舍在夜空熊熊燃燒的壯觀景象，連屋舍形貌、人們竄逃時的碰撞尖叫都是齊全的。我原以為眾人皆如此，後來發現大家會先緊張有無傷亡，關心起火原因、救援後續，這些才是頭等要事、人之常情。

「那場話劇得獎時，我才十一歲，什麼也不懂，只覺快活而清醒。往後不時有些機會：學校校慶表演、社區聯歡餘興等，人人誇我讚我，而我也樂在其中。中學時和朋友組了社團，日日高談理想，又讓大家推作社長，每回比賽總是得獎。大學選了專業，開始認真苦修，倒也一帆風順，備受師長青睞、同儕羨慕，畢業時還拿了個優等生獎座。豈知後路坎坷，唉唉，不提也罷，我自覺更精緻更嚴謹了，卻教人認作太過嚴肅，寧要下里巴人，卻不要陽春白雪。我中學時那群志同道合的朋友人人轉行，大學時摸不清志向、意外考進的同學倒是好幾個飛黃騰達了。剩我還掛在中間，不放棄也不妥協，拍電影拍到傾家蕩產，還差點命喪沙漠，最是癡憨而不切實際。其實這世上，根本沒有『懷才不遇』這碼子事，說到底是輸家推罪之詞。唉，我這回也算破釜沉舟，再不成事，便死心改行賣麵去吧，正好也沒籌碼揮霍了。」搖頭長嘆，自飲一杯。

黃紹道：「不是這樣說，馮唐易老、李廣難封，連姜太公這等賢才都到八十歲才得逢時。」邊星友笑道：「馮唐、李廣、姜太公若是不遇，你還叫得出名字來？」黃紹道：「你這是拿話詐我，真正懷才不遇者老早與時俱沒，我自然舉不出例子與你辯說。」又道：「短利易謀、長名難得，你的作品屬於後者，故而評點者立場不同，你才從舊時頻頻勝出到一落千丈，成敗不是片刻喧囂決定，便看你受不受得了一時寂寞了。」邊星友苦笑道：「只怕不是『一時寂寞』，是『一世寂寞』。」黃紹道：「『一世寂寞』卻比『一世含混』值得，潮流隨世、志向由心，依我看，在這點上你遠比他人幸運得多。再說那是你性情使然，說得宿命點，再落魄潦倒，你也捨不得，否則早捨了不是？」

邊星友撫掌大笑，歎道：「好吧，至少有你相知，我也不算『一世寂寞』了。」二人又乾一杯。邊星友道：「一日若成大事，我必公然謝你這番恩遇。」黃紹道：「『士方其危苦之時易德耳』[1]，你現在坐困愁城，遇上我說了幾句，都是老生常談，你便死心塌地。不久你功成名就，立即發現原來知解你的人滿街都是。」邊星友道：「那時來的也不稀罕了，知音不就是眾中早早便能識得你的那一個。」黃紹道：「這話倒是不假。」邊星友道：「我看不如就在此片放上你的名字，屆時播出，讓人人都曉得我有個大知音黃紹。」黃紹笑道：「千萬不要，我不想紅。」邊星友笑道：「偏要讓你紅。」黃紹道：「好吧，那我捨命陪君子。為了讓我紅，你必得卯足全勁先紅了你的電影。」邊星友道：「一言為定！」黃紹道：「一言為定。」兩人連乾數杯，杯盤狼籍方相扶而回。

此後黃、邊便不時相約，把盞談心，清辯高談，每回總是至醉方休。

*

是日黃紹端整衣裝、揀備薄禮，欲與納忠言同赴清真寺，去找先時那位董學阿訇求業兼解譯第二道祕文。

黃紹雖是邊疆民族研究的專家，對伊斯蘭文化不乏了解，卻未曾實際深入交往過資深神職人員，此行又是去拜師求學，心中不免忐忑敬畏，一早便不安地來回打理儀容。

納忠言坐在客廳裏，挾著布包裹的寶盒，不耐煩地問：「黃書蟲，你到底要摸弄到幾時，

1 《史記．平原君虞卿列傳》

那阿訇垂垂年老，恐怕等不得你從書蟲蛻成蝴蝶哩。」黃紹笑道：「若不給我的老師良好的第一印象，恐怕他不肯收我。」納忠言道：「只要他快點譯出第二道祕文，其餘的皆無所謂。」黃紹道：「你別忘了，我若學不成小兒錦，接著該由誰來譯第三道祕文。」

交談間，忽聽得一個聲音道：「兩位聊著什麼，有沒有我幫得上忙之處？」二人詫然回頭，見邊星友正走出房門，立定探問。納忠言忙把掛在肘上的布包往桌下一藏，怒目問道：「你這人怎如此不識趣，我好心收留你，倒方便你偷聽我們說話！」

邊星友笑道：「納兄別誤會，我適巧出來，聽得你們正談什麼蝴蝶、毛毛蟲的。恰好我從前曾為一所小學製作過生物影集，一時見獵心喜，中阻了二位談話雅興，真是過意不去。」納忠言半信半疑，刻意岔開話題，問道：「是嗎？我們正為這個問題發愁，你倒說說毛毛蟲怎樣變成蝴蝶的？」邊星友遂將其蛻變過程、詳實數據一一說了，納忠言方才肯信。

邊星友見黃紹嚴裝盛服，好奇地問：「黃兄這身打扮，是赴重要約會嗎？」二人聞言，不由一震。納忠言笑嚷道：「呃，對，書蟲兄說他一心想討個新疆姑娘作老婆，今天正打算穿得風騷到路上招搖招搖，看看有沒有女人因此拜倒。」黃紹正要辯解，卻讓納忠言暗暗扯著袖子，豎目警告。邊星友笑道：「沒想到黃兄不僅志在邊疆文化的研究，連生活都融入其中了，可謂專業更復敬業。」

黃紹有口難言，只得陪笑道：「邊兄是行家，快替我看看這衣著髮型合不合宜。」邊星友笑道：「可以啦，選美都要贏得后冠了。」納忠言道：「既如此，我們即刻上路。」說罷一把拉著黃紹快步出門。

納忠言扯著黃紹一逕行了老遠，終肯鬆手，埋怨道：「搞什麼，在自己家裏還得扮小丑，得快把此人打發走才行。」他雖蠻橫暴躁，卻向來吃軟不吃硬，偏生邊星友客氣多禮，讓他一道逐客令遲遲難下，還不時給哄得服服貼貼，烈火性格半點也使不上場。

黃紹道：「我看邊兄謙謙君子，縱使讓他知道了也無損。」納忠言道：「廢話！你無損我有損。誰會去跟你爭什麼小兒錦文獻，但寶藏卻是人人愛之。」黃紹道：「君子愛財，取之有道。邊兄知道寶藏是你的，絕不會再存非份之想。」納忠言道：「你別老作濫好人，你怎知邊星友不是哈丹那夥人故意送到我家當細作的？」黃紹道：「我們五人既已有約定在先，他們沒必要如此大費周章。」納忠言道：「寶盒還在我們手裏，他們自然虎視眈眈，想方設法安排細作來監視，或者盜取。」說著更將布包抱緊。

二人邊走邊議，不覺間已來到目的地，於是噤聲入寺，與前院一名正自打掃的少年說明來意，請其代為通報。不想那少年聽了，黯下神色，肅顏告知他們那位董學阿訇已於昨夜病逝。二人憶起出門前一搭一笑的戲言，於此竟一語成讖，都感愕然彆扭，嗟異不已。

辭出寺門，二人循原路悵悵而返，黃紹慨嘆著人世無常，念茲在茲多時的師長竟緣慳一面。納忠言則為解譯不了第二道祕文扼腕，怨道：「怎如此倒楣，他多撐一日再死不遲。」黃紹雖無緣拜師，心中誠敬已備多時，聽了這話不免惱怒，責道：「言下之意似是利用他解得祕文，他死活再與你無涉。」納忠言道：「可不是，他解了文再死，把祕密一併帶去正好省事。」黃紹默然。

次日即逢約定之期，傢俱行打烊後，哈丹偕穆克、穆歆羽驅車直往磐石鎮，至納忠言家門口扣問，片晌門開啟，但見一男子便衣輕鞋，立於檻內，氣度瀟灑，神采風流。

三人怔然流眄。乍信乍疑，良久穆克方先開口，結巴問道：「你……你是邊導演？」應門者正是邊星友。他前時因落難而體衰氣弱、垢面蓬髮，現經調息梳理，竟是前後判若兩人。

邊星友未見自己當時的狼狽模樣，不解三人此刻反應，笑問：「才三日不見，怎就忘卻？」哈丹道：「士別三日，刮目相看。邊導演今日正為此語作了最佳示範。」邊星友一晌悟得，苦笑道：「看來當時真教各位看笑話了。」

穆歆羽問：「邊導演身體康復些否？」邊星友道：「托大家的福，已完全康復了。」

穆克道：「你和家鄉的人聯絡過了嗎？」邊星友道：「已和家人報了平安。」穆克又問：「但不知你何時啟程，我們也好提前來為你餞行。」

邊星友道：「我聯絡過常州的同事，他們說，團隊發現我走丟以後，四處找不到我，只得先行東返。前幾日得知我的消息，已調頭回來接應我。」哈丹問：「他們自何地折返？」邊星友道：「據說是自河南。」哈丹驚道：「都已走到河南，怎再令其折回新疆，這也太不合理。」穆歆羽也訝然問道：「邊導演怎不考慮自行東返？還是身子尚有不適之處，若如此，可別緘默延遲，留了症頭日後更難醫治。」

穆克笑道：「就是要勞師動眾，鑾駕排場，才顯得出邊導演大牌嘛。」

邊星友卻自垂首不語，笑容忸怩。

哈丹揣度其隱，探道：「若是短欠旅費，我們可以資助你，不必教你團隊如此疲於奔命，曠日廢時，耽誤了電影製作進度可不好。」邊星友面露意外神情，說道：「哈丹兄弟好聰明，竟教你猜中我的難處。實不相瞞，我們劇組集體行動，資費向來由出納負責保管，各人身上存放不多，未想途中不慎走脫，已蒙大家救命收留，怎有顏面再開口索借，不得已下，只得請隊友們回來相援。」

哈丹笑道：「此事極易，現在我們知道了，定要幫你，幸莫推辭。」穆歆羽和道：「是呀，邊導演也太見外，以後若有困難當直接與我們商量才是。」哈丹和穆克又輪番相勸，邊星友笑道：「各位盛情難卻，可惜劇組接獲消息已動身折返，我現在獨自離開，途中未必與他們遇上，屆時他們撲了空，又得四處找我，事情豈不愈攪愈亂。」穆克道：「那你快設法通知他們別來了。」邊星友應肯。

正說間，便聞納忠言和黃紹談聲漸近，二人方才在後院討論祕文之事，不知哈丹等人提前抵達，看看約定時間將近，穿出央廊，正見邊星友敞著門與哈丹三人談話。

納忠言怪叫道：「你們趁著我不在通了什麼消息？」邊星友道：「大家正想辦法助我回常州去。」對門外三人道：「忘了先請各位進來，盡站在門口說話，真是糊塗。」一面欠身以手勢請入。三人還未移步，納忠言手臂一伸，架住入口，搶道：「就要到門外涼亭，何必先進來、再出去，多此一舉。」

邊星友問：「各位要至亭子乘涼聊天，我能否參與？」納忠言斷然拒絕：「當然不行。」邊星友交誼遭拒，好生尷尬，黃紹忙緩頰道：「我們其實有些私事要談，還望邊兄不要介意。來日若真是乘涼閒扯，必邀同往。」邊星友笑道：「我並非窺人隱私之人，各位有要事私商，自當迴避。」

於是眾人皆移駕涼亭，只餘邊星友留在屋中。

黃紹將昨日拜訪清真寺阿訇未果一事說了，三人聽罷鎖眉不語，納忠言煩躁催道：「我已經從昨天聽黃書蟲長吁短嘆到現在，你們別又來。想想解譯祕文辦法比較實際。」

哈丹嘆口氣，說道：「試著找過其他阿訇沒有？」黃紹搖頭。納忠言道：「還真是光說不練，你們自己怎不去找？」穆克道：「明明是誰三令五申，不許我們輕舉妄動。」納忠言道：「好啊，我現在解除禁令，你們立刻去把人找出來。」

黃紹道：「不如趁現在天色未晚，大家一起到臨近寺院問問。」眾皆附議。

時值黃昏，五人於是共乘一車，循若而村一帶邊行邊問，及至紅日西沉，穹窿盡黑，問遍沿途寺院，卻不著一人能解小兒錦。一些人有心相助，要留下原文代為四處詢問，眾人只能稱謝推諉。若遇多探究原文來歷者，縱使似是能解，卻因有所顧忌而草草辭別。

五人無可奈何地站在路旁。納忠言垂頭喪氣，怨道：「現在可好，去哪找個會解祕文的回族人，又像之前那阿訇一般聰明乾脆！」黃紹道：「其實除了回族，尚有東鄉族和撒拉族使用小兒錦文字。」

哈丹道：「這麼說我倒想起一人來——此人從前曾任東鄉族地方鄉導官，博學多聞，對該族文化尤其深耕，或許他能識得小兒錦文字。」納忠言急道：「那你還不快去把人找來。」哈丹面有難色，說道：「此人是我小學老師故舊，他的事蹟皆是幼時聽老師提起，後來畢業，多年未聞其訊，直到前些年村子裏傳說有個瘋癲老人常披頭散髮、手執拐杖四處吵嚷，竟是這名東鄉嚮導。流言鬧了一陣，安靜下來，近期也沒再聽過他消息了。」

黃紹問道：「此人可是姓金？」哈丹詫異反問：「是。你難道認識這位金嚮導？」黃紹道：「雖不相識，但他卻是我神往已久的蒙師，從前常在期刊上讀他文章，可謂高義薄雲、析理精闢，也因此讓我決心走上邊疆文化研究之途。以前總想著一日得幸會晤，而今稍逢機緣，再聽得卻是他已迷心的音息。」嘆著氣，感慨萬千。哈丹道：「怎如此巧合，這金嚮導竟是你啟蒙之師。他的事，其中緣由我也不清楚，都是好些時候的流言傳說了，後來也沒再聽到他近況若何。」

納忠言打岔道：「別在那裏攀親認故的，快把人找來，只要會解祕文，管他是不是個瘋子。」穆克道：「你沒聽到哈丹大哥說『不知近況』嗎？上哪找去？」納忠言指著哈丹道：「你爸不是幹村長的？找個人何其容易。」哈丹道：「金嚮導雖是我豐源村村民，我卻不想假公濟私、仗著家父職權查人身家，不過小學老師那邊卻是可以問問，要是他二人尚有聯絡，或許可請老師代轉相訪之意。」

散會之後，哈丹隔日即聯絡小學老師程曄，向他詢問金嚮導消息，可惜程、金二人斷線已久，一無所獲。

＊

哈丹這頭絕了道，黃紹卻不死心，抽了一日上圖書館翻出金嚮導陳年舊文來，一篇篇仔細讀過。從前單篇散閱，不察疑義，而今一口氣看完，卻發現這金嚮導每回提及家鄉豐源村時，總有意無意地暗示那「源沛之處，未必清濁」，又說「遠離濁境，是吾仙鄉」，不只一次指為退休養老首選。

黃紹幾番斟酌，似有領會。翌晨駕車便往豐源村東南方直馳，行了多時，房舍漸稀，放眼荒煙漫草，不著人跡，黃紹心想：「看來是我斷章取義、自作聰明了。」看看長路將盡，前方一片野草高拔，不容通行。黃紹將車迴向，正欲折返，此時那草叢間忽然竄出一物，紅冠金毛，乍飛乍跑，黃紹定睛一看，那物竟是一隻雞，未及多想，又有一物直追那雞而來，卻是一瘸腿老漢，散髮跣足、兩腳一杖搖晃顛拐，口裏直叫：「雞！雞！雞！快替我抓住那隻雞！」

黃紹開門下車，不及多言，已攪在老漢和那隻雞中間，隨著前閃後跳。那老漢伸臂撲身，撲個空、跌在地上，雞毛滿天亂舞，雞卻脫逃而去，黃紹正要彎身相扶，老漢一手扯著他褲管、一手指雞叫道：「快！快幫我追回！」黃紹無暇多慮，只得依言追趕而去。也學那老漢伸臂撲身，抓了幾回，連連落空。老漢一晌執杖趕上，兩人聯手亂撲亂抓，鬧得渾身雞毛、灰頭土臉，好半日終得把雞捉住。

那老漢揣著雞在懷裏，眉開眼笑地指著雞對黃紹說道：「好心人，一會上我家吃平夥。」黃紹見他模樣，本已生疑，現又聽他這麼說，心忖：「『吃平夥』是東鄉人習俗，難道此人竟是金嚮導？」遂問：「老先生，你貴姓？」那老漢點頭如搗蒜，笑道：「對對對！貴姓貴姓！」黃紹道：「你可姓金？」那老漢指著雞笑道：「是雞！是雞！」黃紹道：「不是雞，我問你可是『姓金』？」那老漢道：「是雞！是雞！」黃紹莫可奈何，老漢抓他手說：「走走，吃平夥去。」黃紹道：「『吃平夥』是指眾夥平分羊肉而食，你手中的卻是雞，不是羊。」那老漢道：「是！是！是雞！是雞！」

黃紹心想：「見這勢頭形貌，無一不與哈丹描述相合，看來此人真是金嚮導了。」心裏不禁為這位未曾謀面的蒙師難過，昔時文采卓絕，怎今已癡癲若此。

那老漢一手抱雞兼扯黃紹衣袖，一手執杖點地，一拐一拐往那草叢裏去。黃紹訪得多年懸想之人，心情澎拜，任由他攜著亂走，也不管雜草穿梭，路上坎阻，在背後叨叨自我介紹，並將久仰淵源細細說了，那老漢偶爾斜睨他幾眼，並不打話。

不多時，草間真出現一幢屋舍，殘垣破牖、隱天蔽地，黃紹訝然問道：「金老先生，你怎在這樣的地方住著？」那老漢道：「這地方好呀，後面鄰村街上便有壽材店，前面一片空地作得壽穴，生前在這中間住，死後仗那兩邊埋，生死合宜、兩全其美。」一面說，一面手指前、後方向，一會又抽抽噎噎哭泣起來，悲歌唱道：「瘋癲老頭想得美，兩邊顧全自己吹，睜眼葬在荒草塚，閉眼身爛無人覺……」忽地抬頭癡笑，問道：「好心人，你要不要埋葬我？」黃紹啞然無言。

那老漢自顧抱了雞進廚房料理，黃紹便在那破舊敞廳候著。時近日正，到了中午，老漢端出碟碟餐盤來，把先時那隻活蹦亂跳的雞作了午餐，依部位分了十三處，自己隨意吃，卻把那雞尖推給了黃紹。黃紹道：「雞尖當由最尊貴長者享用，我怎敢當前。」那老漢讚道：「果然是個專家。」黃紹道：「不敢。」又道：「不瞞你說，此番特來相尋，除了一解渴懷，還望拜師求學，向你請教小兒錦文字。」那老漢道：「我不會什麼小兒錦文字。」黃紹道：「你從前文章卻曾提及。」那老漢道：「什麼文章？」黃紹便把期刊年月、內容詳實說了，那老漢道：「我不會寫文章。」黃紹道：「我便是由你文章隻字片語尋到此處。」那老漢凌厲注視著他，不發一語。

黃紹續道：「談豐源村的文章，你多次提及『源沛之處，未必清濁』，此處『清濁』實為偏義，是清非濁。而村落『源沛之處』，自然指西北方的豐源水壩。再有言及嚮往之境，你說『遠離濁境，是吾仙鄉』，除非你離村離鎮，否則在豐源村境內，離那被你指為『濁境』的水壩最遠之處，不正是與西北相對的東南邊境。」那老漢雙眼充滿戒備地瞅著他，冷笑道：「資質若此，正邪一線，不可小覷呀！看來我早晚欺不得你的。」至此方肯承認他便是金嚮導。

二人暢快淋漓把那隻雞吃得精光，黃紹又求拜師，金嚮導道：「你這等聰明之輩，收作學生，必成高徒，我豈不有以『名師』自肥之嫌。」黃紹笑道：「我是庸愚之輩，你這一提，倒讓我怯步，怕玷污了你的名聲。」

金嚮導在炕上擺了棋，說道：「切莫再說這種場面話惹我生厭，我不與虛偽之人來往，你若真想拜師，勝我一局棋便依你。」

黃紹別無選擇，只得上炕同他對弈。那金嚮導一改癡癲之性，凝神專注、冷靜沉著，進而不怠、危而不慌，舉手落棋像個一等一的好手。黃紹心中暗暗叫苦，一個下午連下幾局，頻頻落敗。日移時轉，眼看天暗，金嚮導拿些麵餅與他吃了，二人重回炕上直下到深夜。黃紹道：「我明日再來。」金嚮導不送不留，任由他去。

隔日黃紹果然又來，二人於棋盤前對峙，金嚮導道：「你向來這等苦心孤詣，只為求學？」黃紹道：「比起程門立雪，我這金門對棋算得快活了。」金嚮導大笑。

正說間，忽聽得門外風吹草動，金嚮導霎然警備，說道：「看我放出雞來嚇跑他！」說著抓起拐杖、倒翻雞籠，裝瘋賣傻一路追趕出去，待到確定門外無人有風，復回。黃紹心想：「原來他竟以這方式杜絕雜客閒擾。」

往後黃紹屢戰屢敗，金嚮導也不妥協、也不推拒，聽憑他每日都來，照例擺棋擺飯相待。皇天不負苦心人，到了第五日，黃紹終得險勝一局。金嚮導道：「這番淬礪，你就算最後沒學成小兒錦，至少棋藝大有進境。」

黃紹道：「我卻貪心，棋藝和小兒錦都不願偏廢。」金嚮導道：「好吧，我既然答應你在先，豈可食言。高徒，你要拜師，怎還不去沏壺茶來奉我。」黃紹猶豫道：「我非此中人，怎敢犯忌，私至竈間取水作茶。[2]」金嚮導道：「你我相與數日，你算算我犯了多少禁忌沒有？神魔皆由心造，我都不怕了，你卻還拘泥。」

黃紹聽了，襟懷大暢，心想：「金嚮導文如其人，從前想他超拔群倫，如今見了，果然不凡。」遂欣然領命而去，不久捧出茶來，請金嚮導喫飲，金嚮導眉頭喜展，笑道：「棋品人品，今得高徒，不亦樂乎。」黃紹恍然大悟，心道：「原來老師與我下棋，竟是在觀我品行。」笑問：「棋品人品，抓雞又是什麼？」金嚮導道：「下棋看修養，抓雞看心地，除了你，誰肯惹一身髒亂，來幫一個瘋老頭的忙？」說著接杯就口，細啜慢品。

自此師生二人結為忘年之交，黃紹喚他「金老師」，他則喊黃紹「高徒」。

[2] 東鄉族忌外教之人進入竈間。

＊

當晚五人又聚涼亭議事，黃紹拿出由金鄉導那裏得來的第二道祕文解譯，其文如下：

闕者若滿，存者猶佚。遙絕江洋，豐源油生。

納忠言迫不及待地將譯文一把搶來，順念一遍、倒念一回，又怪聲怪氣揀著零碎字句覆讀。以手拍額，把紙丟回給黃紹，咕噥道：「有譯等於沒譯。黃書蟲，你快解釋解釋這回葫蘆裏又是賣什麼藥？」黃紹道：「我略曉其哲理，卻不解其實意。這題的暗示似比第一道祕文隱晦得多。」

穆克指著祕文，說道：「最後一句應該就是指『豐源村』了，但不知其他三句作何解。」納忠言道：「既然寶藏埋在你們豐源村，我明早天一亮就拿鏟子挖去。」哈丹道：「豐源村說大不小，你一人執工，也許挖個三、五十年便能把全村翻遍。」納忠言道：「寶藏若不埋在你家，定是在你店內土下，我只就這兩處動手，不出三日便成富翁。」哈丹道：「我為什麼要讓你挖？」納忠言道：「大不了等我發了財，蓋棟更漂亮的房子、更氣派的店面還你。」哈丹道：「我偏喜歡老房子、舊店面呢？」

納忠言吹眉瞪眼，穆歆羽擔心他不曉哈丹存心抬槓，又要動怒，忙轉移話題，對黃紹道：「黃大哥，你說你曉得祕文哲理，何不說來聽聽，也許指引便藏在哲理中呢。」

黃紹道：「此祕文主一『變』字，增一『補』字。所謂『窮則變，變則通，通則久』。萬古原本有河無橋、有木無舟，人行至陸地盡頭而遇江海，故思伐木造橋、刳木為舟。思變是而能濟不通，引渡然後能致久遠，因應需求想辦法無中生有，此皆『損有餘以補不足』的變通之則。依我看，這道祕文即隱含了這種闕什麼、補什麼的暗示。」眾皆默然沉吟。

納忠言一反常態，拍手喝采：「書蟲兄你這回說的正合我意。我正是一窮二白的時候走到那河灘去，有人砍樹造了個木匣子放在那裏來等我撿去，一待尋得寶藏發了財，我闕什麼，愛買什麼，還怕『補』不得嗎？到時改頭換面、鑲金鍍銀，『變』得人人認不出我來了。」眾人絕倒。

哈丹道：「其他句子倒似扣緊『闕窮變補』的道理，只有第二句顯得有些突兀。」黃紹道：「我也正有此琢磨。加了『存者猶佚』這句，卻讓全文除了『變、補』之外，又添一種『虛實無恆、真幻相代』的哲意。勉強說來，這也可以算是『變、補』衍生後的另一種型態。」

往後幾日，眾人為此苦思，頻繁聚議，終無見解。

黃紹開始學習小兒錦文字，每隔幾日便由若而村開車前往金鄉導住處，下了學再由豐源村遠郊開回納忠言家裏，每回往返車程總要費上三、四個小時。哈丹見其舟車勞頓，主動提議：「我回去問問家父家母，應當能讓你搬到我家客房院來住。」黃紹道：「怎好打擾。」哈丹笑道：「說不定我存心算計你，你拿花在行旅上的時間加緊用功，不正好早日為大家解譯第三道祕文。」黃紹朗聲而笑。穆歆羽問：「黃大哥何時可學成小兒錦？」黃紹道：「我估計大約還得花上兩、三星期方始熟習。」穆歆羽嘆道：「恐怕到時候我們仍在第二道題原地打轉。」

納忠言聞知哈丹預備把黃紹接走，勃然大怒，心想：「他們分明想孤立我。當初抓鬮決定由黃書蟲保管寶盒，他住我家，平時寶盒任由我挾著，他若走了，寶盒連帶落入那夥人手裏，屆時誰還來理會我，難怪他們處心積慮若此。」說什麼也不肯允，此事只得作罷。黃紹繼續留在納忠言家裏，二村鎮通勤求業，哈丹等三人則多在傢俱行打烊後往來若而村議事，直至天晚方星夜折回。

一日眾人又齊聚亭中，敝唇焦舌，無所衷論。穆歆羽起身進屋，要取些茶水來給大家澆澆火，適巧在客廳遇上了邊星友。

穆歆羽頷首微笑，問候道：「邊導演還未返回常州？」邊星友道：「明明時常見到的，怎這會才發覺。」穆歆羽道：「真對不起，每回來此總是一群人鬧哄哄的，也沒特別留意。」邊星友道：「恐怕是妳心眼總聚焦在一人身上，其他人事自然漫不經心了。」

穆歆羽心慌意亂，虛笑含混應過，匆匆往廚房張羅茶水。

邊星友跟了上來，言謙意誠賠罪道：「對不起，承蒙大恩相救，我一直把大家當作親近朋友，以為經過這些時日相處，彼我融洽，一時忘了分際，亂開玩笑，真是該死。」穆歆羽自顧默然斟茶，邊星友愈是懊悔焦急，續道：「我嘴上胡言亂語，心裏卻絕不敢存半分輕薄，無論對妳，還是對哈丹，我都是打心底感激尊重的。」

穆歆羽怕他再說下去愈描愈黑，趕忙回應道：「邊導演也真多心，我不過忙著倒茶。怠慢了你，才該抱歉。」邊星友見她終肯搭理，如釋重負，又連聲道歉不絕。

穆歆羽轉移話題，問道：「你聯絡上團隊了嗎？有沒有教他們別來接你了？」邊星友道：

「已經跟常州那裏的同事留了話，請他們下回和劇組聯絡上時代為轉達。」穆歆羽道：「若是有了消息，他們如何通知你？」邊星友道：「他們知道納兄這裏的聯絡訊息。」穆歆羽道：「要不把我們那邊的訊息也留了，多處基臺，更少遺漏。」

邊星友見她為此事熱心，愈感失意落寞，脫口問道：「妳這般巴不得我早早離開嗎？」穆歆羽見他眼神憂愁、語氣淒然，一時啞口無言，久久方低眉怯聲說道：「我只是想幫你。」邊星友道：「好吧，算我又說錯話，三番四次惹妳討厭。對不起。」聲調灰淡，已不是前次的慌悔交集。

穆歆羽點點頭，端著托盤先行辭出，邊星友隨後離開廚房。兩人話不投機，各自怏怏散去。自此兩人不再交集。穆歆羽到若而村時總隨眾人在一處，有時邊星友也在場，大夥吵吵嚷嚷、說說笑笑，沒人察覺他二人從不對談，眼神也鮮少交會。

一待至涼亭議事，中場人人叫渴，一致誇她泡的茶好喝。穆歆羽找不到理由推拒，只得進屋備茶，原本心懷忐忑，但每回她進來時都見邊星友房門緊緊閉著。一回她不小心摔破杯盞，弄出聲響，也不見他開門相問，方逐漸卸下不安與顧慮。

而邊星友自逢她救起，未曾一日忘卻瀕危時她親手捧水相餵的仙姿仙容。日後相處，她溫婉嫻雅的殷殷問候更教他心馳神往，奈何自己在她面前事事弄巧成拙。每次見她與哈丹出雙入對、一唱一隨，邊星友總感百味雜陳。又想哈丹出生望族，舉手投足間雅貴自顯，卻無分毫驕奢粗鄙之氣，待人樸實誠懇，從不以身世自矜，兩人站在一處可謂郎才女貌、互相輝映，邊星友每每暗自稱羨。反觀自己將屆不惑之年，卻一事無成，不免自慚形穢，對穆歆羽縱有千萬仰慕，只得小心藏著。

另一方面，邊星友感念眾人相救收留，一心想與大家交遊。眾人雖也待他親切友好，底端卻是處處提防，在他面前談笑完了，總要移至前庭後院續聚悄言。邊星友明知此事事不關己，仍為眾人的排除拒絕感到失落，即使是推心置腹的黃紹，卻唯獨此事三緘其口。再則他早觀察出納忠言與哈丹等人格格不入，卻頻繁往來，且唯對此事齊心一力，令他愈是困惑好奇，心想：「我若想入席，必得出奇制勝，如此一來報答大家救命之恩，也可擺脫像個障礙物般的尷尬身分。」

某日眾人聚議，中途穆歆羽照例進屋準備茶水，一晌忽見邊星友也來到廚房。二人皆不免因想起上回這相似情境中的尷尬，心存芥蒂。

穆歆羽勉強笑了笑，遞上杯盞，問道：「邊導演要喝杯茶嗎？」邊星友道謝接過，躊躇少時，方道：「我胸中積著一言，不吐不快。」穆歆羽道：「你但說無妨。」邊星友道：「從前是我口沒遮攔，不懂拿捏分寸，妄言冒犯。這幾日深思反省，懊悔不已，卻不敢祈妳原諒。」穆歆羽道：「原來你把我看得這般小心眼。」邊星友道：「那麼妳願意再把我當朋友？」穆歆羽道：「我向來便認你是朋友。」邊星友聞言，方有了笑容，穆歆羽亦笑，兩人冰釋前嫌。

邊星友將茶飲了，復道：「不瞞妳說，目今還有一事，想請妳幫忙。」穆歆羽問是何事。邊星友道：「你們苦思多時的那道謎題，我已有解答。」

穆歆羽聽了，「啊」的輕叫一聲。邊星友道：「妳且聽我解釋，我實在無意竊聽諸位談話，但納兄早晚把那題目掛在嘴邊，正唸反唸，一日不下數十回，我想避也避不了。」原來納忠言成日在屋裏徘徊苦思，絮絮不休，怎奈他嗓門大，絮語卻遠傳天邊，同住簷下的邊星友縱使聾聵也早已聽得。

穆歆羽驚詫結舌，一時應答不上。邊星友忙問：「妳是不是怪罪我得知此事？」穆歆羽道：「當……當然不是，這並非你的過錯。」邊星友道：「那麼妳是怪罪我不懂裝聾作啞？」穆歆羽道：「既已聽得，故作蒙昧豈不虛偽。只不知你有何盤算？」

邊星友反問：「依妳之見，我接著該如何才是？」穆歆羽思索片刻，道：「大家正為此事焦頭爛額，你若能解，便如及時雨般地消了這場危困。」邊星友道：「我也正有此意，卻怕大家質疑我偷聽，不肯信我，亦不肯聽我。」穆歆羽道：「你好好解釋，大家都是明理之人，會懂得你的難處。」邊星友道：「只怕不是人人都懂得。」卻不道破專指。穆歆羽多少也領會，復問：「難道你就此緘口不言？」邊星友道：「我有一計可揭曉謎底，又不教大家怪罪我，但得要妳相幫。」穆歆羽奇異不解，邊星友便教一會回到涼亭如此如此，把過程詳述一回，穆歆羽專注記牢，受計去訖。

回到亭中，她將茶水一一分配。哈丹憂心地問：「怎去了這麼久，沒什麼事吧？」穆歆羽笑道：「耽擱了些時候，是因為得出第二道祕文的解答了。」

眾皆出乎意料，忙問解答為何。

穆歆羽道：「誠如黃大哥所言，祕文示意『窮極處，思變補』的道理，故而第一句『闕者若滿』即開宗明意——乾旱之地，才築壩滿水，無中生有，以補原來之闕。

「初始古爾班通古特沙漠發現石油，而築豐源水壩引水至數百里之外供應開採工人所需。古爾班通古特沙漠是世上距離海洋最遠的陸地，正符合了第三句的『遙絕江洋』。

「至於第四句『豐源油生』，接續前句，強調『變與補』的宗旨——因遙絕江洋，方思引水，終得豐沛水源油然而生。兼應第一句的『闕者若滿』。但倘若望文生義，還可以解釋成：『因引水到遙絕江洋的沙漠，豐源水壩促成石油業的萌生。』」

眾人歎服。穆克道：「姊姊也太厲害，『豐源油生』竟然聯想到石油。」納忠言道：「小妹子不但茶泡得好，解題更好。」黃紹道：「我開始便說得有個女性來補足我們這群男人想得不周全之處吧。」穆克道：「這也正符合第二道祕文訓示的『闕則補』原則。」大家連聲叫好。

哈丹道：「小羽真是聰慧過人，第二道祕文所指引之處想必便是豐源水壩了吧。」穆歆羽笑道：「房裏尚有些茶，我去斟來，再作分解。」說著將空杯子收拾於托盤上，起身離開，大夥只得乾等。

不久穆歆羽回來，把新添的熱茶分給大家，續道：「第二道祕文指引之處，其實並非豐源水壩，而是水壩旁的奈費勒雕像。」眾人紛紛問原因。穆歆羽道：「我剛才故意漏掉第二句未解，便是想試試大家的反應──這道題總共四句，便花了三句在講築壩引水一事，而此事歸根究底，總是一人的奇想偉績。沒有奈費勒，便沒有豐源水壩，往後連帶事件也不會產生，因此人人造像紀念，奈費勒縱使形體亡佚，卻聲名永存。」

黃紹道：「此解甚好，但容我稍問：若言名垂青史，當是『佚者猶存』，此處卻作『存者猶佚』，何故？」穆歆羽動手將大家喝乾的空茶盞收至托盤上，說道：「這些杯子擺桌子中央好礙事，還得擔心砸壞了，我先拿進屋裏，請大家等我一會。」言罷又起身離開，眾人閒坐乾等。

穆歆羽放了杯子回到亭中，答道：「存者猶佚、佚者猶存，其實一體兩面，各自通同。譬如以新月比彎勾、以彎勾比新月，皆可說得通。」

黃紹道：「雖可通比，要描述的主體卻不同。以新月比彎勾，旨在使人了解彎勾的形狀。以彎勾比新月，則旨在言新月形廓。同理，『存者猶佚』，若感慨當存者卻亡佚，而『佚者猶存』，卻更似讚歎某人或某事形體雖佚，其實只是換種形式存在，更近青史留名的暗示。」

納忠言煩不勝煩叫道：「黃書蟲，你到底夠了沒，我怎就看不出差在哪裏，寫祕文的人才沒那麼無聊，像你斤斤計較微末細節。」黃紹道：「有時失之毫釐，差之千里。我只是想再三確認祕文必當這麼解。」目視穆歆羽，並欲專注聆聽。

穆歆羽嬌俏一笑，說道：「黃大哥別再考我啦，這會可沒杯盞讓我遁身進屋去了。」眾人不解其言。穆歆羽笑道：「我哪來能耐破解祕文，我不過是丁卒子而已。」

眾皆面面相覷，好半日才琢磨出她話裏玄機，紛紛追問：「難道妳背後竟有奈賚勒指點？」穆歆羽點點頭。眾人又問是誰。穆歆羽道：「你們倒先說說奈賚勒到底有功還是有過。」大家異口同聲，答道：「當然有功。」穆歆羽道：「那好，一會他現身了，你們一不可興師問罪，二要信他磊落無欺。若能做到，我這就請他出來。」眾人應許。

穆歆羽於是又起身入屋，眾人見此，心裏多少也料得幾分，沒多久果然見她領著邊星友回到涼亭。

邊星友一踏入涼亭，未待眾人盤問或稱許，先自陳述如何得知祕文，言詞謙和，三兩句口稱已過。眾皆曉透納忠言素來行事舉止，因此並不意外，都說：「實非邊導演之罪。」並答謝他費心解題，好奇他如何想出那些細節。邊星友道：「我日夜惦念著新片，心思都在劇情上打轉，解開祕文實屬僥倖，不足居功。」

納忠言又羞又惱，直要大嚷：「不是他的錯是誰的錯？」但一來有言在先，二來邊星友措辭婉轉，處處為他袒護，教他一句話衝至嘴邊又吞了回去，更不好發狠動怒。轉念一想，要非邊星友解出祕文，這題不知要卡到幾時，尋思：「難道他也是我的貴人？」又興預言讖語迷思，愈發肯定邊星友是上天派來送財的使者，與黃紹一併送到他屋中同住，如同他的左右護法。不禁轉憎為喜，朗聲說道：「邊兄功不可沒，將來尋得財寶一定重金答謝。」

邊星友道：「我不要酬金，卻有個不情之請。希望大家不要再拒我於千里，容我效綿薄之力，幫助諸位早日達成目標，算是答謝救命大恩之萬一。」眾人看他謙誠，且確有相助的實力，內心皆已七八分認定。

納忠言問：「你真的不要分財寶？」邊星友道：「我在納兄家白吃白住，已相當過意不去，況且寶藏本不屬於我的，我只是想找點事做，免得成日裏像個廢人，還佔據大家議事的空間。」納忠言心想：「怎又來個不要錢的，難道這是貴人的暗誌？」權衡攬他進來不但能穩固基盤，且從此與哈丹他們成三比三陣勢，反正結果無損，何樂不為，遂欣然同意了。

自此眾人不再需要避出屋外涼亭，五人集會也換了六人之局。

*

次日六人約了一同尋訪雕像，看看其中有何暗示。

那奈費勒雕像位於豐源村西北之陲、豐源水壩鄰近處。此地有西倫塔善河流過，早時住戶沿河而居，後來水壩築成，谷底房舍盡沒，加上時代進展，家家戶戶都有了自來水，陸續遷離，往城中聚集，水壩一帶逐漸成了荒郊野地，平時風平水靜，偶有工人定期維護，或旅客前往觀光，方雜入喧囂人跡。

眾人將車停在緩坡旁，下車循著蜿蜒小徑步行，納忠言堅持隨身帶著鏟子，大家勸阻不下，只得由他。小徑接著一串曲折石階，階側附著落葉，兩旁雜草枯黃。行了一陣，終於抵達一片平坦袤原，舉目而望，奈費勒雕像正在平原另端，其下砌著穩固的級臺底座，大於真人的花岡岩石雕端立於陽光之下，顯得巍峨莊嚴。

眾人快步前往，一待走近，那底座高至胸前，翹首仰望，雕像恍若參入雲際，頂天立地、高不可攀。

一行人將手掌弓在額前，略遮擋了陽光，瞇眼望著奈費勒石像面容，再回頭看看哈丹，皆不由驚嘆：「還真是一個模子印出！」

石像底座鐫著幾行簡單的介紹，其文如下：

奈費勒，水利工程學專家。應副督軍童震之託設計豐源水壩，引水至古爾班通古特沙漠，其深思遠見促使當地石油業興起，成就一地繁榮。

此為豐源村村民熟知的歷史，卻鮮少有人知曉奈費勒成名之前曾委身丁卒子門下遺事，連哈丹身為奈費勒的後人，也是偶然救了邊星友才意外聽得的。

眾人各自於四處察看，穆克則跑向前去，雙手撐著雕像臺座，一躍而上，坐在上頭眺望緩坡下風景，高聲對穆歆羽說道：「姊姊，上回來這裏是多少年前的事了，滄海都還沒化作桑田，童年卻早就過完了。」穆歆羽笑道：「你小小年紀學人家發什麼愁。」穆克道：「我都長得比妳高了，妳還說我年紀小。」穆歆羽道：「在我心裏你永遠都只到我腰際。」穆克伸直雙手，耍賴道：「好姊姊，快抱我下去。」穆歆羽推開他的手，笑道：「有本事上去，便自己下來。」穆克道：「我跳上去時以為自己長得比妳高了，現在發現原來才到妳腰際，自然下不來。」又大叫：「哈丹大哥！」

哈丹正在另一邊，與黃紹等人琢磨祕文要旨，聞聲即離開眾人，朝穆克姊弟走去。穆克道：「哈丹大哥，你還記得小時候我們三人正是坐在這裏，說好永遠不要分開的。」穆歆羽皺著眉，羞赧斥道：「你幹什麼盡提那些童言童語。」穆克道：「我只到妳腰際，不說童言童語說什麼？」

哈丹將手一撐，也躍到石座上，與穆克並肩坐著，笑道：「我記得那時候是我阿大把我們一個一個抱上來。小羽坐在中間，我們每動一下，她便嚇得半死，頻頻囑咐：『當心，別摔下去了！』穆克你好頑皮，愈是要扭來扭去惹妳姊姊不得安寧。」穆克笑道：「別盡說我，你自己不也一樣，後來還偷偷跟我說：『我最喜歡看小羽緊張的模樣。』」

穆歆羽繃著臉，佯怒道：「好哇，原來你倆從小就知道聯手欺負我！」哈丹道：「小時候不懂事。要不妳現在上來，我們保證坐得跟雕像一樣正經。」穆克跟著起鬨：「哈丹大哥，我們來比賽，讓姊姊坐中間裁判，看你先動、我先動，還是奈費勒雕像先動。輸的要罰。」

穆歆羽笑道：「我才不和你們瞎鬧。」哈丹道：「那怎成，沒了裁判，還比什麼？」說著目示穆克，兩人反向挪騰，空出中間一個位置，各伸出一隻手，彎身一抓，一人一邊抓住穆歆羽手臂要把她拉上去。穆歆羽使力抵抗，一面連聲笑道：「我絕不上去。」

正鬧著，納忠言提著鏟子走來，大老遠便不悅叫道：「我們忙得團團轉，倒讓你們在這裏納涼。」三人聞聲停下嬉笑。穆克道：「都說了祕文指引著雕像，你愛站那麼遠，卻又怪起我們來了。」納忠言道：「沒錯，我這不是正要從這裏開始挖起。」說著舉起鏟子就要朝雕像基底鑿下。黃紹和邊星友從背後趕來，及時拉住，勸道：「納兄不要衝動，待解了第三道祕文再斟酌不遲。」納忠言道：「四下搜遍了也沒一絲線索，第二道祕文不會平白無故把我們叫來這裏，雕像底下定有文章。」又要揮臂鏟去。穆克道：「這雕像是豐源村村民的榮耀，你若是破壞，全村子都要和你拼命。」大夥頻頻苦勸。

眾人自顧吵吵嚷嚷，哈丹一回頭，看見石座上，人像腳邊還雕著一只打開的工具箱，箱裏散放著各式製圖工具，象徵奈費勒修築水壩的輔佐，以及他工程師的身分。哈丹約略瀏覽一回，石刻的圓規、大小三角板、比例尺、平行尺、工程筆、針筆組、橡皮、切割墊、切割器、紙卷……等樣樣逼真，行刀運鑿灑脫洗鍊，疏散的擺放方式正如忙碌工作後未經收拾的箱子。哈丹本來隨心看視，霎時雙眼卻為那石刻工具箱裏某處吸引——在一片大三角板底下，似壓著兩柄雕刀，握柄處多為三角板遮住，只露出刀刃和雕刀尾端，一把是槽內直挺、斜面在刀背上的反口圓刀，一把則是刃口直平的平刀。刀柄末梢有淺淺的水曲紋飾，不似直接附在柄上，更像套裹其上的一層包裝。

哈丹喚眾人去看，大家方暫停爭論，向雕像臺座圍來。細看了好半晌，皆不辨異處，問道：「這箱子怎麼了？」哈丹指著三角板下兩柄雕刀，說道：「按理這箱子設計成奈費勒工作時的輔器，應該只有工程師製圖用具，怎無端多出了兩把雕刻刀來？」眾人議論一陣，紛紛取笑道：「看來這雕刻師傅昏了頭，竟然把自己工作用具雕進奈費勒的箱子裏。」皆不甚在意。哈丹對雕刻頗有涉獵，仍一心留神。

邊星友提議道：「我們到水壩那邊看看，說不定會有第二道祕文所指引的線索。」

眾人於是結隊而往，水壩距雕像僅百步之遙，堅實巨篤，把西倫塔善河的河水牢牢鎖住，由於久旱未雨，水位降至臨界之下，使那水壩半裸而出。艷陽下波光閃耀，水面如鑲鑽般眩人眼目。

納忠言道：「寶藏該不會埋在水裏，我這就找去。」提步要前往沒有護欄的尾段縱身下水，黃紹和邊星友又趕緊拉住，穆克笑道：「黃大哥、邊導演，你們別再攔著，這回不正缺個人自告奮勇，下去把寶藏撈上來。」二人依言放了手，納忠言反而裹足不前。

一旁哈丹和穆歆羽相偕憑欄遙望，倚山傍水，胸懷自曠，偶有南風徐面，緩解暑氣，更添閑適之感。

忽然間，穆歆羽「咦」了聲，指著前方不遠處道：「你看那裏好似突出什麼？」哈丹定睛凝神，順著她所指的方向，果然看見水面上似有某物浮出，說道：「我們過去瞧瞧。」

二人繞著水壩行至一頭，看清水面上隱隱突起四根石柱，這四根石柱相去不遠，整齊排成一個四邊形各頂點，哈丹望著露出水面的小截柱頭，猜測道：「莫非是今年短水，才教原來沉沒的建築浮出水面？」穆歆羽道：「怎只有四個柱頭，其他房舍絲毫不見？」哈丹道：「必是這四根柱子遠高於其他建築，又是石造，不似木料為水浸腐。」沉思半晌，忽道：「小羽，妳看著這四個柱頭，聯想起什麼沒有？」

穆歆羽也沉吟片刻，疑信參半地探問：「你是指……」哈丹點點頭，道：「正是我家族圖徽上，那禮拜樓四端的高柱。」穆歆羽道：「你先祖所建的高樓，怎會隨西北谷民居沒入豐源水壩底處？」

談話間，卻不知某根柱頭上幾時飛來了一隻大鳥，那鳥全身羽毛盡黑，頸如鐮勾、喙如鎗頭，足若細枝，尖爪緊鉗在石柱頂上，雙目圓睜，顧盼間甚是懾人心魂。

哈丹與穆歆羽皆瞠目結舌，難以置信。

此時眾人趕上，問他倆怎脫隊，哈丹指著水面上的四根柱頭和黑鳥解釋，納忠言自布包裏取出寶盒，來回點頭看視，說道：「倒真有幾分相似。」哈丹道：「我從沒見過這種鳥，以前只道是先人虛創的徽誌，未想今日竟真遇上。」眾人皆表示不曾識得此鳥。

穆克移步至水岸旁，彎身想將那黑鳥看仔細，卻隱隱看得牠停佇的那根石柱上似有刻字，高聲叫道：「你們快來看，這裏好像又有小兒錦！」這一呼叫，那鳥鼓翼而起，黑翅一展，竟是兩扇鮮紅如血的內翼，不待眾人細辨，扶搖直上，於空中盤桓鳴叫，頃間已不見蹤影。

眾人回視石柱，只那根柱頭上刻著文字，餘下三根皆平整光禿。哈丹問：「黃大哥，你可識得上頭刻字？」黃紹道：「說來慚愧，我尚不能辨識上面的小兒錦。」邊星友道：「不如先謄錄下來，免得下了雨，水位漲升，又不得見了。」眾皆讚其見地，正憂這回不能拓印，所幸黃紹已學得初基，遠遠望著，已能仿繕那纏曲的文字，遂取紙筆錄下，以待來日學成再來解譯。

第五回

悖史題壁

倏忽旬日過去，一行人自從造訪雕像和豐源水壩後，又聚議幾次，終無斬獲，只得暫且懸著，待黃紹學成小兒錦，解開那石柱上題字與第三道祕文，再作分解。

納忠言不堪等候，日日催問黃紹學業進境，黃紹遂每回都將新學知識悉心相告，納忠言卻只管他何時來解譯，餘事概不關心。黃紹見他成日裏毛毛躁躁、神不守舍，笑道：「學貴有恆，最忌躁進，更無捷徑可走。以前你授我課業，每日只教四字，且不許我多求，不正是這個道理。」

往日糗事翻將出來，納忠言一時惱羞語塞，安靜了片刻，又耐不住焦慮，急道：「就怕別人也發現了那柱上刻字，先一步把寶藏奪了去。」頻頻埋怨老天怎不快降雨，忽而又異想天開：「與其空等，不如我自己拿水去填，把那柱頂再度淹了。」

邊星友一旁聽了，笑道：「你也想學奈費勒造水。不如從家裏水龍頭接根軟管子過去，開關一轉直接把水輸到豐源水壩裏。」納忠言信以為真，呼道：「邊兄好聰明，卻不知哪裏弄得這麼長的管子。」邊星友道：「恐怕得要訂做，這麼長的水管大概創世界紀錄，到時各地記者都來拍你如何運水。」納忠言轉喜為憂，唸著：「不成，不成，我旨在掩蓋，怎反教人人都知道了……」

邊星友忙道：「我隨口說笑，怎反惹你更添愁慮。先不計距離遙遠多阻，軟管易破易折，豈能長途運水？其實那石刻在壩底也不知幾歲幾載了，從沒人發現，可見並不顯眼。」納忠言道：「你們外地人知道啥，從前短水都不似今年緊，那石柱估計不曾浮出過，自然沒人發現。」邊星友道：「今年水短得這麼緊嗎？」納忠言道：「再不下雨便要鬧旱災了。」

黃紹勸解道：「縱如此，要恰巧有個懂小兒錦的人去到那人煙罕至之地，又恰巧留意得石柱上刻字，機率已微乎其微，即使真的遇上，寶盒在你手裏，那刻字沒有三道祕文相佐，也未必有用。」納忠言道：「說不準那刻字和祕文壓根不相干。」黃紹道：「那不正好不用顧慮。」納忠言道：「說不準石柱上的刻字是另一筆財寶埋藏之處。」黃紹道：「你要那麼多財寶做什？」納忠言道：「什麼爛問題，財寶自然是愈多愈好。」

黃紹仍一臉茫然。邊星友笑道：「納兄憧憬的財寶正如你追尋的研究。你把那石柱上刻字想像成另一部小兒錦文獻的指引，你還嫌不嫌多，還求不求？」黃紹豁然開朗，笑道：「你這麼說我便懂了，果然人人都有貪嗜之物。」

納忠言皺眉問道：「你兩個嘰嘰咕咕說什麼來？黃書蟲，你不是口口聲聲愛書成癖，緊要關頭怎麼反放著書不讀，一味閒扯聊天？」黃紹指著手裏的書道：「我本來正讀書，是你硬要打斷，問我目前進度。」納忠言道：「我問你，你回答過便是，卻偏要扯開話題。」黃紹道：「那好，我現在要回頭用功了，你別又打岔。」言訖俯首書籍。納忠言探頭探腦，一會忍不住問：「你怎在讀中文書，不讀小兒錦？」黃紹專注研讀，不作理會。納忠言推推他肩膀，續問：「喂，黃書蟲，聽見我說話沒有？」黃紹仍低頭不應。

納忠言還要糾纏，邊星友上前阻道：「我們出去晃晃，別在這裏妨礙黃兄學習。」扯著納忠言往門外去。納忠言叫道：「我得留下來鞭策他，不許他偷懶……」一句話尚未說完，已隨邊星友搖搖晃晃離開，留黃紹在屋裏獨自用功。

另一邊哈丹自從水壩歸返，時不時若有所思，無心店務，連平日鍾情的雕刻也意興闌珊。辨公間裏堆著各處木匠師傅相贈的木材，他隨手揀來一塊，坐在桌前把弄一整天，卻遲遲不下刀，及至日暮收店，只得原處放回。因此那林林總總木料愈積愈多，窗檯擺飾成品卻未見增添。

穆歆羽察覺他愁眉深鎖，不復往昔談笑風生，私自擔心不已，幾回探問，卻不著邊際。某日她趁著到店裏探班，來到那櫃檯後的辦公間，又見哈丹側身向門，坐在大桌子前，桌上擺著一塊未經雕琢的椴木，他手握雕刀來回把弄，蹙著眉，心不在焉，目光似投注於刀上，卻不對那椴木多看一眼。

穆歆羽敲敲門板，輕喚道：「哈丹。」哈丹這才回過神，放下雕刀起身相迎，虛浮地笑道：「小羽，妳來了。」穆歆羽走上前，說道：「打從豐源水壩回來，你似轉了性情，到底教何事困著？你悶得我好心憂。」

哈丹低頭躊躇片晌，方道：「小羽，妳記不記得在奈費勒雕像底座上，還有一只石刻工具箱？」穆歆羽點頭。哈丹續道：「那箱子裏有兩把雕刻刀，壓在一片三角板下。」穆歆羽笑道：「原來你還想這個，那時大家不都取笑是雕像師傅忙昏了頭，誤把自已的工具雕進奈費勒箱子裏。」

哈丹道：「當時我也十分疑惑，難道真是場烏龍？事後愈想愈不對勁。那箱裏刻的兩柄雕刀，一把是反口圓刀，一把則是平刀。」穆歆羽凝神聽著。哈丹從桌上放置的雕刀盒裏挑出一把反口圓刀及一把平刀來，續道：「石材性質特殊，本身已根據不同結構、硬度細分刀具，而這兩種刀子都是木雕用的，更不可能混入石雕刀具之中。換言之，縱使那雕像師傅一時犯糊塗，他誤入奈費勒工具箱裏的，也該是兩柄石雕刀具，而非木雕刀具。」

穆歆羽接過那兩柄雕刀看視一回，臆道：「難道是那師傅兼通石雕與木雕。」哈丹道：「兼擅各種素材並不稀奇。但當時他正忙於石雕，怎會日日握著石雕工具，下手誤植的卻是另一種大相逕庭的木材雕刀？」穆歆羽道：「也許他雕像時，旁邊正好放著幾把閒置的木雕刀？」哈丹道：「即便如此，都不比他手裏的石雕刀親近。那石像雕得恁般出神入化，若非全神貫注、心無旁騖怎能成？再者，此作精湛細緻，雕者不應是個粗心大意之人，他縱使執工時太過忘情投入，事後難道也渾然未察，不來修補這個失誤？」

穆歆羽悄聲探問：「你認為……那根本不是個失誤，是刻像者有意為之？」哈丹神情肅然，點頭說道：「那兩柄雕刀不似其他工具散刻在箱裏，而是隱藏於三角板下，微露首尾，便是最佳證明。」穆歆羽道：「可是他為什麼要這麼做？」

正討論著，穆克忽然探進身來，說道：「姊姊，哈丹大哥，有要客來訪。」跟著領黃紹進入辦公間，帶上門，把四人隔絕其中。

哈丹訝然問道：「黃大哥怎有空過來，未曾知會，有失迎迓。」一面招呼他入座。黃紹道：「我正好從金老師那裏問學完畢。順道拜訪，祈未叨擾。」稍停頓，即更言：「其實也不算是順道拜訪，我這趟來，確有要事相商。」

屋裏沉默片晌。哈丹猶疑猜道：「你已學會小兒錦？」黃紹點頭。眾人雖早晚期盼，此刻仍覺出人意表。

穆克問：「如此說來，你已解譯了第三道祕文？」黃紹道：「納兄和邊兄說是要讓我安靜讀書，三天兩頭結伴出遊。這幾日屋裏屋外皆不見他倆，也不知晃到哪去了，寶盒又讓隨身帶著，我也不得原文解譯。」穆克笑道：「他一會知道耽擱了幾分鐘，定要捶胸頓足，把賬都算在邊導演頭上。」

黃紹道：「雖然暫時解譯不得第三道祕文，水壩裏那石柱刻字我卻是譯出來了。」眾人忙問結果。黃紹拿出事先準備好的譯文，攤展於桌上。眾視之，原來是首題壁詩，其內容如下：

立地頂天一土牆，
里外瀚海舉高幌。
人遭愚惑卻歡歌，
為虎作倀實荒唐。
水勢湍湍容易擋，
共言沸沸奈難防。
貝蚌千載見天日，
臧否重定清史賬。

三人先後看畢，由於平時皆服黃紹學識，這回也等他來分析，但黃紹卻不作聲。穆克道：「黃大哥，你怎不快為我們解釋此詩？」黃紹目視哈丹，問：「你可有見解？」

哈丹愀然沉吟，似面有難色，良久乃道：「我看此詩似在講豐源水壩，卻與人人傳頌的歷史美談相悖反。非但不以建壩蓄水一事為榮典，句句都隱含控訴、指稱罪惡，末了更亢言天理昭彰，曠古冤屈總有一日要翻案重審，再算總賬。」言訖問黃紹：「你看我的理解對不對？」

黃紹點頭。哈丹表情愈是沉重，說道：「其實一開始你們熱烈揣度祕文指引的到底是金銀財寶，或者一部珍貴的小兒錦經典時，我便約略預想過這個刻有我家族圖徽的匣子鎖著的，應是與我密切關聯的宗族私事，藏得如此謹慎，想來必是椿不便與人道的隱慝。」

穆歆羽勸慰道：「此事尚未明朗，也許結果並非你想的那樣不堪。況且黃大哥解譯的詩是刻在石柱上，不是出自那只匣盒，也未必與你親族有關。」哈丹道：「妳難道不記得我們當時看得裸出水面的四個柱頭時，最先想到的即是族徽上那幢禮拜樓，其上刻字更是與我宗族直接相關。」穆歆羽道：「我們只是猜測，水裏即便真有幢禮拜樓，還得確定與圖徽上你先人所建是不是同幢。」哈丹道：「可是那隻血翼大鳥又如何解釋？」穆歆羽應答不上。

黃紹道：「其實此詩雖隱含控訴，憤怒的對象卻不似針對你的先祖奈費勒。」哈丹緩下情緒，問道：「何以見得？」黃紹道：「古籍云：『防民之口，甚於防川』，此詩表面上不滿築壩擋水，深裏卻是反抗消弭民論的暴政。」

眾皆會神聆聽。

黃紹續道：「開頭四句即言築壩引水根本只是一個幌子，打著到百里外沙漠採石油的堂皇旗幟愚惑民眾，奈何人人不明是非，反為此頌德歡歌，真是悲哀荒唐。

「末四句寄寓真理，言洶水易擋、民怨難防。任你築壩圍堵，那些曾遭打壓的言論有朝一日壅潰，衝垮堤防，到那時候便如恆存水底的貝蚌得見天日，真假善惡都要重現重審。

「此句可作正反雙重解讀，而實言一事——『貝』與『悖』諧音，『蚌』與『謗』諧音，就此面向，則是影射這段人人稱羨的歷史美談事實上卻是個與實情真相悖反的漫天大謊。『貝蚌千載見天日』即暗示瞞一時，不能瞞一世，欺訛誤謬早晚會拆穿。」

哈丹道：「此詩若真，我太爺更脫不了罪愆。」黃紹道：「畏懼民論威脅的多是高層官僚，奈費勒只是一名工程師，不至於為詩中厲言指陳的元凶。」哈丹道：「縱非元凶，也是為虎作倀、助紂為虐。」黃紹道：「我說此詩明言築壩，實喻暴政，作者很可能只是借築壩一事託喻映襯，是泛論而非專指。」哈丹苦笑道：「只怕第二句『里外瀚海』四字已是專指。再說此詩題在豐源水壩裏，而且那石柱極可能正是我族徽上的建築。」

此時穆克卻在一旁，扭著頸子左右看視桌上譯詩，忽而擠眼、忽而皺眉，忽而坐下、忽而站起，一晌伸手蓋在紙上，臉上表情逐漸開朗，興致勃勃地叫道：「你們快來看！」眾人依言附了過去，只見他左掌蓋住大半詩句，只露出每句首字。

穆歆羽道：「你要我們看什麼？」穆克抿嘴不答，只挑著眉發出「嗯、嗯」聲催促，不斷以右手手指啄點紙上的字。哈丹依著字序唸道：「立、里、人、為、水、共、貝、臧……」傾間三人同時「啊」了聲，叫道：「童偽洪贓！」

穆克鬆了口，喝道：「對！正是『童偽洪贓』。」

哈丹道：「原來詩中尚伏匿另一層玄機。穆克，你是怎生看出來的？」穆克道：「我看詩中幾處用字牽強，好像故意費心拼湊一般。譬如這『共言沸沸』尤其奇拗，明明『眾聲沸沸』、

『群論沸沸』都通順得多，怎偏選『共言』二字？左右推敲之下，方看出端倪來。」言語中頗有飛揚之色，目視穆歆羽，她報以一讚賞微笑，更教他得意忘形。

哈丹道：「此處『童』字當指童震無疑了，卻不知『洪』所指何人？」

四人默思片晌，似同時有所悟得。穆克道：「難道是邊導演提起過，那個足智多謀、安撫西北谷住民的，童震的女婿——洪省善？」餘下三人皆點頭稱是。

哈丹俯首將詩重讀一遍，目光亦停在「共言沸沸奈難防」句上，琢磨道：「你們看，這『奈』字該不會又是一處伏筆，暗指『奈費勒』之意？」黃紹道：「我看不像。若再佐以邊兄那部電影，更加證明此處並非指對奈費勒。」哈丹道：「如何證明？」

黃紹道：「時間點不對——按理，初始檯面上與童震交涉、規劃築壩引水的工程師是丁卒子，奈費勒則遲至五、六年之後，水利竣工方為人所知。而這首題壁詩應是工程開始前，西北谷住民尚未搬離家園時刻下的，即使他們要怨，也該怨丁卒子才是，除非他們在事過境遷後聽聞奈費勒之名，才又專程潛進水底去刻字。」哈丹鎖眉不語，心忖：「孰知電影幾分虛實。」

穆克道：「我倒有另一面觀點。此詩要重定臧否、重清史賬。倘使把目前廣為流傳的故事版本整個翻轉過來——原本為人稱道的童震、洪省善，甚至奈費勒，全數改成反派，那麼卻有一人應該轉反為正。」穆歆羽探問道：「你是指……丁卒子？」穆克點頭，續道：「不錯，說不定真相是：丁卒子才是真正的工程師，卻不知什麼緣故——也許得罪童震之類——遭打壓，反教與童、洪一黨的偽工程師奈費勒作了人人景仰的英雄……」言未及，約見哈丹愁容滿面，忙打住話，乾笑道：「哈丹大哥，對不起，你當我胡言亂語，丁卒子是否真有其人都還有待商榷，竟讓他作起主角來了。唉呀，前文不對後句的，竟也想效仿人家寫劇本，簡直自不量力。」哈丹勉強笑了笑，說道：「沒關係，其實我想聽各種假設，所以還請大家不吝提出想法。」

眾人皆顧慮他處境為難，緘口不言。沉默一陣，哈丹懇言自嘲：「你們都不說，我卻成了詩中那個堵塞言論的暴徒，與先人一同築壩擋水來了。」

黃紹聽了，方道：「有時當政者確實握有史籍的生殺大權，穆克的說法並非全然無稽。但也可能只是洪省善謊稱已安撫西北谷民，實際上是強制搬遷，才促使他們臨走前題詩洩憤，而奈費勒只負責築壩，並非必然與童震一黨。」思索少晌，復道：「其實說捏造歷史也不完全正確，一件事本來就有許多面向，大家各揀有利的增刪修飾，差別在於誰握有著史之筆。築壩引水雖迫使西北谷住民遷離家園，但也確實成就一地繁榮，其影響至今未滅。凡事不可能盡善盡美，是非功過皆有其雜冗枝節。」哈丹對此委婉溫言既歎服，又感激。

穆克忙附和道：「正是，正是。而且說不定這首詩是他們氣頭上寫的。邊導演不也說洪省善出面之前，西北谷民日日抗議鬧事，那時題了怨詩不足奇怪，後來接受安撫，搬家前卻忘了把詩清掉，導致我們在這裏費神瞎猜。」

穆歆羽也道：「是呀。你不是認為水裏那四根石柱狀似你族徽上的高樓，若真如此，奈費勒原本也該是西北谷居民，他怎可能還未取得鄉里親友諒解前，築壩來淹自己家園？」哈丹聽聞此言，卻是心中一凜，說道：「倘若奈費勒根本不是我的先祖，那高樓也非他的家園，他便不須顧慮西北谷居民到底情不情願了。」穆歆羽笑道：「奈費勒若非你先祖，你怎長得和他雕像一模一樣？」哈丹語塞。

黃紹道：「我和金老師聊天時，曾有一回提及豐源村奇人異事，他似對當年奈費勒築壩引水一事略有見聞，你若如此掛懷，不如抽空隨我一訪。」旋即卻想起金嚮導說起奈費勒大名時，面上閃過那一絲嘲諷般的複雜表情。當時他只道老師性情寡和，見大人則藐之，此刻想來卻甚不安，亦不知道自己的提議是不是給哈丹幫倒忙。

哈丹心想：「嚮導之職博識地誌，年代又較為接近，或許曉得真彰。」立即應道：「好，我隨你去，還煩你先代我知會一聲，並約定時期。」黃紹有些猶豫，哈丹道：「我真糊塗，竟忘了你已學成小兒錦。」黃紹道：「我仍有許多生疏處要繼續找金老師學習，並向他請教一些邊疆民情風俗，只是……罷了，下回見到老師，我代你問過便是。」哈丹道謝。

聚議暫告段落，黃紹起身告辭，三人送他出門，及至門旁，黃紹又回身，謂哈丹道：「你且莫灰心消極，別忘了我們還有第三道祕文未解，真相到底如何，待會過金老師、找出三道祕文引指之事再來討論不遲。」穆克道：「什麼都不重要，我知道哈丹大哥是好人就夠了。」哈丹心暖應諾，穆克方送黃紹至店外，並目送他開車離去。

穆克與黃紹雙雙出得店門，留哈丹和穆歆羽在辦公間裏。哈丹憂思未解，嘆了口氣，說道：「小羽，倘若有一天我失去了家族光環，妳會怎麼看我？」穆歆羽道：「從前怎麼看你，將來便怎麼看你。我向來只認哈丹，不認什麼光環。」哈丹道：「可我卻不知如何自處。」穆歆羽道：「你素來不以家世自矜，若真失去，也當不以此自卑才是。」

此時聽得櫃檯前有人叫喚，二人於是走出辦公間，原來是村裏糕餅店伙計送來幾大盒甜糕，並道：「我們老闆讓我送些點心來，請哈丹大哥帶回去孝敬村長、村長夫人，餘下的給小羽姊姊，再分一些給店裏大夥嚐嚐。」哈丹道：「怎好如此。」那伙計道：「老闆說，前幾日他幼子半夜高燒不退，四處求助無門，多虧村長不辭辛苦，親往鄰村請來大夫救治，如此大恩豈是幾盒甜糕償還得的，本應親自送到他老人家辦公廳拜謝，又想他日理萬機，不好打擾，因此送來店裏。」哈丹道：「老闆也太客氣，家父常說服務鄉里是盡村長之職，從不冀望這些回禮。」那伙計道：「村長高風亮節，果然如先祖奈費勒一樣了不起。」雙方又謙讓幾句，那伙計方去。

哈丹叫來一名店員，吩咐將三盒甜糕拿去分給店裏上下品嚐，又自行開了一盒，選一塊穆歆羽平日喜愛的口味遞去，片晌問道：「好吃嗎？」穆歆羽嚼著甜糕，一面點頭。哈丹歎道：「妳瞧，若不認光環，這會哪有好吃的甜糕予妳。」穆歆羽道：「我若貪圖這個，幹嘛不直接嫁給糕餅店老闆去……」話到半途驚覺失言，趕緊收口，雙頰已羞得緋紅，急急忙忙轉身要走。

哈丹卻是喜出望外，硬攔下不許她走，笑道：「妳不早說，我立即到糕餅店拜師學藝，學成後開家店當老闆。」二人笑鬧一回。不久穆克回來，一同說說笑笑，分食著糕餅，猶似往日無憂無慮，暫把煩惱之事都擱下不管了。

*

傍晚傢俱行打烊，三人依舊結伴而返，至岔路口方分別。

哈丹回到家裏，見母親正坐在客廳藤椅看書，上前喚道：「阿娜。」俄麗婭抬頭，表情甚是驚喜，問：「這陣子忙什麼，早出晚歸地，每每想找你聊天卻不見人影？」哈丹道：「最近和朋友聚會較頻繁，地點又在隔壁村鎮，往返費時，才回來晚了。」俄麗婭點點頭，輕言暖語地問：

「今晚不出去了吧？我們一家子多久沒一桌吃飯了，正好你阿大也在，咱們聚聚。」哈丹依允。俄麗婭歡悅地叫來廚娘，吩咐多做幾道哈丹愛吃的菜餚，並拉他到庭院坐著聊天，指著滿園花草細數近日園藝心得。

母子倆隨意閒搭，笑語不絕，哈丹說起羽、克姊弟，俄麗婭甚是掛念，問道：「小羽和穆克都還好吧，怎不請他們到家裏玩？他倆都是我自小看大的，一陣子不見，便想念得緊。」哈丹道：「他們也念著妳，都說要來，卻忙不開。」俄麗婭道：「怎人人忽然有事忙起來了？」哈丹道：「他們也和我同去鄰鎮聚會。」俄麗婭笑道：「原來如此。我還跟你父親說，早晚讓你和小羽成了家，看看你能不能別再終日往外跑，這會小羽也跟去，策略便不靈了。」哈丹聽了，心中難掩歡喜，自顧含笑不應。

一晌飯菜陸續備妥，俄麗婭便讓哈丹去請父親出來。哈丹應肯，沿著廊道行至哈正卜的書房敲門。

門開啟，哈正卜臉上亦有意外神色，問道：「你怎回來了？」哈丹笑道：「下了班，自然是回家。」又道：「阿娜請你出去吃晚飯。」

哈正卜點點頭，卻不欲離開房間，思索少時，問道：「今天店裏情況如何？」哈丹遂將店務略說一回，哈正卜鎖眉續問：「有無異客？」哈丹道：「糕餅店伙計送來幾盒甜糕，說是答謝你相救幼子的薄禮。」哈正卜顯然不欲問詢此事，眉間愈是緊鎖，良久乃道：「上回在店外鬧事的人是不是又回頭找你了？」

哈丹一時啞然。哈正卜道：「有人看見上回鬧事者今天又來店裏。怎麼回事？你不是說已把那只匣盒捨讓了嗎？」哈丹道：「是捨讓了。」心中不解父親怎提及此事，總焦躁不安。

哈正卜追問：「那他又來做什麼？難道還是為了匣子之事？」哈丹心忖：「定是眼尖之人認出了黃大哥，以後得格外小心避開眾目。題詩一事要是對阿大照實說了，他要不也像我一樣為此疑竇傷神，要不阻止我追究此事。唯今之計只得先瞞著，待查清真相再盤量定奪。」於是答道：「沒……沒這回事，一定……是認錯人了。」哈正卜目光凌利如刀，峻色問道：「真的？」哈丹本不擅說謊，低著頭喏喏應道：「真的。」哈正卜道：「有人說你們關起門談了很久。」哈丹心虛不已，強作鎮定，答道：「那客戶……問了許多傢俱的問題。」

哈正卜聽了，忽而展了眉，拍拍哈丹肩膀，朗聲笑道：「那就好。沒事了，咱們吃飯去。」說罷逕自提步向門。哈丹杵在原地，心中疑臆不定，一念閃現，喚道：「阿大。」

哈正卜回過頭，哈丹躊躇未決，好半日方道：「族徽上那座禮拜樓，原來建在何處？」哈正卜反問：「你怎突然有此一問？」哈丹道：「我……我想慎終追遠，而且、而且有人問起若答不出，豈不丟臉。」

哈正卜沉默片刻，說道：「那高樓已經不在，原址連我也不清楚。你回答不出且毋須介懷。」哈丹又問：「圖徽上那隻大鳥，是否只在高樓遺址一帶出沒？」哈正卜道：「我平生沒見過那種鳥，估計是先祖虛創的吧。」哈丹還想試探，但父親似不欲多談，只連聲催道：「去吃飯吧，難得在家，別再讓你母親等候。」言畢邁出書房。哈丹無奈，舉步隨上。

一家子在餐桌前坐定，剛要開動，一名家丁慌慌張張來報：「東街鞋廠失火，鄰近民舍亦遭波及。」哈正卜忙問：「火勢如何？居民都安全逃出了嗎？」那家丁道：「尚在救援。現場火光接天、雞飛狗跳，也問不清是否有人傷亡。」

哈正卜任意擲下碗筷，赫然起身，說道：「快帶我去看看。」俄麗婭歎道：「唉，你不過是個村長，一會忙救火、一會忙治病，弄得自己寢食不安的，我卻憂心你身體。」哈正卜道：「官位不在大小，能務守其職，方不落尸位素餐之嫌。」哈丹看著父親兩鬢花白，一心慇懃，大受感動，也擱下碗筷，起身說道：「阿大，我陪你去。」哈正卜以手勢示意他坐下，說：「你陪你阿娜吃飯，我去去就回。」一面快步隨那家丁出門去了。

哈丹坐回，卻已無心茶飯，諸事紛擾心頭，想著，昔者周公為政，傾力憂忙，一飯三吐，謂為聖賢。父親雖不及位高權重，勤政恤民之心卻堪擬喻。縱使沒有奈費勒的庇蔭，他仍會是個深得眾望的村長。一抬頭，即見高懸大廳的匾額，其上燙金行草橫書「為民喉舌」四個大字。這一類牌匾積累無數，村長辦公廳都掛不下了，方掛到家裏來，每一幅皆是父親德績與辛勞的證明。逝者已矣，此刻熱衷追查童震等舊事到底意義何在？哈丹反復自問，愈是猶豫迷惘。又想起母親說及要他成家一事，心道：「若得小羽長相左右，一生相敬相愛，夫復何求？」想著愈覺陳年歷史虛幻遙遠，眼下悲喜真切踏實。

餐畢，廚娘端上一盤切好的瓜果，俄麗婭指著那淡香怡人、色澤鮮潤的水果笑道：「這是果農下午剛收穫便馬不停蹄送來的呢，我讓廚娘收了飯菜才剖，正新鮮著，快嚐嚐。」

哈丹依言取了一塊吃下，果然鮮美無倫，卻不禁揣想：「這大概又是哪個為了飲水思源的村民送來的，大家都竭心盡力侍奉著奈費勒的族裔，殊不知其中也許另有蹊蹺。從前我不知曉便罷，如今得了肇端，若不釐清，還繼續接受獻花送果的，豈不癡愚無恥。長此以往，吃進肚裏的都像誆騙取詐賺來的白食，還教代代傳此虛名妄祿，怎生了得？」霎時善罷甘休的念頭消滅無蹤，一心繞纏著那首悖史題壁詩，恨不得即刻著手調查，非要那真相水落石出不可。

*

待及納、邊二人遊罷歸來，黃紹即要來寶盒，並知會哈丹等再往若而村聚議，其解譯出第三道祕文內容如下：

至巔之境，群廈俱小。首尾倒懸，昊天獨大。

納忠言撫掌笑道：「這題也太容易，分明直接指明寶藏就埋在最高山上。」穆克笑道：「寶藏一會埋在傢俱行裏、一會埋在哈丹大哥家地下、一會在雕像底座、一會在豐源水壩裏，現在又跑到高山上去了。想來必是個能飛天遁地、兼擅潛水的神物莫屬。」納忠言怒目瞪視他一眼。

邊星友道：「世界至巔，當是喜瑪拉雅山的主峯——珠穆朗瑪峯，位於西藏與尼泊爾邊界。但三道祕文既鎖定新疆，此處的『至巔之境』當在新疆境內才是。」黃紹道：「新疆地理慣以『三山夾兩盆』總概，即：南崑崙、北阿爾泰，天山居中橫亙，分全境為南北，北有準噶爾盆地，南有塔里木盆地。」邊星友道：「不知這三座山脈之中又屬何者最高？」黃紹道：「應屬西南境，與喀什米爾交界的崑崙山脈主峯——喬戈里峯最高。」邊星友道：「這些高峯只怕攀登困難，挑戰者多有生命之虞。」

納忠言怒道：「豈有此理，難道真得有飛天鑽地的本領才掘得寶藏不成。」

哈丹道：「如果前兩道祕文解得正確，地點尚可再縮減至豐源村境內。」納忠言急問：「你說話非得只說一半？你豐源村有啥高山還不快快報出名來。」哈丹道：「豐源村西郊的蘇覓山，是全村最高點。」納忠言哼道：「名不見經傳，也敢稱『至巔之境』。不過這也好辦，三兩下便能爬上山頂去。」

黃紹道：「前兩道祕文皆曲盡其意，眼下恐怕還得思辨，不可單憑『至巔之境』就斷定。」納忠言道：「總之喜馬拉雅山的珠穆朗瑪峯、崑崙山脈的喬戈里峯、沒沒無聞的蘇覓山，三者之一不會錯。我一座一座爬上，就不相信還找不到寶藏。」熱血沸騰，問道：「你們想從哪一座開始？」眾人默然。

邊星友忽問：「對了，石柱上刻字尚未解出，也許和祕文兩相照應，更有新見。」哈丹訝然問道：「黃大哥，你沒將那首題壁詩說了嗎？」黃紹搖頭道：「此事關乎你家族隱私，非得你應許，我無權散布。」哈丹心想：「黃大哥真是個可信之人。」躊躇片刻，方道：「既然大家約定在先，與祕文有關之事還是讓人人參與的好。」黃紹遂將譯詩公布，並將詩中暗語草述一回。

哈丹道：「事到如今，已八成確定結果當與我個人家事息息相關，不是寶藏，更不是小兒錦文獻。我思慮再三，決心傾力追究真相，不願得過且過，教現有尊寵蒙蔽著。但諸位事外之人，若要從此散席也未嘗不可。」

穆歆羽和穆克自不必說，都道：「我們自然是與你共進退。」

邊星友道：「我本來就是自願幫忙，從不為什麼結果，只要人在新疆一日，便來助你一日。」哈丹稱謝。

穆克道：「邊導演真是俠義心腸。只是結果若與現有歷史相違，你那部嘔心瀝血的《奈費勒傳奇》也要跟著泡湯了。」邊星友笑道：「你這一提倒讓我霎時於此事中反客為主。我拍那部電影時，存的是對奈費勒事蹟的崇敬，現在既然出現了疑點，怎能不追查清楚？我個人心血事小，以錯誤片子誤導群眾事大，幸好電影還未上映，倘使整件事原來是場偽局，還來得及懸崖勒馬，阻止不實歷史流出。」穆克道：「邊導演好骨氣，但願結果是場誤會，我們還能如期去看你的電影。」問起歸程進展，邊星友道：「劇組發現先時取景有所遺漏，這會非得折回不可了，我只好留在這裏相候，恐怕一時半刻還走不了。」穆克喜道：「正好繼續和我們結伴作樂。」又問：「邊導演，你劇組回來取景時，我能不能同往觀摩？」邊星友爽快應允。

哈丹又問黃紹。黃紹道：「我也願助你一臂之力。」

此刻眾人目光皆轉向納忠言，等待他表態。納忠言淨不理會什麼「童偽洪贓」、暴政虐民的喻示，拿著題詩前後看視，喜道：「看來我真的要發財了。」眾問原因。納忠言指著詩末二句首字「貝、贓」，說道：「『寶貝』不分家，『貝』就是『寶』。『贓』字分明是『藏』的錯別字。不正合了『寶藏』二字的暗示。」怒謂哈丹：「你少故弄玄虛，騙我退出，私吞全數。」

哈丹無奈，別過頭不與他理會，問道：「黃大哥，上回託你代約金嚮導一事，不知是否已有音訊？」

黃紹眉頭微蹙，似有難色。哈丹道：「你但說無妨。」黃紹方道：「金老師不願意見你。」哈丹聞言好生失望，黃紹道：「金老師素來有些脾性，不愛見生客，並不是針對你。」

邊星友提議道：「不如我們大家一道上門拜訪，讓他老人家知道我們的誠意。」

納忠言叫道：「我才不去瞎攪和。什麼金嚮導、銀嚮導，料他也說不出金銀地點來，還擺架子，我平生最厭惡脾氣不好的人！」眾皆哂笑。

黃紹道：「其實金老師仗義耿直，很念舊情，且絕非不講理之人。只是不愛與人客套交際，我們一夥人結隊去了，反而弄巧成拙。」又謂哈丹：「你不妨再找那位，與金老師有舊的小學老師試試，我也會再替你向金老師說說情。」哈丹依允致謝，又道：「若見了金嚮導，要請他幫助，也得先坦言相告才是，屆時要怎麼對他說起題詩和三道祕文？」目視納忠言，有意徵詢他意見。

納忠言道：「你別說出寶藏埋在那三座高山上便是，怎一點都不曉變通！」邊星友道：「不如編個理由說目前只解了兩道祕文。」黃紹道：「不妥，我認為直接解釋我們幾個人有約在先，不能對他人提起，方為上策。」哈丹道：「誠信為本，我贊成黃大哥的作法。」眾人附議。眼看天晚，各自散去。

奈費勒雕像

第六回

八角木匣

哈丹從黃紹那裏取得金嚮導聯絡方式，並依其建議，再次去找小學老師程曄幫忙，幾日安靜過去，不聞音信捎來，哈丹只得躬行往詢。

程曄見到他來，開門迎入，敘禮如常，卻無親善之情，寒暄數句，即坦言道：「你相託之事，我至今未找金嚮導提起，恐怕讓你白跑一趟了。」哈丹原想老師得了斷線故人的資訊，當喜得重會，未想他神色冷淡，毫無雀躍之舉，心想：「莫非他倆情誼有變，若如此，我也太過強人所難。」說道：「程老師平日事忙，實不該再三勞煩，更不該心急登門催趕，冒昧之處還請原諒。」

程曄道：「我和金嚮導數十年故交，雖斷訊多時，代轉幾句話能有什麼麻煩之處，只是……」話到半途忽悄聲沉默，良久復道：「好吧，我會看時機代你傳達，一有消息立刻知會你。」哈丹不解其中轉折，但見程曄有噤惕之色，不好多問，起身稱謝離開。

黃紹那邊也未斡旋成功。每提及此事，金嚮導總怫然作色而去，即使師徒倆前一刻還一面沏茶、一面聊天，黃紹趁著老師高談闊論、興致正佳，偶提一語，哪知金嚮導霎時轉喜為慍。黃紹原以為金嚮導素性孤獨，對外客充滿防禦，傾力替哈丹美言，想使金嚮導漸悉其人而敞懷，金嚮導卻面露蔑色，冷哼一聲，重重放下杯盞拂袖進房。

有一回黃紹又趁兩人對弈時探問，金嚮導變色說道：「你莫在此時壞了我的興致。」黃紹道：「金老師何故如此執著？」金嚮導揮掌撥亂了棋局，怒道：「任你步步為營，一瞬拂亂便前功盡棄。」起身拄著拐杖跛行進屋，走了幾步又回頭，手扶牆柱，以杖指對黃紹，厲聲說道：

「早知你們一夥，我最初絕不會讓你進門。你我師生投契，我愛你才高心正，才一再容忍。倘若再提，今後莫想重晤。」

黃紹一時啞然，自此方知金嚮導確實針對哈丹，至於其中緣由為何，也不敢追問。問哈丹是否曾得罪金嚮導，哈丹則一臉茫然說與他素不相識。哈丹反問託約結果，黃紹難以啟齒，每回說及，只好婉言推托，只說自己口拙，至今尚未說服金嚮導。

哈丹於此一籌莫展。穆歆羽勸道：「金嚮導聽來狂狷，這類人難免有些倨傲，不願與世俗雜處，尤以顯達為鄙、富貴為惡。也許正因如此，才不願與你這官宦子弟來往。」哈丹道：「我何時以此身分招搖過？」穆歆羽笑道：「你雖低調，但村落間何人不知你是村長之子。」哈丹道：「村長之子哪裏算得上官宦子弟。」穆歆羽道：「你還有個大名鼎鼎的祖先奈費勒。」

哈丹道：「若真因此見疏，實非我所能扭轉。」穆歆羽道：「高人逸士最重真誠，你想見他，卻只處處找人遊說，恐怕他以為你自恃驕貴，偏見愈深，愈要阻攔你。」哈丹道：「那該怎麼好？不經許約冒然上門，只怕更失禮。」穆歆羽思索片刻，提議道：「不如你備些禮物，請黃大哥代你交送。」哈丹道：「妳才說他性情倨傲，怎肯收受禮物，落個貪俗之名？」穆歆羽道：「俗禮自然不可送，你得送個廉價的無價之寶。」哈丹笑道：「我懂了，妳要我費心備禮，卻教禮物本身不足買賣，專顯意誠。」

穆歆羽微笑點頭。哈丹道：「卻不知什麼禮物符合這要領？」穆歆羽環顧辦公間裏的藝雕擺設，以及堆疊待鑿的綑綑素材，笑道：「眼下不正有主意。」哈丹道：「妳要我作木雕給他？」穆歆羽點頭。哈丹道：「我業餘閒趣，怎好獻醜。」穆歆羽道：「你用心雕琢，精誠所致，金石為開。」哈丹仍躊躇。穆歆羽續道：「你怎這麼沒信心，你雖非專業，卻藝高技熟。依我看，堪比那奈費勒塑像的石雕師傅呢。」哈丹喜道：「真的？原來我的小羽這麼看重我。」穆歆羽嬌赧嗔道：「誰看重你了，我是說你至少不像他糊塗，誤雕還把工具搞錯。」

兩人笑鬧一陣，商議起該刻什麼送給金嚮導恰當，左思右想，遍尋不著一個合適主題。及至下班，哈丹依例與穆克、穆歆羽循道而返，到了岔路口，卻見家丁於此等候。哈丹憂問：「家裏出什麼事了嗎？」那家丁笑吟吟應道：「夫人設宴，差我來請兩位貴客同往。」穆克道：「今天既非節慶，也非什麼人生日，怎忽然如此隆重地請我和姊姊吃席？」那家丁道：「不隆重。夫人說許久沒敘，心中掛念，想和你們吃頓家常便飯而已。」穆歆羽道：「既如此，我們自當前往赴會。」三人於是與家丁同道而回。

未進大門，先聞炊煙陣陣飄香，通過庭院、拱門、照壁，沿途花團錦簇，門廊檯柱古樸優雅。及至大廳，家丁道：「村長和夫人已在飯廳相候。」三人快步而往，一晌卻同時訝然杵立於飯廳門邊——只見村長夫婦業已坐定，餐桌上碗碟相錯，放眼望去，有沙鍋羊頭、熘羊舌、清炸羊心、花炒羊肝絲、羊雜湯、南煎丸子、杏仁羊肉、五香醬羊腿、燒羊蹄筋、炸羊尾……可謂豐盛至極、無處下箸，廚娘卻仍陸續端菜上桌，艱難地由層疊菜餚中挪騰空位擺放。

三人目瞪口呆地站在門旁，穆克以肘頂哈丹，小聲問道：「你們平時都管這叫做『家常便飯』嗎？」哈丹道：「你明知故問，誰家裏天天擺全羊席，八成是特地用來招待你們的。」全羊席盡取一羊首尾上下燒成不同菜餚，是接待貴賓的上宴。穆歆羽道：「我和穆克也不算生客，平常往來頻繁，何以今日這般隆重。」

正說著，哈正卜朗聲催道：「哈丹，你怎不快請小羽和穆克入座，盡愣在門外交頭接耳地說什麼？」

哈丹方請姊弟二人上桌。待三人坐定，上菜已畢，閒人退出。村長夫婦熱忱勸進，席間笑談閒語如舊。俄麗婭盡說著園中花葉短長，如數家珍，並問穆歆羽最近種了什麼花沒有，穆歆羽一一回答，俄麗婭甚是歡喜。

卻是平時寡言的哈正卜今番略有不同，像個慈父頻頻說起往昔舊事，問孩子們記不記得幼時他領三人遊玩、教導他們讀書寫字的情景？指著哈丹和羽、克姊弟面前那三個青、紅、藍異色同款的碟子問道：「你們可還記得這碟子的由來？」哈丹道：「是阿大從鄰鎮買回的。」哈正卜點頭，道：「是。有一回我到鄰鎮洽公，途中經過一家瓷器鋪，見這碟子精巧可愛，便三色各買一個。」

此為十多年前舊事，三人皆不明白他怎忽然提起。

哈正卜續道：「我猶記得當時看到這碟子，心裏想著，家中三個孩子，一人一色正好。孰料買回來後，哈丹和穆克都愛這個青碟，兩人推來讓去，一個要展兄長風範，一個要孔融讓梨，竟誰也不要那青碟了。後來小羽勸你們輪著用，好不容易達成協議，卻又誰都不肯佔先。」穆克道：「對，我記得那時哈丹大哥說，要不我們來賽跑，輸的人先用這只青碟，我死命往前衝，結果還是輸了。現在想來，哈丹大哥也太奸詐，當時我矮你一半，竟傻傻讓你騙了。」全場聽著無不鬨笑。

哈正卜道：「有一回我帶你們到傢俱行去挑寫字桌，又教你們看上同一張杉木桌子，好巧不巧剩最後一張，我只得交代木匠趕工特製。這次我學聰明了，要那木匠一次造兩張，免得一會你倆又計較起孰新孰舊，誰都不肯要那張新桌了——唉，你們兄弟自小投合，偏生眼光太一致，這點讓人傷透腦筋。所幸你兩個都善良懂事，從不為爭搶一物，傷了彼此情誼。不必我教，一向深知要有福同享、有難同當，好似天生就是來作兄弟一般。」

筵畢，俄麗婭本想約穆歆羽同去庭園看她新植的石榴和雞冠花，哈正卜卻說：「哈丹、小羽、穆克先隨我到書房。」未明言何事，俄麗婭只得獨自修花剪草去了。

哈正卜領三人進了書房，吩咐關上房門，併排而坐，書桌前已擺著三張椅子，誠然是事先預設好的。三人內心皆不明就裏，氛圍不似餐宴上詼諧，轉而有些肅穆凝重，因此也不好隨口提問，只靜待事情發生。

穆克和穆歆羽皆想：「村長無故設宴相邀，席上一反常態說了許多感性的話，既馨暖又悽悵，莫非旨在為此刻開場，卻不知何事須得這般慎重。」哈丹回思父親臉上表情似曾相識，心裏已有幾分根底，臆忖：「阿大難道又是為了近期之事？找了小羽和穆克同來，該不是要一次對我們敞言先祖真事和那三道秘文的謎底吧？」

哈正卜迴至書桌裏側，與三人面對面而坐，雙手抵著桌緣，上身微微前傾，眉尖似結未結，眼神抑鬱而直接，凝視三人，好半日方道：「我今日找你們來，其實有正事宣布，你三人皆聰明黠慧，想必早已疑揣多時。」

三人低頭默認。

哈正卜續道：「我要說的是一樁家事，你三個都是我的孩子，故而要你們盡來聽取。」言罷起身走至書櫃旁，拉開櫥門，從中取了一物，回來擺上桌面，三人俯身看視，不約而同「咦」了聲——哈正卜方由書櫃取出的，竟是那只雕刻著家族圖徽的八角形匣盒，三人皆疑：「這匣子不是早讓納忠言撿去，何時他竟肯歸還？」穆克看著匣扣上銅鎖未解，心想：「那日我以鐵絲開了鎖，也沒留心隨手把那銅鎖扔哪去了，怎這會又給找了回來，規規矩矩扣在匣上？」

哈正卜不作聲色，只將匣盒像展示品般地擱著，任由左瞧右審，等他三人各自猜測過內心種種疑竇，乃復道：「你三人想必對這木匣都不陌生，不久前，穆克還為此和人大打出手。」三人更是困惑，都想：「前幾日還在若而村見到此物，納忠言怎私下來還匣子，連黃大哥、邊導演也沒對我們說起？」

哈正卜道：「從前我未曾提及，是考慮時機未到，現下也該坦言一切了——這個八角木匣是先祖所傳，已歷數代，並留有遺言：『有朝一日若遇與此匣類如孿生者，務必即刻銷毀。毀之不得，則敬而遠之，切忌啟視。雙匣并存，災禍橫生。』」

三人聽罷，才消疑惑，又生驚奇，不由歎道：「原來竟有兩只一模一樣的匣子。一只一直藏在那書櫃裏，一只卻裹著油布，埋在河灘中讓人撿去。」

哈正卜將那木匣推向哈丹，說道：「現在我正式把這匣子傳交你手，你要妥善保管，並謹遵先祖遺命。」哈丹看著匣子，恍然大悟：「原來前時阿大不許我和納忠言爭那匣子，一來是因為此物非彼物，再則竟是祖先遺訓。」又想：「這遺訓好生古怪，明明兩只一樣的匣子，怎一只要仔細收著，另一只卻得懼如毒瘤？遺訓中還說不可啟視，我等卻早就對匣中三道秘文倒背如流，也沒發生什麼災禍。阿大向來虔誠，怎會迷信這種無稽之說，還要我跟著傳襲，也太不合理。」

哈正卜似讀出他的心事，說道：「其中緣由我並不清楚，匣盒鑰匙也已佚失，從沒人看過箇中究竟，但先祖遺下此警，必有道理。總之也不是什麼離經叛道的要求，遵守便是。先時另一只匣子出現惹了點風波，所幸你處理得當，聽我之言將匣子捨讓了，現在一切回復如常，只要那匣子別再出現，這戒律根本不足為憂，對吧？」一面對眾人巡視一回。

三人皆心虛不應，不知該不該實言這期間頻繁往返鄰鎮聚會正是為了那只匣子。

正慮間，哈正卜一揚音調，笑道：「好了，過去的事毋須放在心上，何況不知者不罪，你們曾和人爭那不祥之物，也是事出有因、情有可原。」對姊弟二人說道：「你二人是我自幼撫養，又是受故人臨終所託，雖無血緣，實與親生無異。所以希望你們莫以此事不干己務而輕率，要與哈丹共勵共勉，承擔先人遺囑。」謂穆克道：「我向來視你如親子，與哈丹無異。自小待你二人便是賞罰同制，不論碟子桌子，大事小事都不曾因私偏袒，也放心將傢俱行交由你全權掌管。我知道你也敬我如親父，宗族之事，想必不會漠視。」又謂穆歆羽：「小羽更不必說了，不但是我女兒，將來遲早要成一家人。哈丹要守的祖訓，妳也必然要守。」婉轉中卻有嚴厲，不似對穆克那種半帶祈懇的請託，儼然視她如子媳。穆歆羽低垂眼瞼，目不斜視，心中憂喜參半。

哈丹領了木匣，與穆歆羽、穆克共同退出書房，三人默契地朝同一方向走，一路無話，直到進入哈丹房間，關上了門，方各自鬆懈惴態。

哈丹把木匣擱在邊桌，三人面面相覷，好半日靜默無言。一會穆克首先開口問道：「原來竟有兩只匣子，現在該怎麼辦好？」哈丹道：「阿大今日之舉，多少是知曉了我們還為此事鍥而不捨，如此隆重設宴約談，便是想讓我們及時罷手。」

穆歆羽道：「從前我們誤會那匣子是村長遺失的，一味窮追猛趕，才成今日之局。現在既已知道原物從未遺失，村長也直截了當地把隱微之事對我們明說了，我們是不是該遵從你先祖遺命，不要再追究另只匣子相關消息，也不枉村長費神相勸的一番苦心？」

哈丹猶豫不決。

穆克道：「現在情勢恐怕不是我們三個要停便停的。」哈丹道：「我也正有此慮。邊導演一心想追查真相，為他的新片校讎。納忠言則至今還對寶藏深信不疑。」穆克道：「邊導演講理之人，我們將事情始末詳細說了，應不難辦。就怕納忠言不肯收手。」

穆歆羽道：「他向來最信兆端預言，我們將村長的話轉述予他，說不定他會因畏禍而罷休。」哈丹苦笑道：「他只會認為我想私吞寶藏，故弄玄虛騙他退出。」

穆克想起納忠言張牙舞爪地指著哈丹亂罵，忽然笑不可遏。哈丹和穆歆羽怪異不解地看著他，問道：「正談論正事，你神經兮兮地笑什麼？」穆克笑道：「我……我就想到納忠言每回發飆……哈丹大哥總啞巴吃黃蓮地默默撇開頭去，好……好可憐……」哈丹白他一眼，搖頭嘆道：「謝謝你的幸災樂禍。」穆克道：「他罵你時，我氣得很，怎現在想來如此滑稽……」哈丹長吁了口氣，推他一把，穆克便整個人捧腹笑倒在床上，一張臉早已脹得通紅。

穆歆羽在一旁看他二人胡鬧，跟著笑了一回，不禁有所感悟，心想：「若執意追究秘文指引，真惹出禍事來，悔之不及。不如依了警訊罷手，永遠這麼開開心心地聚在一起。」即謂哈丹：「村長既已明示，總不好相違，至於其他人怎麼決定，實非我們所能控制的。」

哈丹道：「話雖如此，倘使我們退出，那邊卻繼續探察，屆時掘出什麼家族隱私來，毫無預警、措手不及。寧可隨時知曉進度，伺機應變，心中相對踏實，也不要斷了線卻牽掛，日日提心吊膽。」

穆克從床上一躍而起，夾到他倆中間，指著桌上木匣，快語說道：「不如我再把這鎖解了，看看裏面是不是也有三道秘文。」一語提醒了哈丹和穆歆羽，二人紛紛將注意力轉至匣上，好奇地想：「是呀，一模一樣的匣子，一只刻著三道謎題，一只難道是相互對應的三道謎底。」

穆歆羽按下念頭，有所顧忌地說：「這樣好嗎？村長才說完，我們立刻就違逆。」穆克道：「村長是說不許開那只匣子，又沒說不許開這一只。而且說不定那只致禍、這只招福。禍既已啟，唯福可銷。福禍相抵，吉凶扯平。」穆歆羽笑道：「什麼饒舌歪理，分明只是你好奇想看。」穆克道：「好好，是我想看。姊姊心如止水，半點也不好奇，快把眼睛矇上。」說著環顧四周，敏捷地拆了哈丹床上的枕頭布套，搓成條狀，作勢要去綁穆歆羽的眼睛。穆歆羽輕巧一閃，躲到哈丹背後，道：「哈丹救我！」哈丹攔著穆克，笑道：「你這促狹鬼，專拿我們尋開心。」

穆克站定，雙手插腰，清清喉嚨，正色說道：「好，我現在認真問一句——你們到底想不想看？考慮清楚再回答，錯過今晚，日後千萬懇求我也絕不解鎖。」

哈丹和穆歆羽見他站得不動如山，稚氣的臉上端著嚴肅表情，不由啼笑皆非，長嘆口氣，坦言答道：「想！」

哈丹於是找來一根鐵絲，穆克接過，目視銅鎖，雙手並用，不及數秒，便聽「喀」的聲，密合數十載的鎖扣已然彈開，餘下二人暗暗稱奇。

此刻銅鎖已解，鬆鬆掛在木匣環扣上，只消輕輕一提，便可盡覽匣中虛實。三人卻圍在桌前，輪番相顧，遲遲未動。

穆歆羽問：「穆克，你鎖怎只解一半，不是吵著非看不可嗎？」穆克把匣子推給哈丹，說道：「哈丹大哥，你先祖所傳之物，還是當由你來揭視適當。」

哈丹沉默片晌，下了決心，伸手拿下銅鎖，掀起匣蓋。

三人湊上看視——匣盒內裏亦與納忠言撿到那只同出一軌，半實心的匣身如一檯座，八角形界面由兩道平行凹槽分為同寬三處。其所異者，是那木質界面平坦無迹，並未如三人猜測的刻著秘文解答，凹槽內卻多了兩柄木雕刀具，其長度、寬窄無不與槽形契合無縫，似是這只木匣原先便是為了放置這兩把雕刀所量造。

哈丹凝視刀具，訝然說道：「這是奈費勒雕像旁邊的工具箱裏，那兩把與其身分不符的雕刻用具。」眼前雕刀握柄上的止滑軟墊水曲紋飾，正與當日所見，那露出三角板外的石雕模型刀具尾端吻合。

穆歆羽亦詫異無比：「怎如此巧合，不僅這匣子有個類如孿生的彼物，裏面兩把雕刀也有其遙相映合的石刻。不知另只匣子原本是否也有雕刀置於兩道凹槽之中。」哈丹道：「現在更能確定那工具箱裏所刻的兩把雕刀並非誤刻，而且真實器物正在我們眼前，只是其中到底有何關聯？這雕刀既是我先祖所有，又怎會成為那石雕師傅眼中之物？難道我先祖竟與那石雕師傅有舊？」

穆歆羽道：「會不會你先祖為了答謝石雕師傅為其塑像，方以此物相贈？」哈丹道：「石雕師傅應是在造奈費勒塑像之前已有此物，才能仿其形廓於作品當中，再說先祖若將此刀贈人，何以後來又成我宗族代代相傳之物？」

穆克道：「該不會奈費勒就是那石雕師傅，先築水壩，再為自己刻像——你看，這麼一來不也解釋了你雕刻稟賦其來有自，並非基因突變。」哈丹對他揮了個空拳，笑道：「你才基因突變。」又道：「這個說法也有破綻，倘若奈費勒真的身兼二職，為何從無人知曉？他傳下兩柄雕刀，卻視那三道秘文如瘟疫，又是何故？」穆克道：「說不定他怕別人嘲笑他把自己刻得太帥，才故意藏起雕刻師傅的身分來，假裝是不同人刻的。卻又心有不甘，想著：『我明明十項全能，後世卻只認得我水利工程師的身分。』因此布下疑陣，暗示後人他不但是個工程師，還是個技藝精湛的藝術家。」

穆歆羽道：「這匣盒和那道遺命是你哪位先祖所傳，村長並未明說，也許這位先祖並不是指奈費勒。說不定你哪代年份與奈費勒相近的先祖是個雕刻家，是他親手為奈費勒造像，這兩柄雕刀也是由他傳下。」穆克道：「沒錯，他因為不平奈費勒築壩名留青史，自己卻是個懷才不遇的藝術家，所以布下疑陣，要後人知道他們不但有個會建水壩的祖先，還有個運刀如神的雕刻家祖先。」

哈丹笑道：「你這編劇也太偷懶，兩場戲用同一個結局。」穆克道：「明明不一樣，是你這個觀眾不用心。」

三人推度良久，一致認為關鍵繫在那名石雕師傅身上，他與這兩把雕刀的屬主、與奈費勒的關係皆大有文章，卻理不清其中糾結，一說方起即有一說推翻，東拼西湊總補不滿原相全景。

穆歆羽和穆克離開之後，哈丹獨自坐在窗邊。桌上木匣晦靜，窗外樞星朗轉。他點亮檯燈，昏黃光源罩在展著盒蓋的匣子上，兩把雕刀一時顯得陳舊而寂寥。

哈丹小心地自凹槽中取出那把反口圓刀，拿在手裏反覆看視。即使年代久遠，刀刃也略生鐵鏽，其品質、構造彰優顯善、清楚易辨。哈丹心道：「恁般好刀，真是可惜了。」握著刀柄，模擬運鑿雕鏤之勢，但覺直橫曲斜、各個角度無不靈妙好使，柄上膠墊舒適穩當，勁力出使隨心得宜，削掘起伏流暢不阻。

他放開握柄，以雙手手指各拈著雕刀首尾。忽而靈光一現，動手撤除了軟墊，旋視綻裸的木柄，頃間目光停在木柄中段，其上刻著一個名字：奈費勒。

哈丹凜然怔望，一會將另一把平刀也取了出來，拆下握墊，不出所料，柄上正中央處，亦刻著相似字跡的「奈費勒」署名。

*

黃紹自從知曉金嚮導鐵了心不願見哈丹，且直言再問此事便要斷絕師生情誼後，不敢冒然造次，只得對哈丹徐徐勸解，此途多阻，可另圖別策。

某日師生二人對坐炕上沏茶閒談，金嚮導突然問了句：「那小子可死了心，沒再差你來糾纏我？」此事沉寂了一陣子，金嚮導破天荒地主動提起，黃紹一時沒搭上話題，停頓良久，方道：「老師既愛清靜，我怎好再強作爛媒，惹你生厭。」

金嚮導道：「嗯哼，換湯不換藥。果然是官僚子弟，有手腕，有人脈！」說完冷笑了幾聲。黃紹不懂他話中含義，只覺那笑聲淒絕悚然，靜坐一旁，不知所措。

金嚮導復道：「你知道他找了誰當說客？程暐——我的老知交，斷訊十多年，重逢未敘幾句，卻是勸我會晤雜人，一頓飯盡提『哈丹、哈丹』，吃得我都反胃。」目視黃紹，眼神凌厲，說道：「程暐這個人我躲了十多年，他總找我不著，怎麼這回卻教逮住了，幾門幾號通通瞭若指掌？官家出身果然不同凡響，有人脈、有手腕，哈哈，哈哈！」金嚮導閉上雙眼，挺身盤坐炕上，恍若一尊泥塑。

黃紹聽得一頭霧水，不好多問，慚愧承認道：「老師的聯絡資料，其實是我所洩露，也是我勸哈丹去找他小學老師引介的。雖然那時我因為不曉你專有指對，方自作聰明，此事我難辭其咎，更無顏乞求你的原諒。」

金嚮導聽了，冷笑不止，笑得渾身顫抖，斗室森森。

黃紹愧疚難當，不知該繼續道歉，或者起身作別，免得在此更惹金嚮導厭惡心煩。

金嚮導笑聲漸悄，良久方復睜眼，眼裏血絲滿布，轉頭笑謂黃紹：「高徒，你怎這般誠實？我沒問你的，你卻自己招出。」黃紹聽聞他不改對自己的素昔稱喚，卻不知此刻這聲「高徒」是延續過往親近，抑或已成奚落之語，誠惶誠恐地應道：「我對敬重之人不欺，亦不瞞。」

金嚮導歎道：「你磊落待人，可惜並非人人都能如此待你。」語調已緩和如常。忽問：「你可聽過春秋時期，石碏諫寵的故事？」

黃紹點頭，說道：「昔者衛莊公寵愛嬖人之子州吁。州吁喜武好鬥，衛莊公從不加禁止。大臣石碏勸諫莊公：『愛子當教之以義方，以避驕、奢、淫、佚四大禍端。此四大禍端最易導成賤妨貴、少陵長、遠間親、新間舊、小辱大、淫破義等六項逆事。』衛莊公不聽其言。

「衛莊公逝，其子姬完繼位為衛桓公，石碏告老還鄉。

「此時石碏的兒子石厚與州吁交好，石碏屢勸不聽。後來州吁弒衛桓公自立，但其人不賢，引起民怨，石碏便謂其子：『友邦陳國桓公有寵於周天子，你和州吁可同到陳國請他代為安排朝覲，並借周天子之威以定州吁君位。』

「另一邊卻暗使人告知陳國：『此二人弒君逆道，若往，敢即圖之。』不久石厚與州吁果然同赴陳國請命，陳人擒住，來報衛國，石碏連同衛人分別殺州吁、石厚於濮、陳二地。是為後人所讚，『大義滅親』的故事。」

金嚮導道：「你將這個故事問於哈丹，他若答得合我心意，我就答應見他。」

黃紹應肯，自去把故事對哈丹說了。哈丹尋思片晌，答道：「常言『虎毒不食子』，石碏殺子之舉乍聽之下有些駭人，但仔細辨察，他其實早教導兒子應走正途，不忝父職，可惜其子自甘墮落，石碏將他正法，『大義』讚詞當之無愧。不過他諫君不賢、養子不肖，想辭官告老，卻不得清隱，到頭來還得忍心授計，圖殺親子，想必其痛錐心，並非贏得讚譽能補萬一的。總之是個悲傷的故事，石碏雖賢，卻也不得不如此。」

黃紹取其言回覆，金嚮導聽之似有奇異之色，問黃紹：「你覺得他回答可好？」黃紹道：「以不忍人之心看待人人稱頌的史事，依我看，比一味口稱道義，亢呼歡哨更高一籌。」金嚮導點點頭，不置可否，只說：「你再去問他，如果石碏和石厚父子之位調換，大義之舉還可不可行？《論語》有則故事，說父親盜羊，子為之隱，是為直。為何官官相護人所詬病，親親相隱卻成美談？」

黃紹又轉問哈丹，哈丹煩惱無比，問道：「黃大哥，為何金嚮導盡讓你問我這些奇奇怪怪的歷史，這和見面之事有關嗎？」黃紹道：「我也不解，金老師只教我來問你，卻沒對我多說一字。」哈丹道：「上回的答案，他不滿意吧，要不怎又重出一題？」黃紹道：「我看未必，他若全然不喜，定不會再予理會。」哈丹道：「他若認可，怎還續題追考？」黃紹道：「也許尚在估量，才又出題來問。」

哈丹哀言道：「黃大哥，你可得幫我，我怎麼回答才合金嚮導之意？你和他熟悉，一定深知其性情。」黃紹笑道：「我豈可幫你作弊。何況金老師想聽什麼答案，我實不知曉。」提步離去，卻又折回，謂哈丹道：「最近有空，可讀《韓詩外傳．卷二．第十四章》。」

哈丹怔然。比及會意，黃紹已去。哈丹依言找了一本《韓詩外傳》來讀，似有領悟，又想起穆歆羽曾建議他備禮相贈，兩相合觀，心中已有計較，即取來一片黑胡桃木，合著原木紋路製成浮雕，其上圖案為一前一後兩塊石頭，前石近而無所蔽，形廓鮮明立體。後石遙遠模糊，雜在前石與亂草之後，僅為一扁平隱約的陪襯背景。雕成之後以煮沸亮油塗刷均勻，乾透方請黃紹代轉金嚮導。

金鑾導執著浮雕玩弄，臉上表情變異莫測，問黃紹：「他要什麼花樣？」

黃紹道：「哈丹也說了一個春秋時期的故事——是時楚國有士，名曰石奢，其人公正好直，楚昭王使為執理之臣。

「某日石奢在路上追捕了殺人現行犯，而此犯竟是他的父親。石奢還返於庭，奏於楚王：『臣父殺人，依政處刑而非孝，不行君法而非忠。願以死承擔弛法之罪。』並伏於斧鑕以求誅。楚昭王有心赦免，乃道：『你追而不及，無罪。』石奢卻說：『不然，以死罪獲生，是為不廉。主上可施恩惠赦我，但我卻不能失法而負義。』遂刎頸而死。」

金鑾導啜了口茶，問：「所以呢？」

黃紹道：「哈丹說，父親盜羊，子為其隱，只有站在人倫立場方成美談，對受害者卻是另當別論。他認為對受害者而言，親親相隱與官官相護共惡同羞，皆是薄人厚己，不過石碏大義之舉，若父子易位，恐怕唯有石奢一途可走了。故而以此浮雕明志，其上二石一隱一顯，哈丹說，他隱了金老師之『石』，特以另一『石』事蹟補之。」

金鑾導聽罷大笑，指著浮雕說：「好刀法！好妙比！你帶他來見我吧，不過可得先警告他莫要後悔。」

哈丹從前費盡心機要與金鑾導會晤，以詢三道秘文、石柱題詩等種種與家族歷史違和的暗示，卻中途多阻，金鑾導說什麼也不肯相見，於此已不抱希望，又遇父親授予先祖遺命，對於該不該放棄追究猶豫不決。黃紹代傳問答，他雖全力以赴，心中倒也沒多指望，卻意外得了金鑾導應許，內心矛盾又生，一面想著：「我這樣分明是和阿大作對，他要我往東，我偏要往西。」一回憶父親苦口婆心地溫言相勸，愈感歉仄不安。一面卻想：「難道就任疑惑積在心裏，糊里糊塗度日，還像從前那般聽人前後稱讚，供應吃的用的，直到有天真相教他人翻了出來，到底該喊無辜，或是該罵無恥？」幾番糾結，權衡忖道：「我且去聽聽金嚮導說了什麼並無損失。也許根本只是一場誤會，或者真相並沒有想像的複雜，就算有過，也可盡力彌補。」

穆歆羽卻為黃紹轉述的那句「警告他莫要後悔」心驚膽跳，屢屢勸道：「金嚮導為人狂顛，我們多少略有所聞，你何必以身犯險。」哈丹道：「人人都傳他是個瘋子，他出題考我卻條理清楚，一點不像迷心之人。何況有黃大哥陪著，哪裏危險。」穆歆羽憂道：「可他為何要下如此嚴厲警語？」穆克道：「不如我也去，多個人瞻前顧後相對安穩。」哈丹想起金嚮導不愛見客應酬，執意獨自赴約，承諾會格外小心，囑他二人勿憂。穆歆羽悶悶不悅，爭執幾回，哈丹仍不改其志。

到了晤期，哈丹與黃紹同道而往，駛出街巷，直奔城郊，沿途景致漸次荒涼，長路崎嶇，山野寂蕪，哈丹心想：「我竟從不知豐源村有此清疏風景。」

及至路盡，一幢老舊平房孤落在草叢之內，二人下車踏草而行，屋上柴門虛掩，黃紹提手敲門，高聲報名。不移時，金嚮導拄杖而出，哈丹於門外施禮。金嚮導睥睨他一眼，眼中多有輕率之色，看黃紹的面，虛應了聲，欠身許他二人入門。廳上坐定，不備茶飲相待，開口直言而問：「你千方百計找我，到底所為何事？」

哈丹想了想，亦直言道：「你可知曉當年為奈費勒塑像的石雕師傅何人？」

金嚮導瞇著眼，意味深長地瞅著他，問：「你真想知道？」哈丹點頭。金嚮導身靠椅背，半似嘲弄地答道：「正是你太爺哈曼格。」

第七回

委任存聯

金鑾導僅以一言相答，切中題要，卻無從理解，正如一道三角函數題，揭示解答，但不附帶其演算過程。

哈丹心想：「『奈費勒』正是太爺哈曼格的經名，竟然真讓穆克猜中，他先蓋了水壩，再為自己刻像。卻又因何不以兩種身分同時示人？難道真是為了他以石像美化了自己相貌這等滑稽的原因？」左等右盼，金鑾導終不復言，哈丹只好又問：「太爺為自己塑像，為何不教人知曉？」

金鑾導反問：「你現在口中所稱的太爺指誰？」哈丹道：「自然是奈費勒。」金鑾導嗤哼了聲，嘲嘆道：「可憐的哈曼格，哪裏料到自己子孫都把他忘了。機關算盡一場空，白費呀，恐怕死不瞑目了吧。」

哈丹雖性情平和，聽他辱罵自己祖宗，不住慍道：「不過就是慣以他經名稱喚而已，你何須借題發揮，自貶格調。」金鑾導擺擺手，冷笑道：「這樣就受不了了？你還是早早走吧，別浪費我時間。唉，高徒說你多麼謙沖自牧，誠懇待人，如今見了，不過爾爾。」

哈丹原想回頂：「我也聽說你仗義耿直，念舊講理，如今見了，不過爾爾。」但見黃紹面上為難，頻傳請和眼色，只好忍著，耐著性子說道：「奈費勒即是哈曼格，你若偏好他漢名，以後都以此稱喚便是。」金鑾導斜眼看著哈丹，嘴角似笑非笑，緩聲說道：「奈費勒不是哈曼格，什麼經名漢名一堆花樣，自始至終根本就是兩個各不相干的人。」

此言一出，哈丹與黃紹皆詫異不已，懷疑金鑾導話中曲折，哈丹期艾探問：「你是說，我太爺奈費勒……漢名不叫哈曼格？」金鑾導道：「奈費勒不是你太爺，你太爺叫哈曼格。」語調鏗然，不似誑言。哈丹心想：「難道真如小羽猜測的，奈費勒與哈曼格竟是我不同代的先祖，一個築壩、一個造像，只不知他倆輩份關係如何？怎傳到後來竟教人混作一體？」

黃紹亦滿腹疑惑，問道：「金老師說奈費勒不是哈丹太爺，可我見過他雕像，卻與哈丹極為貌似，難道最初奈費勒和哈曼格便是相貌相似的兩個人？」金嚮導又冷哼了聲，說道：「此事說穿了就是場鬧劇。」哈丹道：「願中其詳。」

金嚮導道：「你要想清楚，見聞聽說皆不可逆，一旦通曉，便回不到無知之時，除非泯了良心，服膺時務。」幾句話語重心長，殷殷提醒，哈丹心下暗自感激。但既往詢，豈可臨陣退縮，虛枉此行，於是說道：「寧以清明苦，不願渾昧樂。這是我連日坐困迷霧之中所悟心得，還望你知無不言，釋疑解惑。」

金嚮導點點頭，遂將事件始末從頭細說：

「此事要追溯至七、八十年前。是時，古爾班通古特沙漠發現石油，人人趨之若鶩，爭相開採。然而路途遙遠，沙漠中心滴水不進，並非能屯居施工之境。人們只能眼巴巴翹首張望，石油美夢似近在眼前，實遠在天外。

「當時的副督軍童震，是個野心勃勃的激進者，聞此消息自然不願放過，心想：『現下關鍵僅在一字——水。誰能先找到水源，便能深入不毛之地，以石油帶動經濟起飛、人口成長，穩定政壇地位，加官晉爵。』童震打定主意以此作為自己爭權奪利的踏腳石，又怕他人捷足先登，因此日夜苦思妙策，一刻不敢鬆散。」

哈丹與黃紹皆想：「與素來熟知的歷史或邊導演所說劇本大抵相符，差別只在童震公私上的用心。」

金嚮導續道：「為此，童震開始密集會見各方能人諫士，舉凡自認能出主意者，不論專家外行概不相拒，但多半不是勞民傷財，便是治標不治本的方法。像是以人畜兩地往返運水，或者限制工人一天不可飲超過幾杯水、幾日才洗一次澡、以乾糧代替其他飲食之類。童震煩躁不已，暗罵：『天地之大，怎盡生蠢才！』

「直到某日來了一人，自稱能別開生面，於絕境殺出一條通路，從此改寫人民貧困金山的歷史。而此人正是奈費勒。」

金嚮道停頓少晌，哈丹問道：「此處奈費勒已不是指我太爺哈曼格嗎？他一出場便以經名示人嗎？」

金嚮導對他的提問聽而不聞，續道：「奈費勒自誇其能，在此之前，童震早聽膩了千千萬萬相似開場白，絲毫不以為然，只想著：『權且聽他又來獻何劣計。』

「序了場，奈費勒即拿出預先擬好的企劃書，表示可在鄰近村落建壩儲水，再製作管線連接至沙漠，如此一來，便能把水源源不絕地輸往石油區。童震聽了，只當又來一個異想天開的白癡，隨手翻了一回企劃書，漫不經心地嘲弄道：『沙漠鄰近要是有村落，叫工人每日挖完石油走路回家陪老婆睡覺不更快活。』

「奈費勒面不改色，答道：『我指的，凡與沙漠比鄰者皆屬之。』童震繼續嘲笑道：『最近的村落離石油區恐怕也有千萬里。』奈費勒道：『毋須千萬里，數百里內已有著落。』

「接著他開始將這項工程計劃逐一報告，包括水壩規模、管線材料、何處設置抽水站以及附屬水壩以轉換水位和水壓結構等。原來他為此工程謀劃多時，來見童震之前竟已親身上山下海，堪察築壩可用地理，最後選中了樓禾鎮豐原村的最低點——西北谷，此處有西倫塔善河經過，水流充沛、山屏天成，且與沙漠連接管線相對少阻。

「童震聽他侃侃而談，條理細節無不精確，自此方對提案認真起來，承諾仔細看看企劃書，後續再容緩圖。

「奈費勒離開後，當晚童震挑燈夜戰，獨自將那疊厚厚提案逐頁讀過，其中除了日間已聽得的報告之外，尚有眾多雜項分列。舉凡工程部分都繪了圖稿對應，數據繁瑣卻清晰、線條複雜而分明。每一步驟皆附有因應對策，容易者一至二項通則，困難者三至五項備案，末了置一附件，是為經費明細與五年工程進度表。童震雖外行，也不由為這精彩絕倫的計劃暗暗稱奇。一遍一遍來回審視，更覺心蕩神馳，無可挑剔，不知不覺間一抬頭，窗外竟已天色大明。」

黃紹與哈丹聽著，皆不由想道：「這童震縱使是為私己野心，卻算得上勤奮識人。他旨在加官晉爵，但百姓何嘗不蒙其惠。」

金鑾導續道：「隔日童震迫不及待地傳見奈費勒，對他說：『你的計劃雖善，但經費預算過高，恐怕通過不易。』奈費勒道：『那是你的事，先生。我是個工程師，只負責水利部份。』童震道：『可是這款項要算史無前例了。』奈費勒道：『工程就是需要這麼多錢，籌不來，也可以不做。』卻是一副事不關己。童震道：『這是筆天價，你要我如何上報？』奈費勒道：『那是你的事，先生。就像我不會煩你繪製圖稿、計算數據一樣。』

「童震為他這一副既專注，又說不通的任性束手無策，心想：『大概是所謂天下奇才皆怪異。』擺擺手示意他暫且退回，待湊足經費再圖進展。

「童震生性好大喜功，愈艱難的創舉愈合他意，原先算計更進一籌，心想：『我就此大幹一場，近得名利雙收，遠得流芳千古，時也命也，當即把握。』當時許多政客都對石油案虎視眈眈，人人暗覓良徑想拔得頭籌。童震深知時間重要，拖久了難保他人也得賢佐，或者奈費勒又將計劃報予政敵，於是馬不停蹄地四方奔走，動用一切人脈謀措請款事宜，一番左衝右突、斬將過關後，終於獲准，這項石破天驚的大膽計劃於此正式揭開序幕。

「童震原以為難題盡解，四方安排妥當，只待開工。孰知奈費勒選中的地點——豐原村西北谷，其居民卻不願搬遷，日日結眾抗議，指控童震要謀殺他們，無論怎麼利誘威脅就是不能順撫。童震於是找來了洪省善共商大計。

「洪省善是童震的女婿，其人諂媚乖巧，柔佞狡黠而有權術。平民出身，卻深諳官場之訣，很得童震歡喜，視其為心腹密助，並將女兒下嫁於他。由於他無官無職，平時收禮納貢皆假其手，裏應外合，是以童震得坐收膏腴，又得一身清廉美名在外。

「是時童震將西北谷民結黨拒命一事對洪省善說了，問他此事如何了結，洪省善思吟片晌，說道：『他們既已設罪相誣，何不以此成全。』童震沉著臉，探問：『你是指……』洪省善點頭道：『成大事者不拘小節，豈可為了幾個暴民捨棄千千萬萬戶福祉。岳父只管頒下訓誥，指明某月某日為限，屆時遷出者皆為圖生之輩，我們略施小惠，想必不難安撫，至於寧死不屈者便順其意，讓他們永遠留在水壩底下，守著摯愛家園，再不能出來放肆叫囂。一待石油區順利通了水，人人皆蒙其利，飽食安居，感謝你老人家都來不及，還有誰有閒去翻水底那些毫無意義的陳年舊賬，和豐足的生活作對。』童震背著手默不作聲地踱步，他位居高職，不能犯眾，難以啟齒的權量盡教洪省善不帶紕漏地說出。」

金鑾導再度停頓，只見哈丹和黃紹面面相覷，各人皆有驚恐之色。

哈丹忙問：「奈費勒呢？他也不顧西北谷民的死活，答應建水壩連人帶房全數淹了嗎？」金鑾導目視黃紹，問：「高徒，依你看，奈費勒會怎麼做？」

黃紹想了想，說：「若奈費勒性情如老師描述那般純粹而任性，我猜他這會根本不知西北谷民發生什麼事，只待童震通知他一切安排就緒，便負責著手開工。」金鑾導道：「正是如此。」

哈丹愴惶追問：「後來呢？西北谷民真教淹死了嗎？」金鑾導道：「你現在是關心西北谷民的命運，還是擔心你誤認多年的『太爺』奈費勒成殺人幫凶？」哈丹啞然。

金鑾導續道：「不過你是該緊張——這西北谷民世居谷底，已算不清歷幾代之久。由於山屏地塹，此處正似與世隔絕的桃花源，雖名義上隸屬樓禾鎮豐原村，其實自成文化。谷民沿河而居，自給自足，鮮少外出，亦無訪客，不與外界互通消息。

「河流自古與文明息息相關，一地傍水而生，漸成群落，凝聚共飲同源之水者，譬如恆河之於印度，尼羅河之於埃及，西倫塔善河雖不及波瀾壯闊、孕育文明，卻是谷中居民賴以為生的活水源頭，供應著一個小小世界的運作。對西北谷民來說，西倫塔善河無疑是他們的恆河尼羅河，他們慣以『埃米麥河』稱之，即指『母親』之意。

「當知曉童震要禁錮他們的母河，還讓河水淹沒辛苦建造的家園時，西北谷民人人驚駭、鬥志激昂。由於長期聚居谷底，他們個性中相對少了酬酢琢磨過的機巧，而不脫粗獷淳樸的純真。

封河築壩一事在他們眼裏，是破壞、是屠殺，百害無一益。什麼改善經濟、提升水平皆屬妄語。「憤怒強悍的西北谷民準備共禦外敵，與政令抗逆到底，不僅為了自身田宅阡陌，亦為保護他們敬如母親的河流。

「幾番商議，人人都抱了必死決心，倘使童震不撤銷築壩計劃，寧願全數同殉於谷底。此時有人提議：『我們不能為強權所滅，白白犧牲，反教童震、洪省善稱心如意，還對外宣稱事事皆已善置，贏得上賢美名。不如挑選幾個青年才俊逃出谷去，蓄勢待時，有朝一日揭翻童震的假面具，讓全世界知道他有多陰狠矯作，也為我們谷底一眾冤魂昭雪報仇。』

「大家聽完，無不喊聲附議，當下選出幾名平時最聰明、最有才華的谷民，殷殷泣拜、委以重託。是夜，眾人齊力掩護送出，而這幾名出谷者，正包含了你太爺哈曼格。」

哈丹倒抽口氣，猛然省悟：「原來我先祖真是西北谷民，怪不得那日在豐源水壩看見族徽上禮拜樓的石柱，還有那隻血翼大鳥。」想起那首題壁詩，此刻方知其怨深恨重，胸中不由漲滿悲慟，對童震弒殺自己先人的血債義憤填膺。

金嚮導見他雙手握拳、表情猙獰，笑道：「我早警告過你莫要後悔。真相殘酷，你現在這般痛苦，不如適可而止，回家去，只當聽了一場胡言，日後仍安安穩穩地作你的名流之後、村長之子。」哈丹咬牙不言。金嚮導謂黃紹：「高徒，你泡杯茶給他消消火。」

黃紹正要起身，哈丹凜然說道：「我不要喝茶。」謂金嚮導道：「請你繼續說下去。」金嚮導笑道：「你聽話的人不渴，我卻渴得緊。高徒，你沏杯茶來我喝了。」黃紹應諾，自去廚房張羅茶具，廳裏哈丹一言不發，兀自思想，金嚮導亦默坐一旁，不予搭理。

待黃紹復回，三人各進了茶飲，金嚮導拿起哈丹所贈浮雕，問：「你這技藝向何人所學？」哈丹道：「素來用以自娛解悶，未曾拜師。」金嚮導道：「簡易之物最難精巧，你卻能將最平凡的石頭刻得這般生動，若非早知你嗣續有源，我定要疑你無師自通之說。」哈丹道：「你指的，是我那精擅石雕的太爺哈曼格？」

金嚮導點頭，續道：「正是。這哈曼格生於西北谷，聰明非常，凡遠花近草、野禽家畜，過目不忘，取紙筆畫出，栩栩然如真物。自幼最喜摸弄鑿物，常流連廚房，取俎上之刀、灶邊之柴，敲敲打打、賦以形廓，家長鄰人無不驚歎，謂為神童，張羅家什，以應其才。哈曼格從小即以雕刻家自我定位，心心念念，亦樂此不疲。及長，又從木雕拓展至石雕，軟硬素材，無所不能。

「本來若沒發生童震築壩淹谷一案，哈曼格大概就如其他居民一般，一生於谷底安居樂業，閒來舞刀弄巧，成鄰里一帶『藝術家』之名，盡不知天外之事。也可能以其技藝開疆闢土，通往外界，從此於藝術領域之中載浮載沉，或脫穎而出，或終遭埋沒。

「然而築壩一局徹底扭轉了他的人生。

「搬遷政令傳來時，原本哈曼格也打定主意要與谷民同進退，誓死守護家園。奈何一言之諫、數眾所舉，他從此背負上鄉親以命相託的復仇大任，殉難未成，也不再是個能夠姿肆逞意的藝術家。

「臨行前，哈曼格一一拜別父母妻子，最後來到兄長房間。兄弟倆自小友愛，此番生死訣別，二人關起門來相談甚久，沒人知道他倆當時說了什麼，是話別，抑或另有請託。哈曼格走出房門時，雙眼早已哭得紅腫。

「晚飯上一家人盡悲切難以下嚥。餐畢，大家陪同哈曼格至約定地點，與其餘數名獲選出谷者會合，西北谷全數居民盡來相送，是夜密雲彌天、星沉月匿。陰風暗捲，吹過河面，水波詭譎動盪，谷底颼颼有聲，其聲侵面刮耳。出谷者走在前，送行者浩浩蕩蕩跟隨於後，此路有去無回。

「行至谷口，哈曼格與幾名出谷者回首拜別，眾人於此止步，對面相望，一線之界，生離死別。眾皆噤聲下淚，嗚咽之音幽隱難辨，比及回神，谷外風景已然代換了親人淚眼。」

金鑾導言訖至此，不覺沉重難以復言。黃紹和哈丹亦喟然嗟嘆，廳室之上，一時悄然。

須臾，金鑾導緩下情緒，續道：「由於事出突然，哈曼格那日獲選出谷，當晚便得啟程，一心爭取和家人的最後時光，無暇於行李上多作計較，只匆匆打包了簡便衣物，和一只木匣子，匣中盛有他最慣使的雕刻刀具。為免累贅，其餘雜物一律捨下。」

哈丹心想：「原來這便是那只傳家木匣的來歷，但不知另只匣子又是怎麼一回事。」

金鑾導續道：「幾名出谷者於村子中落腳，各自編撰一套身世背景，以防童震知道西北谷尚留活口，且旨在等待時機以行復仇大計，進而趕盡殺絕。私下則不時聚議共勉，相互交換與計劃有關的心得及消息。

「離家後的哈曼格日益深沉鬱抑，每思及殉難的家人，腸斷心裂，幾次不能自持而暈厥。他取出刀具，在木匣上鐫刻出家鄉故樓，以及西北谷一帶特有的巨翼禽鳥。

「此時他一心為憤恨所充，積思蓄怨，唯運刀下鑿時稍能抒懷。他時常徹夜雕刻，臨著孤燈寒刃，一面為自己苟且偷生的處境涕泣，一面恨勢單力薄無以為計，僅有刃下木石聽其差遣、任其賦形。他雙掌磨得破損，生出厚繭來，卻教心安而踏實。

「一日，哈曼格於沉醉時忽有悟得，胸中一計萌生，急召黨友協議，人人皆謂此計可行，遂以為雛，一一謀設周全，他們的計劃是：要造一座假的奈費勒雕像以戲弄童震，並以此作為沉冤的高臺。商議道：『屆時雕像落成，群眾俱來觀禮，哈曼格站上底座，環顧四下，揭開布幔，那石像卻與真人一而二、二而一。底下眾聲譁然，哈曼格遂將事由始末娓娓道訴，要大家都來聽童震惡行，要他們知道水壩是以西北谷民生命所抵，於此塑像為鑑，日後恩謝愧歉皆應歸屬水底的無數鬼魂，不是奈費勒，更不是童震。眾目睽睽之下，諒奸黨也不敢逞凶鬥狠。』哈曼格猶豫推阻：『我何德何能成此不朽之名。』友伴道：『平時難以避開童震耳目而集眾，唯藉此登高一呼，正視聽、匡善惡。蟄伏多年、建功一役，方不負往昔親眾所託，良機易逝，幸莫謙辭。況且你出身西北谷，將立奇功，為眾平反，以你石雕守護，更勝那奈費勒千籌。』哈曼格於是拜謝從命，自此隱藏起雕刻之嗜，以免招搖，提前暴露蛛絲馬跡，只於暗地裏更加勤奮用功、苦心鍛鍊，靜待水壩築成。

「幾年後，水壩竣工，鋼管接通古爾班通古特沙漠，遠近村鎮無不歡欣鼓舞，摩拳擦掌翹盼石油業帶來新的契機。那幾名共同出谷的夥伴乘勢在人群中慫恿為奈費勒塑像立碑的主意，民眾上書請願，再由哈曼格毛遂自薦，向童震爭取委任刻像的機會。

「哈曼格自往童震處謁見，請授重任。童震問其報償，哈曼格言明自己因為崇敬奈費勒而願擔此職，不計回饋，唯一條件是雕像造成前不願先行示人，造成後擇期公開揭示。童震允之。

「自此哈曼格閉門為藝，夙興夜寐、寡食多勞、形疲神困。一年之後，石像雕成，哈曼格遂來回覆童震，遣人將雕像遷置於預定地點，其上仍以黑絨罩住，擇日行儀示眾。

「是日晴空萬里、風和日麗，群眾早已看得告示，扶老攜幼前往共襄盛舉。哈曼格與童震一同站上底座高臺，童震居中開場致辭，口口聲聲盡為民情，痌瘝在抱、民饑已饑，說得現場共鳴震天，紛紛高聲相應。哈曼格一處冷眼旁觀，心道：『即刻教你陰溝裏翻船，看你還笑不笑得出。』

「童震演說結束，回身示意哈曼格，二人一左一右，共同彎身揚手，揭開布幔——那石像瞬間昭展，宏偉壯麗，卻與立於一旁的哈曼格一而二、二而一，相貌拓合、真幻迷離。觀禮眾人譁然，疑指前方，如癡如醉。

「哈曼格依計行事，跨步向前，正欲道訴事由始末，卻聞童震哈哈大笑，搶先說道：『諸位莫疑，眼前正是奈費勒親蒞現場。為了給大家驚喜，他特地交代不可事先洩漏。』眾中仍有幾人曾與哈曼格打交道，略曉其名者，各有質疑之聲，童震忙又補充：『我身邊這位哈曼格，經名奈費勒，正是摩頂放踵，成天下人之利的築壩英雄，他的石像將於此與日月同光，永垂不朽。』眾人高叫奈費勒萬歲、童震英明，那幾個略識哈曼格者亦恍然大悟，原來高人平時竟隱身其側。現場歡聲雷動，無不為目睹仰慕多時的偶像情緒高昂。哈曼格急憤交加，正想一舉打破這場騙局，卻隱隱看見遠處童震手下持槍押監他一同出谷的幾名夥伴。

「原來哈曼格求請委任獲准，方才辭出辦公廳，童震立即招了人，吩咐暗中調查。受命者問：『副督軍如何疑上那石雕師傅？』童震道：『他攜帶舊作前來干謁，其作品鬼斧神工，才高莫測，有此上乘技藝為何不曾出業？若純粹低調，因何又忽來申請？除非前時藏鋒只為特殊目的，此其一也。他聲稱崇敬奈費勒而不計報酬，開立條件，雕像完成前不許人看，甚至執意要辦一個典禮，等到那日方肯統一示眾，無私與藏私反差過大，有違常理，此其二也。他只說崇敬奈費勒，未訊二人曾經謀面。領命即去，不問奈費勒相貌形容，此其三也。有此三異，焉能不疑？』提問者拜服。

「一查之下果然掀出哈曼格底細，以及其黨羽所祕圖報仇之事。童震按兵不動，只遣人暗中監視，隨時回稟進度，冷笑想道：『你愛冒充奈費勒，我便成全你。』於是將計就計，謀劃這場偷天換日之局，要教哈曼格自食惡果，從此再不能以真實身分示人。總之沒人見過奈費勒尊容，隨任賦予，最是容易。

「典禮上，童震趁著群眾興頭正熱，執哈曼格之手一同揮臂致意，說道：『奈費勒本是豐原村居民，建此水壩最初動機便是想造福故里。他向我請命，希望本村村民享有至石油區開採的優先權，我也已經同意。』群眾聞言連聲叫好，童震續道：『目今豐原村村長之職剛好出缺，奈費勒一心為民、勞苦功高，由他領授斯銜最為適宜。』四下附和響應，於是定下就職之期，並改『豐原村』為『豐源村』，以誌提供豐沛水源含義，亦為奈費勒新任之慶賀。這場荒謬絕倫的造神運動至此圓滿落幕，哈曼格正式與奈費勒合而為一。

「當上村長之後，哈曼格仍不忘舊志，隨時伺機而動。童震派人日夜監視，以防他逃跑，不許他再雕刻，免得事跡敗露，稍有違逆，立即捉來毒打一頓，並警告他：『推你作村長就是不讓你有機會作怪。安份點，真相通往死亡之路，你若活得厭煩，儘管宣布。』哈曼格一副要以死相搏，童震則以他友伴性命為質，哈曼格因此倍受牽制，動彈不得。復仇一事在他身分曝光後，基本上已成空談。

「某日下了班回家，哈曼格依例先至澡間洗浴，卻偷偷把那只由家鄉帶出的木匣藏在懷裏，關起門弄些水聲騙過童震的耳目，實則另行他事。夜裏哈曼格取事先備好的油布層層裹起木匣，藏於隱蔽處。一次趁著公務途上，將匣子暗暗擲入西倫塔善河上源，盼著母河能將匣中訊息帶往他處，為善人所獲，卻沒人知曉他到底在木匣裏放了什麼……」

金鑾導敘述未完，哈丹與黃紹同時驚呼：「是三道祕文。」哈丹喃道：「原來這只並非傳家木匣，太爺想必刻下祕文後，將兩柄雕刀留在身邊，並未再放進匣中隨河水沖走。」

黃紹遂將納忠言拾得木匣，以及眾人因此相識經過概述一回，金鑾導頗有訝然之色，嘆道：「想不到事隔多年，竟闖出這般曲折異事，大概是哈曼格始料未及的吧。」問納忠言是不是在西倫塔善河支流河灘拾得木匣，黃紹和哈丹皆不清楚。

金鑾導道：「哈曼格果然是個謹慎之人。新疆多是內流河，西倫塔善河也不例外，他卻還特地設一道提示指明此境，想是為防匣子讓外地人撿去，或者傳至新疆境外，尚有途徑知返。最終匣子到了陝西，讓高徒破解送回，這第一道祕文總算沒有白費。」黃紹道：「我從來都沒十成把握，現在聽金老師也認為該這麼解，心裏方覺踏實許多。」

金鑾導問：「你上門求教時要我解的那四句小兒錦，想必就是第二道祕文吧。」黃紹答是，並解釋與納忠言約定不能對人說出第三道祕文，請金鑾導原諒。金鑾導隨性擺擺手，漫不在意。

哈丹自顧為先人遭遇喟嘆，心道：「我嗜愛雕刻，時時品玩，已抱怨不得排除雜務全力鑽研，太爺才華橫溢，一心想成雕刻家，奈何造化弄人，不得遂志。他以自己容貌雕像，只能將兩柄心愛雕刀藏刻在三角板下作陪，該是何等辛酸悽愴。」想及那兩柄雕刀，疑惑又生，問道：「前幾日家父傳我一只木匣，其中所置便是太爺的雕刀，刀柄上卻刻有『奈費勒』之名，難道太爺最終承認了這個身分？那木匣既已拋卻，如何又有一只全然相同者，兩相對比，成了一正一邪？」

金鑾導道：「時間改變一切啊。童震因為促成此案揚名顯達、直上青雲，權勢更加牢不可破，哈曼格這個村長雖然當得不甘不願，卻也明白要與童震鬥法簡直以卵擊石。

「時光荏苒，哈曼格眼看豐源村憑著石油開採，由一窮鄉僻壤漸成規模，人口稠密、行業分工，衣食富足、教育普及，不由思忖：『水壩真的惠民良多，難道從前是我錯了？』又想：『若是當初大家想開些，一同退出西北谷，今日還得齊聚一堂，共享繁榮。』加上村民念念不忘他築壩功績，事事歸功他領導有方，怎不令人情牽意暖。日日面對這些善良崇敬的臉，哈曼格縱有鐵石心腸也得融化，激切之情逐漸轉為對人世滄桑的欷歔。

「童震老去，功成身退、壽終正寢。哈曼格則復又娶妻，養兒育女，家庭和美、生活優渥。仇人翻作古人，虛名認作實名，人生轉眼中年，此時哈曼格只想安安穩穩地作他的奈費勒村長。

「他想起從前丟進河中那只木匣，彼時寄望者此時所患。我想，他正是因為擔心那匣子一朝重見天日，他『奈費勒』身分不保，再則不願他子孫重歷悲劇，如他年輕時為復仇之事苦苦煎熬，鬧得身陷重危、心力交瘁。於是依憑記憶重造了一個一模一樣的木匣，傳交後代以供印證。立下那樣的祖訓，即是想力避他親手刻下的訊息再惹風波，而在雕刀上留下『奈費勒』之名，則是為此身分再度背書。」

哈丹道：「他倘若怕人知曉真實身分，大可扔了雕刀，何必刻了偽名刻意傳下？」金鄉導道：「誰都不知他真實用意為何。不過我猜他雖然認了工程師的身分，卻念念不忘自己其實是個技藝高超的雕刻家，掙扎不甘之下，才刻意傳下雕刀，希望有一天後人能在他水利工程師身分之外，添一筆雕刻家之銜。」

黃紹道：「若如此，他為何還將匣子鎖上？」金鄉導道：「徬徨不決之事，極力昭彰又極力掩藏，將決定權轉讓他人之手。況且鎖了匣子，卻鎖不了人的好奇心。」問哈丹：「匣子鎖著，你怎知裏頭放著兩把雕刀？」哈丹赧然不言。

黃紹對哈丹問道：「你心中是否已有打算？」哈丹抿唇而思，問道：「金鄉導，當年我太爺替了奈費勒，那麼真正的奈費勒哪去了？」金鄉導道：「天曉得，童震要處理一個區區奈費勒，還不容易嗎？」哈丹嘆道：「如此無異欺世盜名。我要查出真正奈費勒生平，倘使有後，定要將現下家族所受擁戴還諸他子孫。」

金鄉導冷笑道：「恐怕你想還也還不起。上奸下愚，整個豐源村人人習慣的調調，寧可繼續作傻子也不想變奏改版。他們真心崇拜奈費勒嗎？我看未必，倒是『有個偉人讓一群善良村民知恩圖報』這件事本身很迷人，至於那偉人是誰也不太要緊。唉，悲哀啊。」

哈丹慍道：「你既討厭這村子，何苦強留於此？」金鄉導嘲弄道：「好大的官威，我避到郊外眼不見為淨了，你還來驅趕。」哈丹不想落人口實，只得忍耐說道：「我不是那個意思。」

金鄉導緩下語氣，反問道：「你認為童震會放哈曼格離開他視線範圍？」哈丹聽出他話中有話，心中不由一凜。

黃紹則暗自思忖：「難道金老師裝瘋賣傻竟是為了避禍？他苦苦躲著故友是不想他們受到牽連，而我卻破了他多年來步步為營的棋局。只是誰又是他的童震？」愈想愈是憂心忡忡。

哈丹道：「總之我得設法結束這場詭局，先將真相告知家父，再圖後計。」金嚮導嘖嘖嘆道：「英明的村長哪裏輪得到你來告知真相。」哈丹道：「家父尚未知曉此事，否則豈會坐視不理。」金嚮導笑不迭：「嗯哼，坐視不理？呵，坐視不理！你領了木匣多久打開來看？怎麼你就這等積極敏銳，你祖宗都後知後覺。」哈丹偏是不信。金嚮導道：「你還是快去揪出奈費勒後人來，殺了滅口，你們這支假的嫡系才得繼續代代相傳。」

哈丹忍無可忍，反唇相稽道：「你說了大半天，也沒證據證明我太爺不是奈費勒。」金嚮導道：「我正有一張當年童震委任哈曼格雕造奈費勒石像的存據，足以證明他二人互異。」哈丹微一震，道：「還請相示。」金嚮導昂頭指指天頂夾板，道：「存據早已束諸高閣。」哈丹道：「我這就去取。」說著即要起身。金嚮導阻道：「頂上私物雜亂，不便相示，你真想看，我今晚即便找出，你明日早晨來取。」

哈丹應肯，心中愈覺詭異，寒聲探問：「你到底是誰？為何知道這許多事？」金嚮導道：「心如明鏡者盡皆知曉，甘受蒙昧者傻享癡福。」哈丹續問：「你……是不是當年和我太爺一同獲選出谷的其中一人？」金嚮導道：「很有想像力，可惜缺少計算。那些人和你太爺年紀相仿，老早作古，還是我看來像個百來歲人瑞？」哈丹道：「那麼你是他們的後人？」

金嚮導冷笑道：「他們能有後人嗎？早教童震迫害至死，幾個僥倖逃過魔爪者，仍是不得善終。」哈丹問：「為何不能善終？」金嚮導反問：「除了童震，後來還有誰害怕祕密洩漏？」哈丹啞然無言，只覺心跳突突、頭暈目眩。金嚮導凌厲注視著他，冷冷說道：「不愧是童震一手調教，青出於藍，更勝於藍，剷除異己，不遺餘力。可憐啊，昔日並肩作戰，今卻相煎太急，比死在敵人手裏更氣嘔。算來你這一家族都要感謝童震，先是封官賜印，連怎麼永保顯達的手段也毫無保留地傳授了。」

哈丹閉上眼，試圖冷靜，良久復道：「你要非西北谷那邊的人，便與童震幕僚有關。」金嚮導道：「知曉此事者遠比你想像的多，只是多半明哲保身、三緘其口。你猜不中我是何人。」哈丹續道：「你是童震手下或其親友的後人？洪省善或其親友的後人？還是你根本和真正的奈費勒相關？」

金嚮導怒道：「你再問，便是來作探子的。現在如何？再要了我另一條腿？」

哈丹與黃紹聞言震撼，皆駭然噤聲。金嚮導以手杖重重點地，鏗然說道：「嚮導之職上山下海，你當我天生是個瘸子？」哈丹虛弱地問：「你……為什麼願意告訴我？」

金嚮導道：「原因有二，善惡各一。惡者，我風燭殘年、生死度外，早無畏懼。悉告於你，卻教你從此不得心安理得地作你的逍遙貴公子。毀了你，也算聊慰舊恨，唯可惜擾了高徒清聽。善者，因你之故，我得以在有生之年重會故友，又得結識高徒，此生已無遺憾。為了答謝你，遂將你追究多時的案底和盤托出。」

黃紹和哈丹辭出金嚮導家門。時值黃昏，天邊紅日低低映著離離枯草，哈丹忽覺那日頭好生壓迫，隨時要落下炸毀整片原野，腳下鉛重，胸口氣息難喘。黃紹見他面色蒼白，搖搖欲墜，憂道：「你可還好？」哈丹怔然遲緩，良久方問：「你說什麼？」

黃紹搖搖頭，示意他上車休息，自己則坐上駕駛座。

一路上哈丹閉目養神，卻怎也靜不下心，車身搖晃，金嚮導句句帶著暗示的控訴跟著在他頭顱穿進穿出、拉扯不止。直至隱約聽得黃紹叫喚，張開眼，車子已停靠在離家幾條街外。為免再讓熟人認出，二人約定此處聚散。

黃紹問：「要不要叫穆克和歆羽出來接你？」哈丹勉強一笑，說道：「我看來真那麼糟嗎？」黃紹點頭，想說些勉勵的話，卻不知從何說起。

哈丹道：「別擔心我。明天一早還在這裏見面。」言訖開門欲去，黃紹叫住，愀然請託道：「今天的事，能否先不要對尊父提起？」哈丹立即明白他擔心父親不利於金嚮導，內心沮喪，頷首答應。

隔日早晨黃紹依約來晤，二人一同再找金嚮導確認那張委任存聯。其實昨日聽得事蹟，哈丹心中已信了大半，只是不到黃河心不死，硬是要看證據再痛苦一次。

哈丹坐進車裏，一夜調息，已不似昨日獃滯癡傻。黃紹道：「我昨晚問過納兄，且查了地圖，他拾得木匣之處確實為西倫塔善河支流的河灘。」哈丹點點頭，道：「我思量徹夜，仍覺應該將真相還歸於人——豐源村村民、真正的奈費勒及其後人，以及所有遭歷史誤導者。先人之過，我必須代為道歉補償，我也願意承擔那些因誤認我家族是奈費勒之後，而竭力回報者的憤怒。」

黃紹由衷敬服，說道：「茲事體大，非一朝一夕可及，你有這等勇氣甚善，若有榮幸參助，請直言相告，切莫見外。」哈丹稱謝，又道：「事實若如金嚮導所言，當初我們百思不解的第二道祕文，那句『存者猶佚』亦迎刃而解。」

黃紹道：「正是。雕像是假的，奈費勒名存實亡，誠謂『存者猶佚』不差。」哈丹道：「黃大哥，你看第三道祕文會不會與真正的奈費勒有關？」黃紹道：「你太爺當時一心想揭露真相，他若知道奈費勒何人，刻入祕文之中也不無可能。」

二人邊議邊行，少時已到金嚮導住處，於是下車徒步，及至屋前，敲門半日，卻久久不聞回響。黃紹憂急，哈丹亦感不安，兩人於是商議直接將門撞開。那柴門原本多損，素來半掩虛闔，稍一使力，旋即應聲而展。

黃紹和哈丹進了門，高聲叫喚，四下靜寂。轉過廳室，卻見金嚮導倒臥於地，腳邊一副竹節長梯直豎，連往屋頂夾層，那夾板朝內掀起，長梯頂端深入其中。

黃紹匆匆上前扶起，卻覺他體溫偏涼，四肢微僵，以指試探鼻息，竟已斷氣。

哈丹憂問：「金嚮導怎麼了？」黃紹跪坐於地，雙目前視，張口不言。哈丹見狀，已知事態，戚然嘆道：「是我害了金嚮導，若不堅持看那委任存聯，他何至冒然上梯，出此意外。」

黃紹泫然欲泣，於外界音息全然不聞不應。哈丹蹲身搭扶其肩，疊聲喚道：「黃大哥！黃大哥！」喚了十來聲，黃紹方緩過神，哽咽說道：「金老師已故，我想安葬他，當是送他最後一程。」哈丹聆聽答應。黃紹續道：「東鄉族主速葬、節葬，不備棺槨、不陪飾器，入土通常不隔夜。金老師說過，他一生濃淡歷盡，最是不喜繁文縟節。祈祝禁忌皆由心生，故而宗教儀式可省，其餘則按東鄉族葬儀，以及實際情況增減置辦。」

想及初見時金鑾導語無倫次地盡言後事，當時只道他癲言癡語，而今憶起方恍悟他竟是以此掛懷，憂傷自己無親無故，身後將曝屍荒野。此中多少沉痛，只得佯狂說出。黃紹欷歔不已，自嘆：「金老師將我名列於他『此生無憾』的清單之上，我卻不察他心中淒苦，實在枉稱良友。比及領會，他悲喜已終，人生怎地恁般遺憾差池。」見桌上茶盞尚在，無人對飲，離情別恨更是難窮。

為赴當日下葬，二人將金鑾導遺體移至炕上，旋即出門買辦喪葬事項。此處離豐源村中心甚遠，倒與鄰村商鋪大街較近，黃紹依憑金鑾導當初指對的方向行駛，不久果然到了一條商家林立的街道，二人下了車，找到壽材行，購齊需用。

及歸，黃紹置妥洗屍用的大木板，將金鑾導遺體放於這塊「水床」之上，親解舊衣，抓水浴淨，期間垂淚不止，想昨宵輕別，竟從此殊途。心中無盡悔恨，不停想著：「若非我當初硬要登門求教，何嘗有此事故。而今卻厚顏充其親屬之職，洗浴埋體，怎堪自我贖罪。」

浴畢，取剪裁宜當的「凱凡」裹屍，將上、下身一一包妥，再置遺體於塔布[3]之中，並以青色繡單覆蓋於上。

另一邊哈丹則取鐵鏟至屋前土原上挖掘，於平地上先掘出一道直坑，再於直坑內側續鑿一偏洞，以備埋屍。

各自分工完當之後，哈丹入屋會上黃紹，兩人齊力將匣子檯至土原，黃紹道：「我們將金

[3] 塔布是東鄉族葬禮類似匣子的盛屍之器。

老師頭朝北、面朝西而置。」哈丹依言，二人遂緩緩將遺體安放入偏洞內。眼看遺體就要完全沒入，黃紹難忍哀慟，扶屍崩潰，雙肩抽搐，手邊之事不能進行，哈丹靜默一旁，亦染其悲。

待黃紹情緒稍緩，兩人方繼續將遺體推入，並以土坯封上偏洞洞口，再將直坑填平。

金嚮導業已歸真入土。哈丹和黃紹入屋善後，亡者家徒四壁、鶉衣百結，不餘堪用衣物可施散窮者，二人打理停當後，又至土原上陪伴金嚮導數時，日落後方驅車一同離去。

哈丹身心俱疲回到家中，夜幕低垂，屋裏聲息燈黯，他悄步而行，以合其調。穿過廳院、邁進迴廊，見父親書房裏燈還亮著，他屏氣快步通過，朝自己房間前去，行不數步，聽聞背後門把轉動，同時一聲低喚：「哈丹。」

哈丹收步回頭，看見父親立於門邊向他招手示意，只得折回，父子倆關上門同處一室。

哈正卜對兒子上下打量一回，問道：「你兩日沒去傢俱行，上哪去了？」哈丹默然。哈正卜低聲責問：「我問你話，怎不回答？你別以為我平日公務繁忙，沒暇管你，你是好是壞，我心知肚明。」

哈丹憶起納忠言至店外鬧事、黃紹上門論議題詩，父親無不當下知曉，如人在現場一般，心中霎覺彆扭不已。哈正卜見他仍悶聲杵著，更是惱怒，催道：「怎不回話，去哪弄得一身灰頭土臉？」哈丹沉著臉，說道：「你都已心知肚明，何須我重述一遍。」

哈正卜表情怪異地瞅著他，問道：「你是怎麼了？我不過說你兩句，這等氣燄。是不是在外頭受了什麼委屈，誰欺負你了？」語氣緩和，眼神裏盡是擔憂和關懷。哈丹後悔失言，歉然說道：「阿大，對不起，是我不好，惹你掛心了。」哈正卜寬容地點點頭，說：「你也大了，我不該再以為我們父子倆無話不說，處處惦著，教你反感受限，沒事了，快清洗清洗，早點睡吧。」言訖自顧坐回桌前看書。

哈丹深感愧疚，眼前慈父怎麼也不像金嚮導所形容。一整段家族祕辛與現實情況難以接合，金嚮導言之鑿鑿，他聽聞敘述當下信而不疑，如今抽身回返，卻是困惑不已。分處二境時都覺真實，佇此思彼時又大感違和。

哈正卜手上的書卷讀了幾頁，抬頭見哈丹仍站在門邊，訝然問道：「怎還沒去休息？還有事嗎？」

哈丹審度情況，尋思：「看來是金嚮導誤會了，阿大根本不知奈費勒底事。」考慮著原先計劃，卻礙於答應黃紹請託，但旋即又想：「金嚮導既歿，黃大哥所憂之事已不足慮。」猶豫一回，遂問：「阿大，奈費勒不是我太爺，這件事你可已知曉？」

哈正卜聞言驚詫，放下書卷，憂道：「你今天怎麼回事，一味反常，可是病了？」哈丹道：「太爺哈曼格是為奈費勒刻像的石雕師傅，陰錯陽差下讓童震設計成了奈費勒，一路將錯就錯，成今日之局。」哈正卜道：「荒謬至極，你當所有人都是傻子。」哈丹道：「整件事情很複雜，待我細說過後，你便明白太爺如何從哈曼格變成奈費勒。」

哈正卜擺擺手道：「不必說了，我不想聽。」哈丹有些挫折，且大感意外，問道：「難道你一點也不關心？」哈正卜道：「凡事都講證據，無稽之談，智者不慮。」

哈丹心中嘆道：「可惜我終究沒見到那張委任存聯。」安葬金嚮導後，他曾爬上那長梯，天頂夾板中空空如也，屋裏四處亦無尋獲，委任存聯不知所蹤。

哈丹沉思少晌，說道：「那只傳家木匣裏放著兩柄太爺的雕刀，也算線索之一。」哈正卜道：「木匣鎖著，我從未曾揭視。倒是你，去哪弄來鑰匙打開匣子的？」哈丹一時應答不上，總不好把那日領了匣子，穆克立即拿鐵絲挑開鎖銅一事說了。心裏對父親未曾看過匣子之說半信半疑，想著：「阿大就算真的不曾見過匣裏雕刀，如今聽我說了，仍這等鎮定漠然，對太爺身分更是無動於衷，甚者好像在刻意迴避一般，也太不合常情。再則我話剛起頭，他何以肯定我空口無憑？」

哈正卜端起桌上杯盞啜了口茶，耐心勸道：「你儘管記住奈費勒是你太爺，其他的不需多問，剛才的玩笑話適可而止，往後休要再提。」哈丹道：「事關家牒正名，豈可草草了之。阿大，請你聽我把話說完，再來從長計議，可好？」哈正卜眉頭深鎖，搖頭道：「孩子，有時身世前定，由不得人，不只是你，連我亦是。你以為奈費勒是不是哈曼格，只是一件家事嗎？你也太天真了，這已經是全豐源村，甚至所有認定這樁歷史者的共有資產，你想憑一己之力推翻，無異自找麻煩，屆時哪怕你是奈費勒後人，大家也要和你這個不肖子孫拼命，以保護他們不容侵犯的光榮史。眾怒難犯，能捧你上天的，也能推你下地，你最好不要以身試法。」

哈丹心中一凜，探問：「這麼說來，你根本早已知曉此事，為了怕惹麻煩，連對我也作戲隱藏？」哈正卜豎目重申：「我唯一知道的，就是奈費勒是我們祖先，難道你寧可跑大老遠聽信該死狂叟胡言，也不信自己親父！」

哈丹面色惶恐，久久方問：「誰是『該死狂叟』？」又問：「你知道我去找金嚮導？」哈正卜忍怒不答。哈丹愈覺驚悚，顫聲說道：「難道金嚮導是你……」

哈正卜見他眼神充滿疑懼，重重一拍桌面，怒道：「你有完沒完！瘸子爬梯，摔死了與我何干？」哈丹心跳驟然，問：「你怎知他是個瘸子？」

哈正卜道：「豐源村誰不知道他是個瘋瘸子！」哈丹仍是一臉懼色，哈正卜冷聲說道：「你是不是又要問我，怎麼知道他摔死了？我是一村之長，村裏死了人，能不知道？」伸手抓起桌上一疊卷宗甩去，說道：「這是村民回報的公文，你自己看！」那白紙四散紛飛，哈丹並未出手拾取。

哈丹直挺挺站著，一言不發。哈正卜面色鐵青，指著他重聲斥道：「你自幼看我如何為這個村子鞠躬盡瘁，竟還說這種話來誣我，你……太令我心痛！你捫心自問，我不是個好村長嗎？」

哈丹嘆了口氣，說：「童震對他的擁戴者也很正派。」哈正卜勃然大怒，拍案喝道：「你滾出去！」抓起桌上鐵紙鎮，用力向哈丹擲去，大叫：「滾！」

紙鎮重重打中哈丹肩頭，筆直墜地、巨響砰然。

哈丹退出書房。過道幽隱，前路難辨，他心灰意冷地想著：「阿大向來不把公文攜回家來，如今怎正好擱在桌上，宛如預備？我和黃大哥昨天黃昏離開，今天一早折回，卻已有人先發現金嚮導死在荒郊野外的屋裏？既已通報，今日一整日為何不見派人前來處理？」

愈想愈是暈眩，彷彿又聽見金嚮導在耳畔說道：「我風燭殘年、生死度外，早無畏懼……」心忖：「難道他當初出題考我，竟已料到有此一劫？他昨天不讓我代他爬梯上頂，是刻意以委任存聯另約晤期，其真正目的卻是為今日身後之事的預約？」

真相通往死亡之路。

如果當初哈曼格執意昭告天下，童震會為他安排什麼樣的下場？

第八回

重巒異景

哈丹退出書房並順手將房門帶上，頃間四下盡黑，微弱光源由門縫透出，門內悄然無聲，一如不久前他尚未走進時那般寧靜。他怔怔立於過道之上，萬籟俱寂，父親前晌的雷霆盛怒恍若虛幻。

良久，以手觸肩頭，但覺其上隱隱作痛，方復回神，悵然想道：「一切都是真的。」父子二人於書房裏的對話過程自行複習重練，一句句清楚明白。哈丹深深抽了口氣，霎時那敏銳的恐慌再次占據心頭，他錯覺四下裏似有千萬雙眼睛暗中窺視，於日於夜，於他最倚賴信任的場景。

他心下亂哄哄地，唯一顯直迫切念頭便是——逃！他不假思索轉身而去，腦中雖雜亂無章，腳下卻步伐輕捷。一轉一閃，未曾驚動聲息地逃離了這個疑竇重重之境。他慶幸家中起居室深處內院，與此重門遙隔、音訊相阻。

樹影颯颯，空巷愔愔，哈丹惶惶出得家門，一瞬不敢懈怠直往前走，心中交疊著父親自小殷殷督導他的處世道理，二十多年來篤信之途迷霧陷滯，悵惘更復悲切。仲夏入夜後氣溫疾降，一掃白晝酷熱，宜人南風徐拂，他卻因內心寒透不由哆嗦起來，路蹇人困，煢煢憂戚而孤立。

不覺間，已走到了一幢熟悉屋前，他躊躇片晌，提手敲門，門內不久傳來遲疑問語：「誰？」這簡短一字徹底解了他自家裏一路帶出的防備。他舉起雙手整個人趴在門板上，前額抵著手背，啞聲答道：「是我。」

門裏穆歆羽方收拾屋室，準備就寢，聞敲門聲響，心中正自奇怪夜裏何人來訪，猶豫要不要先進去叫醒穆克，一問之下大出所料——這兩日哈丹忙與黃紹赴金嚮導之約，二人尚無暇聯繫，她無時無刻不愁慮記掛，此時知他平安歸來，喜不自禁，卻察他聲音消沉落寞，大異往常，才卸下的擔憂又起，急急拉開了門。哈丹原本全身鬆垮垮地壓在門板上，這一落了空，踉蹌跨進檻內，雙臂落下，直環套住了穆歆羽，她嚇了一跳，掙扎欲脫，哈丹卻反將她抱緊，一臉埋進她肩窩裏，瘖啞說道：「小羽，我完了。」

穆歆羽見他如此沮喪，輕問：「怎麼了？」也不再想脫身之舉，只任由他抱著。哈丹默然未答，沉溺情緒之中，久久不能言語。穆歆羽覺出他渾身微微顫抖，憂問：「你冷嗎？你冷嗎？」要去取衣衾相予，稍一動身，哈丹便把雙臂收得更緊，哀言求道：「不要離開我。」竟是語帶哽咽。

穆歆羽又憐又急，二人自小一處長大，未嘗見過他如此無助，她展臂將他牢牢環住，在他耳畔說道：「好，我永遠不會離開你。」哈丹道：「可是我完了。」穆歆羽道：「你還有我。」

正自哀婉低訴，穆克揉著惺忪睡眼走出，一面口齒不清地問：「姊姊，這麼晚妳和誰說話？」

丹、羽聞聲趕忙各自鬆了手。穆克出了客廳，見哈丹在此，亦相當驚訝，問道：「哈丹大哥，你怎來了？」

哈丹停頓少時，方泣謂二人：「金嚮導死了，我阿大難脫干嫌。」遂將兩日來接連發生之事簡言草述一回，其聲懸浮不定，一面說、一面墜淚。姊弟倆素來都敬村長如典範，聽得斯言，無不驚駭震撼。

穆克道：「我不相信，一定是金嚮導騙你，你最終沒見到那張委任存聯不是？」哈丹道：「委任存聯若是空話，他何須爬梯上頂，除非他摔死梯旁根本是他人刻意布置。委任存聯若真有其物，何以我四下翻找不著，難道已有人搶先得了。」穆克應答不出，證據在與不在皆破綻百出。

穆歆羽問道：「眼下你有何打算？」哈丹雙手支額，痛苦地說：「我現在心裏很亂，不知如何是好。」一會抬起頭，復道：「我想該繼續找出第三道祕文指引，也許會有真正奈費勒線索。他姓誰名誰、何許人也，若能得其一二，進而追蹤佚事：他最終如何下場、有無後人，其他的留待此事明朗再來計較。」穆歆羽道：「村長那邊你怎麼交代？」

哈丹一咬牙，說道：「事情沒弄清楚前，我暫時不想回家。」姊弟倆同聲問道：「你要離家出走？」穆歆羽接著道：「縱如此，村長怎可能不找到這裏，將你取回？」

哈丹心想：「小羽說得對，這裏的確不是隱匿之所。」琢磨半晌，把心一橫，說道：「不如現在就去磐石鎮找大家會合，明天一早立刻動身上蘇覓山去。」二人聞言更是驚詫，眼看子夜，怎能啟程，都道他一時受了刺激，以致衝動行事，勸道：「你暫且到房裏歇一宿，待精神好些再來商議。」哈丹道：「等明天一早阿大發現我不在，又沒去傢俱行，要走已來不及了。你們若嫌倉促，我一人獨往便了。」姊弟兩人苦勸不下，只得隨手略作收拾，鎖了家門同他前去。

三人星夜離鄉，望磐石鎮若而村疾速趕路，途中哈丹草木皆兵，連連回頭察看背後是否有父親設下的暗棋追來。穆歆羽一旁耐心安撫，才教他稍歇下緊張情緒。

比及抵達若而村，已又經過了一、二鐘頭，更深夜重，鄰里一帶燈火盡滅，卻有一幢屋裏尚自光亮，細辨之下，燈光正是納忠言家中傳出。三人奇異不解，繞到窗前，只見黃紹獨坐一盞小燈之下，神情悽惻，若有所失。原來他因金嚮導亡故悲慟難平，榻上不能成眠，故起身獨坐悼念。

三人於屋外輕敲窗緣，黃紹聞聲回神，見窗前景象先是愣然，旋即前去開門讓他們進屋裏。三人入內關上大門，四下靜悄悄地，只聞納忠言房間傳出規律巨雷鼾響。

黃紹憂問何故深夜造訪，哈丹道：「我們已決定一早要上蘇覓山去，所以提前到此與你們會合。」黃紹道：「怎突然如此決定？」哈丹正要答話，先教一個震天嗓音插道：「蘇覓山怎麼了？誰膽敢搶我前面上山尋寶！」正是納忠言一身睡袍急出。眾人訝然心想：「他平時一闔眼即睡，天崩了也叫不醒，稍提關鍵字卻馬上一躍而起，比偵測雷達還靈，到底怎生辦到的？」

這一喊，臨室的邊星友也醒了，跟著出來探看究竟。

穆克擔心納忠言要是知曉哈丹連夜逃出家門，這會竟是前來投靠他，免不了又要出言刁難、落井下石，忙當先應道：「我和姊姊，還有哈丹大哥商量許久，決定一早就上蘇覓山找第三道秘文解答。哈丹大哥說從前有約在先，不能遺下大家自行前往，這才連夜趕來問問有誰願意同行。」

納忠言聽了，眉開眼笑，拍手叫道：「太好了，終於要上那『至巔之境』去取寶藏了。」上前與哈丹勾肩搭背，撇了一眼他一日忙碌無暇更換的髒衣，說道：「你真夠朋友，等發了財，哥哥我定要買幾套新衣打點你。」眾人噴笑。哈丹暗自無奈。

納忠言也不理會大家心思，全心想著尋寶之事，漸而嚴肅認真起來，自顧說道：「鐵鍬、麻繩、棉被、枕頭、鍋、碗、瓢、盆……」摺著手指喃喃細數，忽而跳起，一逕往屋子裏側衝去，口裏念著：「鐵鍬、麻繩、鍋碗瓢盆……」

待其聲漸悄靜，黃紹即以手勢請眾人就坐，大家依言坐定，黃紹愀然低聲問道：「到底怎麼回事？」

哈丹垂目嘆息，乃將晌晚各自分別後，回到家中所發生之事盡悉詳告，併其中疑點和心中決定也一齊說了，為此家醜自慚形穢不已。黃紹聽罷，感慨萬千，觸及傷痛，湧淚不能言語，良久方強忍悲情，謂哈丹道：「歷史翻案，恐非易事，你三思而行。」

哈丹道：「我不是執著於改寫歷史，我最擔心的，是尚未了結的不幸。」黃紹立刻明白他所憂者，即是奈費勒後人或與此事相關者繼續遭遇金鑾導的悲劇。憐憫其仁厚正義之心，說道：「待真相水落石出，我可以幫你問問學術界相關領域的朋友，看能不能作一篇論文澄清原事。」又安慰道：「事情仍未定論，也許不是你想像的那樣，當務之急是釐清真相。」哈丹強作鎮定，點頭相應，心想：「金鑾導曾警告我去了莫要後悔，而今方始明白其意。現下之局遠比要我受傷遇險更痛更悔，背負如此沉重債責。往後如何自處猶未可知。他欲毀我，也確實成功得手了。」對邊星友道：「邊導演，對不起，我家族光榮史恐怕是一則謬傳，要教你的電影白費了。」

邊星友道：「天一亮我立刻聯絡劇組，把電影進度停了。你煩惱已經太多，切莫再因此事困擾，我會理妥一切，你只管專注於手邊棘手的難題才是。」哈丹為他善體人意感激不已，總算有個支節不用他操心。

眼看更漏，不久平明，眾人方散去，把握時間小睡一回。曙光初透，納忠言已迫不及待將大家叫起，聲音宏亮，精神抖擻地預備啟程。其餘數人一夜折騰，方睡復醒，不免意志渙散，慢吞吞地盥洗更衣。納忠言奔前奔後，左催右趕，吩咐大家多帶行李。一番忙碌，終得齊聚廳堂，整裝待發。

哈丹臨時離家，本無行李。羽、克姊弟匆匆收拾，也屬輕裝。黃紹長期客居此處，卻只攜了幾件禦寒衣物。倒是邊星友真聽了納忠言交代，整個大背囊都帶上了。穆克笑道：「邊導演，你這般全副武裝，打算搬到山裏修行了嗎？」

納忠言慍道：「你們個個不聽我話，馬上要吃大虧。到時只有我和邊兄乾乾淨淨，你們三個月找不到內褲替換，可別來求我們分你！」眾人啼笑皆非，都道：「等到哪天真的要去攀那世界至巔的珠穆朗瑪峯，再來憂愁不遲。蘇覓山區區村內小景，一日往返有餘，何須大費周章。」勸邊星友放了行李減少負累，邊星友依言要放，納忠言硬是不肯讓，邊星友笑道：「沒關係，我從來背著行囊南征北討，四處拍片，很習慣了，況且多點物資有備無患。」眾人沒轍，暗自想道：「邊導演真是隨興灑脫，脾氣又好，難怪連納忠言也對他服服貼貼。」

一待出了大門，才真教人傻眼。只見兩輛車裏塞滿雜物，還有些擺不下的用繩子綑了，掛在車子四周邊緣。原來納忠言自從得知寶藏埋在山巔，無一刻不心心念念，著手買辦囤積，只待隨時登上山頂。昨晚哈丹等人星夜來報，他立刻進屋打包，趁眾人睡去時將物事一一搬進了車裏。

穆克指著其中一車，說道：「哈丹大哥，你看咱們的車這會成垃圾場啦。」納忠言怒道：「什麼垃圾場，可全是吃得著用得著的。我看你們講信用，特來約我上山，才分給你們，可別不識好人心！」哈丹笑道：「別生氣，穆克是說那車子真像一只百寶箱。」邊星友笑道：「我們則像一支遠征隊。」黃紹道：「正好可以假裝自己是沙漠中的駱駝隊商行伍。」納忠言道：「從現在開始我就是隊長，你們都得聽我發落。」連聲催促大家上車，眾人只得傾力於車中挪騰空位，將六人分別塞入兩輛車裏，望蘇覓山進發。

哈丹、穆歆羽、穆克三人共乘一車，驅先領路，納忠言、黃紹、邊星友則同搭另一車緊緊跟著。蘇覓山位處豐源村西境邊陲，與鄰村隔山相界，為免行蹤暴露，哈丹刻意繞道而行，打算捨豐源村，自鄰村由另一端登上山頂。

車行數時，終於來到山麓，六人紛紛下車並肩而立，翹首仰視，不見山頂。哈丹等三人雖自小在豐源村長大，生活不離繁集區域，從來遙遙遠望，只道蘇覓山勢低坡緩，時隱時現，也不慎留意，此時靠近，始知其崆巃巍峨、造化神秀。其餘三人都屬外鄉，一生沒聽過此一山名，眼下見了，無不嘖嘖稱奇。

哈丹心想：「這下可好，臨時起義，沒備地圖、不察路徑，怎上得山去？」穆克則盤算著如何圓謊瞞過納忠言。納忠言卻已等不及，問道：「喂，你們不是商量計劃許久，怎呆愣愣杵著？還不快領路？」哈丹道：「實不相瞞……」穆克忙截下話頭，搶道：「我們聽隊長的，隊長怎麼說，我們怎麼做。」納忠言一點也不含糊，答道：「隊長命令你們領路！」

正推拖不下，邊星友已自去周遭觀察一回，回來建議道：「我略作看視，似有兩條路通往山上。左邊小路窄而陡，階砌時現，適合步行。右邊大路寬而緩，徒步費時，卻利於行車。我們不妨把車開到山路盡處，再下車步行至山頂。幸運的話，一路以車代步，省下體力和時間，但也可能行不多時便得下車行走，一步一步慢慢爬上山去。」穆克讚歎道：「邊導演懂得真多，不愧是專拍奇山異景的大師。」邊星友笑道：「不敢，只是素來喜愛旅行和冒險，好異矜奇罷了。」納忠言道：「好了，就照你說的辦。封你作副隊長，負責開路打先鋒。」

眾人於是又上了車，由邊星友當先駕駛，以為前導。

那山路看似寬敞，人行其上綽綽有餘，車進當中卻嫌不足。道寬只剛好足夠容下兩側車輪，車窗一邊貼著赭黃土坡，一邊則憑虛臨空，愈往上行，凌空之勢愈急，稍有誤轉，車輪將立即超出陷落。二車一前一後以最低時速龜爬慢駛，兢兢業業、如履薄冰。路面崎嶇，車上又塞掛了笨重雜物，叮叮咚咚地，顛簸晃蕩更甚，進則多險、退亦無路，眾人無不暗暗叫苦，深感生死懸繫。

又行多時，眼前出現一片樹林，林外小路陡狹，橫向約僅一截手肘寬度，仍是一側臨坡，一側憑空，成螺旋狀環著山坡而上，卻再不容車行其中。眾人只得將車停在樹林裏，徒步上山。納忠言強要眾人將車上物事分攤背著，邊星友率隊而走，出發前再三囑道：「每一步確定踩穩了，才可再走下一步。」「腳步落得重些，有驅蛇之效。」「萬一不慎跌倒，盡力讓身子朝山坡這一邊傾下。」「有些石頭虛置土中，千萬別誤判其堅穩……」各人用心銘記，確實執行。哈丹牢牢牽著穆歆羽的手一步三顧，穆克則跟在後面為姊姊雙重把關。

一行人繞山而上，每過一圈，低頭可見又較樹林中二車高上一等。愈近山頂，環道口徑漸小，路勢漸緩，眾人終於鬆口氣，三步併兩步奔上山去，東倒西歪地跨坐於岡上岩石，大口呼吸，彼此道賀命未休絕。

山巔之上人跡杳然、禽鳥不飛，空氣稀寒、溫度迥異。一回頭，見來時之路道阻險長，猶覺心有餘悸。極目遠眺，街道如棋盤、房舍似器皿，始應了祕文那「至巔之境，群廈俱小」之語。

黃紹起身臨風而立，慨然嘆道：「從來常聽人說『登高能賦』，今始信矣。」邊星友行至其側，與他並肩而望，問道：「黃兄莫非也要賦詩。」黃紹道：「雖有詩興，偏無詩才，只能假古人之言，聊澆胸中塊壘。」邊星友問：「不知你想起何人之言？」黃紹道：「非王粲的『雖信美而非吾土兮，曾何足以少留。人情同於懷土兮，豈窮達而異心。』莫屬。」

邊星友笑道：「你這會知道想家了。」黃紹道：「是啊，逗留多時，待下了山，我也該回陝西去了。」憶及當初為學小兒錦，一路與納忠言追逐至此，一季未及，事由疊生，怎不嗟嘆，又想起金嚮導來，更覺心倦思歸。心想一旁邊星友同是異鄉之客，必也深解其味，乃問：「你呢，一覽群景，想起什麼來？」邊星友道：「只有『懼匏瓜之徒懸兮，畏井渫之莫食』二句而已。」人生唯憂懷才不遇。

哈丹一旁聽了，則想著：「離鄉背井尚有牢騷可抒、歸期可盼，我卻是有家歸不得。」不免黯然神傷。

正各自思慮，納忠言提著一綑粗麻繩走過來。那麻繩已裁成六段，每段皆有數十尺長，他每人發一條，要大家好好拿著，眾問其故，納忠言道：「你們真當是來遊山玩水、吟詩作對，忘了要找寶藏一事了？」眾問：「找寶藏拿麻繩做什麼？」納忠言道：「凡事別只看頭不顧尾，第三道祕文後半段說什來？『首尾倒懸，昊天獨大』，不用麻繩，怎個『倒懸』法？」指著前方一棵參天古樹，意即欲將眾人倒吊其上，以解開祕文指引的玄機。

眾人都不信他真要倒懸樹上，只道他又像從前嚷著要潛水鑽地，虛張聲勢。納忠言肅然宣布：「現在開始，每人倒吊一小時，要仔細聽聞，下來後向我報告期間發現，說不定祕文解答就藏在倒著看才見得之處。」眾問：「為什麼要吊一小時？」納忠言道：「沒為什麼，就是規定。」朝眾人橫掃一眼，問道：「誰先來？」

大家輪流相覷，不知怎麼答話。穆克道：「當然是隊長先來！」納忠言道：「好，就我先來。你們把我掛上去，我要以身作則，不及一小時斷不可放我下來。」說著將手中麻繩相予。眾人半信半疑，同他來到古樹旁，依言用繩子一端綑住他腳踝，牢牢打上死結，另一端拋過樹頭筆直垂下，只待他自己喊停，結束鬧劇。比及綑妥，仍不聞其退意，納忠言伸直雙腿坐於樹下，喊道：「你們磨蹭什麼，還不快將我拉上去。」

眾人無奈，齊力扯收麻繩將他頭下腳上地緩緩升上樹去，並把繩子繞樹幹紮緊，也打死結，高聲叫道：「你要下來只管喊一聲！」納忠言頭髮倒豎，雙手垂過耳邊，於樹梢大聲應道：「一小時後放我下去。」眾人退至一旁坐著閒扯。

黃紹擔心那麻繩不能承載其重，又憂他體力不支，頻頻翹首看望，不及一刻便起身至樹下，仰面問道：「你要下來嗎？」納忠言道：「多久了？」黃紹道：「約莫一刻。」納忠言怒道：「說了一小時，你沒聽懂嗎？」黃紹默然而退。

又過一刻，黃紹放心不下，過去問道：「你要下來了嗎？」納忠言給吊得頭昏腦脹，聽聞其言，以為終得解脫，喜問：「一小時過了嗎？」黃紹道：「只過一半。」納忠言大怒，於樹上擲臂吼道：「黃書蟲，你存心整我，看我下去不揍死你！」叫罵太急，嗆著口水，不住亂咳。黃紹恐他再嗆住，不敢繼續惹他說話，兀自離開，一會仍聞納忠言在樹上連咳不止，黃紹又忍不住想起身去問，眾人力勸方止。

一小時後，大家終得割了繩結，將納忠言降下。他人一著地，只覺渾身發顫、天旋地轉，一頭直往草地上栽倒，口裏直唸：「我看到了！我看到了！」一面吐出白沫。眾問：「看到什麼？」納忠言道：「看到……看到好多金星……金……星……」眼一翻，竟昏了過去。一陣兵荒馬亂，方才救醒。

納忠言休息片晌，體力逐漸恢復，縱身躍起，問道：「下一個換誰？」又道：「等輪過一回還沒結果，我再上去。」穆克笑道：「你怎還沒玩夠？」納忠言道：「當然，我是天命所與，就不信找不到寶藏！」眾人難以置信，都想：「原來迷信須有這等熱忱和毅力。」納忠言催道：「快點，沒人自願，任我指派。」大家都等這鬧劇如何收場，忽聞一人應道：「換我上去。」眾視之，竟是哈丹。

哈丹嘆息說道：「祕文解答說不定真得首尾倒懸方可尋得，否則指引怎會那麼寫。」大家即刻明白他為家族之事悲憤填胸、求答迫切。眼下別無他途，只得死馬當活馬醫，看看瞎鬧之中能否幸逢其解。人人眼見納忠言為此吃足苦頭，皆來相勸，哈丹道：「沒關係，我權且上去瞧瞧，稍有不適，立刻下來。」眾人嘆道：「恐怕你上去了，不掛滿一小時是下不來的。」

於是又到古樹旁，合力將哈丹拉上，這回換了穆歆羽和穆克頻頻過去相問。納忠言則雙手環胸，站在樹下守衛，缺一秒都不許人碰那樹幹上的繩子。

哈丹吊足一小時，下來時亦是頭昏眼花、一臉慘色。眾人忙扶他到岩石邊靠著休息，穆歆羽一旁為他拭汗遞水、撫胸拍背。納忠言上前問道：「你發現什麼沒有？」哈丹搖頭，氣息虛弱地說：「我看『首尾倒懸』不是這個意思，樹間枝葉茂盛，倒掛其上，天為之遮蔽，片綠點藍，斷然不符合『昊天獨大』的道理。」

納忠言點頭，轉身就問：「誰下一個上去？」穆克心想：「哈丹大哥為此事煩惱至極，我若不幫他一把，早日找出祕文解答，怎配作他兄弟。」於是摘了帽子，起身應道：「我去！」穆歆羽還在為哈丹憂憐，又聞穆克回應，兩頭拉扯，慌急交迫，穆克俯身在她耳邊說道：「姊姊勿憂，我屬猴，要是掛膩了，便以腰刀割斷繩索盪下樹來。」

穆克掛上之後，納忠言問道：「下一個換誰？可以先過去準備。」

邊星友和黃紹都道：「我們哪堪像他年輕人任你凌虐。」納忠言道：「我等三人年紀相當，如何我掛得，你們卻掛不得。」

穆歆羽看著手裏的麻繩，苦著臉問：「我也得上去嗎？」納忠言道：「妳放心，寶藏不分雌雄，豈會單獨把妳漏掉。」三人都道：「可是我們不要寶藏呀。」納忠言怒道：「少囉嗦，誰再敢說不上去，先吃我十個拳頭！」三人看他神情嚴肅，猜不透他幾分認真，又想他親力親為，歷盡折磨不改其志，該不會真為寶藏發了癲狂，翻臉無情，皆忡忡忖著：「這回誤上賊船，進退不能，怎麼是好？」

哈丹笑道：「小羽妳別愁，大不了我再上去替妳掛一小時。」納忠言道：「不行！你上去一無所獲，機會已失。想要立功，得等下一回合。」想了想，又說：「不過你若真要作陪，卻是可以網開一面，把你小倆口同時掛上去，讓你們倒懸著，一面談情說愛。」說得二人窘迫不已。

邊星友默然起身徘徊，至山巒另一頭抽煙。時近日暮，天色灰淡，吞雲吐霧間似見不遠處還有一突起土丘，凝眸細辨，發現腳下過一個淺曲山坳，竟還有層與此處等高的岡巒，疑忖：「莫非竟是重巒？」忙拈熄了煙，高聲呼喚眾人來看，眾人聞聲聚集，見對面岡巒雲環霧掩，非專注難以察覺，對此偶得皆感驚奇意外。納忠言叫道：「我們快趁天黑前過去瞧瞧。」

大家趕緊將穆克降下。料得此處無人，便任雜物行李暫且擱置，人人一身輕便，轉入山坳一道同往對面岡巒。

一行人沿著山坳間唯一一條小徑而行。此徑雖窄，但平坦少曲、起伏有致。兩側草木蓊鬱，未似前時勢險，眾人因此皆有恃無恐，步履敏捷，一面說笑前進，不覺間，已來到那岡巒之上。

此時日影偏移，天光微弱，四下正漸次失色。岡巒上花草猶盛，異香爭奇，可惜光線昏昧不能觀賞顏色。巒上未生一樹，坡邊卻有幾棵怪木橫生，一根根碗口大小的圓木懸空竄出土坡，彷彿有人刻意移接倒插於此，於自然景致中顯得突兀違和。眾人逗留花草間，都覺沁香舒坦，一待流連至山坡旁，卻探見那怪木礙眼生厭，紛紛搖頭走開。

停佇片晌，眼看天色近黑，方循原路折返。

眾人回到原來的山岡，討論著下山事宜。納忠言道：「現在下山，明天又得上來，曠日廢時，還得重歷來程的驚險。」眾問：「都證實山頂並無第三道祕文的解答了，怎還要上來？」納忠言道：「誰證明了？這頭還沒開挖，那頭尚未細察，就此放棄，也太隨便。」眾人問他如何打算，納忠言道：「今晚就在山上紮營，等明早天一亮，再到那頭岡巒瞧個仔細。」

眾人原本只道一日行程，皆沒想過山中過夜，臨時聽得，愕然奇異，卻又想路途難行，來時日照當空已萬分冒險，此時一片漆黑，怎下得山去。一時去留舉棋不定，議論紛紛。

正混雜間，忽聽一人高聲說道：「我贊成紮營。」眾視之，又是哈丹。

哈丹原也遲疑，但轉念一想，下了山去，必得回家面對種種懸而未決的疑竇局面，不如多留一日，少一日煩惱，另一面則對詳堪重巒之計懷抱希望。眾人乍聽他回應，都想他今日怎一反常態，處處跟著納忠言胡鬧，調換立場，旋即悟得，轉而對他有家難返的處境深深同情。

納忠言喜道：「你真是愈來愈投我意了，封你作隊長特助，以後便是我心腹之人。」穆克作揖賀道：「恭喜哈丹大哥加官晉爵。」哈丹拍拍他肩膀，笑道：「你好好表現，相信不久亦能謀得一官半職。」

納忠言轉對黃紹和邊星友，指著哈丹道：「他一人點頭，代表三人同意。表決人數過半，你兩個還有何異議？」黃紹道：「何時說要表決的？」納忠言瞠目瞪視不應，拳頭握得喀喀作響。邊星友道：「臨時決定紮營，也沒準備，如何是好？」納忠言道：「你只需答應，帳篷我早備好了。」說著逕自到雜物堆裏拉出一包包什物來，拋擲到草地中央，眾人眼看一袋接一袋飛來之物，皆不由同時為他的執著蹙眉，亦為他的周全歎服。

邊星友低頭看著那些帳篷，疑道：「你怎帶了這麼多頂？」納忠言道：「我去那店裏買購時，老闆說他的帳篷分大中小三式，問我要那一種。我問他有何差異，他說小帳輕便便宜，中帳用途最廣，大帳穩固寬敞。我覺三者各有優勢，甚難取捨。老闆建議我，不如三款各取一頂，合眾長於一處，我聽著有理，便依言照辦了。」大家聽罷，都搖頭嘆道：「他欺你，該問你用在何處，幾人要睡的。」邊星友道：「不然，眼下六人，可由歆羽獨擁小帳，哈丹、穆克同睡中帳，我們三個老室友仍作一處，據大帳，不是正好。」眾人心服。邊星友謙道：「是隊長神機妙算，預備得宜，我何敢居功。」納忠言聽了，喜不自禁。

分撥既定，幾個男人立刻動手於草地空曠處作寨，穆歆羽道：「我先備晚餐去。」大家忙累一日，只啃了些乾糧裹腹，都已飢腸轆轆，聞得斯言，歡呼不止。穆克幫著將野炊器具搬至一旁淺岩穴裏，又跑回一同清理碎石、紮營鋪被。

待三頂帳篷設置停當，岩穴那邊亦傳來食物香味，眾人等不及推擁而至，山間入夜寒冷，見火上熱湯滾滾，鍋裏鮮食翻騰，遂圍爐而坐。這壁穴淺直，眾夥由洞裏圍坐到了洞口之外，席定，各取餐具撲來爭食，一時間幾雙筷子自四面八方而來，在鍋上纏打混鬥，誰都不讓誰先探進鍋中夾取。

納忠言怒道：「我是隊長，你們怎敢跟我搶！」穆克道：「隊長要有王者風範，豈可與民爭食。」邊星友道：「王者食饌，當由臣子先行過慮，讓我這副隊長先來試試。」說罷便要乘勢而入，哈丹眼明手快將他筷子格擋開，笑道：「我是特助，此務當由我代勞。」黃紹道：「王者以民為天，民以食為天，你們有官階的都該排我後面。」

一群饞鬼正爭鬧不休，忽聞納忠言大喝一聲，仰身向前，埋頭白煙之中，說道：「我先吐一口口水進去，看誰還來跟我搶！」言畢自喉嚨發一清痰聲，眾人大驚失色，各自不假思索舉臂擋住鍋口。

穆歆羽笑道：「不如我先將鍋中湯食舀到大家碗裏，待分配完畢，你們再一齊動用。」眾從其言。

吃過幾巡之後，初始寒意都教熱湯驅散，畢竟還在夏天，大家邊吃邊鬧，一會便覺炊火烘人，紛紛端著碗離開鍋邊，找清涼處聚著，只有吃罄碗中之物才回岩穴續盛。

眾人圍坐說笑，空山寂寂，人語喧囂。一晌穆歆羽忽而對身旁穆克附耳低語，穆克幽幽點頭，也貼在她耳畔回應幾句，穆歆羽遂起身悄然離開。

哈丹見了，忙坐過去，低聲問穆克：「小羽怎麼了？」穆克道：「姊姊說她疲倦，先回帳中去睡。」哈丹憂道：「我去看看。」說著也要起身，卻教穆克拉住，道：「姊姊特別交代我不要驚動大家，說她休息一會便好。」

邊星友一旁聽見二人對話，不加打岔，與眾人閒搭片刻，只作要回鍋邊取食，卻打燈去林中採了些野菜清洗川燙，盛入碗中往小帳問候。

穆歆羽回到帳中，只覺疲累不堪，沾了被立刻倦極睡去。也不知睡了多久，隱約聽見帳外連桿輕響，勉強睜眼，朦朧中似見一道人影投映於篷布之上。她強撐起身，過去拉開帳幕，黑暗中邊星友憂心忡忡地立在帳篷旁。

穆歆羽好生意外，訝然問道：「邊導演，你怎在這？現在是什麼時候了？其他人呢？」邊星友道：「其他人還聚著。妳身體不舒服嗎？」穆歆羽道：「只是困乏慵懶，眼瞼如鉛，睡一覺便恢復了。」

邊星友道：「妳一晚忙著給大家造飯盛湯，自己卻吃得少，這野菜鮮甜開胃，妳多少吃了，再好好休息。」穆歆羽道謝接過，沒想到他竟會在一片嘈雜中留意自己。

回到帳中，穆歆羽望著碗裏翠玉菜蔬，卻無半點食慾，硬是吃了幾口，愈覺全身鬆軟、舉箸無力，遂擱了碗筷，再次躺進枕被之中沉沉睡去。

不知又經過多久，又有人來敲帳外連桿，穆歆羽自睡夢中摸黑來應，揭了帳幕，這回卻是哈丹。

哈丹手中端著一只湯碗，碗中熱湯尚冒著白煙。一見著她，忙關切問道：「妳好些了嗎？哪裏還不舒服的？」穆歆羽微微一笑，說道：「只是累，瞧你緊張的。」哈丹愁眉不展，心道：「卻是我拖累了妳。」穆歆羽又問：「幾時了，其他人呢？」哈丹道：「大家都各自去睡了。」四下果然萬籟有聲，一片葉落亦能辨其音。

穆歆羽道：「那你怎還不去休息？」哈丹道：「我看妳整晚食不下嚥，特地留了碗湯給妳，妳快趁熱喝了，再好好休息。」臨去前殷殷叮囑：「我和穆克就睡隔壁帳篷，妳哪裏不舒坦只管來把我們叫醒。」穆歆羽應允，端湯而回，勉強喝了幾口，將湯碗擱在野菜旁，躺下闔目即睡。

＊

翌晨天光破雲，眾人陸續出帳，聚集一處，唯獨不見穆歆羽。哈丹和穆克同去小帳察看，外頭喚了多次卻無人來應。二人憂急如焚，只好自行拉開帳幕，帳中穆歆羽緊閉雙眼，聲息悄靜地裹在毛毯裏，穆克急道：「哈丹大哥，姊姊怎睡得這麼沉，我們叫喚半天都不醒？」哈丹搖頭不知。

二人忙上前去，跪坐於她身側叫喚，伸手搖晃她肩膀。好半日，穆歆羽方悠悠醒轉，睜眼卻覺視線模糊，哈丹和穆克的臉於上空中乍隱乍現，隱時五官難辨，現時愁容滿面。

穆克見她張眼，如釋重負，噘著嘴道：「姊姊妳嚇死我了，叫妳半天不醒的。」穆歆羽遲滯良久，問道：「天亮了嗎？我睡了很久？」哈丹道：「別擔心，妳正好睡了一夜，現在覺得怎樣了？」穆歆羽掙扎欲起身，卻覺渾身癱軟，說道：「我還是好累，而且喉緊心脹，胸悶欲嘔。」哈丹道：「我們這就下山找醫生去。」穆歆羽道：「可能只是累著了，我再躺躺，還是不好，再找醫生不遲。」

正說著，納忠言忽然探進頭來，催道：「快點！你們拖拖拉拉的時間都足夠走到對面岡巒去啦。」眾人約好今日要再過山坳那頭一看究竟。

哈丹回頭應道：「我不去了，我要留下來照顧小羽。」穆克和道：「我也是。」穆歆羽心想：「哈丹為祕文解答疲於奔命，現卻因我而阻。倘使線索正在那頭岡巒裏，豈不功敗垂成。」於是謂哈丹：「你還是去看看吧，讓穆克留下陪我便是。」哈丹執意不肯。穆歆羽只好改託穆克，穆克心想：「姊姊生病，我豈能丟下她不管，但這裏已有哈丹大哥照應，我過去替他找解答，也不失為一應變之策。」

正自猶豫不決，納忠言已伸臂進帳將他一把提過，說道：「小朋友，別在這裏礙著哥哥姊姊。」言訖一路拖著他出帳來會眾人。穆克初始毫無預警，被他拖行了一陣，忿忿甩開，離帳已遠，索性將就繼續同行。

四人依計劃穿過山坳，途中邊星友、黃紹皆問起穆歆羽病況，穆克乃將實情一一說了，憂道：「姊姊向來淺眠，這回怎會突然沉睡不醒，若只是累著也不致如此吧。」納忠言插嘴道：「哪裏奇怪，我天天如此，不是健康無恙。」邊星友道：「可能水土不服，有些人一時抽離慣居之地，對陌生環境的氣候、濕度、水質、土壤等難以適應，導致症候產生。」穆克道：「可是姊姊和我們一路而行、一鼎而食，怎麼我們都沒事？」邊星友道：「體質不同，適應力自然因人而異。」黃紹道：「若如此，得趕緊送她下山才好。」

說著已過了山坳，來到那岡巒之上。昨日匆匆一行，不見芳華，只聞花香，已是暗暗稱奇，此時天際明亮，俯首一看，卻有姹紫嫣紅，滿山遍野，顏色鮮艷、香氣撲人，夏末更盛於初春，一時迷了時序，不知寧教夜幕壓過花色，暗香舒脾，是否還比眼下眩神之景來得耐人尋味。

行至山坡旁，重見那根根橫豎怪木，其上有鱗，泛黑泛金，勢如淩空巨蟒，令人怵目驚心，不由想道：「一邊是花開嫵媚，一邊是怪樹駭眼，怎地恁般格格不入。」瞥了怪木幾眼，紛紛走開，只留邊星友立於山坡旁，望著一根根怪木若有所思。

眾人立於山頂，此間花草雖盛，卻不似另一岡巒古樹林立參天，翹首仰望，濃雲低垂，若觸手可及。黃紹道：「一山重巒，風景大異，一邊是枝葉蔽天，一邊是雲霧罩頂，遠眺確實『群廈俱小』，仰觀卻都不符『昊天獨大』之語。」穆克道：「難道第三道祕文指引之處並非蘇覓山頂？」納忠言道：「不是蘇覓山頂，定在另外兩座高山之上，待將此處翻遍了，立刻改道前往。」

另一邊哈丹陪著穆歆羽在小帳之中，納忠言攜穆克離開後，二人說了一會話，穆歆羽敵不住睡意，一句話說到半途竟頓首入眠。哈丹束手無策，慄慄盤量：「一等大家回來，立刻帶小羽下山醫治。」

穆歆羽一直睡過中午，醒時即見哈丹呆坐一旁，面色凝重，她出聲輕喚，哈丹訝然回神，似不信她會自己醒來，忙上前問道：「妳覺得如何？」穆歆羽動動筋骨，覺先前疲累已去，頭腦亦明澈清楚，答道：「我沒事，都說太累，你偏不信，硬要白操心一場。」掙扎欲起身，哈丹趕忙伸手來扶，見她已談笑自若，方卸下心中大石，笑道：「白操心總比不操心好。人說『一病識真偽』，這回妳該明白我真心還是假意。」

穆歆羽嫣然一笑，說道：「哪來這句諺語，我可從沒聽說過。」二人相顧而笑。穆歆羽道：「我睡得手僵腳硬，身上都不靈活了。」哈丹道：「我們出去走走。」二人於是出了帳幕，循林中散步，放眼綠樹錯綜，鬱鬱蒼蒼，草木清香樸雅，時而墜葉婆娑盤旋。

行不多時，哈丹問道：「累了嗎？要不要回去休息？」穆歆羽笑道：「我久睡方醒，精神大振，你還要我休息。」步調輕盈，穿梭林木間，翩翩然宛若蝶舞。

哈丹只道她大病初癒，憂她體力難荷，一晌復問：「累不累，要回去了嗎？」穆歆羽笑道：「不過貪睡了一回，卻讓你當成病人了。」於是續行，片刻哈丹問：「回去休息好不好？」穆歆羽緩下步來，道：「也好。」

返回岡上，尚未見得其他人蹤跡。穆歆羽長途跋涉，只覺滿面塵垢，一心渴望梳洗，哈丹遂拿了些清水至帳篷中供她小淨，自往山坳旁徘徊。不移時，即見穆克等四人望此方向結伴而返，哈丹等不及要說穆歆羽已然好轉一事，將手掌圈在嘴邊呼喊他們，眾人聞聲而視，揮臂回應，加快腳步奔上山頂。

雙方會上，未及交談，忽而陰雲四合，一聲雷響，大雨驟至。水勢傾盆，一瞬間就把岡上眾人淋成了落湯雞。

五人拔腿而跑，疾速奔至岩穴之下，推推擠擠地塞在淺窄壁洞中，雨勢嘩嘩直下，洞口成一水簾，濺起水花，仍噴得眾人滿身滿臉。

邊星友高聲說道：「我們得快把擱在草地上的行李移到帳中，或找遮雨布覆蓋才行。」納忠言道：「裏面有一堆雨衣，還有雨傘。」穆克道：「算了，反正都溼了，避不避都一樣。」說完率先邁步出洞。餘下四人跟著出來，於大雨之下來回搶救，將行李搬至帳篷，忙亂一陣，總算將置於草地上的物資清空。

邊星友找了雨衣發給大家，並在壁穴中升起火來，各人將溼衣脫了，懸在火邊烘烤，乾透方復穿上。一番折騰，天色漸晚，邊星友乃續用此火著手烹煮晚餐，黃紹在一旁幫忙，哈丹至此才得空閒把穆歆羽的情況說予眾人。穆克得知姊姊病有起色，甚是歡喜，等不及過去相見，哈丹原不欲久留她一人在帳中，未料遇上這場驟雨忙碌分神，現下想起，不免記掛，打了傘，說道：「我去接小羽過來。」言罷自去。

哈丹冒雨而進，水勢洶洶幾乎要打穿傘布、折斷傘骨。好不容易到了小帳外，相喚卻不聞回應，哈丹以為自己聲音盡讓風雨掩蓋，於是伸手去揭帳幕，一探身即見穆歆羽動也不動地躺在帳篷中央，不似從前規矩睡在枕被裏，卻像行止間不自主地昏厥。哈丹大驚，連忙拋了傘，衝上前抱起，叫喚搖晃她都未曾分毫甦醒。

岩穴那邊穆克左等右等，久不見二人歸來，內心憂急，拉上雨帽直奔小帳，正好會上哈丹抱著昏迷不醒的穆歆羽。

穆克急問：「姊姊怎麼了？」雨打篷壁，他話音未落先教雨聲掠去。哈丹道：「我到時，小羽已經不醒人事。」穆克大叫：「怎麼辦？」風雨勢急，兩人不斷提高音量，方得於其中交談。哈丹高聲說道：「我立刻帶她下山找醫生急救！」一面抱起穆歆羽，打算一路衝下山去。

到了帳幕前，正逢其他人拉緊雨衣雨帽奔來探看。

邊星友急問：「怎麼回事？」穆克道：「姊姊又病倒，我們正要攜她下山尋醫。」邊星友攔住，自行離開去探路，不久折回，神情蕭索地說：「我剛去查看，雨勢太急，土石崩塌，已將來時之路徹底封死，鄰近幾條山路皆為雨所敗。俯身而視，我們停在樹林的車子大半陷在泥濘之中，恐怕發動不了了。」

哈丹道：「我一路抱著她下山去便是！」邊星友再次制止，勸道：「你忘了我們上山時行路之難、費時之久？當時天晴車好，尚且如此，眼下狂風暴雨，你身負一人徒步而行，恐非明智之舉。」穆克急道：「邊導演，你可有妙計送姊姊下山醫治？」

邊星友搖頭道：「唯今之計，一動不如一靜。歆羽正值虛弱，絕不可再遭風吹雨淋，只好先將她置於帳中，小心看護、注意保暖，待大雨一止，再下山就醫。」

哈丹和穆克皆掙扎不決，黃紹也勸道：「車陷路阻，現在冒險下山，所費時日怕是比等到雨過天青了再行更久。枯等磨人，卻也別無他計可行。」哈丹只得將穆歆羽放回帳中，取絨被毛毯仔細蓋妥，說不出心中痛苦瘋狂。

是夜雨勢益甚，整晚瀝瀝不閒，眾人於帳中睡不安穩，都道帳外滔天巨浪就要浸塌了整座山林。

第九回

岫華胸壑

大雨通宵不止，雨打篷布，連夜如惡獸撞門，陰沉臨迫，除了小帳中穆歆羽因病昏沉，只有大帳下納忠言依舊鼾聲震天，絲毫不為當前困境所干擾。

黃紹於帳裏帳外雙重噪音夾擊，合著本有的愁緒，整夜翻來覆去，輾轉難眠，霎兒思鄉、霎兒憂雨、霎兒由穆歆羽罹病聯至金嚮導亡故。兩三日之中，葬一人，坐看一人生死未卜，心下怎不惴惴惶惶，深恐厄難難終。

及至拂曉，睏意略生，遂闔眼小歇，不覺間慢慢睡去，迷幻意識裏清亮雨聲糊作一片。忽而一陣寒風襲來，黃紹拉緊被褥，半夢半醒間似見腳下帳幕掀開，又閉起，一張一合下，一道人影倏地穿出，立於帳前穿戴雨衣。此時烏雲密布，清晨黯淡如夜，黃紹略撐了頸，對帳幕外隨口問道：「邊兄，是你嗎？」

帳外並未傳來回應，黃紹睡意正濃，只道他出去解手，雨中沒聽見問話，未曾多想，自顧倒頭續睡。睡了數時，天色微亮，方復醒轉，帳中納忠言、邊星友一人不缺，都還安靜地躺臥他身旁。黃紹也忘了凌晨那不知是夢境抑或實景的插曲。

另一邊哈丹和穆克輪流至小帳看護，穆歆羽一直睡到深更，突然皺起臉，雙手按在心口，唇邊陣陣痛苦呻吟。

當時正由哈丹守著，聽聞聲息，忙問：「妳怎麼了？」穆歆羽額汗頻出，良久方掙得一口氣，扁著聲答道：「我心悸得厲害。」

哈丹拿毛巾替她拭汗，奈何擦了又濕。他握住她的手，輕喚：「小羽，小羽——」穆歆羽恍若未聞，蜷縮在被毯裏哭著喘著，掙扎不止。哈丹懊悔不已，心想：「若非我一意孤行，小羽何致於來此受苦。」好半日，稍有緩和，穆歆羽微睜開眼，啞聲喚道：「哈丹……」哈丹道：「我在這裏。」穆歆羽道：「我還好，你……千萬不要自責。」哈丹聞言墜淚。

不及片刻平靜，那疼痛又來侵擾，穆歆羽縮著身子不住顫抖，哈丹眼看她雙唇俱白、面無血色，心中又急又惱，只恨不能相替，悔道：「是我害苦了妳。」穆歆羽喘不過氣來回答，良久方復緩轉，虛弱說道：「我知道這件事對你重要，我沒後悔跟你上山來。」哈丹泣道：「我卻後悔。妳一定要撐著，雨一止我們立刻下山求醫。從此再不管什麼秘文、什麼奈費勒。我只要妳。」穆歆羽含笑點頭。

兩人話未盡意，穆歆羽「啊」的聲，又復心悸。哈丹蹙著眉深深一漢，伸臂將她摟在懷裏。穆歆羽痛得死去活來，辨不清自己置身何處，雙手緊掐著哈丹的臂膀，還當那是枕衾，盡把指甲掐進忍痛。哈丹靜默坐著，不吭不動，任淒風苦雨，裏外不歇。

如此來回折騰數時，穆歆羽終是筋疲力竭昏睡了過去，直到隔日上午方醒。她強睜開眼，模糊視力裏有一男子正盤坐於身側，她悄聲喚道：「哈丹？」那男子傾身向前，說道：「姊姊，是我。」此時哈丹經一夜煎熬，已回中帳小歇，換了穆克來替。

穆歆羽聽聞答話，卻是一臉茫然，問道：「你是誰？」穆克表情怪異，說道：「我是穆克呀。」穆歆羽道：「穆克是誰？」穆克道：「穆克是妳弟弟。」穆歆羽又問：「那麼你是誰？」穆克愕然，促聲說道：「我是穆克，穆克是妳弟弟，我是穆克是妳弟弟。姊姊，妳怎不認我了？」穆歆羽平躺著，兩眼空洞，思憶良久，方笑道：「喔，對了。你是我弟弟，我認出你聲音來了。」

穆克心想：「姊姊怎像犯傻一樣？」憂急交迫，說道：「姊姊，妳到底怎麼了？哈丹大哥說妳心悸得嚴重，這會可好些了？」穆歆羽道：「這會不大痛了。」伸手探向前方，道：「穆克，你怎坐得那麼遠，才教我一時沒看出你來。」穆克將身子挪近。穆歆羽又道：「再過來些，我仍看不清楚你。」穆克依言向前，把臉湊到她雙眼上方，穆歆羽顰眉思索，半晌似恍然大悟，悵悵說道：「定是我染了惡疾，那麼你還是離我遠些好。」穆克安撫道：「妳別亂想，我這不是和妳近得無處挪靠了嗎？」穆歆羽喃喃自語：「是嗎？你臉上眼睛鼻子，都到哪去了？」以手摸探著他的五官，一眨眼，大抽口氣，驚道：「穆克，你怎貼得這麼近嚇我？」穆克莫可奈何，趕緊退回原處。

穆克道：「姊姊，妳昏睡這麼久，粒米未進，我取些水果來妳吃，好不好？」穆歆羽應肯。穆克於是起身出帳，披上雨衣離開，不久即端來一盤色澤均勻青透的瓜果，並攙穆歆羽坐起食用。她低頭吃了幾塊，起初還覺那瓜果清香爽口，忽然間眼前生出斑斑飄浮黑點，點點在那瓜果上跳躍，她使力推開穆克手上的餐盤，疑恐問道：「你給我吃什麼？」穆克未及回答，她一陣脹噁之感翻湧上來，旋即「哇」的一聲張口嘔吐，穆克及時拉過水盆來接，才沒教穢物落至被衾或篷布。

穆歆羽弓著背狂嘔一陣，吐得膽汁胃液盡出，好容易才得進食，反引著原來底物掏了個空。吐完接著一陣乾咳之後，她終於抬起頭來，一眼瞥見那盤瓜果仍青綠晶瑩，哪來半點瑕疵其上，心中哀傷地悟得：「原來我竟已病得這般沉重。」

穆克備好毛巾遞上，說：「姊姊，妳擦擦臉。」穆歆羽出手要接，他卻捏著毛巾另一頭不放，她困惑地問：「穆克，你怎不把毛巾給我？」卻見穆克瞠目結舌，惶惶失措地指著她，支吾道：「姊姊，妳流血了。」穆歆羽似覺鼻下一陣溫潤，伸手一抹，竟染得手掌一片鮮紅。穆克這才回神放開了手，穆歆羽舉毛巾想將血漬擦乾淨，每抹一下，卻更有新血汩汩流出，至整條毛巾染得通紅濕重，無處塗抹，那鼻血仍淌過她唇瓣，聚至下顎尖處滴滴而下。

姊弟二人面面相覷，盡說不出話來。沒一會，穆歆羽只覺一陣眩暈，跟著再次昏了過去。

哈丹回帳篷中歇息，腦海中卻是穆歆羽受盡折磨的畫面揮之不去。想起自己先是決定上山，後又贊成紮營，不禁悔恨交加，又想起她痛楚掙扎間竟不忘聲聲囑他切莫自責，更覺汗顏慚愧，心想：「從前小羽屢勸我罷手，我執意不肯，如今想來甚是癡頑愚昧，只要過得此關，以後我定要事事聽她計議，卻不知是不是還有這機會……」心中悲憤激動，不得平靜。一面又想：「我得養足精神，方能照顧她。」於是強抑雜緒，閉目養神。睡了一回，疲勞減去，焦慮增急，自要往小帳去替回穆克，途中遇黃紹也正要前往問候，兩人遂一道而行。

哈丹一面將穆歆羽病況告知黃紹。及至帳外，適逢她淌血昏絕，穆克忙裏忙外清理善後，端來清水替她擦臉，見二人前來，穆克再忍不住心中恐懼，泣謂二人穆歆羽異狀，把她初醒時如何神智不清地問答，乃至食果、嘔吐、流血不止一一細述。哈丹每聽一句，心上彷彿遭一記鞭笞，悔恨更復惶恐，深怕她哪次昏了去便不再清醒。

黃紹昨日只道她不甚嚴重，分別聽了丹、克陳述，始覺危急，改口說道：「我看不能再空等，定要想出辦法送歆羽下山才行。」穆克道：「可是姊姊這麼虛弱，怎禁得起風雨勞頓？萬一途中再染上其他病症，更是雪上加霜。」黃紹思索片晌，說道：「既然她下不了山，只有將醫生請上來。」哈丹和穆克對看一眼，不解其意。黃紹道：「這大雨間間斷斷，總不到天晴，看來一時半刻停不下了。雖然一來一往費時，總比在這裏坐以待斃好。事不宜遲，不如我這就動身下山去請醫生。」穆克憂道：「只怕醫生也不願冒險到這山上來。」

哈丹毅然說道：「我定有辦法求他來。」對黃紹道：「黃大哥，我和你去，我們這就走。」黃紹點頭。哈丹又交代穆克：「你先照顧小羽一會，很快便有消息。」穆克見他說得篤定，也認了真，肅然道：「好，哈丹大哥、黃大哥，你們只管去將醫生請來，我定守著姊姊撐到你們回來。若是雨停，我則即刻負她下山，如此進退都不誤時。」

三人議定，互道勉勵，匆匆作別。

黃紹與哈丹遂動身尋找下山之路。此時雨雖小了些，但沿途黃泥軟爛，行走艱難，二人連臂疊握，互為依憑，踏水拔步而走。哈丹一味心急，眼見有路便走，孰料其上土石遇雨坍崩，一踩上竟跌了個空，黃紹叫道：「小心！」卻已不及。所幸兩人交臂握著，黃紹連忙收掌抓緊，奮力將他提上，哈丹千鈞一髮地撿回了一條命，此後二人不敢掉以輕心，步步謹慎提防。

走了一陣，又復風疾雨驟，眼前猶如重重水幕斜雜掩映，視線混淆，耳邊風聲呼嘯，滿患肅殺之氣。行不多時，已徹底迷失方向，來時之徑亦不復存。

二人立於叢林之中，暴雨打落，隔著雨衣仍覺膚上隱隱生疼。哈丹高聲問道：「怎麼辦，現在該往哪走？」黃紹道：「眼下縱使能辨方向，也只能一逕揀安全的路走。如此不是人選路，卻是路選人，恐怕徒勞無功……」他「功」字未完，一棵參天大樹應聲倒下，哈丹驚叫：「黃大哥小心！」順勢一拉，那大樹自黃紹身旁擦落，「轟」的聲橫臥他腳邊，遲一秒便要在那粗幹下壓斷脊椎。二人嚇得心膽俱裂，獃然注視眼前墜物，久久未信方才生死一瞬的僥倖。

哈丹心想：「我雖願為了救小羽冒死前往，卻不能拖累他人跟著蹚渾水。」於是說道：「黃大哥，你先回山頂去，我一人下山尋醫即可。」黃紹道：「現在情況怕由不得我們決定，只能且走且看，若得下山或折返都算幸運，最壞的是卡在其中不得突圍。」哈丹沮喪地點點頭。

二人一路摸索，途中又遇重重困險，死裏逃生，最後終於殘破不堪地由一處未知叢林徒手爬坡回到山頂。

黃紹和哈丹無功而返，下午換了穆克和邊星友也執意要去，兩人組了隊準備即刻出發。紹、丹盡將路上險阻說了，仍苦勸不下。穆克道：「為了姊姊，怎能不鐵了心賭上一把！」邊星友則說他野地實戰經驗豐富，故而想闖一闖，要大家不必掛心。丹、紹二人只得一再叮囑路上變故。

臨行前哈丹也謂穆克會守著小羽等他們回來之言，又拜謝邊星友：「邊導演，謝謝你為救小羽不惜冒險。」邊星友道：「別介懷，大家要救歆羽的迫切都是一致的。」哈丹仍頓首稱謝再四。

穆克和邊星友於是出發，至晚方回，結果與前二人如出一轍。

四人意志消沉地聚在一處。穆克道：「不如過那山坳去，也許對面岡巒卻有下山之路。」邊星友道：「上午我已去探過，那岡巒對著一片峭壁，全然無路可行。」眾人為他探路之舉皆感竟外。穆克心想：「原來哈丹大哥和黃大哥試圖下山時，邊導演同時也過了另一頭去堪察，怪不得整個上午不見他人影。」哈丹道：「也許山坳間有路可通。」邊星友道：「山坳間亦無路可走。」黃紹道：「難道我們真是插翅難飛？」

正交談之際，忽聞一人大叫：「你們四個鬼頭鬼腦地聊什麼？」眾視之，原來是納忠言。他一整天在帳篷中呼呼大睡，此刻精神正盛，見四人狼狽，雨衣上沾著污泥雜草，蓬頭垢面，有些人還掛了彩，怒道：「你四人是不是趁我睡覺時去掘寶藏？」眾人無心與他纏鬧，各自走開。

納忠言聳聳肩，自顧吹著口哨，拿了食材往岩穴間起火造飯，三頓併作一頓，一陣狼吞虎嚥之後倍感滿足。回到帳裏，謂黃紹和邊星友道：「那邊鍋裏還剩些湯肉，你兩個快快去吃了罷。」二人皆無心茶飯，悶聲坐著。納忠言道：「就說女人不可靠，一天慇勤兩天罷工，你們非要等到她來餵，遲早餓死，還不如去把那鍋剩菜將就吃了。」

二人聞得此語，心中皆感不快。邊星友道：「歆羽危在旦夕，你不聞不問、高枕無憂，現在還來埋怨她不做飯給你。」納忠言哼道：「倒楣給大雨困在山上，不睡覺要做啥？一睡解千愁，何況那些人從來也沒把我瞧在眼裏，他們死活與我何干？」謂邊星友：「你也不向黃書蟲打聽打聽，她嫁不嫁得你這外族漢子，只顧覬覦美色，拼死拼活，救回了，她還是別人屋裏的，你說到底是白忙一場。」又謂黃紹：「人家是一個弟弟，兩個真假情郎，你這書蟲去湊什麼熱鬧？作濫好人也得有個限度，別糊里糊塗丟了命還不像其他人有個企圖、目的。」

邊星友聞言變色，心中彆扭，怕他大嗓門壓倒風雨之勢傳至隔帳，又擔心黃紹誤會，忙道：「你別亂說，歆羽是大家朋友，還曾救我一命，現在她有危難，我自然赴湯蹈火在所不辭。」納忠言冷笑道：「哼哼，我偏不信換成另外兩個男人，你還知恩圖報，為他們赴湯蹈火去。」邊星友惱道：「你分明以小人之心度君子之腹。」納忠言斜睨他一眼，嗤道：「心虛還裝蒜。」邊星友臉上青一陣、紅一陣。

黃紹心想：「邊兄向來最是圓融隨和，不與人爭，怎這會卻認真計較起來了？」眼看戰火一觸即發，忙出面緩頰：「我們還是去吃些東西，才有體力續圖救人之計，也不辜負納兄一番好意。」一面拉著邊星友出了帳篷去。

二人至岩穴中略吃一回，又往鍋中添了些食材，同至中帳勸哈丹、穆克前去進食。黃紹道：「本想送來帳中給你們，卻怕餐裏參了雨，此時人力最急，下山之前千萬不能再有人病倒。」哈丹想起不久前穆歆羽還同大家圍在火邊，火光映得她臉色溫暖明媚，幾個男人一逕爭食，她慧心一語，輕而易舉化解了僵持場面，不由悲從衷來，低頭懺訴內心懊悔，黃紹和穆克輪流勸慰，都道天有不測風雲，非他之罪。邊星友鎖著眉，一旁靜默無語。

哈丹、穆克深解黃紹之言，強振精神，分別至鍋邊將自己餵飽。想前時眾人齊聚，存心笑鬧，而今只得冷冷清清地各自到這岩穴中來，為得存活不得不強吞苦啖，驟雨寒夜之中更覺煢煢獨立，留不住的人事暗中偷換。

當晚風雨猶劇，眾人歷一夜一日認知，起初驚怪之念已稍緩轉，合著白晝裏為突圍下山一事舞得心力交瘁，大家各自吃了晚飯，早早散了。小帳那邊仍由哈丹和穆克輪流照應，黃紹偕邊星友回大帳歇息。

邊星友為著先時納忠言一番譏諷悶悶不樂，憂心回到帳裏還不知要應付多少攻訐話頭，繃著臉闌珊而行，一路與黃紹有一搭、沒一搭地周旋。及至帳外，隱約於風雨聲中聽得鼾聲傳出，撩開帳幕，未想納忠言才起來飽餐一頓，這會竟又捵著肚子呼呼大睡去了。邊星友遂放了心鑽入帳中，黃紹隨行於後，二人皆勞累不已，道了晚安，各自睡下。

因著倦意，黃紹沒再像昨夜那般失眠輾轉，闔了眼即緩緩入睡，一夜穩當無夢。凌晨之時，似覺有人扯動衾被，黃紹翻了個身，將被子捲妥。此時卻有一陣寒風撲面，風乍起即滅，黃紹未及辨清其故，直覺像是有人一瞬間揭了帳幕，又放下，朦朧中一道影子映在篷布上，穿了雨衣旋即消失不見。舉止俐落如鬼魅。

黃紹沒多加理會，閉眼續睡。待睡足醒來，已又經過數時。身旁納忠言、邊星友都還裹在被中沉眠。黃紹掀被起身，輕手輕腳地自行李中取了本書，欲往岩穴中去閱讀，一面想著：「古人云：『三日不讀書，面目可憎。』果然不假。這幾天忙忙碌碌的，卻把學業荒廢了，怪不得心底總浮躁鬧擾，臨事無謀，全因不夠冷靜的緣故。我且獨自在書中尋得平靜了，才能定下心來深思救人之計。」

權衡既定，攏了書揭啟帳幕，一陣冷風隨著吹來，帳中納忠言打了個噴嚏，邊星友則側身將被毯擁緊。黃紹但覺這一幕熟絡，一下子勾起連著兩個凌晨之際所遇情景，趕緊跨出帳去，將遮幕放下，免得餘下二人受風侵擾，心中正遲疑不定前時之見是夢是真，一抬手要取雨衣時，摸中了濕漉漉一片。黃紹回神看辨，那掛在篷簷下的三件雨衣，有兩件已在夜裏晾乾，只有邊星友所屬那件沾滿雨水。低頭一看，又察端倪，原來昨晚二人與哈丹、穆克問候畢，一道由左方路徑回來，當時邊星友率先入帳，鞋脫在他右側，此時兩雙鞋卻調了位置，且自己鞋上覆著乾沙細土，邊星友的鞋則新染了濕軟泥濘。

黃紹心道：「原來不是我作夢，清早是邊兄出帳去了。」不多疑怪，按著原來盤算，取雨衣罩上，一面想著：「此時他二人若教擾醒，大概也見得我的人影、舉動投在篷布上，如我初晨所見那般。」衣畢，自往岩穴方向走。

行至穴中，那只鐵鍋據在中央處，鍋中尚有殘菜湯汁。他遶過其旁，揀一塊乾石頭坐下，順手將鍋子推過去些，一觸及方知那殘湯仍留著溫度。

黃紹坐定，翻開書便讀，聚精會神於其中。他本是個專注學問之人，一與書本親近，身外紛擾嘈雜都教書中境界銷去，風馳雨肆皆不能移其心志，煩囂俗務也暫拋一旁。

待一口氣讀完整個章節，黃紹方復抬起頭來，大感豐足舒暢、精神抖擻，想道：「原來心無旁騖如此重要。」一瞟眼，卻發現先時自己隨手一推，那鐵鍋臨近穴口，風向改變，把落雨都吹入了鍋中，與殘湯混浸一片，稀稀糊糊溢至鍋口，當時他沉迷書冊，沒多加留意，此刻已搶救不及。

黃紹擱了書本，動手將鐵鍋收拾清理妥當，移至岩穴內安放，心想：「不知道先前是誰用這鍋子煮了早飯，卻讓我給破壞了。」揣度他出帳時納忠言、邊星友都還未醒，湯汁應是哈丹或穆克留剩下來，於是動身前往知會，途中遇著穆克正要揭幕進入小帳之中，黃紹遠遠叫住他，先問了穆歆羽病況。

穆克愁眉不展，答道：「姊姊折騰了一夜，剛才睡下。」雖言睡下，實是昏絕。穆克內心恓惶，避著嚴詞，把穆歆羽連夜症狀對黃紹概述一回，又說：「黃大哥，我不陪你了，還趕著進去守護姊姊呢。」黃紹點頭，道：「幫得上之處，儘管過來說了，我也會再想想辦法，看能否盡早下山尋醫。」穆克稱謝。黃紹復道：「還有，我不小心讓岩穴那鍋裏湯汁浸了雨，只得收拾便了，卻不知你們還要不要，特來會歉一聲。」穆克茫然道：「昨日吃完晚飯，我記得已把那鍋子洗了，怎這會又有湯汁？」黃紹道：「不是你們煮了早飯？」穆克搖頭。黃紹道：「會不會是哈丹？」穆克道：「哈丹大哥陪姊姊折磨了一整晚，我這才剛來將他替回，想是走不開身的。況且他若煮了早飯，定會找大家都去吃了才是。」

黃紹忖著：「那麼必是邊兄清晨出帳時所煮。」沒再耽擱，讓穆克趕緊進去照顧病人，自行回到大帳中。

此時納忠言和邊星友皆已睡醒，兩人有說有笑，不復昨日爭訌，見黃紹進來，邊星友問候道：「黃兄還真早起，狂風暴雨的，哪裏散步去了？」納忠言搶道：「何必問，用膝蓋想也知道他啃書去了。唉唉，我們也找點東西啃啃吧，書蟲都吃飽了，我們當人的豈有餓著的道理。」邊星友笑道：「也好，昨晚睡得早，長夜下來倒真是餓得荒了呢。」二人說著相繼起身，黃紹困惑不解地想：「聽邊兄之言，那鍋湯也不是他煮的。」

邊星友問道：「黃兄和我們一塊吃早飯嗎？」黃紹一時間尚未全然回神，匆匆應道：「呃，你們去就好。」納忠言拉著邊星友出去，一面說道：「早跟你說書蟲啃書啃飽了，你偏不信。」邊星友道：「是是，還是納兄聰明……」黃紹怔然立於帳中，聽二人談語漸遠，想不透那湯汁來歷緣由。

風雨歇歇停停，陰雲中不時傳出悶雷隆隆低響。白日裏大家仍不時聚著，對於救人一事無計可施，天晚各自散了，坐困風雨之中，百無聊賴，不睏也只能躺著歇息。

翌晨拂曉之時，黃紹又教一陣冷風擾醒，昏暗中又見帳幕一瞬開合、人影穿上雨衣離去。有了前兩日經歷，黃紹這回敏銳了些，揉揉眼，清醒了頭腦，沒再續睡。待得意識明澈，略坐起身探看，身旁納忠言鼾聲如雷，邊星友卻是不見人影。黃紹伸手拍拍他被毯，確認再三，其下果然無人。

過了約莫半小時，不見他回來，黃紹好生擔憂，又顧慮冒然出去尋找，好似自己刻意跟監他人行動一般，躺在被窩中躊躇不決。等著等著，打了一回盹，醒來時邊星友已紮紮實實睡在原處，黃紹這才放了心，閉目凝神。

早晨納忠言又約吃早飯，邊星友伸伸懶腰，說道：「這就走，一覺到天亮，睡飽了卻也餓壞了。」黃紹探問：「你說『一覺到天亮』，可是指從昨晚睡下便不曾再出帳？」邊星友道：「是呀，風雨交加的，也無處遛達。」黃紹愕然。

納忠言道：「我早說一睡解千愁吧，睡夠了正好天晴，才有力氣挖寶藏。」邊星友笑道：「雨再不停大家都要修練成陳摶啦。」納忠言道：「陳摶是誰？」邊星友道：「他是……」

二人一面聊著出了帳篷，獨留黃紹憂心忡忡地想著：「怎麼回事，邊兄竟不知道他自己清晨曾出去大半天？該不會是夢遊症？可是從前和他共處把月，也沒這症頭，難道是來此山上才患了的？」想及穆歆羽無故染了惡疾，一病不起，現在邊星友也生異狀，難保兆端之後跟著垂危，而他和納忠言說笑情景亦令黃紹倍感納悶、違和，心道：「前幾日邊兄還為歆羽罹病一事憂急如焚，想方設法地極力搭救，還因此破了例和納兄吵架。怎這會倒是輕鬆自若，跟著淡漠起來了？但願並不是因他患上莫名之症，把原來性情都顛倒了才好。」

*

穆歆羽那邊則是每下愈況，平時昏睡叫喚不醒，醒時又多痛苦煎熬，稍進湯水，立即嘔出，末幾回甚而已連血渾嘔咳出。短短數日，憔悴不成人形，疇昔秀麗姿容盡衰頹無尋。濃雲之下，死亡氛圍低低罩著，眾人多少也有個底數了，只是心照不宣。

這日早晨難得平靜，穆歆羽趁著這病勢暫緩、頭腦明判的稀罕時機，趕緊將哈丹、穆克一齊找來。三人齊聚帳中，丹、克並坐於榻前，皆沉重低眉不發言語。

穆歆羽由乍明乍暗視力中勉力看清身側兩個至親至愛之人，強牽笑容，氣若游絲地說道：「我現在，好想念那一段我們三人結伴，由傢俱行一道回家的路。」憶及路途中的月光、樹影，從前只當平常，此時卻是心醉神往。

哈丹道：「等我們回家，還要一道同行，不會改變的。」穆歆羽搖搖頭，嘆氣道：「我恐怕，再見不到那段路程上的風景了。」哈丹當下猶受一記錘楚，斂聲問道：「妳這話是什麼意思？」

穆歆羽又嘆口氣，道：「我也不想說這些沮喪話惹你們傷心，但是不趁現在好好交代，卻不知還有沒有下一回。我病得厲不厲害，自己心裏清楚，痛得轉不過氣時，總想乾脆死了解脫，心底捨不下的，只有你們兩個了。」氣不足長，說到此處，不得不停下喘息。

穆克忐忑不安，抓住她衣袖，慌道：「姊姊妳到底說什麼？妳要交代什麼？」心裏卻隱隱浮著「遺言」二字，臉上血色頓失。

穆歆羽養了些氣，垂淚道：「我好不甘心，以後聽不到你一句一聲地喊我姊姊……」穆克聞言再忍耐不住，抱住穆歆羽放聲痛哭。哈丹一旁亦濕了眼眶。

穆歆羽強抑悲緒，謂哈丹道：「穆克是我唯一的弟弟，我走後，他無依無靠，請你幫我照顧他，別讓任何人欺負他了。」又謂穆克：「你要敬哈丹如親哥哥，像從前那樣彼此扶持，凡事與他籌計。他有困難，你要義不容辭地，當作自己的事一般誠懇，不可分毫推阻。你二人友愛同心，我才能放心離開。」

哈丹噙著淚，搖頭道：「我不答應，我們三人向來缺一不可的。」穆克抹抹眼，和道：「對，姊姊妳若想中途離席，我和哈丹大哥天天吵架、處處作對，直鬧到妳看不下去，回來作和事佬便了。」穆歆羽笑道：「瞧你們兩個連故作決絕都這麼有默契，我前面那番話根本是多餘的。」收起玩笑正色說道：「總的沒聽你們親口承諾，心裏還是不踏實，你們兩個行行好，到這關頭，別再跟我嘔氣了。」

哈丹看她說得悽愴認真，咬咬牙，說：「好，我答應妳，不過妳也得依了我一件事才行。」穆歆羽笑道：「你也忒精算的，我都到這一步了，你還要和我談條件。什麼事我還做得到的，你快說了吧。」

哈丹神情肅穆，問道：「妳說過永遠不離開我，這話還算不算數？」穆歆羽悵然道：「我何嘗想離開你，只怕去留已由不得我。」憶起二人往日情意，不由摧心斷腸。哈丹道：「去留終數自古由不得人，此生何從卻還可把握。」穆歆羽怔然凝望著他。哈丹停頓少時，握住她的手，情堅意篤地說道：「小羽，妳嫁給我吧。」

穆歆羽微微一震，斷沒想到他會說出這樣的要求來，墜淚道：「我時候不定，怎能誤你。」哈丹道：「再恩愛的夫妻，終有教死亡分離之日，正因如此，更應趁有限之期相依相守，有的人離別來得快一些，有的人則慢一些，最不該的是不曾結合直接錯過。我只恨沒早些對妳說了，現在雖遲，總算還是趕上了。其實在我心裏，從來都認定今生是要和妳一同度過的。妳若也對我有心，我們做得一世夫妻，縱使短暫，卻不枉聚散一場。」穆歆羽聽了這一番深摯動人的表白，再不忍拒絕，含淚點頭應允了。

哈丹自衣袋裏拿出一只木雕胸墜，說道：「這墜子從前刻的，一直找不到時節送妳，如今先權充訂禮，妳暫時委屈一回，下山之後，我們再補辦一場合宜的婚禮。」正是那只楠木胸墜，其上雕著一朵谷岫中盛放的百合花，與她經名「索珊」含義相映。木墜精巧雅緻，刻紋細膩，每一處都留著他雕琢時惦念著她的情意，墜子頂端已穿了細線，穆歆羽傾了身，說道：「你替我戴上，好不好？」哈丹依言而為。

穆克出了帳去，將丹、羽決定結婚一事告訴眾人，問道：「黃大哥，你知道我們回族婚宴該怎麼辦嗎？」他雖是回人，畢竟年幼，對嫁娶禮儀也沒個頭緒。

黃紹想了一會，說道：「荒山之境、急風暴雨，正確流程恐怕繁複不可行，況且歆羽還在病中，不宜勞累。不如我們就地取材，聊備小宴，趁著今天正逢主麻日，為他二人賀了喜，你看可好？」穆克應肯，又邀約其他人。納忠言心想：「生病那麻煩事自然避得愈遠愈好，結婚喜慶倒可以去吵一吵，解解悶。」於是欣然同意。倒是邊星友三推四阻，最後拗不過穆克請求，終得勉強答應。

眾人依著黃紹指示，各自著手籌備，由一堆鍋碗瓢盆中湊出九只尺寸相合的碗碟，擺成三乘三的正方形陣勢，並預備於四個頂點盛上肉食，是為「肉菜」。對邊各以名稱兩兩相對應的菜蔬填充，是為「門子菜」。正中央的碗則要放上涼拌冷盤。此法稱為「九碗三行」，即指以九個碗排成三行均數的菜餚，是回族婚禮筵席常見形式。

小帳中，哈丹取了水讓穆歆羽略作梳洗，換了件繡花滾邊大襟，是她帶上山來最華麗的一件衣服了。她梳整頭髮，洗了手臉，由水盆中看見自己慘淡的容貌，不由一驚，疑道：「這是我嗎？怎成這副醜怪模樣？」待及確定，悲從中來，哀傷地感慨：「從前總想著有一天要如何作他的新娘，那些憧憬裏的美好，永遠都不可能實現了。」

不多時，簡宴菜餚已大致預備妥當。穆歆羽無法離榻，小帳裏又擠不下這許多人，眾人於是在帳前搭了遮雨篷，鋪上墊布，將「九碗三行」擺齊了，湊了些紅緞結在篷簷之下。

哈丹扶著穆歆羽坐在帳中，二人心中存著誠敬隆重，不以外境簡陋而移。其他人立於帳外，將帳幕揭著，讓內外相通，充作一室。

穆克首先入帳來，一手拉著穆歆羽，一手扯著哈丹，哽咽賀道：「姊姊，姊夫，百年好合。」眾人知曉他倆明朝難定，連婚事都得趕著辦了，「百年」二字沉甸甸地，皆不勝欷歔喟嘆。

接著其他人輪流入帳道賀，說些吉祥應景之語，丹、羽一一回禮致謝，完了大家又取些糖果、核桃、花生往二人身上撒，齊聲祝道：「恭喜新郎、新娘締結良緣。」哈丹於穆歆羽額邊輕輕一吻，眾人一同拍手稱好。

納忠言道：「黃書蟲，回族鬧洞房怎麼個鬧法？」他光棍一條，又沒朋友，從未受邀參加過婚禮，對此一無所知。黃紹笑道：「你們自家習俗，怎一個個問起我這外族客來了。」納忠言道：「你不是什麼邊疆民族又臭又長頭銜的專家，我考你是不是浪得虛名。」黃紹道：「有一種鬧法，是取灰粉、墨汁將新郎的臉塗得盡黑了，才許他進洞房。如今新郎本來就在洞房裏，恐怕你想鬧也鬧不成了。」納忠言道：「那簡單，我去把他拖出來不就得了。」說著舉步要往。穆克阻道：「你拖姊夫出來，也沒灰粉、墨汁塗他。」納忠言道：「那更簡單，『就地取材』，地上抓一把爛泥巴糊了便是。」

正說鬧著，穆歆羽不知何時已靠著哈丹沉睡過去。眾人忙前往關切，喊喚數聲，卻喚不醒，只得撤席作辭，不續叨擾。

哈丹與穆克商量，婚事既成，當由他遷入小帳寸步不離地相守。穆克原想將中帳讓給他二人，自己搬到小帳來，但一來顧慮穆歆羽病重不堪來往，再則怕她移了床不適應。最終還是依了哈丹提議，協他將枕被取了過來。

穆歆羽自此昏迷不醒。

*

隔日凌晨黃紹又見邊星友出帳去，大半天盼不到他回來。黃紹惦念不安，想叫醒納忠言共商計議，卻怎麼也叫不醒。他怔然獨坐，心下盤量：「我現在若去尋他，到底沒事，頂多他惱我愛管閒事。若不去尋，出了錯，悔之不及。」拉扯片晌，按捺不住，掀了被毯起身尋人去了。

黃紹行至岩穴旁，果然發現邊星友正蹲坐其中，面向裏，忙碌於那只鐵鍋前燒水添菜，一面顧湯，一面低頭看視手裏幾張紙卷，待湯熬成，盛起喝了。

黃紹從前聽人說夢遊症不可冒然叫醒，否則一時嚇破了膽，丟了命。但觀察他理菜、舀湯毫不含糊，湯碗就口時不忘先吹涼才飲，哪裏像個夢中之人。叫喚不叫，一時拿不定主意。

正猶豫著，一移步，踢著了壁穴旁石子。邊星友聞聲立即放下湯碗，把手中紙卷匆匆塞入衣袋裏，回頭探問：「誰？」雙眼警覺地四下搜羅。黃紹知曉了他並非夢遊，放心現身。邊星友一看是他，卸了防備，笑道：「原來是黃兄，大清早就來這裏讀書嗎？」黃紹道：「這回卻不是來讀書的。」邊星友道：「不是讀書，難道也和我一樣餓得出來覓食？」黃紹搖頭道：「我看你不在，放心不下，出來相尋。」邊星友笑道：「我一時犯饞，擾你清夢，真是該罰。」

黃紹走過去，見他安穩無恙，好生欣慰，指著鍋裏餘湯，陪著說笑：「罰一碗湯予我如何？」邊星友道：「我沒料到你來，這湯煮得寒酸，不好相與。你若真的想喝，待我重新煮過。」黃紹道：「清飧舊醅，別有滋味，我看這湯好得很，刻意弄巧，不如隨性而盡興。」說著取了碗，要去盛湯，邊星友卻霎時慌急，說道：「這湯你喝不得！」忙忙端起鍋來，把湯汁盡往岩穴外潑去。

黃紹原以為他只是謙讓，未想竟如此執著，不禁尷尬無措，手裏還捧著個空碗，懸步進退不是，歉然說道：「呃，對不起，是我強人所難了。」

邊星友潑了湯，才察自己失態，愣了少晌，嘆口氣，索性說道：「我實話跟你說了吧，這湯不是我不肯給，而是其中另有文章。」黃紹默然聆聽，邊星友續道：「我依稀記得幼時，有一回隨家人登山野營，詳實地點已經記不清楚了。那時我們行至一片荒郊野嶺，遠望綠草碧茵，其上萬紫千紅、繁花似錦。花香馥郁，迎風撲來，初時還覺潤人心脾，漸而卻覺錯雜香氣濃膩迫人。當晚我們在另一處草原紮營，我渾身沉重，疲倦不堪，長輩們只道路程勞累，早早哄我睡了。隔日醒時倦意卻分毫不減，不久又患暈眩嘔吐、眼昏心痛、鼻血不止……」

黃紹未及聽完，忍不住插了嘴，疑道：「這症候怎和歆羽所患如此相似？」邊星友點點頭，續道：「是啊，我們初次過了山坳到對面岡巒時，我便覺得那氣味好熟悉，當時未嘗多想，直到歆羽症狀頻出，才點醒這段記憶。」

黃紹希望萌生，忙問：「那時你怎麼挨過來的？」

邊星友道：「那時我元氣耗竭、奄奄一息。長輩們急了，商量火速送我回城裏醫治，又擔心路遙不及。消息傳開，同行隊友正好有個略懂藥理的伯伯，過來探視一回，說我體質與那花粉相斥，嗅香中毒，當服橫生山陂的蛇木之葉方可解毒。

「這『蛇木』顧名思義，即是形色如蛇之木。那伯伯說，一厄必隨一解，因此逢奇花方圓內必有蛇木伴生。蛇木其上有鱗，黑亮如蛇皮，圓幹不生枝椏，尾端稀疏草葉，名曰『蛇盤草』，即是解花毒之藥。每日晨時現採，佐馬齒莧、薤白、山蘇、甘草、蒲公英等野菜，以山澗活水滾湯，連服七日，方能解毒。

「那伯伯即刻領人去尋，果然在繁花邊畜找到一根根竄出山坡的蛇木，又分撥人手去取各種野菜和活澗，煮湯餵我喝下。此後接連七帖，我病況日益好轉，體內花毒也一點一滴慢慢解了。」

黃紹憶及對面岡巒上異出的圓木幹，探問：「你清早煮的那鍋湯，難道就是以蛇螫草熬成的解藥？這一來，你莫非再次中了那花毒，才在此作藥自療？」

邊星友搖頭道：「我從前中毒服藥，期間調理了體質，所以再度嗅聞花香時，已能抵禦，未曾再次中毒。這解藥則是為歆羽熬的。」黃紹道：「是啊，我真糊塗，你若中毒，此時怎還能好好與我說話。原來你這幾日不急，不是因為不關心，而是找到良方了。」思索一會，不解地問：「你既從幾天前就已知曉蛇螫草能解花毒，怎遲至今日還不將解藥送去？」

邊星友道：「我雖曾經驗，但當時年幼，且病得昏沉沉的，療毒經過都是事後聽父母提起，從未親睹蛇木形貌。萬一對面岡巒那樹幹並非蛇木，甚而是有毒草葉，豈不弄巧成拙。」黃紹恍然大悟，說：「怪不得你不讓我喝那鍋湯。」旋即又生困惑：「你既不確定那是不是蛇螫草，卻為何還拿來熬了湯？」

邊星友道：「我深恐事隔多年，記憶闕誤，再則我並不把握歆羽之症與我那時一致，故而先熬湯試服。」

黃紹驚問：「你沒中毒，怎還去服蛇螫草？」邊星友道：「蛇螫草本身無害，只是生在蛇木尾端，如嵌於蛇口，才有個駭人的名字。」黃紹道：「萬一那不是蛇螫草，是其他有毒之物，你怎麼自解？」邊星友道：「歆羽病危，我無暇多想。只要這湯無毒，不論是不是解藥，好歹讓她試了。如果有毒，我先擋下，免得去害了她。」

黃紹慨歎道：「天下幾人能如邊兄一般捨己為友，實在令我佩服之至。」邊星友聞此讚美，百味雜陳，胡思亂想地，寧把幼時劫難認作今日殷勤的預備，更覺冥冥中凡事都有定數。一晌又在自己和她同有如此體質的惡事中牽繫出一道微妙光芒來。表面卻強作理性，說道：「她曾大恩救我，我不過聊報其德而已。」黃紹道：「你連日風雨奔波，不惜冒險試藥，豈是常人能為。大夥兵荒馬亂之際，幸得還有你深謀遠慮。」

邊星友赧然道：「原來你早發現了。定是我那日疲憊未滅，理事糊塗，連鍋子也忘了收拾清洗，方露了破綻。」黃紹道：「此事本該大家分擔幫忙，你何苦自己一肩扛著。」邊星友道：「我怕大家絕望之際空歡喜一場，本想把湯藥試服七日再宣布，不料今天才服到第四帖就瞞你不住了，還希望你暫且為我保密才好。」

黃紹未及答應，岩穴外一個憂急聲音道：「只怕姊姊等不到那時了。」二人回頭視之，穆克正定定立於洞口。他因穆歆羽正逐漸死亡而寢食不安，遂出帳於風雨中四處徘徊，藉此分散傷愁焦躁，踱步至岩穴旁卻意外聽得了邊星友和黃紹的對談。

穆克邁步而入，哀求道：「邊導演，請你快把解藥讓姊姊服了，拖延下去，只怕神仙也難救。」邊星友委決不定，說道：「萬一救人不成，反速其症，我怎擔得起罪愆。」穆克道：「姊姊只有更好，不會更壞了。你若肯相救，縱使那藥無效，我們也好感激你，更不可能怪你。」黃紹也勸道：「若是平常，保守謹慎是好。現在非常時期，卻不得不破例走險。況且湯藥你已試了四日，應非毒物才是。」

邊星友拗不過請託，斷下決定，道：「好。我們這就到對面岡巒去取蛇螯草，煮湯讓歆羽服了。」

三人當即動身前往，過了山坳登上岡巒，其上百花盡為風雨摧殘，花瓣東零西落地陷在污泥中，再無奇香爭散。山坡上橫竄圓木仍根根牢實堅毅，澆著大雨，那蛇斑紋絡顯得濕滑立體，直教人觸目驚心。

邊星友指著一根圓木尾端道：「生在木幹末處那幾片青葉可能就是蛇螯草。」言訖欲動手採擷，黃紹和穆克憂阻道：「蛇木凌空橫生，那草葉更在末端之處，雨勢驟急，稍有不慎則要跌落山谷。」邊星友道：「所幸蛇木僅一臂之長，這山坡還算堅穩，我全神貫注、格外小心，不成問題。」說著一面示範、一面講解，移步伸臂，一眨眼，果真出手採得了蛇螯草，全身而退，看得黃紹、穆克都嘆道：「簡直像特技表演！」

邊星友笑道：「這個看似高難度動作，其實輕而易舉。」將其中奧妙細細分解，又教他二人也試練。黃紹、穆克拿起勇氣照本宣科，一一得手，都道：「雖不似想像中艱難，卻也絕非『輕而易舉』。」

回程在山澗取了活水，合著原本留剩的野菜一同煮了湯，盛至小帳。穆克將事由對哈丹陳述一回，兩人協力攙起穆歆羽，餵她喝下湯藥。及至傍晚，她緊閉多時的雙眼竟微微睜了開來。哈丹、穆克欣喜若狂，爭著同她說話，穆歆羽虛弱不能言語，卻得明白聽辨，不時以微笑、眨眼相應。

待她歇下，丹、克同去找邊星友拜謝，對黃紹也一併謝了。邊星友道：「我救活歆羽，能不能要一個小小報償。」哈丹道：「你只管說，就是要我一生做牛做馬也甘願。」穆克則道：「邊導演救了姊姊，我給你磕一百個響頭。」邊星友笑道：「我要牛馬、響頭做什麼，我所索求的，只希望你們別再千恩萬謝，拜得我好不自在，像是大家多生分似的。」二人欣然依允。

眾人又商議明日起分工合作，哈丹本想親自打水摘藥，大家卻推他該留在穆歆羽近側隨時照顧，其餘三人則由黃紹過山坳採蛇蟞草，穆克至山澗取活泉、尋野菜，邊星友負責打理細項、確認藥材、燒水煮湯等前後瑣事。

次晨各人依約行事，過程順利。

穆歆羽服下湯藥，數小時後悠悠醒轉，氣色、精神皆有起色。哈丹餵她喝了些尋常菜湯，不教嘔出。第三日已能嚼些軟菜水果嚥下，與眾人交談數句，對答清晰。第四日，清醒時間愈長，不適症狀愈減。眾人嘖嘖稱奇，都道：「沒想到那嬌艷繁花令人致命，惡陋蛇木上卻長著起死回生仙草。」

到了第五日，漸能正常進食，由哈丹、穆克攙著，在帳中走動一回，不覺疲累。此時雨下得少了，天氣漸漸穩下，大家商議該把握時機送她下山求醫，或者留置於此續服湯藥，斟酌道：「蛇蟞草療效神奇，雖非由醫生親診親斷，顯然已是對症下藥。草葉必須現採現煮，離了山，恐怕要中途斷藥。若因此病情復發，或者其他耽誤，豈不前功盡棄？既已尋得處方，卻捨近求遠，會不會本末倒置？」看看雲層稀淡，細雨後時有陽光透出，想狂風暴雨應不復來。一番析論後，決定暫留山中讓她將最末兩帖藥服全了，未能康復，再取下山尋醫之策。

第六日穆歆羽已能自行走動，雖大病初癒，有些緩弱，大抵作息恢復如常。早晨服了藥，哈丹陪她至鄰處散步一回，連日臥病榻上，初得出帳，直道恍若隔世。兩人來到驟雨前曾一道散步的林中，都不相信短短數日熬過的生離死別，執手相看，情意彌堅。

下午邊星友過來小帳問候，正巧哈丹、穆克皆不在帳中，她病情好轉，已毋須分秒有人隨侍在側。

見到邊星友，穆歆羽滿心感念、誠摯稱謝。邊星友悵然說道：「相別有期，往後天各一方，生年還不知道能否再見上一面。等過個幾載，怕是妳連我姓誰名誰都淡忘了。」穆歆羽道：「你披風歷雨、親身試藥，這份恩情，我終生不忘的。」邊星友道：「我寧可妳收下的是恩，記得的是情。」深深一嘆，擺擺手苦笑道：「唉，妳別理會我的庸俗。其實我決心救妳，從沒想過恩謝銘記，日後忘不忘全都由妳，總之我也無從知曉了。」穆歆羽淡然微笑不言。

晚上眾人在岩穴圍爐小聚，想此刻還得全員到齊，皆自感慨萬千，席間安靜，只聽納忠言滔滔不絕抱怨著四處挖了一日，腰痠背痛，卻不見寶藏半點蹤影。眾人只覺好笑，沒再隨他起哄。聚了少時，早早散席，各自回帳中睡了。

隔日平明，哈丹和穆歆羽在帳中左等右等，始終不見有人送藥過來。一會穆克慌慌張張奔來，急問：「姊姊、姊夫，你們看見邊導演和黃大哥沒有？」二人對看一眼，都說不知。穆克道：「我取水割菜回來，四下找不著他們兩個，大帳、岩穴都空著，到底跑哪去了？」哈丹道：「我們再去找找，說不定在那頭岡巒或山坳間耽擱了。」說著一面起身。穆歆羽道：「我也去吧，這病已經不礙事了。」哈丹道：「妳最後一帖湯藥尚未服全，要是過去嗅到殘花餘香，再次中毒，怎生是好。」穆歆羽只得止步留在帳中。

哈丹、穆克在鄰近山區又找一回，未見邊、黃二人，於是決定過到那岡巒去找，途中遇著納忠言提著鐵鍬東敲西鑿，二人問道：「你可見到黃大哥、邊導演？」納忠言反問：「你們幾個不是每天一道玩，不幫我找寶藏。這會怎向我打聽來了？」丹、克急道：「他兩個一早就不見了。」納忠言道：「去哪？」

二人沒空和他纏夾，轉身快步下了山坳。行不多時，背後一陣腳步聲愈來愈靠近，二人回頭看視，卻是納忠言三步作兩步跟上來，手裏仍握著鐵鍬。

穆克問：「你跟著我們做什麼？我們又不是去那頭挖寶藏的。」納忠言道：「那你們去幹什麼？」哈丹道：「黃大哥、邊導演不見了，我們自然是去找人。」納忠言怒道：「憑什麼你們去找人，我就得去找寶藏，這不公平。」穆克翻翻眼，道：「老大，從來誰逼你找寶藏去了？」納忠言道：「誰又逼你們找人去了！」穆克還要回話，哈丹攔住，道：「我們還是快找黃大哥、邊導演要緊。」穆克依言，二人回身續行，納忠言仍尾隨在後，絮絮催問不休，丹、克雖覺背後有人提鐵鍬緊緊跟著，好生古怪彆扭，卻也莫可奈何。

三人登上岡巒，踏過滿地殘花，不見邊、黃人影，四周喊喚，不聞回應。穆克急道：「怎會這樣，他二人不可能在這重巒山頂憑空消失才是。」

此時一陣強風吹過，哈丹眼尖，看見蛇木橫生的那面山裏似有布物翻起，忙指道：「那邊有動靜。」

三人趕至山坡旁，俯身而視，一件棕色外衣披掛於山坡低處、一根蛇木頂端。

穆克叫道：「那是邊導演的外套！」各人滿患不祥預感，哈丹道：「我們下去看看。」穆克點頭。二人抓著坡上蛇木小心沿斜坡溜踏而下，來到底處一片草叢，納忠言竟也跟著渾滾下來。那草叢接著一片峭壁，丹、克連忙齊力將納忠言拉住擋下，才沒教他一路滾進峭壁之中，摔個粉身碎骨。

待大家都站穩了，立即於草叢四處搜找叫喚。都想邊星友外套懸掛樹端，他必定才來過此處，各處翻遍，卻不見蹤跡。哈丹一跨步，似覺腳下踩著一細長堅硬之物，移開腳，是一枝鋼筆，埋沒於草叢間。他彎身拾起，正自看視懷疑，納忠言飛奔過來，一把抽過，大叫：「這是黃書蟲的筆！」

穆克聚上來，謂哈丹道：「為什麼邊導演和黃大哥的隨身之物都落在這裏？」二人不約而同看向草叢盡處接著峭壁，各自惶惶不安，都不願先開口說出內心猜測。

一陣沉默中卻先聞納忠言嗚嗚哇哇地大哭起來，指著峭壁道：「黃書蟲一定是從這斜坡滾下，跟著摔出草叢，掉進峭壁中死了！」一語道破哈丹、穆克逃避之念。二人皺著眉，心想：「何止黃大哥，恐怕邊導演也是。」

納忠言「鏗鋃」一聲，抛了手裏的鐵鍬，不理會哈丹、穆克，逕自轉身往草叢另一邊走。一面走，一面抹著眼淚，掏心掏肺地哭道：「書蟲兄，書蟲兄，你怎就不聽我話，偏要管別人家閒事，如今落個淒慘下場，我去哪裏替你收屍啊……」踉踉蹌蹌地走著，沒幾步，肩上裹著木匣的布包滑至地下。雖然三道秘文盡已譯出，他仍日夜不肯捨下那匣子，夜裏摟在懷裏睡，平日用布巾包著隨身攜帶，此時滑落，卻渾然不覺。穆克快步上前，拾起木匣道：「納忠言，你寶盒不要了嗎？」伸手遞上，納忠言看都不看一眼，只顧往前走，繼續哭喊：「書蟲兄，我害死你啦，我不要寶藏了，你回來吧！」

穆克平素與邊星友相厚，隨口問道：「你怎只傷心黃大哥，不念邊導演？」納忠言自言自語：「邊兄與我最投機，書蟲最是誠意待我。」遂把邊星友一併喊了，邊走邊哭道：「書蟲兄、邊兄、書蟲兄，寶藏不要了，你們回來吧……」

哈丹怔怔站著，聽他滿口「害死你啦」，不由心中一凜，想道：「清真寺阿訇、金鄉導、黃大哥，解譯三道秘文的三人竟一一過世，莫非這木匣真是個詛咒？」霎時思緒接回上山前種種疑竇，一陣寒慄竄起，想著：「比詛咒更可怕的卻是人為陰謀。」當下心跳怦然，又攪起那日在書房與父親對質的恐慌記憶，為邊、黃雙雙落崖之故拿捏不定。追上前，對納忠言道：「你和我們一道同行，好不好？」

納忠言對他問話置若罔聞，遶過他，依然蹣跚前走，嘴裏三聲「書蟲兄」，夾著兩聲「邊兄」哭哭啼啼而去。哈丹無可奈何，自背後高聲說道：「你自己小心一點！」

哈丹、穆克並立於青山峭壁旁，空谷間只聞那聲聲哭喊迴盪、迴盪，一句一聲撼人心弦。二人看著納忠言背影抹過山坡轉角，匿蔽無尋，哭喚之聲也漸漸悄靜了。悠悠天地間，只有頂上棕衣仍懸掛著，於蕭蕭風中飄揚翻舞如旗。

第十回

播村流言

納忠言既已走遠，哈丹、穆克雖尚在這場意外中措手不及，畢竟心裏記掛著穆歆羽，不願將她孤身一人久留別處，遂扣著情緒，決定先回那頭再作分說。

二人奮力攀爬，到得坡頂，穆克道：「我們順便採一枝蛇螫草，回去替姊姊作了最後一帖湯藥。」哈丹附議。穆克動手於蛇木上採了一莖藥草攜著，二人垂首循原路折返，一路無話。

行至山坳將盡，遠遠看見穆歆羽已出了帳外，來此相候，盼得他二人歸來，連忙迎上，問道：「找到黃大哥和邊導演了嗎？」二人搖頭。穆克將適才在那岡巒上所見所聞說了一遍，穆歆羽聽了，初始不信，一待會意，悲愴不已，拭淚泣道：「他二人都是為了救我，才無辜送命。」

穆克亦哭。

哈丹雖然悲痛，心底還潛著一股蓄勢待發的疑竇和惶恐，幾多念頭浮沉拼湊，壓迫得他快喘不過氣，一句話也說不出來。

少時，穆克抹了淚，強作精神，說道：「我們還是快趁蛇螫草新鮮，趕緊煮藥給姊姊服了，才不枉費邊導演、黃大哥的犧牲。」

三人於是一同至山澗取了活泉，備齊野菜。

去到岩穴，哈丹動手將倒置的鐵鍋翻起，卻發現鍋下原已蓋著一莖草葉。他先時負責在帳中照顧病人，未隨大家備湯煮藥，只有剛才在那岡巒上忽忽一瞥，對蛇螫草形廓的印象卻與眼前這莖草葉相似，於是喚來穆克，確認道：「這可是蛇螫草？」

穆克將那草葉拾起，端詳一回，說道：「是蛇螫草。」哈丹疑道：「你何時將這枝藥草蓋在鍋下的？」穆克道：「我並未將藥草蓋在鍋下。」說著自袖袋中一摸，取出了方才從蛇木上摘下，一路攜回的那枝蛇蟄草。

哈丹愕然。穆克道：「這事情也太古怪，鍋下怎會莫名其妙地多出一枝蛇蟄草來？」一面開始動手燒水。哈丹、穆歆羽皆不曉煮湯方式，只在一旁幫著打理瑣事。

一會湯藥熬成，穆歆羽喝了，哈丹忽然起身，說他想一個人冷靜冷靜，兀自來到坡邊坐著，眺望著山下群景。憶起初登山頂時，邊、黃二人曾齊立於此，賦詩言志，不由悵然悲忖：「那時黃大哥說他思鄉，一待下山便要回陝西去，我懷著離愁，心裏還盤量要擺宴給他餞行，還想該準備什麼贈禮答謝他的友誼。不料他竟葬身山谷，再回不了家鄉去。早知如此，寧可他淡漠些，大家早早疏離了，也免了他這一劫。」不覺間臉上已掛著兩行清淚，想起自己為家族祕史沮喪徬徨時，黃紹予他的支持和勸慰，更是淚如泉湧。又想：「為了我一人家族私務，鬧得大家不得安寧，先是害慘了小羽，最終累得兩個仗義幫忙的朋友命喪異鄉，代價也太過龐大。起先我只道事關家牒通考，豈有不追究釐清之理，後來又擔憂金嚮導控訴屬實，有人因此繼續受害，非弄個水落石出不可。自以為可以當個改錯者，扭轉全局，卻只忙著保護那些不知存不存在的潛藏關係人，忘了先照顧身邊之人，如今悟得，已悔之無及。納忠言以為他為了找寶藏，才拖累黃大哥和邊導演跟著上山，為此自責痛悔，殊不知我才是罪魁禍首，他二人都是為了替我找第三道祕文解答和真正奈費勒身世，才落得雙雙墜崖的收場。」

耳畔沒來由地飄過金嚮導森森冷笑：「真相通往死亡之路……」

哈丹打了個寒顫。他閉上雙眼，把臉埋進手掌之中，心裏瘋狂地喊著：「我投降，我投降可不可以？」窒息般地呼吸塞阻。

穆歆羽和穆克則遠遠看著他背影，予他所要的冷靜，未曾上前打擾。姊弟二人亦是心事沉重，為此厄難嘆息流淚，不下數回。暫且沒人分得出心思計劃後續行程、何時下山云云。

下午細雨盤旋一陣，放晴後天邊斜下一道彩虹。哈丹一直獨坐到傍晚，回來面色凝重地對羽、克姊弟說道：「我好怕，黃大哥和邊導演墜崖未必是場意外。」

姊弟倆對看一眼，旋即記起上山之前他深夜離家出走的原因，大抵摸探出他憂懼之事。

穆克道：「我至今仍然不信金嚮導的死和村長有關。」他雖已改口叫哈丹「姊夫」，對未曾會得的長輩尚不敢輕率更改稱呼。

哈丹道：「為小羽備藥一事，向來由你們三人分工合作不是？」穆克點頭道：「對。向來是我負責取水尋菜，黃大哥採擷蛇盤草，邊導演則料理其餘絮項。」哈丹道：「既如此，他二人不會一同過那岡巒去。邊導演該是留在岩穴裏預備煮藥前事，怎他的外套卻掛在那頭蛇木之上？」穆克猜測道：「也許他倆不知怎麼商量，今天倒是一道同往了。唉，怎從前急風暴雨，黃大哥一人前去都沒問題，現在風雨停了，他二人協力反而出此意外？」哈丹道：「這也不合理。你們想想今早蓋在鐵鍋底下那枝蛇盤草。」

二人將此事想過一遍，霎然領會，都道：「是了，縱使他倆今天相約同往，若是在採藥時出的意外，鐵鍋下不會有那莖藥草。既然已經採得蛇盤草回來，何以再次去到對面岡巒，雙雙跌進峭壁之中？」

穆歆羽道：「難道鍋下蓋的那枝藥草不是他二人所採？」穆克道：「那就更奇怪了。這山頂沒有別人，不是我們，也不是邊導演或黃大哥所為，鐵鍋下何以無故出現一枝蛇盤草？」穆歆羽道：「知道我須服蛇螫草療毒的，只有我們六人，難道……那藥草竟是納忠言所採？」穆克道：「他自妳生病不聞不問，大概連妳怎麼好的都摸不著頭腦，怎辨得出什麼蛇螫草來。況且他素來招搖，絕不會默默去採了藥草，還仔細蓋在鍋下不教風吹跑了。」穆歆羽道：「如此一來，除非這山頂尚有第七人，為我採藥去。」

哈丹道：「怕是有第七人、第八人，卻不是來為妳採藥的。」姊弟皆為此言疑惑不解。哈丹續道：「依我之見，那枝蛇螫草仍是黃大哥採的。他一早照著例行分工，過山坳去摘藥，而後完成任務順利歸來。在岩穴中會上了邊導演。此時尚在等待穆克取水回來燒煮，岩穴外頭卻有什麼動靜將他們引了出去。他二人便暫且將蛇螫草蓋在鐵鍋之下，以防失卻，留待一會回來續備湯藥。孰知教人一路引過了那頭岡巒去，摔進峭壁，再回不來了。」他雖對「摔進峭壁」一語輕描淡寫，羽、克豈聽不出其背後指陳的謀殺暗語。

穆歆羽道：「這麼假設卻也無憑，我們在山上耽擱許久，怎遲至今日才有動靜？」哈丹道：「我們上山隔天即逢大雨，也許雨勢太急封了山路，如今放晴，方得追上山來乘勢而為。」穆歆羽道：「他二人都是異鄉客，行事端正，不似金嚮導宿怨未結。」

哈丹更復心事重重，停頓片刻，嘆道：「但是他二人卻詳知真相。」姊弟倆猶自領悟，只覺悚異彆扭。哈丹道：「匣盒祕文一事，向來是我們六人共同參與，每個步驟轉折都是一同摸索經歷的。從前我毫無戒心，而今回想，阿大自從那木匣出現後已格外留意，對我早出晚歸、頻繁往來若而村之舉怎可能渾不知情。恐怕一切瞭若指掌，只作緘默旁觀，適時攔阻。對我們三個，他自然不忍心對付，但黃大哥和邊導演卻不得這份仁慈。」

穆歆羽道：「若真如此，你作何打算？」哈丹道：「我心亂如麻，一點頭緒也沒有。」穆歆羽見他臉色慘淡，不忍多問。哈丹又道：「我現在更擔心納忠言成下一個受害者。」穆克道：「他一向只問寶藏，應該不會有威脅才是。」哈丹道：「旁人看來他卻是與我們一路。」穆歆羽道：「要不我們再耽擱些時候，等等他。」穆克想起之前邊星友曾去探路，說道：「是呀，對面岡巒沒有下山的路，我們在這裏等，他早晚要折回來會上。」哈丹應承。

自穆歆羽病情好轉，仍與哈丹同守小帳，只道不久下山，毋須更動，穆克則一人獨睡中帳。當晚仍依此例，只是大帳那邊已空蕩蕩的，昔時鼾聲談語皆不復聞。

隔日哈丹稍且鎮定了，對穆歆羽道：「自從知道太爺不是奈費勒，一切是非爭端接踵而至，我真的好累，再沒有初始的決心與鬥志，只要身邊的人不再受牽連，不想管其他遠方雜事了。我大概體會了先祖為什麼寧可將錯就錯地維持原狀。小羽，我好懦弱，好沒正義感，是不是？」

穆歆羽搖搖頭，握著他的手，溫柔地說：「我從來都是渴望平靜的，只是你也決定『將錯就錯』了嗎？」哈丹從她眼中看見了一絲恐懼，忙解釋道：「妳不要誤會，我雖無力彌補前人之過，至少做得到不再步其後塵。奈費勒到底是誰都不重要了，我多想去一個沒人認識我的地方，作『哈丹』就好，不是什麼桀驁英雄之後，也不必背負欺世盜名的家族黑幕。走在道上，不聞諠譁讚揚，亦毋須揣度知情者其實暗地裏殷切詛咒。小羽，妳願意和我去嗎？」穆歆羽道：「我是你的妻子，自然天涯海角都跟著你，再說你這麼做也算以另一方式終止錯誤延續下去，我豈有不支持你的道理。但不知你何時要走，家人那裏，怎麼交代？」

哈丹沉吟少晌，委決不定，好生苦惱地說：「我還得好好想想。」

往後哈丹不時掙扎拉扯：「倘使下了山再不回豐源村去，日後總要提心吊膽，某朝某夕教阿大查到了，又生風浪。若是先回家表明心跡、辭別父母，他們多半不肯允，屆時還是得留下來繼續作奈費勒後人，過著虛偽的日子。」

想起母親，愧疚思念之情尤深，自責著：「阿大縱有千般不是，阿娜何其可憐。我不告而別跑到山上來，她一定傷心極了。不知道她這幾日如何煎熬的，但願別傷了身子才好。」牽掛難寄，去意也懶了大半。

一會又想黃紹和邊星友：「我害得他二人再也回不了家，自己卻要去過逍遙生活，如何說得過去。」

三人在山頂逗留了幾日，始終不見納忠言回來，愈漸失望，都猜想他可能也遭池魚之殃，再回不來了，哈丹為此更覺胸懷冰冷，把原本那點猶豫都略下，心道：「我不能再優柔寡斷，留在那個表面歡樂，背地裏惡鬼四伏的村子，應對酬酢地過一生。」回憶從小到大受盡尊榮簇擁，此時想來只覺諷刺而無地自容。舉目四望空林寂靜，青山與我相看不厭，反覺舒坦，心想：「如此樸實孤獨甚好。」又想：「雖言『窮則變，變則通』，但路盡之處，也不一定要造舟渡河，『行到水窮處，坐看雲起時』，何嘗不是另一番滋味。」

某日告訴了穆歆羽自己的決定：「下山之後，我自得回家一趟，把話都說開了，徵得阿娜的諒解，而後我們便離開豐源村，找個落腳的城鎮重新開始。」穆歆羽憂道：「回去了可還能抽身？」哈丹道：「我這回是鐵了心的，不教任何事攔阻。再則我還得設法與黃大哥和邊導演的家人聯絡，他二人受我牽累，我雖不能替他們平反，報喪唁弔總還做得到的，若是一走了之，心底自此懸著一念，到哪裏都不得安穩。」穆歆羽道：「理當如此，還是你想得周全。」

往後又留數日，小倆口暫把一晌要面對的紛擾忘下，縱意於林中清雅，依偎同看流雲變幻，落葉婆娑。

穆歆羽問道：「有一天我們真的去了陌生城鎮生活，你想做什麼？」哈丹道：「依據刻板印象，那夫婦歸隱後不是都得竹籬茅舍、男耕女織，一生安貧樂道、平凡度過，我們要不要跟著這個公式？」穆歆羽道：「我看不好，得想點新的創意才行。」哈丹道：「要不我們反著走，妳去種田，我來學做針黹。」穆歆羽笑道：「這倒是新鮮。」一會又說：「其實我素來有個心願，從前只道難以實現，便一直沒告訴你。」

哈丹問是何心願。穆歆羽把頸上掛著的楠木胸墜放在手心裏，低頭玩賞一回，一面說道：「我從前看你沉醉雕刻，卻不得不兼顧店面，總好生不忍，時常想著，有一天定要你專注志向，讓人人都看見你的才華。偏生你挑著家族寄望，我也不好亂出主意。現在果真作了平凡人，我們以後便開家木雕店，把你作品四處擺著，店務雜事你都不必煩，一心只顧雕刻如意之作，你看好不好？」

哈丹聽了，激動地把她抱緊，由衷說道：「小羽，妳待我真好。」穆歆羽天真地仰著臉，繼續編織美好的未來：「等穆克也成了家，我們兩家人比鄰住著，時時來往、不分彼我，到老了還像現在一般親密。」哈丹道：「對，就像我們幼時約定那樣，三人永遠也不分開。」

閒散光陰易逝，此間縱然愜意，卻不能無止期地流連忘返。連日等候，納忠言確定會不上了，三人於是動手撤了帳篷，將先時攜上山的行李一一整理停當，循著下坡之路回到那樹林間，見兩輛車還並列停置著，各人心中皆不勝欷歔，上山時豈能預料，回程那車竟已無主。

大雨已停了數日，泥濘風乾成沙土，哈丹和穆克合力將陷在土中的車輪起出，所幸引擎並未損壞，略將車身、玻璃清理一回後，三人即駕著車由另一端可行山路離開，誰也不忍回頭多看一眼，那輛獨留樹林之中，曾一道上山來的車子。

*

車行數時，順利離開了山區。途中哈丹念頭一閃，將車迴向，繞了個大彎，一逕往村落西北方去，不久即抵達豐源村水壩鄰處。

三人下了車，循著緩坡石階拾級而上，其時已近夏末，熾烈陽光收斂許多，落葉鋪在石級上，表面一層尚未枯黃，估計是不久前才墜下的。土原上青草如舊，放眼望去，一片空曠平坦，只那尊雕像肅然聳立，垂直連接天地之間。

三人共步走近，貼著及胸臺座，翹首仰望那串透雲際的石雕頂端。上回來時，大夥還齊立於此，為那雕像竟與哈丹面貌神似讚嘆不已，不由攪起人事變故的感概，想道：「物事人非，原來是這樣的滋味。」霎時因這雕像惹起的段段曲折又上心頭，都想著：「紛擾散盡，偽形不朽，歷史誰說了算數？世間存滅端底如此荒唐。」

哈丹視線移至雕像腳邊那只石刻工具箱內，望著那兩柄匿於三角板下的雕刀塑型，思忖著：「到底史家的墨筆權威些，或者藝術家的底稿高明些？」悵然抬手觸摸其間起伏紋絡。未及縮臂，背後忽而喊聲四起，一人叫道：「快！他們在那裏！」另一人大吼：「別動雕像！」

幾多夾七夾八人聲轟然而至。三人回頭一看，一群村民正前推後擁地衝上緩丘來，男男女女，陣勢浩蕩，直朝他們望進，人人表情恚怒，手上各執著竹棒木桿，未及分辨，四周已教人牆圍得緊密紮實。三人緊靠在一處，雖不明白群眾所為何來，見此情勢，多少意識來者不善，心中作了戒備，隨時應變。

眾人站定，對著雕像前的三人指點叫罵不休，左側人群裏高叫道：「可惡叛徒，竟敢聯合外人圖謀不軌！」話未完訖，右側又傳出：「對奈費勒不敬，人神共憤！天地難容！」

定睛細看，都是從前謙卑多禮，不時送糖送餅的一群人，此時卻成凶神惡煞，一個較一個跋扈囂張起來。哈丹上前一步，把姊弟二人攔在背後，語氣如常地探問道：「張老闆、馬師傅、常師傅、林先生……你們怎麼回事？」

馬師傅嗤哼一聲，罵道：「你還敢問？剛才就看見你對雕像動手動腳！」未及說完，張老闆接著道：「聽說先時還領了人拿鐵鏟到這裏四處亂掘！」哈丹欲開口解釋，一人搶道：「聽說他幾人還誣衊奈費勒徒具虛名，說水壩不是他蓋的！」又一個道：「聽說還收集證據，正準備篡改歷史！」又一個道：「呸！聽說那證據根本是他們自行揑造的，真是無恥！」跟著往前唾沫。

哈丹三人一時應答不上，村民自顧鬧哄哄地七嘴八舌，情勢愈發沸騰混亂。突然間一人壓倒眾聲，高叫道：「跟他們囉嗦什麼，詆毀我們的築壩英雄，亂棒打死便了！」眾人聽罷，無不群起響應，一齊呼道：「打死他們！」人人手中棍棒敲得震天巨響，你擁我擠，上前將三人擒住，繼續鼓譟，卻未曾真正出手。一時之間群衣竄動，腳步雜疊，整個土丘猶似翻覆，灰塵落葉惹得漫天。

正亂成一團，另一端又有幾個村民推著哈正卜趕來會上，幾個村長從人在後面緊緊跟著。群眾見了哈正卜，左一句：「村長深明大義！」右一聲：「村長主持公道！」此起彼落紛說一陣。

哈正卜面色如土地看著他三人被押在那頭棒棍堆裏，耳邊盡是轟轟鬧擾的請命聲，他唯恐一言出錯，眾怒難平，只沉默聽著，並未出聲喝令。比及告狀聲緩下了，方謹慎告免道：「他三人是我孩兒，還望各位看我的面，高抬貴手，饒他們一次。」

眾人聞言大失所望，你看我、我看你，接著一陣熱烈討論後，都搖頭斷然拒絕道：「村長，不是我們不講人情，是他們吃裏扒外、目中無人，村裏絕容不下這等狂徒。」哈正卜道：「他們三個年輕愚蠢，一時遭外人蠱惑攛掇，迷了正途，不是存心作對，待我取回家去嚴厲管教、重重責罰，教他們今後絕不敢重犯舊過。」

此時人群裏一個垂髫小兒刮著臉，出來說道：「羞羞羞，我都知道奈費勒偉大，心裏要恭恭敬敬的，他三人多大年紀了卻不知。」群眾齊聲叫好，把手裏棍棒點得更急，催促哈正卜秉公處置。

哈正卜眉頭深鎖，指著雕像說道：「各位不看僧面看佛面，還請念著先祖建樹，對他後人網開一面。」

眾人隨著望向雕像，忿怒之情頓時添了幾分敬畏、幾分為難，又一陣交頭接耳，終得勉強議定，說道：「好吧，奈費勒後人自是動不得的，另外兩個惡賊一定得打死！」隨即將哈丹放了。

哈正卜見村民不甘不願地鬆了手，怕是一晌又要反悔，忙對哈丹喝道：「你還不快過來！」哈丹雖得脫身，卻立在原處說道：「我不要一個人過去。」回頭對按著穆歆羽和穆克的村民說道：「你們要放連他們也放了，不然就再把我抓住。這般愛管別人宗族私務，也不先弄清奈費勒那事向來是我起的頭、我出的主意。」

哈正卜在那頭聽得一陣冷汗，趕緊命從人去把哈丹取來。哈丹拼了命掙扎，還是教幾個大漢架回，遙對著姊弟二人，焦急不安地對哈正卜求道：「阿大，你快叫他們放了穆克和小羽。」哈正卜方從村民那裏討回哈丹，得寸進尺怕犯了民怨，身邊哈丹卻連聲催促，隨時要脫逃過去同生共死。哈正卜沒奈何，只得應付了他，開口對眾人說道：「大家好人作到底，那兩個一併捨了我吧。」

哈丹聽他說得慵懶消極，氣惱地質問道：「你不想救穆克和小羽嗎？你不是說你對他們視如己出？」哈正卜長吁口氣，不予回答。哈丹急道：「我和小羽已經結婚，他二人都是我們親屬，你不能不睬。」

眾人聞言譁然，紛紛問道：「村長，是真的嗎？你怎和違逆奈費勒之人結親？」譏笑道：「村長真是愈老愈糊塗了。」又喟嘆：「奈費勒怎盡出不肖子孫，一世英明毀於一旦！」

哈正卜敵不過眾人冷嘲熱諷，高聲說道：「絕無此事。」嘲諷之聲方才稍止，卻轉回正題，眾人耐性已到極限，揮臂咆哮道：「既無瓜葛，任憑我們出手便了！」摩拳擦掌，舞著棒子定要處死姊弟二人。

哈丹傾身哀求道：「阿大，到這關頭，你只得把真相說明了，讓大家知道奈費勒的確不是太爺，沒有人刻意詆毀，他們才肯罷休。」哈正卜雙手交握背後，一逕搖頭嘆息，不發一語。哈丹怒道：「難道名望權勢，抵了他二人性命不值？」他從前只道父親再怎麼狠辣，總還對自家人仁慈，此刻難以接受那袖手旁觀的態度，心中一凜，霎時竄出疑惑，倆惶問道：「難道此局竟也是你所布設，先是在蘇覓山滅了黃大哥和邊導演，現在又借刀殺人，來滅穆克和小羽？」

哈正卜胸膛起伏，強壓怒氣低聲斥道：「我聽不懂你說什麼。」哈丹道：「你連穆克、小羽都不放過，還有什麼事做不出。我看縱使非你預設，倒也對這斬草除根的發展樂見其成，是不是？」哈正卜默然。

那一頭眾人連聲催道：「村長，怎麼樣你倒是發個話！」

哈丹明白了父親不會出手相救，便不求他，轉而對村民嚷道：「事實真相正在豐源水壩裏，你們過去看了自然分曉。」旋即又想：「不好，那石柱題詩以小兒錦寫成，此間恐怕沒人會解，再說那首詩也不曾明指奈費勒。不過總是先拖得一時半刻，他們找人解譯詩文的時間，正好拿來想辦法搭救小羽和穆克。」

村民問道：「豐源水壩裏怎麼啦？」哈正卜仍冷著臉不加應對。哈丹道：「我說了你們也不信，何不自己去看？」

這一來成功挑起眾人好奇心，大夥半信半疑，都想無論那證據是真是假，免不了又是另一場好戲，況且水壩近在咫尺，怎能不去看個究竟。表面上還端的正經強硬，昂頭罵道：「都是你偽造的，我們看了也不信，不必浪費時間，但總要他二人死得心服口服，這就去取偽證來當場拆穿。」

於是舉派眾裏兩名人格好、學問高的教書先生過去察看，以示鄭重。兩人去了一會，回來說道：「水壩一如既往，並無異狀。」

哈丹憶起連日大雨，水位恢復，想必石柱又教藏在深底，忙道：「得先把水抽乾了，或派一個水性好的人潛到底處，方能找到那證據。」

眾人猶豫不決，卻是緘默多時的哈正卜終於開了口，斥道：「孽子，不許再胡鬧！」哈丹好不容易說服眾人，遭這一阻，氣餒地回道：「我自己想辦法救人，你從中作梗是何道理？除非真是你要置他二人於死地。」哈正卜怒道：「你鬧夠沒，水壩底下我早派人查過，什麼也沒有。這件事說到底是你們咎由自取，我不想管了，該怎麼辦就怎麼辦吧！」這段話分明是說給眾人聽的，旨意暗許了他們處置的權柄。哈丹難以置信地睜著眼，顫聲問道：「阿大，你為什麼要說謊？」

村民聽說村長早派人下水查過，也不問緣由，堅信不移，再不願於此事上頭兜轉，專注處理原案，把姊弟二人摔在地上，此時得了村長暗許，不像先時尚有顧忌，人群裏一個沒拿武器的孩童率先彎身撿了石子砸他二人，接著幾個性急的成人也奔上前打了幾棍，大夥看見已經有人出手，更加肆無忌憚，提著棍棒，像撲殺動物般，爭先恐後地圍上來亂打，穆歆羽和穆克爬湊在一塊，四面逃撞不出，各爭驅前為對方墊擋，一時間咻咻亂棒勁落，抽裂皮膚，二人痛入肌理，猶身在地獄。

村民們各自發狠，此時，那頭忽聞一聲嘶吼，緊接「砰」的一響，竟是哈丹趁從人分神看熱鬧時抽了手腳，一頭往背後雕像撞去，回過身，滿臉鮮血，甚是駭人。村民看這一幕，都嚇住了，只道他素來溫平，哪有這般激烈之舉，手裏棒棍懸在半空不及揮落，其下穆歆羽、穆克也瞠目結舌，一個哭叫：「哈丹！」一個大呼：「姊夫！」

哈正卜大驚失色，忙令從人：「快帶他回去把血止了！」從人重新上來架住哈丹，哈丹抵死肯不走，喘著氣對眾人說道：「他二人有失，我絕不獨活，我磕死在這雕像上，你們一個個都是殺害奈費勒曾孫的凶手。」

大家聽他抬出這個尊貴身分，對照那張和心目中偉大英雄相似的面容，果然不敢再打，又見那雕像上奈費勒腿腹染著他血漬，心裏可惜：「這完美的雕像竟給褻瀆了。」煩惱一會如何清理，又擔心他再朝別處磕碰，造成污損。

哈正卜眼看他額上破個大洞，血流如注，鮮紅支岔爬得滿臉，唯恐不盡快治理要鬧出禍事，只好改口對村民請託道：「他姊弟二人是我自小養大，實不忍心看他們命喪於此，懇求各位再賣個人情，將他二人趕了出去，從此不許回豐源村礙大家的眼便了。」

眾人鬧了半日也乏了，期間又生出這許多枝節來模糊焦點，村長既然開口，乾脆作個順水人情，答應將他二人放了。

穆歆羽忍著痛，狼狽地自地上爬起，顧不得眾目睽睽，踉蹌過去緊緊抱住哈丹，伏在他肩上哭道：「你怎這麼傻，弄得頭破血流，誰真正心疼你？」穆克也跟了上來，憂心忡忡地看著他額上傷口。

哈丹手腳都讓人抓著，無法回抱，低頭在她耳邊低迴絮語，悄言囑咐。

村民們見此纏綿悱惻之景，怒意復生，叫道：「不要臉東西，再不滾便捉來繼續打死！」揮著棍棒蜂擁上來。

哈丹忙對二人說道：「你們快走，不多時日，我便過去聚合。」三人匆匆道別，哈丹深重地叮囑穆克：「替我照顧小羽，你自己也要保重。」穆克隨眾人推擠，一面高聲遙應：「姊夫放心，務自珍重，後會有期！」

村民不再予他們對談空暇，群起追逐，將二人一陣亂棍打出了豐源村。

哈正卜領著從人將哈丹押回家去，吩咐火速到鎮外請個醫生來給他治傷。只因今天這事鬧得太大，本村本鎮恐怕早已人盡皆知，鄰近請了大夫要落人口實，說他花言巧語將兒子索回去寵著，不加教訓，因此計算遠求外請。又命廚房準備一些補血藥膳、清淡魚湯，隨後遣使女攜了藥箱和一盆溫水，一同來到哈丹房裏，好在醫生尚未趕到前權且先為他止血包紮。

哈正卜親自擰了毛巾要來替他擦血，哈丹恨恨地別過頭，不領情。哈正卜收回了手，好言勸道：「快把臉擦一擦，這副模樣多駭人。」站在一側遞著熱毛巾。

哈丹眼看父親慇懃護愛的舉止，有些感動，但旋即想起剛才他那般殘酷寡情地對待穆歆羽姊弟，心寒徹骨，冷冷說道：「你從來不需要自己動手，才會這一點點血就覺得駭怕。」

哈正卜聞言變色，將毛巾摔在邊桌上，指著他問：「你什麼意思？」哈丹道：「金嚮導、黃紹、邊星友、納忠言，你認得幾個？」哈正卜道：「除了那瘋瘸子，我才不管其他外地之人。」哈丹道：「你怎知他們是外地之人，豐源村村民你個個認識嗎？人人叫得出姓名嗎？」哈正卜道：「那個拍電影的曾自己來訪我，我如何不知道他從外地來的。」哈丹道：「其他人呢？」

哈正卜怒道：「反了，我還沒問你大半個月跑哪裏鬼混，你倒先審問起我來。」哈丹道：「我再怎麼鬼混，也不至於做傷天害理之事。」哈正卜氣得發抖，指著他鼻子罵道：「你怎成這副猖狂德行，終日疑神疑鬼、含血噴人，我說一句你頂十句，你非把自己父親編派成十惡不赦之人才歡喜嗎？」

哈丹抿著嘴唇咬牙不言。

哈正卜續道：「我早警告過你，莫犯眾怒，好話說盡，你偏不聽，一味自作聰明，鬧到不可收拾，讓我來善後，現在還不懂反省，盡把過錯推到我身上來，好似我逼著你去挑釁歷史、取辱家門。你怎不想想，若不是你任性，何來今日場面，他們姊弟說穿了只是代你受罪。」哈丹沉痛難當，又想起那一干為自己牽累之人，賭氣說道：「我本來打算什麼都不要追考了，只想帶著小羽去過我們的生活，是你又要擺這一局。現在可好，我非要繼續把奈費勒案子了結了，替所有人平反，反正現在還有誰能折損。」哈正卜慍道：「你又來，早告訴你多少次，我根本不知道你大半個月上哪去，我也是臨時接獲通知，才曉得趕去會上的，我再不擇手段，會拿自己親兒子性命作賭嗎？」

哈丹道：「若不是你，村民哪裏『聽說』一堆流言？你打定村民不敢對付我這個『奈費勒的後人』，便有恃無恐，派人在村裏四處造謠，引發眾怒，再出面周旋一番把我保下，然後任憑他們處置小羽和穆克，好藉此除去心腹大患，又不必背負罪惡之名。所以眾人放了我以後，你便一副事不關己，水壩裏明明有證據，你卻阻止我拿來救人。」

哈正卜道：「我不該維護家族名譽嗎？」哈丹道：「你維護的根本是個謊言。」哈正卜道：「你不稀罕是嗎？你以為不作奈費勒後人，村民還會輕饒你、牽就你？你磕了雕像之後說什麼來了？你用什麼身分威脅大眾、達成願望的？憑什麼你就清白高貴，我卻惡貫滿盈？」哈丹啞然。

哈正卜續道：「那水壩裏從前如何都不重要了，你也別再浪費時間玩什麼平反名堂。你今天當眾擺奈費勒曾孫的架子贏了一場，還想日後撇清大家會饒了你嗎？從今往後只消像以前那樣安穩地過日子，其他人情世故我會慢慢教你。」說罷即招來人手，當著哈丹的面，下令去把水壩底下徹底清理了，一砂一草都不許剩下。自此真偽彌界，臧否重定之語盡成虛妄。

哈丹冷眼看著那些人領命進出，內心一股厭惡之感交雜著擔憂，心想：「我再不逃跑，過幾年也要像阿大一般得心應手了。」一時忿恚褪成頹唐，懶懶說道：「好，我什麼也不查了，還照原來計劃那樣，和小羽到別處去生活。往後你只管繼續享受名利權勢，我再不會來揭穿真相。」

哈正卜道：「小羽已經離開了豐源村，從此和你天涯陌路，你還提她做什麼？」哈丹道：「她不能回來，我出去便是，我們已經是夫妻，不能分開太久。」

哈正卜冷笑道：「婚姻大事，豈容你們隨便兒戲，沒有提親、定茶、納聘、迎娶，全不算數。」哈丹道：「莊諧輕重不是由這些形式定奪，我和小羽心存虔誠，等我們先把生活安定了，再來補辦這些枝節儀式不遲。」

哈正卜道：「我們是什麼樣的人家，能讓你娶個亂七八糟的女人？」哈丹訝然驚問：「你怎麼這樣說小羽？」哈正卜道：「哪個規矩女孩子會跟一群男人上山去，一住便是十天半月。」哈丹道：「那是給驟雨困在山上，才耽擱得久了。」戒備地問：「你怎知道她和一群男人上山？」哈正卜道：「你一路嚷嚷什麼蘇覓山、黃大哥，什麼納忠言、邊導演，別又來賴在我頭上。」

哈丹疑信參半，緘口不言。哈正卜續道：「總之我不會讓你娶她。從前我還道她明理懂事、端莊識禮，認你們是一對。她若識趣，將來榮華富貴少不了她。未想她愈來愈不知好歹，你泥足深陷時，她不及時拉你一把，還幫著敲邊鼓任你胡來。一點不把我們家族聲望放在眼裏，現在教村人趕了出去，更不能再尋來配你，公然與眾為敵。我會托人再替你另擇婚配，找個識大體、真心為家族著想的妻子，時時提點你應對合宜。」

哈丹聽得面色青紫，說道：「那我不如死了。」一時氣急攻心，合著額上傷口還頻頻出血，幾欲昏厥過去。哈正卜忙命使女過去整治，哈丹一把翻了藥箱，不許任何人靠近，哈正卜苦勸不下，又不願改口妥協。

正僵持著，俄麗婭方聽得音訊，匆匆趕來探視，一進門只見哈丹滿臉是血，氣息虛弱地坐在床上，當下淚如泉湧，撲上前抱著他，哭道：「我的孩兒，你怎麼回事，怎失蹤大半月的，一回來就弄得這般破損？」

哈丹見到母親，灰冷心境方復有了溫情，繃著臉指著哈正卜控訴道：「妳問他，他眼看小羽、穆克被人活活打死，無動於衷……」俄麗婭轉頭看著哈正卜，雙眼充滿疑懼，問道：「真的嗎？」

哈正卜擺擺手，淡然說道：「妳還是先勸勸妳兒子把血停了要緊。」說罷自去。

俄麗婭淚眼哀懇，哈丹不忍母親難過，方同意上藥包紮，一面氣憤填胸地將雕像前發生之事對母親哭訴一回。俄麗婭聽得連連搖頭嘆息，待傷口處理停當，安撫哈丹歇下之後，逕自來到哈正卜的書房，傷心欲絕地責怪道：「你怎這般狠心，任由他們姊弟受人欺侮，你對得起故人之託嗎？」

哈正卜才剛和村民、哈丹纏繞半日，正想清靜片晌，未料又教鬧擾，心煩意亂地靠在椅背上說道：「妳以為我不心痛嗎？當時局面妳了解多少？別聽了哈丹片詞就瞎熱行不行？」

俄麗婭道：「村民那麼敬重你，你若肯多說兩句，他們會挨打、會被趕出村子嗎？」哈正卜道：「妳以為村民天生敬重我？還是整日玩玩花草，事事後知後覺，這個家就會自行興旺富裕，就能讓大家感激景仰？」說完自椅上起身，甩甩袖子走出書房，煩悶地離開家門。

俄麗婭束手無策地望著丈夫的背影，一會，她回過神來，回房裏收集了首飾珠寶，連同手邊所有現金，一同裝進一只錦盒裏，取了一塊不起眼的藍巾包好，命家丁攜了，趕緊追出村外交給羽、克姊弟，權作盤程。

那家丁雖領命去訖，不敢擅自齎送，將包袱帶到哈正卜跟前請示。哈正卜暗暗扣下，置於書房抽屜，不另相告。

往後哈丹房前日夜有人輪班看守，幾次乘勢逃走，又教捉回。哈正卜加派人手嚴加監視，哈丹再遇不上半點機會，心中記掛日益深濃，轉而哀求母親。俄麗婭心腸柔軟、個性怯懦，雖埋怨丈夫絕情，終不敢幫著哈丹作對違拗，加上她雖憐羽、克姊弟，但要將親兒子送上相予，從此音息飄渺，哪裏捨得。只得哄著哈丹耐心等候，有朝一日必將他二人尋回團聚，又告訴他已暗中派人送去路資，要他不要煩惱。哈丹四面碰壁、寸步難行，灰心更復絕望，後悔當時應該下了山便遠走高飛，夜裏不時夢見父親派人追殺他們姊弟二人，終日愁眉不展、惶惶不安，只惦著一句「後會有期」強行吃睡存活。

另一邊穆克死命護著穆歆羽逃出村外，眾人追打一段，各自調頭散去。姊弟倆負著傷在大路上漫無目的地蹣跚前行，都不知從今往後何去何從。

穆克傷勢甚是沉重，穆歆羽扶著他走了一會，二人皆不堪支持，坐在路旁花圃上稍歇。大路上車來人往，匆忙熱鬧，不時行客經過，對二人披頭散髮、猶如乞丐般的狼狽好奇一瞥，隨即走開，未曾一人過來相問。姊弟倆低著頭，迴避外界紛擾，回憶適才情景，心中餘悸猶存，悲愴酸楚，相對垂淚不止。

歇了許久，眼看天晚，二人身無分文、也無行李，正愁著何處過夜，此時卻聽得一輛車緩緩駛來，到了他們一旁方熄下，兩人各皆無心理會，仍是默默坐著。

那車門開啟、關上，車主逕自走了過來，一雙腳停在他們視線前方，久久不去，似是正由頂上打量二人，二人這才生了疑心，雙雙抬起頭來，一看大驚，齊聲脫口而道：「黃……黃大哥？你沒死？」

眼前站著的正是黃紹。見到他二人，黃紹也甚是意外，說道：「真是你們，我剛才還道是我眼花。正要到豐源村會訪，未想先在此相遇。」

穆歆羽道：「你鋼筆遺在山頂草叢裏，人卻不知去向，我們還以為你墜入崖中，都傷心著呢。此刻還能相見真的太好，你也是正要到豐源村找我們重敘的嗎？」黃紹道：「那日我的確掉落峭壁，幸而中途為樹所阻，緩抵墜速，又逢神醫救起，調養幾日，已無大礙。我惦著妳身上餘毒未解，便請求那神醫也看視妳。過這幾日猜想大家都已經下山，這會正是要到豐源村把你們接來，沒想到尚未進得村子，先在此地遇上。」又問他二人怎會枯坐路旁，渾身是傷。

羽、克遂將村民發現他們質疑奈費勒、群起暴動一事說了。黃紹問二人如何打算，穆歆羽泣道：「眼下無處托身，不知前路。」

黃紹思索片晌，說道：「不如先和我去見那神醫，把從前的毒解了，也看看新添的傷處，待身體康復後再徐圖後計。」穆歆羽心想：「黃大哥尚不知我已服過他留在鐵鍋下那枝蛇蝥草，倒是穆克為了護我，傷得嚴重，需要治理。」穆克則想：「蛇蝥草畢竟是偏方，讓醫生為姊姊診視一回也好。」各自皆贊同黃紹提議，問道：「那神醫現在何處？」黃紹道：「正在不遠一家旅店住著。」跟著手指一個方向。

姊弟二人起身要隨他去，穆歆羽忽道：「我們逃出豐源村之前，哈丹曾在耳邊悄言囑我，務必設法遺下線索供他日後相尋。」黃紹想了想，說：「留下字信怕他人察覺，不如以暗誌相通。」穆歆羽道：「留什麼暗誌好？」正苦思著，穆克瞥見她掛著那只楠木胸墜，靈機一動，說道：「不如沿路刻劃這墜子圖樣，姊夫見了，自然分曉。」穆歆羽點頭，三人於是尋來磚石，於路邊牆角仿那墜子刻誌。圖成，方一同上了車，望神醫下榻之所揚長而去。

第十一回

至巔之境

黃紹攙著穆歆羽、穆克姊弟來到一家旅店，其時正值晚飯時段，敞廳裏高朋滿座，羽、克二人衣染血痕、面目污損，一進明亮廳堂，已有好事之客注目評點。黃紹怕他二人傷心尷尬，買了個包廂讓他們先進去候著，逕自回旅店樓上去請那神醫來為二人診視。

姊弟倆坐在大圓桌前沉默等待，暗自擔心一會神醫問起，如何相告傷處由來。不多時，黃紹回來，手裏多了張紙，身旁卻未隨一人，好生抱歉地對他們說道：「神醫讓我來問你們緊不緊急，若尚能支持些時候，待用過晚餐再治不遲。」二人應肯。

是時店伴正好送了菜單進來，黃紹問二人想吃點什麼，二人只顧低頭躲著店伴眼光。黃紹便將手中紙張遞過，其上是方才由神醫口裏抄記下的晚餐清單，吩咐按照上頭所列項目製作兩份，一份送上樓相予，一份則送到包廂來。店伴接了單，答應去訖。

待黃紹坐下，包廂裏暫得平靜，穆歆羽方問起他落崖經過。

黃紹道：「那天我和邊兄一早起床，依例分頭去備藥。我們相偕出了帳篷，還一路聊著待妳服下這最後一帖湯藥後，便要下山回鄉的打算，及至山坳旁方才分手。

「我獨自行過山坳，上了那頭岡巒，來到山坡旁正要伸手摘取蛇木尾端的草葉，此時卻聞背後一陣零亂腳步聲急奔上來，接著是邊兄的聲音，大喊：『黃兄，小心！』我正自疑惑，他不是已轉身進岩穴去料理備藥前事，何時追趕上我？說時遲、那時快，才一回頭，腳下竟踩了個空，一路摔下山坡、衝出草叢、落入峭壁。跟著便什麼也不知覺了。等到再度醒轉，已教神醫撿在床上。據說我當時纏絆著峭壁一棵大樹，才免了粉身碎骨的下場。」

穆克道：「那神醫是不是也撿了邊導演？」黃紹驚問：「邊兄怎麼了，怎會要神醫來撿他？」穆克遂將那日和哈丹到那岡巒去尋人的經歷詳實悉告。黃紹聽了，激動地說：「他是為了救我才跟著落崖的——那日他在背後喊我小心，我回頭，只見他一臉驚恐地疾奔而來，我墜落前，依稀看見他伸長手臂，死命撲身上前想抓住我，沒想到最後連自己也跟著摔了下去。」

穆歆羽道：「但願他也有奇遇，跟你一樣死裏逃生才好。」停頓少頃，疑道：「可是邊導演怎會知道你有危險，特地趕來喊你救你？」穆克道：「想必是邊導演和黃大哥分手後，發現了什麼古怪，旋即追上黃大哥，要予以制止，終是晚了一步。」

穆克想起鐵鍋下蓋著的那莖蛇螫草來，對穆歆羽道：「姊姊，依黃大哥所言，那天他並未採得蛇螫草回來，邊導演也是一路趕去便跟著墜崖了，那麼岩穴裏的藥草是誰放的？」穆歆羽搖頭不解。穆克又把此事對黃紹敘述一回，於各細節中確認再三，三人皆推敲不出怎會有枝藥草憑空而來。

正說間，幾個侍者進來上菜，暫緩了談話。羽、克忙又把臉別開，待侍者離去，圓桌轉盤上已擺滿菜餚：一盤烤羊肉串、大盤雞、兩籠烤包子、一碟灌米腸、一碟希爾曼饟、一碗羊肉湯麵、兩盤過油肉拌麵、一大瓶酸奶、一壺沙棗汁，五顏六色，盡是維吾爾美饌。

姊弟倆嚇了一跳，都問：「黃大哥，你怎點了這麼多？」黃紹道：「我照神醫開列的菜單所點。」穆歆羽問：「神醫也過來一道吃飯嗎？」黃紹道：「神醫不喜與生客共盤，我已請店家將飯菜送上樓去。」

穆歆羽愁著現下身無分文，這一大桌菜所費不貲，縱使知道黃紹不會要他們付款，仍心感不安。黃紹看出她顧慮之事，解釋道：「你們不要擔心讓我破費，即便你們不在，我還是照此點法。」二人都不解他食量何時變得這般大，問道：「為什麼？」黃紹笑道：「我沒辦法，那神醫規定一日三餐按照開出的菜單一式兩份，不管我吃不吃得下，一樣菜也不能漏了。」穆克半信半疑，問道：「一式兩份，所以……他一個人吃這麼多？」黃紹點頭。姊弟倆都想：「這神醫也太荒唐，他自己要吃幾人份的餐食，還強迫別人跟著，是何道理？」

黃紹將碗碟分了，招呼他們開動。羽、克二人心情沮喪、身上痛楚，皆食不下嚥。黃紹關切問道：「村民怎會突然發現，光天化日地逞凶？」

二人想起當時場面，仍覺害怕，咬著牙關微微顫抖，不知如何告訴黃紹，那可能是他們向來敬如親父的村長故造流言，也是他暗許村民出手的。良久方道：「我們也不知道是誰向村民通了消息。」

黃紹自悔失言，嘆道：「想想若不是我當初大意，開車開錯了路，帶著那只刻著三道祕文的匣子誤闖你們店門，也不會扯出一連串後事，害得你們淪落至此。」

穆歆羽強作精神，說道：「前因後果是更早就牽纏的，我們才該抱歉把你一個事外之人拖下水。」問起歸期，黃紹道：「我原想引薦那神醫替妳解了毒後，也該向大家告辭回陝西去。現在又生出枝葉，若不助你們直到與哈丹重聚，如何放心得下。」穆歆羽聽見「哈丹」名字，內心酸楚，眼淚霎時撲簌簌直下，心想：「不知道他額上傷口如何了。」好半日才收拾情緒，說道：「黃大哥，我們已經拖累你太多，怎好再誤你歸期。再說圖謀你的那個人若是知道你無恙，恐怕又來相害。」仍難以直言稱道村長事便是那幕後主使。

黃紹道：「若如此，你們不也身陷險境，我更不能一走了之，捨下你們不管。」穆克道：「姊姊、黃大哥，我看以後總要小心為上，別再讓人知曉我們與奈費勒之事有關。」二人皆點頭附議。穆克道：「你們看一會怎麼向神醫解釋才好？」

此時店伴進來打岔，說道：「黃先生，你同行的客人說有話問你，請你上去一趟。」黃紹依言而往。羽、克皆想著：「這神醫怎這麼大牌，要和人說話還找店伴來傳喚，除非他上了年紀不良於行，請人代勞倒還說得過去。」

一會黃紹回來，帶了話來問道：「神醫說吃得太飽，想先散散步，問你們還撐不撐得住？」二人應肯，心想：「他要散步明明得先下樓出門，偏要黃大哥跑上跑下來回傳話，除非他是要在自己房裏徘徊徘徊，還勉強說得通。」

黃紹忙碌一陣，終得回座，穆克問道：「神醫到哪裏散步了？」黃紹道：「說是到商鋪街晃晃，一會便回。」姊弟倆愕然。

三人在包廂裏坐著，拖延得久了，羽、克只覺疲累催促得身上棒瘡愈發沉重難受，都不想等什麼神醫診治了，一心只盼能躺下歇息，一張破榻更勝十個華陀，卻顧念黃紹一番好意，只得強嚥苦楚，忍耐支持著。

又過少時，黃紹見他二人氣息沉重，眼神渙散，說道：「我看看神醫回來沒有，要不先讓你們到房間裏歇著吧。」二人蒼白著臉，點點頭。黃紹起身走出包廂，先至櫃檯加訂了兩間客房，隨後即上樓尋人。

不久，包廂的門開啟，黃紹進來，說：「神醫來了。」一面欠身以手勢將門外之人迎入。

羽、克姊弟候了許久，本已興致懶散，此時聽得這一面難求的「神醫」終於現身，萌生好奇，打點精神，要看看他到底何方神聖。

黃紹話甫落，即聞一陣踢踢踏踏的清亮腳步聲錯落有致，接著進來一名女子，深眼尖鼻、豐額細顎，髮黑勝炭、眸燦如星，身材高眺頎長，頭戴一頂幾何繡花帽，其上披著絲綢黃飄紗，一件連翅黃衣裙紮著束口長褲，及膝筒靴喀喀有聲，眼角似聚非聚，唇邊似笑非笑，顧盼瀟灑、神采奕奕。

姊弟二人各自疑惑，穆歆羽想：「沒想到神醫竟是如此標緻人物，裝束也這般華麗。」反看自己落魄憔悴，心中既羨慕又惆悵。穆克則想：「這女子頂多和姊姊一般年紀，怎成神醫了？」看著桌上菜餚，更想：「一定又是那神醫故意刁難，找他護士、助手先來充數，否則一個女子哪吃得下那『一式兩份』的餐食。」不甚厭煩地說道：「黃大哥，那神醫不來便罷，我和姊姊不求他了。」

黃紹未及回答，那女子先是不悅地責怪道：「你怎又這麼呼我，明明說過多少回，我只在家裏學得些伎倆，『醫』都算不上，還非得前頭冠個『神』字嘲諷我嗎？」黃紹笑道：「妳不許我背後向人提妳名諱，也不說中意的稱謂，我只好暫且喚著。況且妳曾救我於頹危，短短數日，妙手回春，可堪杏林奇葩，『神醫』一語只有嘉賞，不帶反喻。」

那女子說他不過，抿嘴昂頭不語。

穆歆羽和穆克對看一眼，斷沒料到他二人會這般吵嘴。黃紹回過頭引薦道：「這位就是我說的神醫，蒙浩宸。」對那女子道：「宸兒，這是我先時代託診視的朋友穆歆羽，另一位是她的弟弟，穆克。」

羽、克聽他這麼喚那神醫，心中真有說不出的古怪，面上表情愈發奇異。蒙浩宸覺出他二人的輕率，端起戒備，說道：「你們心想我年輕，擔不起『神醫』之名，不料我已屆古稀，只是醫術精湛、保養得宜，才教你們錯認、瞧扁了。唉，世人從來只看表面，甚是膚淺，難怪總事事看走眼。」姊弟二人聞言，都不由「啊」的輕呼出聲，心裏又驚又疑：「她竟然七十歲了？」眼上不信，但看她神情肅穆，不苟言笑，又不敢隨便出口質疑。

穆克偏著頭想了好半日，不解地問道：「那也不對，我剛才明明聽黃大哥叫妳……什麼宸兒？」

蒙浩宸道：「你不知道名字向來惦什麼、取什麼嗎？小的想充老，老的想裝小，我這把年紀就愛人認作女孩兒。你們以後也不許再叫神醫，聽來老氣，都得像黃紹那樣，叫我『宸兒』才行。」她語音輕緩，神色、口吻卻有一種不容商議的傲氣。二人好生為難，支支吾吾練習半天，仍覺彆扭，一句「宸兒」怎麼也叫不出口。

蒙浩宸從容自若地上前，隨性打量二人，說道：「氣色不太好，想必等得倦了。唉，我不是頻頻讓黃紹來問你們情況，撐不住何必逞強，自找罪受。」面上更無半點歉意。又問道：「好了，你們不是要我診病，誰先來？」穆歆羽道：「請妳先看看穆克，他傷得重，不能等。」穆克道：「不，請妳先看視姊姊，我是外傷，她是內症，更拖不得。」穆歆羽道：「我的花毒早就解了，就算尚有餘存，都過了這幾天，再等片刻也不妨。」穆克道：「我身強體健，就是沒有神醫診視，過幾日還是好了，卻是妳大病初癒，又遭打傷，最需醫治。」

蒙浩宸不等他倆定論，搬了張椅子往二人中間一放，自行坐上去居中隔開，並推過眼前碗碟，空出一片桌面來，雙手岔擱於桌緣，說道：「別爭了，各伸一隻手出來，我同時為你們診脈便是。」

姊弟倆疑信參半，依言而為，蒙浩宸果真以左右手同時按摸二人腕脈，凝神靜判，好一會，鬆了雙手說道：「那外傷大抵無礙，但須善理傷處，莫教擴染發炎、併引他症。一會我為你二人上藥護理，再仔細看一回傷口。」對於他倆如何受傷卻不過問，姊弟二人方放了心。蒙浩宸又問穆歆羽：「黃紹說妳中了花毒，其後以蛇螯草解之。但妳並未在中毒時立即服藥，而是拖了幾日才服，是不是？」

三人聽她如此診判，都想：「前幾日的確因邊導演親身試藥而錯過。」羽、克二人至此始信她醫術高明。

蒙浩宸續道：「蛇螯草雖可解毒，妳錯過時機，故而體內還留著病根，若不處理，往後終是一大威脅。」

穆克忙問：「如何處理？」蒙浩宸沉默不答，似有難色。穆克又問：「是不是那藥昂貴稀奇？」心想：「上山下海，也非要替姊姊把藥找來。」蒙浩宸搖頭，沉默思吟，良久乃道：「那藥我手邊沒有，家中存了許多。」穆克道：「那有何難，我立即隨妳去取，但不知妳家在何處？」蒙浩宸道：「離此僅需半日車程。」穆克喜出望外，卻想起現下處境，硬扯下臉來，忸怩求道：「只是我們卻買不起，還望妳暫且容我賒著，待湊足藥款，定雙手奉上。」蒙浩宸道：「不是錢的問題。」面上甚是憂愁。

穆克道：「神醫，求妳不吝指示，即便那藥是廣寒瓊漿，還得像蛇盤草日日現摘現煮，我也非弄來把姊姊的病醫好不可。」蒙浩宸心旌搖蕩，想道：「原來手足之情這般深刻，可惜我生來孤獨，無父無母，也不曾有個胞親相互照顧。」旋即掩飾失落，扯開話題道：「蛇盤草葉轉黃之前皆可入藥，誰說得現摘現煮了，你這譬喻打得不好。」

三人聞言皆大吃一驚。原來黃紹仍信守舊時約定，未曾對蒙浩宸提過三道祕文相關人事。託她看視穆歆羽，也只概陳因果，不說細節，更未提自己是為採藥而墜崖，以避居功之嫌。

穆歆羽慨嘆道：「若不曾弄錯，大家一次把藥採來，也許黃大哥不會為了救我險些喪命，邊導演則至今吉凶未卜。」三人感傷一回，穆克又來央求蒙浩宸賜藥，幾番纏懇，蒙浩宸方鬆了口，說道：「罷了，我實話告訴你們吧，我家住吐魯番，奉爺爺之命到蘇覓山送信給他的故友，不料中途撿得黃紹，又教他牽引至此。我不是什麼神醫，只從爺爺學些粗淺伎倆備著應急。如今摸出妳病根未解，也不好不救，明天一早你們同我回家去取藥，順便請爺爺再看視一回，以免誤診。」

姊弟二人應承道謝，心裏都想：「孫女已這般了得，爺爺想必醫術更高一籌。」不由為此際遇慶幸。

蒙浩宸續道：「我雖願相與，爺爺卻不輕易見人，更不曾給人診病，你們先別寄望太深。到了我家，事事得聽從我發落，屋前屋後未得應許之處不可私闖，若真見了我爺爺，得言行恭謹，特別不要在他面前提起你們來歷。」

穆克問道：「我們來歷怎麼了？」蒙浩宸道：「你們樓禾鎮豐源村人，是嗎？」穆歆羽和穆克相望無言，內心百味雜陳，一時應答不上自己還屬不屬於那村落。

蒙浩宸道：「起初黃紹要我給他朋友診病，我一聽病人竟在豐源村，斷不肯允。後來著實拗不過他連連請託，才勉強同意，讓他去把人接出來，至於那個村子，我是打死也不去的。」

姊弟倆困惑不解，看向黃紹，他亦不明就裏，三人都問：「為什麼？」蒙浩宸道：「那村子有個奈費勒，你們聽說過沒有？」

三人聞言皆抽口氣，想道：「怎麼又是奈費勒？」各自心裏暗暗叫苦。

穆克探問：「妳認得奈費勒，還是……他的後人嗎？」蒙浩宸搖頭道：「正是不認得才惱。我小時候偶然聽得這名字，好像是什麼豐源村偉人之類，便去問了爺爺，孰知他雷霆大怒，一連抽了我十幾個耳光，命我從今往後再不許提奈費勒好處，當時我臉腫得十來天不敢出門，頸子也扭了，嘴裏傷口潰爛，一兩個月還吃不下飯。過了幾年，我不小心又提，爺爺聽見，二話不說把手裏拐杖朝我揮來，一杖打折了我左膝。我痛得躺在地上哀嚎，爺爺抱我到桌上坐著，喝令我不許哭，我那斷掉的小腿懸宕在桌邊筆直墜著，直到爺爺訓示完了，才拿起我的左腳踝往裏一挪，我登時眼前一黑，痛暈過去，醒來時那斷骨雖已接上，椎心之痛卻永生不忘。你們說，我不該恨奈費勒、不該恨豐源村嗎？明明都不關我事，卻害得我吃足苦頭。」

黃紹、穆歆羽、穆克輪番相看，紛紛皺起眉頭，猜不透她話裏幾分真假，都想：「孫女已這般專制，爺爺原來更加霸道。」不禁萌生退意，為了治病卻不得不往。

穆克探問：「妳爺爺認得奈費勒，或者他的後人嗎？」蒙浩宸聳聳肩道：「你以為我想找死，還去問嗎？」又說：「不過我倒弄清奈費勒是誰了——他蓋了個水壩造福鄉里，連我家鄉一帶都有人因開採石油受惠。聽來是個人物，若不是曾害我腫臉斷腿，倒也值得尊敬。」問道：「聽說你們村裏還造了他的紀念雕像，你們見過那雕像沒有？」

三人深怕多言滋事，只得含糊虛應一陣，原本便已打定從此要隱著和奈費勒的淵源牽扯，以免再招奇禍，聽了她陳述，更不敢道破舊事，省得她一晌牽怒，於答應替穆歆羽治病一事反悔，心裏不由揣想：「到底有何深仇大恨，竟忍心為著一個已故之人荼毒自己孫女？」又忖：「不知道這裏『奈費勒』是指原來那個水利工程師，還是哈丹的太爺哈曼格？」

穆歆羽關切問道：「宸兒，妳為了助我，耽誤送信之期，妳爺爺會不會責罰妳？」蒙浩宸並不領情，冷冷說道：「那是我的事，你們只管謹遵我的交代，別一時口不擇言，洩了底細，給我添亂，便休想再談取藥診病之事。」

姊弟二人稱謝再三。蒙浩宸冷笑道：「你們若真想報答我，眼下正有一事可以效勞。」二人問是何事，蒙浩宸道：「黃紹寧死不肯告訴我他因何到那蘇覓山去，說什麼昔時有約，不能違背。本來我倒是淡漠，但他愈神秘，我愈心疑。你們一道而往，想必知情，若要我於治病一事盡力，還是早早相告得好，免得惹我怨了隨便敷衍一場。」

眾人都為她這番坦白愕然，心想：「這個傲慢神醫竟也有好奇之心。好奇便罷，還非得板著臉語帶威脅說出。」

穆克擔心她出語成真，暗自盤量：「我且把事情藏頭露尾地說了，好教她盡心為姊姊診病。」遂說道：「我們偶然間拾得謎語，於是到那蘇覓山頂一探究竟。」蒙浩宸問什麼謎語，穆克便把第三道祕文唸了一遍。

蒙浩宸聽得祕文，琢磨片刻，說道：「這謎語的解答不是蘇覓山頂，你們白忙一場了。」三人都問：「不是蘇覓山，難道是另外兩座高山，喜瑪拉雅的珠穆朗瑪峰，或者崑崙山脈的喬戈里峯？」蒙浩宸道：「都不是。」三人問是何處，蒙浩宸道：「正是我家鄉，吐魯番低地。」

大家不明所以，爭問其因。蒙浩宸以手指蘸了茶水，在圓桌轉盤上劃了一橫槓，問道：「你們看，這橫槓是長是短？」大家見那橫槓不及一寸，都道：「短。」蒙浩宸又蘸茶水，在那橫槓之下另劃一橫槓，其長短只及上頭的一半，指著原來那橫槓，問道：「現在呢？這橫槓是長是短？」對比之下，短長立顯，眾人齊道：「現在是長。」蒙浩宸又在那橫槓上方再劃一橫槓，長及桌邊，指著原始所劃那道，問：「現在呢？是長是短？」眾人看著三道短長不一的平行橫槓，居中者比上為短，比下卻長，一時啞然。

蒙浩宸以指蘸茶，續在圓桌轉盤上劃了一道拋物線，問道：「這座山哪處最高？」眾人指著那弧形頂點，答道：「此處最高。」蒙浩宸輕輕一笑，把轉盤旋了半圈，問道：「何處最低？」那拋物線一時翻轉過來，成了一窪地示意圖，原來大家指著的頂點處亦翻成其最低點。眾人恍然大悟。

蒙浩宸道：「懂了吧，長短高低皆有其正反，至巔山頂，一夕乾坤倒懸、首尾易位，不正指著最低漥地。吐魯番是全境陸地最低點，還有全世界最低的盆地，故而為此謎題解答。山頂俯望，群廈俱小，低處仰觀，昊天獨大，亦是借距離與視野的極限託喻此理，以為這解答的另一佐證。」

黃紹道：「原來如此，倘使萬物為一，天下莫大於秋毫之末，而太山為小，莫壽於殤子，而彭祖為夭。看來我們真在蘇覓山頂白兜一圈了。」

眾人斷沒預料追尋多時的第三道祕文解答竟然教她於笑談中輕而易舉地解出，既意外，又歎服。而「至巔之境」一題指引的，竟是那最低點，更令眾人出乎意料。

蒙浩宸道：「你們哪裏拾得謎語？為何大費周章於其中較真？這解答因何指對我家鄉？」三人一時難以應答，半晌穆克方心虛地說道：「因為……我們以為這謎語指引著一筆寶藏。」蒙浩宸戲謔地笑道：「原來人為財死、鳥為食亡，一點不假，為了一筆子虛烏有的寶藏就闖蕩山頂，鬧得又中毒、又墜崖，想必也是為此挨打，惹得一身是傷，現在也該有所覺悟了吧。我可先警告你們，到我家鄉去別又作怪打寶藏的主意，若再有半點差池，我絕不眷顧憐憫。」三人應道：「妳放心，我們早對此事避之唯恐不及了。」一面暗自擔憂：「先前求之不得，現在揮之不去，正欲動身前往的，竟然就是第三道祕文指引所在。到了那裏可得格外小心，專注求醫取藥，不問餘事，更不能教任何人察覺蛛絲馬跡。」

＊

散席之後，蒙浩宸先為穆歆羽打理了傷處，接著往穆克房裏探視。

是時天色已晚，穆克點了燈，單手支著腦勺，歪在床上等候。少時敲門聲響，他答應一聲，蒙浩宸自行開門進入，手裏拎一只藥箱，背後跟著一名店伴，那店伴雙手捧著一疊高過頭頂的被褥，挪著視線摸索隨入，蒙浩宸令他將東西任意擱在桌上，稱聲謝、揮揮手，那店伴帶上了房門自去。

穆克坐起，指著被褥說：「神醫，妳怎讓人送來這麼多被子，我卻一點不覺得冷。」蒙浩宸道：「這不是給你蓋的，你把被子墊著床，睡在上頭，會舒坦一些。」穆克登時會悟，起身抱起被褥，一逕往門口走。蒙浩宸忙叫住他，問道：「你去哪？」穆克道：「姊姊也受傷，我把被子送去讓她鋪床。」

蒙浩宸道：「你們兩個要推讓幾次才夠？我剛才替妳姊姊治傷已經送了一疊去，她也喊著要拿來給你，同樣都是我的病人，我會厚此薄彼嗎？就愛感情用事，不願花腦袋思考推斷。」穆克本想回嘴，但惦著她慷慨相與、設想周全，仍心存感激，又想她年事已高、脾氣不好，讓著她一些不足計較。遂收斂惱意，恭恭敬敬地應諾。

蒙浩宸一面著手調藥，命令他把裏外上下全數脫了，床上躺好讓她驗傷。穆克尷尬不已，杵在原地猷猷不動。蒙浩宸怒道：「你這表情好似我要佔你便宜，敢情你不脫衣服怎麼診治上藥，你當我真有仙術一點就靈嗎？」

穆克心想：「也是，我何需在一名七十歲的神醫面前扭扭捏捏，反而顯得心裏不夠坦然了。」強自不去看她那張與年紀違和的俏顏，只一心記著她是個老婆婆，動手除了身上衣衫，依言至床上伏臥相候。

蒙浩宸在桌邊忙碌一陣，提著燈過來看視他身上棒瘡，穆克稍一側身，她當即喝道：「不許回頭！」穆克嚇了一跳，趕緊趴好，關切地問：「神醫，妳怎麼了？妳聲音好像在顫抖，是我傷口很嚇人嗎？」蒙浩宸道：「觸目驚心，怎不嚇人？你到底犯了什麼滔天大罪讓人打成這樣？」聲調依然起伏不定。

穆克道：「我以為妳『閱人無數』，早不把血腥放在眼裏。」蒙浩宸斥道：「別胡說八道，亂用成語。」穆克又問：「妳給黃大哥治傷時，他難道不比我嚴重嗎？」蒙浩宸屏氣不答。穆克不解狀況，正想回頭查看，又教她尖聲喝回。

比及看完背後傷處，蒙浩宸叫他閉上眼睛，翻過身來，穆克疑道：「是妳覺得我傷口恐怖，怎要我閉眼來了？」蒙浩宸道：「我不習慣和病人面對著面。」穆克遂依言閉眼。

蒙浩宸倉促將他傷口看過一回，說道：「我現在要給你上藥了，完成之前你不可張開眼睛。」穆克應允。蒙浩宸取方才調製之藥為他仔細敷上，敷塗一會，不聞他哼聲吭響，心裏好生訝異，問道：「不疼嗎？」穆克猛搖頭，說道：「不疼。」卻是語虛氣喘。

蒙浩宸心想：「真是個愛逞強的小孩子。」玩性忽起，對穆克說道：「不疼就好，我原本還想著有個止痛良方，看來用不上了。」穆克聞言翻跳而起，跪坐在床上急聲說道：「妳快把那良方給我吧！」興奮之下卻忘了她三令五申要他閉上雙眼，一看大驚，問道：「神醫，妳的臉怎這麼紅？」

蒙浩宸又羞又惱，罵道：「誰讓你把眼睛睜開的！」穆克趕緊又閉上眼，賠罪道：「對不起，我一時高興造次了。」蒙浩宸氣呼呼道：「再敢偷看，挖出你雙眼。」

穆克苦苦哀求一陣，蒙浩宸方才消了氣，繼續替他敷藥。過了一會，未聞他再開口索討原物，乃問：「你怎不問止痛良方？不疼了嗎？」穆克道：「疼得很，可是我自知得罪了妳，妳是絕不會把那方子捨我的。」

蒙浩宸道：「你若是向我要，我絕不給你，你不要，我卻偏偏給你。」穆克無言。蒙浩宸續道：「那方子其實簡單，你只在心裏想著一個女孩子，身上疼痛自然就緩下了。」穆克道：「想什麼？」蒙浩宸道：「你怎這麼獃，自然想你們花前月下，互訴情衷了。」

穆克靜默少頃，連連搖頭，五官扭成一團，驚恐地說：「不行、不行，這方法哪裏止痛，只讓我噁心得恨不得一頭撞死！」蒙浩宸先是奇怪，霎時領悟，問道：「你想著誰來了？」穆克道：「當然是我姊姊。」蒙浩宸噴笑，罵道：「這世上除了你姊姊，再沒有其他女人了嗎？你怎總是一心一意想著她，為她擋刀擋鎗也無怨無悔？」穆克道：「若妳也有個這樣好的姊姊，妳也會常想著她的。」

蒙浩宸原本只當他童言童語，暗自好笑，但聽他說著手足之情，又生孤獨心境，不假思索地脫口接道：「如果我有個像你這樣的弟弟，也非把你寵壞不可。」言訖察覺語失，赧然羞愧，幸而穆克始終閉著眼，未曾見得。

穆克道：「我雖然不能當妳的弟弟，卻可以作妳孫兒，從此我們祖孫相稱，我也一心一意想著妳，要是有人欺負妳，我也為妳擋刀擋鎗，無怨無悔。」蒙浩宸瞧他說得認真，一時無言應答，她一生不曾聽過這樣的言語，心裏又彆扭、又歡喜，霎兒惱火、霎兒感動，百感交集。

穆克等了半晌，不聞她回覆，手邊敷藥之舉也停了，出聲探問：「神醫奶奶，妳怎麼了？」蒙浩宸回過神，訝然驚問：「你叫我什麼？」穆克道：「奶奶。妳沒回話，也不發怒，我以為妳贊成我的提議，要與我祖孫相稱了。」

蒙浩宸惱道：「亂七八糟的，誰稀罕作你奶奶了。」穆克道：「我卻稀罕得很。妳知道嗎？我從小就沒了爹媽，家裏只有我和姊姊兩個人，每回看見其他孩子有父母抱著、爺爺奶奶牽著，心裏總是偷偷地羨慕。其實這世上好人很多，像是黃大哥、邊導演，都是真誠的朋友，但總地不是親人，一段路程之後便各自散了，縱使記掛，也未必會聯絡。從前還有村……嗯，還有一家人待我們極好，我原以為那關係切不斷，後來還是斷了。現在我最大的心願，就是能夠早日和姊夫相會，只有他和姊姊，我們三人是永遠不會分散的。不過如果妳答應作我奶奶，我從此便又多了一個讓我奮不顧身的親人了。」

蒙浩宸聽著他一番坦白，正自憐憫，心裏直道：「好個聰明孤單的孩子。」說起他自幼喪親，不免牽擾了同病相憐之感，孰知到了最後兩句，又成不倫不類，便沒好氣地說道：「我和你萍水相逢，認識不到一日，你幹什麼總想亂攀親戚？莫非你心懷鬼胎，圖我什麼好處，否則黃紹和你熟悉得多，你怎不認他作爸爸去？」

穆克認真思考許久，不得其解，說道：「我也不知道，為什麼特別想和妳相與。」蒙浩宸道：「我兇你罵你，你也不覺得恨嗎？」穆克搖頭道：「妳面惡心善，我怎看不出。」蒙浩宸啼笑皆非，罵道：「我『面惡』礙著你了。」穆克忙道：「不不，奶奶很漂亮，一點也看不出老。」蒙浩宸道：「剛才在飯廳我說什麼來了？以後你心裏敬我作奶奶，嘴裏仍得喊我『宸兒』，免得教外人識破我年齡。更不許成天老呀老地掛在嘴邊，惹我厭煩。」穆克道：「我知道了。」一心只為她終於肯作自己奶奶歡喜。

蒙浩宸道：「好了，那花前月下的情人想不成，不如你跟我說說從前的事，分散專注，少些痛苦，也讓我了解一回你這個半路殺出來的親戚是什麼樣人。」穆克道：「妳想聽什麼？」蒙宸浩想了一會，道：「就說說你經歷過快樂的事、最悲傷的事、和最有意義的事吧。」穆克應肯，把那一事一事依序詳述。蒙浩宸聽得有趣，時而唇線牽揚、時而眉頭輕鎖，穆克未得允許，仍不敢任意將眼睛張開，只聽得她淡淡漠漠地嗯哼虛應，聲音裏並不帶任何表情。

次日清早，蒙浩宸邀了黃紹陪同上街，兩人沿途採買，購置了衣帽裙褲，以為穆歆羽、穆克姊弟穿換之用。

這天適逢早市開張，天氣晴朗，街道兩頭商販密集，紛紛於各自攤位擺貨上架，賣衣的、賣食的，奇珍古玩、雜耍表演，好不熱鬧。蒙浩宸一路走去，左邊看中一條大紅紗巾，取來披上，問黃紹：「好不好看？」黃紹未及回答，她目光又教右邊一攤賣首飾的吸引，紗巾都沒解下，只顧跑過去將項鍊手環一一試了。

黃紹跟上來，笑道：「妳說給他二人添購行頭，怎自己玩起來了？」蒙浩宸手裏握著老闆遞給她的鏡子，兩眼不離鏡中那副試戴上的耳墜，臉上笑靨如花，一邊對黃紹說道：「你懂什麼，東西不先試過，買回去又遭嫌棄，豈不浪費。」黃紹道：「誰膽敢嫌棄妳。」蒙浩宸白他一眼，正想回嘴，又看上前方一處手工香皂攤，邁步去了。黃紹沒奈何，跟在她背後一一收拾結賬。

及至街尾，兩人停步在一家藥材行前，蒙浩宸叫黃紹在門口稍候，自行進去補辦藥項，一會出來，黃紹問道：「妳昨晚出門散步，就是到這裏買藥嗎？」蒙浩宸笑道：「真是什麼也瞞不過你。當時天晚，待診視完，藥材行想必都關門了，我只好照著你的描述先來購置一些基本藥款。」黃紹道：「那妳故意點那麼多菜，又有何用意？」蒙浩宸道：「就是我餓了。」

二人循原路折回，邊走邊聊，蒙浩宸不時發現漏看的攤子，便上前玩弄一番，使得對話斷斷續續，前文不接後語。

黃紹道：「妳確實有一事瞞過我了。」蒙浩宸問是何事。黃紹道：「妳為他二人診脈，雙手並用、左右開弓，是如何辦到的？」蒙浩宸道：「你不是叫我神醫，還有什麼我辦不到的？」黃紹道：「平常分心二用，縱使簡單之事已屬不易。妳同時為二人聽脈，卻不怕干擾、出錯？」蒙浩宸板起臉，問道：「你到底想說什麼？」黃紹道：「虛實真假，我懷疑其中有詐。」

蒙浩宸扁著嘴，說道：「當時真不該救你，省得事事教你看穿。」坦誠道：「其實那有何難，我只將雙手同時輕觸他二人腕脈。按著左邊時，右邊鬆著，把著右邊時，左邊閒著，待兩邊輪流聽過了，再把結果一齊說出，不就完了。」黃紹恍然大悟，嘆道：「神醫真是高深莫測，聰明過人。」蒙浩宸道：「你也不遑多讓。」

回到旅店，穆歆羽和穆克已起，黃紹、蒙浩宸便將買來的物事分頭送去，姊弟倆梳洗一回，換上乾淨衣裝，下了樓來，黃紹已在飯廳相候，蒙浩宸仍待在自己房裏，不願來和大家湊桌。

一會店伴來點菜，黃紹將事先預備好的清單交上，吩咐按上所列一式四份，三份端來，一份送去。姊弟倆休息一晚，倦意漸退，身上傷處又得妙藥緩減，不似昨日疼痛劇烈，方始意識飢餓，心想「一式四份」雖過頭了點，仍盼著一桌菜色大塊朵頤。不移時，侍者即來上菜，卻只每人兩顆油塔子、一碗粉湯。二人大失所望，也不好開口追點，只把眼前早餐匆匆吃了。

餐畢，蒙浩宸分別又為二人診視一回傷勢，重新調藥敷上。四人一道退出旅店，按昨晚說定計劃，欲同往吐魯番為穆歆羽取藥治病。

一晌各自整裝停當，四人一車，望目的地直馳。羽、克姊弟每隔一段路便要下車留訊，以供哈丹探尋。蒙浩宸自顧鎖眉怔望窗外風景，似是懷愁擔憂、心事重重，對於姊弟二人行徑不多理會，時而他們去得久了，她只留在車裏煩悶嘆氣，不加催趕。

愈往前行，車上氛圍愈是凝重。蒙浩宸頻頻更換姿勢，似坐立不安。其餘三人則為即將前往第三道祕文指引之處忐忐忑忑。前傷未了，又併想起那個心狠手辣的爺爺，不禁憂忖：「此人對待自己孫女已經如此，若教他得知與奈費勒牽纏舊事，如何了得。」又忖：「他所恨的奈費勒若指哈曼格，想必不肯醫治他曾孫子媳之症，此番前去只是自取其辱，更甚者，說不定還使什麼手段對付加害。」人人各懷心事，一路車中安靜，只得引擎低鳴、景物嘯逝，不充談語。

第十二回
鳴琴高塔

及至吐魯番，風勢愈緊，漫地黃沙渦流、碎石亂走，細礫撲飛盤旋，車身起伏動蕩，幾欲翻覆，震得車中四人頭昏心脹。黃紹方向盤快握不住，穆歆羽和穆克經這一趟長程勞頓，身上傷處猶復迸裂，疼痛難忍。蒙浩宸面上憂惶之色益增，一路默然自忖，除了偶爾予黃紹指路，不多言語，也不似昨時頻問姊弟二人是否尚能支撐。

行過塵土、荒漠，車子轉入一條狹窄闃靜的巷道，巷道兩側牆垣高砌，時有壞門破牖，多為從前民居之廢墟，此時僅餘斷瓦，不復人跡。幽窈長巷中不見天日，曲曲折折，好半日終得脫出，又過一片無人黃土，始見成株綠林蓊翠。

蒙浩宸指黃紹於一處停車，領頭攜眾而往，小林之外一幢偌大屋舍獨自座落，建築雖老，卻是傲然莊嚴。那屋子平頂單層、舉目無鄰，以一種專制的畸零雄踞曠野。蒙浩宸領著三人行至大門前，正要提手扣門，穆歆羽忍不住擔憂地問道：「宸兒，一會見到妳爺爺，該如何行禮才好？」

蒙浩宸回頭冷然一笑，手指前方一處，說道：「我爺爺不住這屋裏，他獨居那頭高塔，有事才會過來盤桓，平時只是我每日將早餐放食盒裏送去給他，問候他要交代之事，其餘時間除非要事才前去打擾。往後你們若得留居此地，要千萬安份，不得越過水渠，更不能靠近高塔。」穆克好奇道：「妳爺爺每天只吃一餐嗎？」蒙浩宸道：「你怎恁傻，塔裏不能有廚房供他自炊自理嗎？我只是請安時順道將早餐帶上罷了。」

眾人循方向看去：屋側前方臥著一條溝渠，渠水深湛明澈，邊際繫著一葉竹筏。溝渠那岸，一座高塔巍巍聳立，臨著黃土融隱沙塵之中，僅那塔頂尖處刺在雲裏。高塔細長斑駁、四顧無憑，危樓強風，錯似搖搖欲墜。眾人心想：「塔主怎地孤僻，寧可勞動他人每天行舟問安，卻不願回主屋安享天倫。」又想起那凌虐孫女毫不手軟的鐵心老人來，不由一陣寒顫。

正各自思想，蒙浩宸已提步上前扣響門板，不多時，一名面目糾結、身形矮小的老嫗前來應門。老嫗似不能言語，見了蒙浩宸便迫不及待咿咿呀呀、比手劃腳一陣。擠眉弄眼、扭頸擺腰，整個人像是渾身上下都纏作一團，愚蠢不堪。蒙浩宸厭煩地點頭，以維語回應幾句，擺擺手將她趕進屋去。老嫗嗯嗯啊啊地拱手鞠躬，轉身一溜煙不見人影。

蒙浩宸續引眾人入內，一路是脫了漆的廊檐彩繪、多處腐蛀的磚雕木刻，如一座曾經輝煌卻年久失修的古蹟殿宇，而今原色原貌地留存著時光荏苒、春秋代序的痕跡，一段乏人問津的過時的精彩。

這幢傳統維吾爾建築分作夏室與冬室，「夏室」居前，是為迎客大廳，「冬室」殿後，劃作數間臥房。蒙浩宸只讓眾人在夏室裏待著，說道：「我現在要去回覆爺爺，把這一路經歷稟報於他，暫且留你們在此。若是爺爺應承了，再另外安排寢室，若他回絕，你們必須立刻離開。」眾人點頭。蒙浩宸旋步要去，又折回，鄭重交代：「別趁我不在四下亂跑，目光不到之處皆參觀不得，看得到的也不許動手動腳。那婆子若來攀話，只當蒼蠅趕了去，不需理會較真。切記、切記，勿惹麻煩。」言訖方去。

三人在廳裏坐著，記著那聲聲叮囑，目不斜視，大氣都不敢多吐，只覺屋裏一磚一瓦都特別易怒，稍一動彈就要拋面砸頂、柱蹲簷跌。隨時間過去，大家心裏更擔憂起蒙浩宸來，想她雖然心高氣傲，也是俠骨熱腸，為著素昧平生之客不惜犯禁相救，這會不知是不是正在那高塔裏受她爺爺怒罵責打，又想她一路愁眉不展，必定是為回家後的處境所慮，各自都覺愧怍難當。

穆歆羽心想：「宸兒若是為了救我而有絲毫損傷，怎生是好。寧可她先求自保，我的病日後慢慢計議不遲。」穆克則想：「剛才應該陪著她去，醫治姊姊本是我責任，怎讓她承擔了，昨晚才誇口要為她擋刀擋鎗，卻只是一場空話，看來我這般無信。」黃紹也想：「宸兒向來不與人示弱，她如此緊張，可見心中甚是害怕，怎就忘了謀定而後動，至少先想個應對之策，好讓她無論如何全身而退。」三人暗自懊悔，但到此刻，也不能私闖了去，亂中作亂。

蒙浩宸去了約莫三小時方回。此時天色漸次轉淡，原本只憑藉天窗採光的大廳已大半失色。三人聽聞動靜，紛紛起身相迎。蒙浩宸一進門，將手掌一刷，切開燈源，霎時廳室之中又明亮如舊。她步履輕盈，昂首而入，雙手執著胸前兩條髮辮玩弄，面上神情愉悅，不留前時愁容，巡視眾人一回，說道：「爺爺已經答應你們留下，一會我便帶你們到房間安頓。」一面招來那老嫗，命她即刻收拾三間客房。

眾人看她毫髮無傷，方始卸了心中大石。穆克忙問：「神醫，替姊姊治病的事如何了？」蒙浩宸道：「你這麼著急，就為此事？」語氣中參著責怪和失望，怏怏答道：「放心吧，讓你們留下不正是為了給你姊姊治病，要不你當我家是旅店嗎？」穆克聞言，喜逐顏開，蒙浩宸看他那癡癡傻笑模樣，愈覺心煩意亂，調了頭去，對穆歆羽道：「爺爺一會過來和大家吃晚飯，說是給你們接風洗塵，晚飯之後便與妳診脈，他說一定負責把妳的病根除了，叫妳莫憂。」穆歆羽頷首稱謝。

眾人聽得描述，都覺奇怪，忍不住問道：「妳是如何說服你爺爺的？」蒙浩宸道：「除了你們二人來自豐源村，一切實話實說便了。」

正說著，那老嫗不知何處竄了出來，手指屋內，咕咕唧唧扭動不止。蒙浩宸揮手打發她備晚飯去，又招眾人道：「跟我過來。」三人提足跟上，隨著她轉入外廊，通過一處天井，進入冬室。

蒙浩宸一連打開左首三間房，說道：「這三個房間歸你們，你們自行商選。其他居室若未得我允許，不可擅入。」

三人探看一回，那些房間格局相似，其內傢俱陳舊而華麗，天頂以井孔採光，墻面、壁龕飾以石膏雕紋，併掛著幾幅壁氈裝飾，地面則敷著大紅底色圖紋地毯，炕上枕被已鋪疊整齊，以待來客。三人隨意商量幾句，各自選定。

蒙浩宸道：「你們整理整理，一小時後，回剛才大廳候著，我爺爺便來相晤。」說罷自去。

*

及至近時，三人早早提前到了大廳，各自皆已一番梳洗，換上整潔衣衫，端立一側。不久蒙浩宸出來，看他三人如此慎重，放心大半，卻仍不忘連連交代羽、克姊弟，切莫說漏了自己是豐源村人士。

一待鐘上指針偏正，大門分秒不差地開啟，接著一陣篤篤篤聲響，一名七旬老翁拄杖而入，身著潔白對襟袷袢，頭戴一頂繡工精緻黑帽，鶴髮童顏、古貌古心，凜凜然有神仙之態，正是蒙浩宸的祖父蒙淵。

穆克一眼瞧過，疑惑想著：「神醫奶奶的爺爺少說也上百歲了，怎看來這般年輕，難道也是醫術精湛、保養得宜？」三人不約而同朝著他手裏握著那根鐵手杖看去，怎麼也聯想不出眼前這仙風道骨老人竟曾勃然大怒地打斷一個小女孩腿骨，胡猜亂想：「難道她還有另一個爺爺？」心中憂慮雜著疑惑，纏絆不清，只好繼續垂著頭注視眼下那點地的手杖末端。

蒙浩宸上前以維語恭敬喚道：「孛瓦。」蒙淵點點頭，問道：「宸兒，他們三人便是妳途中所遇的朋友嗎？」聲音曠絕蒼勁。蒙浩宸道：「是的，孛瓦。」

蒙淵見他三人低頭端立，好生奇怪地問：「妳怎讓客人站在一處，如此失禮。」遂走過去，與三人一一敘禮問候，說道：「宸兒的朋友便是家中貴賓，快請那邊坐著奉茶。」

大家見他親切和藹，都覺受寵若驚，前時印象一時轉不過來，仍怔怔杵著，蒙淵問道：「怎麼了，若有不周之處，還請直言。」穆克覺他爽快坦然，因斗膽說道：「蒙老伯，你太好，簡直與那凶惡爺爺判若兩人，才教我們頃間適應不下。」蒙淵疑道：「凶惡爺爺？」看向蒙浩宸，愛憐地責道：「宸兒，我何時兇過妳了？」

蒙浩宸既惱怒又尷尬，嗔道：「孛瓦，你別聽小孩子胡說八道。」瞪穆克一眼，綳著臉低聲罵道：「怎如此口沒遮攔，我當時只想說個恐怖故事嚇退你們，哪裏知道遇上是一群不怕死的，還偏把我一番瞎扯牢牢記著，說來惹我孛瓦傷心。也不仔細想想，我所言若真，還會帶你們回來自討苦吃嗎？」眾人這才恍然大悟，都笑道：「幸而沒教妳詭計得逞。」

蒙淵一旁聽得幾分，呵呵笑著，說道：「原來是誤會一場，宸兒素來不喜與人交遊，成日裏躲在家中，我卻希望她別虛度年華，時時派個差事讓她出去外面走走，開開眼界、結交朋友，這回總算有了收穫。各位光臨寒舍，直教蓬蓽生輝，都算不清這大院沉寂了幾載，才得這點熱鬧，還請多留數日，幸莫早辭。」蒙浩宸抿著唇忸怩不言，蒙淵支開她去催老嫗備飯，私謂眾人：「宸兒是我唯一孫女，自幼雖然驕慣了些，心腸卻是忒好的，如今能和各位交往，是她榮幸，也是你們明心慧眼，洞悉她其實是個有情有義之人，不似面上苛薄。」大家都道這言語懇切，為他的用心良苦動容。

蒙淵領著三人在大廳裏四下參觀，頻頻勸他們當作自己家裏任心隨性，三人這才得以將這華室瀏覽一回，但見雕樑畫棟、古色古香，處處皆是傳統民族風格、獨特審美。廳堂正面上懸掛併排的多幅壁氈尤其醒目，居中一幅紅底白紋，繡著繁複縱橫圖線，不與其他花草或幾何圖樣類似。三人目光停留其上，心疑道：「這幅壁氈好眼熟。」旋即想起方才在各自客房的牆上亦曾看見一幅色調雷同、並以密集圖線組成的掛氈。

一會大桌鋪上餐布，老嫗捧出抓飯、肉饢、腿筋烤羊、葉斯普米腸、幾碗時蔬、幾碟涼菜擺上。眾人一一洗了手，蒙淵請客上桌，分男左女右繞席而坐，謙讓幾句，大夥一同將那飯菜吃了八九分，老嫗收了殘盤，端出大棗、李子、海棠果、哈密瓜來，瓜果鮮甜入口，眨眼間已教眾人吃得盤底朝天。

餐畢，蒙淵依信為穆歆羽診病，先詳細問了她中毒、服藥經過，接著把脈，也斷出她體內留著病根未解，當以針灸、藥療、食補配合調治，直到那病根完全卻除為止。

蒙淵將她病情解釋一回，先行入內準備行針用具。穆克偷了空對穆歆羽悄聲問道：「姊姊，妳都不覺奇怪，神醫怎和她爺爺看來一般年紀？」穆歆羽忍笑說道：「你是憋了一整晚想不透這問題，只好來問我？」穆克點頭。穆歆羽道：「你怎不自己問她？」穆克道：「這多冒昧。」穆歆羽道：「要不我代你問了。」說罷也不等穆克回答，直向那頭問道：「宸兒，穆克想知道妳看起來為什麼和妳爺爺一般年紀？」

蒙浩宸雙眼掃向穆克，慍道：「我看起來和爺爺一般年紀嗎？」穆克道：「是……嗯，不是，你們看起來都七十多歲，呃……也不是……」一時之間纏夾不清，蒙浩宸又來逼問：「我看起來七十多歲嗎？」穆克張口結舌，黃紹和穆歆羽拼命忍笑。好半日穆歆羽招架不住，遂把實情對穆克說了，原來她二人竟是同年同月，生日僅差數天。

穆克驚問：「姊姊，妳何時知道的？」穆歆羽道：「昨天宸兒說她有個爺爺，我便知曉了，虧你平日機伶，怎這會卻是含糊若此。」穆克恍然大悟道：「怪不得妳幾時便改口喚她『宸兒』，怎不老早跟我說了，害得我讓他爺孫倆擾得一蹋糊塗。」蒙浩宸聽到自己小名從他口裏說出，心頭卻有一種難言的迷惘。

穆歆羽笑道：「我原以為你早發現了。昨晚宸兒來給我治傷時，忽然問我：『妳那弟弟好像很孝順妳。』我說，哪裏會，他最是頑皮，不時出些怪招捉弄我這個姊姊。宸兒說：『那好，我替妳報仇去，他到現在還不知道我說年屆古稀是騙他的，就看看他要癡傻到幾時。』我說，我不信，穆克一定早就看穿了。宸兒便要和我打賭，教我先別主動說破，試試你是真糊塗，還是裝糊塗。不料這回還真讓她說中了。」說得大家都笑了起來。

蒙浩宸佯怒道：「妳真沒用，說好緘口，妳卻先招出，白白便宜他去了。也罷，總之你們姊護弟、弟護姊的，哪輪得到我多事，真是白討了一場沒趣。」穆克笑道：「好過分，竟拿我當賭局玩耍了。」想起昨晚不知情下大肆向她表白孺慕之意，恨不得挖個洞鑽了。一會又問：「黃大哥，你也讓她戲弄了嗎？」

黃紹未答，蒙浩宸搶道：「他哪裏像你一般笨，人家可是邊疆民族文化暨文字語言專家，隨便問我，六十年前，維族孩童時興什麼戲耍？我答不出。又問我，四、五十年前，維族流行哪種音樂和舞蹈風格？我答不出。又問我，三、四十年前，維族愛用哪一牌子香水和洗髮精？我還是答不出。然後拉拉雜雜問一堆，什麼街道改建、城鄉命名、歇後語、俗語俚語都來，直問到我討饒招供為止，根本騙不倒他。」

黃紹笑道：「其實那些問題我也不是全然通透，就是看準妳答不出，隨口謅來虛張聲勢罷了。」想著她竟能把他那一長串惱人頭銜一字不漏地說出，沒來由地一陣欣喜。穆歆羽道：「看來宸兒妳棋逢敵手了。」蒙浩宸對黃紹笑罵道：「好一個外表忠誠，內心巧詐之徒！」穆克道：「好哇，連黃大哥也來聯手欺我，不多時日會上了姊夫，定要他和我搭檔復仇。」

穆歆羽聽他提起哈丹，內心悽愴，笑容頓時沒了。穆克也甚掛念，直想著何時才是那相會之期。蒙浩宸本來寡和，一時有人起哄，跟著笑鬧一場，卻不會扯話炒作。黃紹性情內斂，又覺年齡與眾人差異，不復攙和。一時間熱絡場子冷了下來，無人續話。

此時蒙淵正巧出來，聽見前晌的鬧擾，語帶欣慰地說道：「宸兒，這就對了，妳該時常帶朋友回來，一同說說笑笑的。」一面喚穆歆羽過去行針，慈言慰她不要害怕，若有不適立刻說了，莫要強忍，穆歆羽應諾。其餘三人只在一旁有一搭、沒一搭地聊著。穆克不時探頭探腦，看蒙淵將根根細針扎在穆歆羽的手背、眉心，憂問：「姊姊，妳痛嗎？」穆歆羽神色自若地微笑，他才放心。一會蒙淵拈針撮旋，穆克又問：「姊姊，妳痛嗎？」蒙浩宸伸手擋在他眼前，惱道：「你再干擾，待會爺爺下錯了針，你就可以問她痛不痛了。」穆克連忙閉嘴，卻止不住頻頻關切張望。

蒙淵將針一一拈過，停頓一回，殷殷囑咐治病期間飲食作息之忌，穆歆羽用心牢記。少頃蒙淵又拈轉針尾，又停一回，如此反覆數次，才將細針根根拔出，喚蒙浩宸隨他至藥房取藥，眾人各自散去。

那藥房設在主屋地下室，四季陰涼，以避吐魯番酷熱天氣。房內珍藏諸多名貴藥材，多是蒙淵親植親種或費心得來，也有一些廣見之款，以供日常傷病需用。

蒙浩宸隨著去到藥房，取了蒙淵配給穆歆羽療毒之方，又拿了些外傷瘡藥，當晚依舊去為姊弟二人診傷敷藥。穆克這會知道她並不是個老奶奶，在她面前解了衣衫真有說不出的彆扭，蒙浩宸也甚是尷尬，直令他閉上雙眼，不許他看見自己面紅耳赤的窘態。半途看他疼得冒汗，心中不忍，隨口問他從前經歷，好教他聊天分神，穆克一一詳實悉告。

事畢，她收拾藥箱離開，穆克趕緊穿好衣服送了出來，恭敬稱謝再三，轉身進房，才要關門，又望她背影喚道：「神醫！」

蒙浩宸沒走幾步，聽聞叫喚，便折回，問：「還有事？」穆克站在門內，左思右想，好半日才結結巴巴地說：「其實今天下午妳去高塔找妳爺爺時，我心裏一直記掛妳，後來看妳無恙，才追問給姊姊治病之事。」蒙浩宸喜道：「真的？」穆克道：「真的。」蒙浩宸道：「你跟我說這些做什麼，誰在乎了？」穆克以為自己又得罪她，慌慌問道：「神醫，妳生我的氣嗎？」蒙浩宸道：「你做了什麼惹我生氣的事嗎？」穆克應答不上。

蒙浩宸道：「你怎到現在還不改口叫我『宸兒』？」穆克道：「雖然妳作不成我奶奶，但妳為我姊姊治病，便是我大恩人，我心裏敬重妳，怎敢直呼妳名諱。」蒙浩宸道：「替你姊姊治病的又不是我。」穆克道：「是妳診出姊姊病根，也是妳引薦我們至此，妳居功厥偉，當之無愧。」

蒙浩宸拗不過他，心裏一直羨慕穆歆羽有個弟弟，靈機一動，便順水推舟道：「既如此，你從今以後叫我『姊姊』便是。」穆克道：「是，神醫姊姊。」

蒙浩宸聽他非得強加分別，悶悶不悅，又不好作色，本想掉頭而去，卻心有不甘，問道：「穆克，你認我是大恩人，你準備如何報答我？」穆克想了半天，說：「我眼下還沒有主意。」蒙浩宸道：「我先有一事託你。」穆克問何事，蒙浩宸指著庭院裏的葡萄藤道：「我現在想吃葡萄，你替我採去。」

穆克聽了連笑不迭，心想：「我當什麼大事，神醫姊姊原來這般淘氣。」愈覺她那正經表情端得可愛，兢兢業業心情霎時降了幾分。

蒙浩宸惱道：「笑什麼？」穆克忙收斂笑意，答應道：「此事極易，我這就去辦。」說著縱身一躍，跳過長廊欄杆，直往那葡萄藤去，蒙浩宸繞出廊徑趕上來，說：「別蹦蹦跳跳，壞了傷口。」他方緩下腳步，二人並肩而行，一路閒談。

穆克問：「神醫姊姊，妳怎總喚妳爺爺『娃娃』，那是他小名嗎？」蒙浩宸表情怪異地笑罵道：「神經病，你才是娃娃呢。是『孛瓦』[4]，我們維吾爾人對祖父都這麼稱呼。」穆克道：「維吾爾人是怎麼叫『姊姊』的？」蒙浩宸道：「我偏不告訴你。」穆克道：「我自己問黃大哥去。」說罷回身折返。蒙浩宸心想都走到這裏，他不會真的回去，站在原地等著，半晌仍不見他人影，追至長廊，只見穆克已在遙遙遠端，正要舉手敲黃紹房門。

蒙浩宸本來不擅與人呼來嚷去，合著夜色寧靜，喉嚨裏更發不出聲，發足奔來，卻已攔阻不及。

黃紹開了門，見二人同在門外，有些意外，問道：「穆克、宸兒，有事嗎？」穆克正要回話，蒙浩宸卻連連阻止，兩人自顧自推拖玩笑，你來我往，黃紹無從插話，心想：「他們何時變得熟絡了？」默然倚門而立，不勝悵悵。

二人笑鬧一陣，察覺失態，方始停下。穆克歉然地強湊話題，問道：「黃大哥，我們正要去採葡萄，你要不要一塊來？」黃紹怔了怔，說道：「不了，你們去吧。」蒙浩宸聽了，垮下臉來，說道：「你道葡萄天天在那裏，你拒絕一回，明天還有誰來約你去採嗎？」等了霎兒，不見黃紹回心轉意，便頭也不回地拉著穆克離去。

黃紹掩了門，待他們走遠了，卻復探出頭來，遙送著那背影抹過長廊盡處，消逝於夜色之中，閉門入屋展書而坐，久久讀不下一字。少頃，起身自抽屜取出一疊文件，點了桌燈將那猶豫多時的表格一項一項確實填寫了。

---

[4] bowa——維吾爾語發音。

穆克和蒙浩宸行至葡萄藤下，此時忽有一陣樂音悠悠傳來，忽遠忽近，漸次縈繞了前廳後院、整幢屋宇。蒙浩宸道：「這是爺爺正拉著薩它爾。[5]」

琴聲初始低迴婉轉、如泣如訴，變而哀絕、變而淒厲，終至不能成調，幽幽咽咽、斷人心腸，整晚纏困著，穿梭外廊內院、一處一角，直到子夜方復止息。

*

黃紹申請臨近研究機構特聘之職，簽了合約，準備遷往機構提供的學舍，眾人留勸不住，設席小聚，兼作餞行。當日穆歆羽、穆克、蒙浩宸送了他一程又一程，黃紹抑著離愁，辭道：「千里相送，終須一別。何況那學舍只在不遠，日後往來有時，不必傷感。」一面將學舍地址寫了三份交予各人，叮囑羽、克姊弟若有困難，務必知會，一日哈丹到齊，也請相告，屆時他必來歡會故人，羽、克聚聲承諾。四人大漠中作別，漫天塵沙侵面，黃紹上了車離去，不移時，那車身已在金黃土丘之間沉匿，再看不見丁點痕跡了。

往後蒙浩宸仍日日為姊弟二人治傷上藥，期間閒聊，逐日熟悉。穆克每天閉著眼，把她問他那些最難忘的事、最得意的事、最丟臉的事毫無保留地說盡，除了對奈費勒相關牽扯三緘其口，幾乎要把一生經歷、大小話題揮霍盡了。

傷癒之後蒙浩宸便不再到他房間更藥，兩人總不約而同走到那庭院之中，遇上了便坐在院中

---

5 薩它爾是一種維吾爾拉弦樂器。

鐵床上，一面搭話、一面摘了葡萄分著吃。穆克年幼活潑，心中雖對蒙浩宸萬分尊敬，玩笑時總不免忘情造次，事後為自己沒大沒小懊悔，連連道歉解釋，蒙浩宸卻最惱他這點謹慎，又沒理由發作，只繃著臉冷淡虛應，穆克也分不清她這回又因何事生氣。

蒙淵則繼續為穆歆羽配藥療毒，平時仍在高塔中住著，遇著行針的日子，才到主屋盤桓少時。夜裏，高塔那邊傳來嗚琴之音，引商刻羽，忽轉變徵之調，陰抑懾魂，一日悲切一日。

穆歆羽在房中聽著那哀樂，合著自身處境，時而不自覺落下淚來，行針時偶爾問起：「蒙老伯，你治琴鬱結，是不是心中有不快之事？」蒙淵雙眼盡是滄桑地瞅著她，欲言又止，嘆氣擺手，低頭專注拈針，神情裏難掩沉重。

穆歆羽私謂穆克道：「蒙老伯大恩於我，不求報償，他夜夜嗚琴抒懷，其調冤結，令人不忍細聽，想是積著什麼煩愁，無處排解，我原想與他分憂解勞，聊饋其德，無奈每次問他，他只一逕嘆息不言。我真想不透蒙老伯這麼慷慨慈厚的人，為了什麼事耿耿於懷地仇怨著。」

穆克每天忙著和蒙浩宸嬉戲，不甚留意那琴音，聽穆歆羽提起，始覺情深怨濃，心想：「姊姊說得對，若非蒙老伯收留，我們現在還不知何處流浪。他有心事，我們怎可袖手旁觀，若能幫上，不僅蒙老伯消愁、我和姊姊心裏舒坦，神醫姊姊一定也最歡喜。」

歲月忽忽，轉眼近一個月過去，穆歆羽病根已除，與穆克商議去留之計，穆克心想：「姊姊病癒，我們實不該再留著打擾，姊夫至今音訊全無，一定是教村長困住了，得快想個辦法和他互通消息才是。」當晚把去意對蒙浩宸說了，蒙浩宸冷笑道：「果真是黃紹的朋友，來去無罣。救活了，一刻也等不及要回家去了，快快走吧，反正醫生和病人本來就是這麼聚散的。」

穆克聽出她語帶譏諷，也覺一走了之太忘恩負義。提起「回家」，又令他想道：「如今我和姊姊再回不了家了，但要聯絡姊夫，非得回一趟豐源村不可。」

思來想去，忽有一策可兼顧全局，對穆歆羽道：「姊姊，我有辦法解蒙老伯心事了。」穆歆羽道：「我屢屢相詢，他從來絕口不提，莫非你是從他琴音裏聽辨端倪？」穆克搖頭道：「不是，我其實也是胡猜，他鳴琴泣訴時，心中怨恨的，難道竟是奈費勒？」穆歆羽抽了口氣，回憶片晌，說道：「宸兒當初是為了嚇唬我們，才故意將她爺爺說得可怕。」穆克道：「蒙老伯虐待神醫姊姊雖然是假的，但他一定無意間曾提過深恨奈費勒，否則神醫姊姊怎會特別拿此事出來大作文章，還不讓我們提豐源村，免得她爺爺傷心難過。」

穆歆羽仔細想想，也覺有理，便問他計策為何，穆克道：「我猜蒙老伯一定也是水壩案受害者，他不願談，是怕惹禍，倘使我們先表白，讓他知道我們立場，他或肯敞襟暢言，說出心事。」穆歆羽想起村民暴動，猶覺害怕，憂道：「如此一來，我們又得捲入那案子裏。」

穆克道：「姊夫未來相會，想必是無隙脫身，唯今之計，只有我們回去找他。第三道秘文既指吐魯番，蒙老伯說不定握有當年證據，只待時機昭雪，我們若能替他平反了，一來報恩，再則也能重回豐源村，和姊夫團聚。」

穆歆羽躊躇不決，心想：「平反云云倒是其次，若這真是蒙老伯多年心事，我確實想報恩，何況我是一定要設法和哈丹重聚的。」說道：「好吧，但我們先找宸兒商量，她或許更有妙計。」穆克附議。

二人當下即一同去會蒙浩宸，將他們已故雙親即與村長一家有舊、二人更與哈丹誼厚情高，乃至後來陰錯陽差遇上納忠言等人、如何為三道秘文奔波、終惹得村民亂棍打出村子等事一件一件詳實說了，並解釋相瞞之因，祈她諒解。

蒙浩宸聽得詫嘆連連，說道：「原來你口口聲聲要尋的『姊夫』，正是那雕像後人。」

二人又將想對蒙淵報恩一事與她商議。

蒙浩宸蹙眉沉吟，面上愀然，良久方道：「不瞞你們，爺爺平生的確最怨恨奈費勒，但我對此事一無所知，也不曉得他所指的奈費勒是不是哈曼格。」

穆克便把自己的猜測說了，蒙浩宸思索片時，說道：「不對，當時我只當那是一道謎語，才解作吐魯番低地，現在看全三道秘文，答案卻有變動。」穆克道：「卻作何解？」蒙浩宸道：「該把範圍縮小，解作你們村內的最低點。」羽、克齊時呼道：「是西北谷。」不禁悵嘆：「難道第三道秘文指引的竟是水壩裏那首題壁詩？原來踏破鐵鞋，所尋者老早在途中遇合過。」

蒙浩宸道：「現在知道第三道秘文與此地無涉，你們還打算對我爺爺說去嗎？」穆歆羽道：「第三道秘文指引的證據雖不在此，蒙老伯對奈費勒心存怨懟卻仍屬實，我們若將所知真相與他核對，或能另尋辦法消他心結。」

蒙浩宸向來孝順，拒絕一回、掙扎一回，權衡說道：「你們先別長篇贅言，只把原是豐源村人，卻因質疑奈費勒教村民趕出之事說了，讓爺爺知道你們也怨奈費勒，是他同道人。其他的見機行事，不要勉強。」二人應肯。

＊

次日清早蒙浩宸至高塔送餐時即請蒙淵撥空一晤，只說羽、克姊弟有事相稟，並未細述事由。日暮時蒙淵來了，四人同坐桌前，用了簡便的晚飯，老嫗收下碗碟，捧上茶伺候，各自寒暄問候畢，穆歆羽和穆克即按原定商議，鼓足勇氣把二人身分來歷、併因奈費勒落得險些喪命、無家可歸等事如實說出。蒙淵聽了，雙手扶著茶盞，低眉靜坐，神情陰怨，不發一言。

姊弟二人向來受他慈顏護持，未曾想像他森冷嚴厲之色，而今見了，惶惶不知所措，目視蒙浩宸，她卻靜默端坐一旁，也不出言相助，也不以眼神交流暗通。

蒙淵沉寂許久，方復抬頭，長嘆道：「沒想到童震一個即興之作，攪出後世這大段風波來。」說著竟自顧自地呵呵笑了，笑得眼角出淚，瞇著眼問姊弟二人：「你們知不知道真正的奈費勒是誰？」二人搖頭。蒙淵道：「他是童震虛構的人物，世上根本沒有這個人存在。」

羽、克瞠目結舌，心、耳難通，蒙浩宸亦訝然不解，三人都想：「沒有奈費勒，誰來築壩？誰來招怨？」

蒙淵看出他們疑惑，啜口茶，說道：「而今既然你們主動提起，我也願把真相悉告。」停頓一會，不聞異議，因說道：

「事情要從七、八十年前說起，那時的副督軍童震，是個長袖善舞、老謀深算之輩。臺面上，他敬上愛下、公正清廉，無人不嘉讚其德，私下卻是收贓行賄、結黨除逆，無所不為。舉凡反對聲浪，童震或加以籠絡收買，或施以迫害孤立，大抵勢薄力單，不足為慮，唯樓禾鎮豐原村西北谷底一眾卻是他長年心腹大患。

「這西北谷遠在塵囂之外，士農工商、河山花草，樣樣不缺，可謂麻雀雖小、五臟俱全。然而谷民卻不以此為桃花源，雖世居谷底，但心懷魏闕，每以清流正義自居，大肆非難時局，不屑與潮流為伍。世人愈稱善的，他們愈要審度懷疑，有時不免為反而反，有時倒也真作了公裁，顛覆幾多人云亦云的偽詐巧言，因而名顯於一地。

「西北谷民剛毅慓悍、團結一心，且其中不乏人傑領導，童震幾度利誘、離間不得，反教把柄頻落，狐狸尾巴露了半截，幸而每每終得掩飾、險險過關，卻也鬧得灰頭土臉、一身狼狽。可想而知那一谷百口猶如盲刺在背，童震無時不想除之而後快。

「是時古爾班通古特沙漠發現石油，人人趨之若鶩，夢想藉此新興產業翻身、脫離貧困，奈何石油藏在大漠中心，遙絕江河、滴水不進，大夥只能坐此望彼，眼巴巴看著莽莽黃沙之外，那可望而不可及的寶藏。

「石油大案備受矚目，不但民眾翹首盼望，政壇上亦掀起一股『找水』運動，也有真心為民者，也有爭權謀利者，紛紛想破頭，如何在乾旱大漠中生出水來，供應採油工人屯居日用。

「此事原本不在童震職責，他大概也無心干涉，直到某日他辦公室外來了個生客，自稱是一名水利工程師，名叫巴圖爾，要事容稟，特候進謁。」

聽到此處，穆歆羽和穆克不由對望一眼，心裏都想：「此人是誰？怎不是奈費勒？」

蒙淵招了老嫗過來換茶，茶成而飲，潤了嗓續道：「巴圖爾出生於富賈之家，自幼聰慧過人，其父甚愛之，每每帶在身邊，往來經商、四處奔忙，因此巴圖爾打小已見識天寬地廣、各地奇聞，不以一時一地為囿，襟懷遠曠。

「一個偶然機會，巴圖爾參與了一場工程模擬講習，目睹鐵道修建及運作過程，心中震撼，於此念念不忘。那年他年方十一，發願將來要作一名工程師，為廣眾造橋鋪路，打通各地之門。在父親的幫助下，巴圖爾得以拜見諸多該領域先進，從其問學、巡察，於此一人生方向愈有頭緒，且意志彌堅。

「及長，巴圖爾正式進入相關學院就讀，開始一連串嚴格而專業的長期訓練，期間成績優異、時有創見，於同儕間大放異彩，師輩一致看好，都說他前途無量，有朝一日脫穎而出，引領時代里程。

「幾年後，他以第一名成績畢業，起初跟著資深前輩從業，總覺縛手縛腳、有志難伸。巴圖爾發現，人性偏安，一旦名顯，即疏於進取。那些所謂『資深』者倚靠的，卻是年輕無名時，為了成功孜孜不倦打下的基礎，其後極少進境，自滿加上自恃，聽不進後輩一言。巴圖爾滿腹委屈地領回一疊疊自認精彩絕倫的設計圖，心想：『學如逆水行舟，我當以此為鑑，切莫一日也成個外強中乾的大佬。』

「不久，他決計自立，與幾名處境相似的同行朋友合資開業，準備從此併肩作戰、同舟共濟。原以為大家年紀相仿、志同道合，皆是勇於擺脫陳腐舊制的異才，但時日益久、爭執益盛。巴圖爾發現，原來力排守舊者並非就是懂得創新，他每每看著同事所規劃的圖稿，嘆息想著：『這等低劣之作，莫怪不得賞識，我從前怎一味聽他們埋怨不逢際遇，就糊里糊塗認作同道，要能先一覽其能耐，說什麼也不共事相與，花心思同這群烏合之眾胡纏攪和。』勉強撐了一年，終是煩不勝煩，與眾夥絕裂，揮袖自去。」

蒙淵又啜口茶，廳上三人安靜相待。穆歆羽和穆克暗自心想：「這個巴圖爾也真難伺候，大概除了他自己，世上都屬庸碌之輩了。」聽蒙淵對他頗有稱許，便不妄自褒貶。蒙浩宸則想：「他有才華，且生性如此，怪誕些便罷，只怕十個九個是無才又故意作怪的。」

蒙淵續道：「巴圖爾到底是個奇才，這期間紛紛擾擾，竟也參與了多項工程。海港預估、鐵道籌劃、橋墩測量，皆有建樹，其中更以坎兒井的修築大受啟發，這也許便是日後他醉心水利工程的初跡。

「其後，他不再與人謀事，一心渴望嶄露頭角、獨當一面，奈何資歷尚淺、人脈微薄，縱有凌宵之才，卻只得零零碎碎任了些小案雜工，成就待遇比前時屈居人下時，更加不堪。

「巴圖爾的父親見他為此消沉失志，便說：『你與其在此浪費時間，為何不暫且蟄伏，韜光養晦。』巴圖爾從其言。

「一番議定，由父親出資助他出國深造，專攻水利工程，留學數年使巴圖爾眼界大開、思路暢廣，等不及歸來大展身手——人在抽離時極易想像那遠方希望輝煌，一朝重又加入，那匪夷所思的人情事理總大過實際邏輯。巴圖爾在異鄉每每幻想攜回寶卷大受關注的畫面並未發生。他四處奔走，欲貢獻所學，他的主張在今日看來，無非都是再明顯不過的道理，當時卻是既大膽又前衛的試驗，人人斥為荒謬，處處遭遇否決，或笑他不切實際、或罵他崇洋媚外。他能做的，仍是從前的小案雜工，內在的煥然一新無處供應，他漸漸想起出國前的尷尬處境。

「其時巴圖爾最敬重的父親已經去世，再沒人惋惜他大才小用，予以忠告支持，久了，他自己也快忘卻幼時志向，滿腔熱情都放得冷了。日復一日，直到石油案乍興，消息脛走，巴圖爾心想：『絕處正能逢生，眼下此案轟動，懸宕無解，若能想出對策，從此一鳴驚人，狂妄翻成前瞻，質疑譏諷都作了熱烈激賞。』

「他於是鬥志重燃，溫習所學，日夜苦思造水良計。他想起從前參與坎兒井建造——坎兒井借鑑漢代徵引洛水至商顏一帶的『井渠法』，自地面沿路鑿井，井下穿渠，行水相通，水頹以絕。清代以此為沙漠特殊灌溉系統，修鑿豎井，由南而北，漸引漸高，於各井底打通暗渠，引水至澇壩供應需用。坎兒井盛行於新疆，吐魯番一地尤為普遍，至今仍是農作重要水源。

「巴圖爾憑藉過往經驗，以此發想，觸類旁通，胸中一策逐漸萌生。為求謹慎，他閱覽古今中外案例，以為援佐，訝然發現國外早有先例。英雄所見略同，自此他信心倍增，大膽籌劃，決心放手一搏。

「及至雛型豐成，巴圖爾興沖沖地干謁求賞，起初還怕草案搶手，不敢密集提報，以免多處同時受理，陷入兩難之局。孰料縱使在這個求才若渴的關鍵時刻，他的計劃仍嫌過於超格，屢遭拒絕。

「巴圖爾投訴無門，正猶豫著是否放棄，忽而想起一人來。

「久聞童震勤政愛民、知人善任，巴圖爾盤量：『我何不去找他，他若真如外界所傳那般賢能，就該獨具慧眼，同我惺惺相惜。倘使這點眼光也沒有，我便從此死了這條心，只當時不我與、英雄無用武之地，畢竟如他顯赫者，內裏卻是徒具虛名，我還有什麼好冀盼較真。』憑此一念，遂重新打點精神，逕往童震處進見。

「童震之職原與石油案無涉，那日正自辦公，忽報外頭一名水利工程師候見，童震心想：

『八成是搞不清部門轄屬的跑錯了單位。』正欲回絕。轉念一想，說不定僅是託個身分來通情報之人——他陰招慣使、表裏兩面，久了，事事都要疑作別有暗意，卻也因此答應接見巴圖爾。

「二人於前廳會晤，敘禮畢，巴圖爾即開始對童震侃侃道訴要築一水壩，蓄水引至沙漠中心供應石油區工人日用之策。童震蹙眉默默聽著，等待他何時才要挑明來意。牆上鐘繞時移，巴圖爾話題不離水利，童震愈發肯定只是個不速之客，不耐煩地敷衍道：『你且把提案留下，待我審度之後再來通知。』巴圖爾道：『提案在我心中臻備，只待尋得批准，立刻畫出。』

「童震見他果真兩手空空，暗自好笑：『到處向人誇炫你胸中藏著一部萬言書，要人先信服方始寫出，難怪不得其門而入。』說道：『我勸你一言，你回家去把文書備足，找相關政要提報，會比空談亂闖有效。畢竟你高談闊論，我們這些外行人卻只聽得一頭霧水。』巴圖爾道：『創意最難，出稿容易，請借紙筆一用，我與你解說。』

「童震命人取來紙筆，巴圖爾道：『柏拉圖曾說，地下藏著一個大蓄水池，地球內部有許多互通的管道——這是文獻上最早一則，儲水引流概念的發跡。水是液體，無常形而可流動，若能估計出每人一日用水量、石油區打算派駐多少工人前往，加總計算，得出數值，進而選擇適當之地築壩存水，接通管線定時運送，即可以滿補闕、無中生有，解決荒漠亢旱之難。』說著一面在紙上畫下河流、水壩、管線、沙漠等關係示意圖。

「童震只覺他異想天開，指著圖紙上那管線說道：『你可知從沙漠到最近河流多少距離？』巴圖爾正色答道：『能以數據計算出的距離，便不是遙不可及。』童震道：『縱使如此，你所託非人，我是副督軍，怎管起水利案來了。』巴圖爾指著廳上高懸的牌匾，說道：『千里水源都可互通，同是為民喉舌的政治官員哪來那麼多設限。』童震內裏已笑得腸子打結，只道他石縫迸出的猴子，如此不諳人事。

「巴圖爾辭去後，童震並未將此事放在心上。其時他正勾搭黑販，從中獲取巨利，教那西北谷民抓到把柄，費盡心力總算掩飾過去。西北谷民高嗆絕不放棄，要繼續收集證據揭翻他罪行。眼看不久又有一批黑貨進來，童震一面為著那暴利蠢蠢欲動，一面忌憚萬一風頭未過，又扯出新案，恐怕這回真過不了關，兩邊拉扯，鎮日浮躁不寧。

「眼看就是最後期限，一日，洪省善——此人是童震的女婿兼走狗——來請示決定，二人斟酌半日未果，正對坐無言，洪省善瞥見丟置角落，那張巴圖爾留下的水利案示意圖，隨口詢問，童震當笑話草述了一回。洪省善原本也道哪來的不食煙火的獃子，笑著笑著，忽而聽見了一關鍵之詞，一拍案，胸中一條毒計已成……」

言及此，聽眾三人不約而同「啊」的輕呼出聲，彼此顧看，面有倉惶之色，早已猜出洪省善盤算的毒計來。

蒙淵停下來，看著蒙浩宸問道：「宸兒，妳可知洪省善攫住的關鍵之詞為何？」蒙浩宸語帶焦慮地臆道：「可是『河流』二字？」蒙淵點點頭，續道：「不錯，洪省善拍案一叫，對童震說：『此人要築壩引水，需要一條河流，而西北谷不正有條西倫塔善河可以作抵。』

「要知那西北谷能於地僻之境代代不絕，便是倚仗此河源源供應，谷民敬之為『埃米麥河』，即『母親』之意。斷絕此河，無疑毀了西北谷。童震凝思少晌，探問：『你的意思是……』洪省善先是試探道：『西北谷民囂張跋扈，從不把岳父放在眼裏，正該受點教訓。築壩封河，一來毀掉他們房舍，再則分散人口，教他們從此不能佔據一地、集結作怪。』

「童震聽罷起身徘徊，雙手交握背後，神情冷厲，好半日方說道：『不行，若逼他們出谷散居，必定懷恨在心，屆時猶如四處埋著地雷，無從定位，更是棘手。』洪省善怎不會意童震的弦外之音，附耳低言數句，童震不作聲色，眉結舒展，一會又復憂愁，說道：『我雖未細聽他將如何蓄水引流，也知是個大案，萬一不成，如何是好？』

「洪省善道：『築壩不難、引水不易。幸而我們要的也只是那道水壩，屆時管線無法接通，那谷底卻早已料理乾淨。至於敗績罵名，全數推給那工程師承擔，如此進可攻、退可守，倘使意外成功了，還給岳父添個體恤民情、高瞻遠矚的美名，何樂不為。』

「隔日童震即找來巴圖爾，表達合作意願，當時距離巴圖爾初訪已經過一個月，童震隆重接待，主動解釋道：『先生休怪怠慢，實因公務繁忙，雖日日懸想，仍遲至今日方得偷空重晤。』巴圖爾見他情真意切，欣慰想道：『總算尚有識事之人，童震之賢並非虛傳。』自此認作知音伯樂，但覺肝腦塗地不足報其恩德。

「二人坐下細談良久，童震問道：『先生打算以哪條河流築壩蓄水？』巴圖爾坦言未知計劃得行前，不曾實作評量。童震故意提了幾條河流，但凡水淺容易乾涸者、遙在南境與北方沙漠重重阻隔者，接著說到西倫塔善河，巴圖爾將之列入候選，勘察審度之後決定便以此河為用，並挑燈夜戰趕出一份精密無遺的工程計劃書來，其後由童震正式上報提案、申請預算。

「由於工程龐大複雜，所需經費空前昂貴，提案一出，立即引起關注，各方專家紛紛發表言論、文章，表示此計劃絕不可能實現。童震力排眾議、堅持到底，幾度遭拒之後，總算獲得批准。

「據說當晚洪省善領著眾數人馬前往西北谷，次日童震任命巴圖爾為總監察，開始這項為期四年的艱難任務。

「巴圖爾由德國訂購鋼板，命人以手工將兩塊鋼板彎箍成直徑統一的一截截管子，以火車分送各處，再將那些管子置於地上連接而起，配合途程加壓站，預備以網狀形式將水輸至石油區。施工期間，各界質疑聲浪不斷。幸得童震處處背書維護，方不至於半途中止。

「巴圖爾緊咬牙關，這一役對他意義非凡，他抱著只許成功、不許失敗的決心，夙興夜寐、忘身忘家。工程幾度出現狀況，他便拿自己薪資貼補，薪資用罄，又以父親留下的家產大筆敷上。及至後期，家中時常無米為炊，合著日夜勞心費神，終至憔悴不堪。貧病交迫時，他仍日日乘車至各地監工，指揮督導正確流程。

「然而工程遠比他預計的更為艱巨，竣工時期一延再延，原本四年之限改成四年半、五年、五年半……到了第五年尾聲，總算有了成果。巴圖爾如釋重負地宣布，年底之前石油區將正式通水，全民皆拭目以待。

「卻在此時，巴圖爾意外發現當年童震竟是為了利用他殲滅西北谷，才委以重任、傾力相挺。

「他氣憤更復羞愧，往問童震居心若何，童震冷笑道：『各取所需，如此爾爾。』巴圖爾道：『西北谷居民如今何在？』童震道：『人盡皆知，他們各得妥善安置了。』巴圖爾道：『你指出一人來證明。』童震隨便叫了個下屬進來，交代道：『那麼從此你便是以前的西北谷居民，你跟這大工程師說說你全家現況。』那人領命，笑著把他家裏父慈子孝、夫婦和樂的景況一一說了，巴圖爾未待聽完，忿恚而去。

「童震因事蹟敗露，對巴圖爾忌恨甚深，礙著這水利案鬧了五、六年，誰人不曉巴圖爾大名而不好輕舉妄動。

「到了年底，各管線建成，卻一試再試，總無法於石油區出水，各界輿論譁然。

「童震乘勢散布巴圖爾欺上瞞下，貪贓枉法、偷工減料以中飽私囊等罪名，失去了童震這道屏障，巴圖爾頓時成了千夫所指，報紙、媒體無不非議、詆毀他，日日數不清的文章、流言愈傳愈惡，路上都能聽見行人咒罵他無恥又該死。

「巴圖爾面對這漫天指控與中傷，想起無辜犧牲的西北谷民，想起那耗盡畢生心血孤注一擲的失敗之作，絕望、慚愧、自我懷疑，終於壓垮了他一生的信仰。他心力交瘁地去了一趟水壩以及臨近管線處，再看一眼自己親手完成的作品，回到家中寫下遺書，舉槍自盡……」

蒙淵一口氣說到這裏，悲慟難以續言。聽眾三人心裏各自疑惑，猜不透這個巴圖爾到底與奈費勒作何關聯。

穆克初始只覺此人驕矜挑剔，頗感厭惡，聽完他一生功業，心下卻暗自佩服：「英雄不以成敗計論，為著信念奮戰到底，最是可敬。」蒙浩宸也想：「他終是寫出了胸中那部萬言書，證明自己不是個光說不練的浮誇之輩。」一面又忖：「可是童震當初如何肯定任用巴圖爾便能消滅西北谷，萬一他偏不選中西倫塔善河呢？」

穆歆羽卻想：「為了一個人的理念，大興土木、勞民傷財，還意外成全政客的陰謀，說到底也真是『各取所需』，卻苦了無辜之眾。」開採石油雖是為了改善經濟，但從蒙淵的敘述中，她的確聽不出巴圖爾本著為民造福之心。嘆問道：「蒙老伯說那巴圖爾因工程失敗，作書自絕，但石油區管線最後卻是通了水的，這又是何故？」

蒙淵整理情緒，說道：「巴圖爾作書自絕，他在遺書中徹底檢討了這五年多來築壩引水每一步驟的得失，書末還繼續指導著管線工程的修治，直到最後一刻他仍不相信他精心策劃的完美工程竟然失敗。

「童震對外宣布巴圖爾畏罪自殺。在他過世七個月之後，西倫塔善河河水經由管線汩汩流到數百里外的沙漠，從前對巴圖爾的種種不實輿論不攻自破。童震害怕民眾將愧對巴圖爾的情緒轉發成對自己的怒意，先發制人，自巴圖爾生前的助手中提出一人來，四處假造近日發現的驚人消息：原來巴圖爾無才無能，偉大工程皆由這助手安排策畫，他是真正的幕後功臣，而巴圖爾只是掛名而已。」

穆歆羽和穆克聽得這熟識情節，齊聲脫口而道：「丁卒子？」

蒙淵點頭道：「是了，此人姓丁，現今稗官野史偶有傳述，但多半已離信史甚遠。」續道：「童震推丁卒子出來頂巴圖爾之位，人們無非要有個英雄擁戴歌頌，很快地接受了童震的說法，將巴圖爾罵了一罵，逐漸忘記，全心全意奉承丁卒子，恨不得將他拱上天去。

「原本童震看中丁卒子遲鈍膽小，略施小惠便能任其操控。孰知正因本性怯懦，丁卒子日日面對熱烈簇擁，愈是畏懼不安，擔心有朝一日水落石出，惹禍上身，又聽得民眾準備為他塑像立碑、永銘其德，心想：『糟了，如此一來到千秋萬世之後都還要擔心露出破綻，生不得安寧、死不敢瞑目。』於是竟趁著夜色闃寂，悄悄收拾行李離開，從此走得無影無蹤了。」

穆歆羽和穆克都想：「和邊導演講述的電影既相似，卻迥異。」追問道：「後來呢？」

蒙淵道：「丁卒子走後，童震心下盤量：『我總地可以一再找人頂替，可是民眾能相信我幾回呢？』思來想去，愈覺得『人』太不可靠，計算著：『精明的不易掌控、愚蠢的頻頻出錯、強悍的怕一言不合便出賣我、懦弱的又禁不起騷動私自逃走。』正慨嘆無人可用，靈光一現，計策忽成。不久發布消息：原來丁卒子也是個傀儡，夜裏畏罪潛逃，不知所蹤。真正的工程師名喚『奈費勒』——若非童震精心創造，天下何來這等巧合，這個藏身五、六年的幕後主宰，連名字都別具深意。大家卻道他是上天欽點的築壩使者，一生下來便注定與水利工程密不可分。你們說，可不可笑？」

蒙淵自顧笑了一陣，續道：「童震創了個奈費勒，信心滿滿地保證這回徹底查清了，不會再有失誤。民眾又將丁卒子罵了一罵，逐漸忘記，全心全意敬奉這個不曾露臉的大英雄。

「塑像一事因連番烏龍，已經耽誤有時，民眾頻頻喊著要建一座奈費勒雕像，聲勢刻不容緩。童震順應民情，找了技藝精湛的雕刻師傅，委以任務，但由於並無奈費勒其人，那雕刻師傅不見尊容，屢屢索圖不果，向童震派來委任之人問了半天，總形容得模稜兩可。雕刻師傅無計可施，只得看著鏡子，參照自己的面容，一刀一鑿地刻出了那尊奈費勒雕像。」

穆歆羽和穆克抽口氣，悟道：「原來，原來這便是哈曼格貌似奈費勒的原因。」

蒙淵道：「接著的事毋須我贅言，你們多已知曉。童震見了雕像，乾脆將錯就錯，把『奈費勒』當作經名送予那雕刻師，推他作村長，改『豐原村』為『豐源村』，因此案大捷，各自封官拜相、平步青雲，錯誤歷史載入籍冊，代代流傳至今，不再有人記得巴圖爾這名字。」

第十三回

針織白帽

蒙淵故事說完，已是夜幕高張，廳室內燈火通明，天窗外看不見一點星色。一輪黯月徒懸，不與頂上燈盞爭放。

聽者三人各自屏息凝思，心中愈要相信，愈是彆扭。穆歆羽和穆克尤其驚異，他倆自小慣看村人對奈費勒如何殷勤敬奉，縱使那不是哈曼格的經名，至少不該是個虛構人物，都想著：「若真是如此，也不只名存實亡，根本是徹頭徹尾盲目崇拜。」

蒙淵對他倆問道：「你們既來自豐源村，想必對奈費勒相當熟習？」二人神情苦澀地點點頭。蒙淵道：「那麼你們仔細看過那雕像旁的簡介沒有？這樣一等一的大人物，他的生平——他生卒年代、何許人士、甚至他的官名都一字未提，卻是何故？數十年來竟不曾有人疑怪。」

姊弟倆回想不起那簡介內容，耳邊時刻有人侃侃談述奈費勒大小事蹟，心中偉人形象生動，並非由幾行官樣文字習得。

穆克道：「難道正因奈費勒是虛構，簡介牌上才無從鐫刻他生平細項？」蒙浩宸道：「不對，童震可以虛創奈費勒的名字，追加一套身世背景又有何難？所謂『欲蓋彌彰』，倘使要人對奈費勒深信不疑，介紹牌上更該逐項填滿，好證明真有其人，如此遺漏更似另有古怪。」

穆歆羽道：「或者他怕寫得詳細了，教人查訪出真相，才寧可空著。」蒙浩宸道：「他再隨便叫個下屬進來冒充不就成了。」穆克道：「他不正是對『人』信不過，才要自創奈費勒？」蒙浩宸道：「這又是另一處懸疑，他不相信『人』，卻偏偏信得過那雕刻師傅？除非其中……」

一言未及，蒙淵厲聲喝道：「宸兒住口！」

三人聞聲一顫，都不敢再出言議論。蒙浩宸當眾受挫，心裏既委屈又羞辱，低頭強忍難堪，穆歆羽和穆克也好生尷尬地陪坐一旁，進退動靜都覺不妥。

廳上沉默半晌，蒙淵復又長嘆，對蒙浩宸道：「這世上，便屬妳最不該質疑此事。妳可知那巴圖爾是誰？」語音緩下，柔徐之中帶著悲涼。蒙浩宸依然低眉正襟危坐，搖頭作答。蒙淵道：「他是我亡父，妳的曾祖，我再不肖，也斷然不敢以他的名譽編造半句謊言……」說著，竟不住淌下淚來，哽咽不能續言，後輩三人愕然失措、面面相覷，唯慶幸剛才聽講時沒將心中批語如實道出。

蒙淵老淚縱橫，舉袖揩眼，泣道：「我本名叫阿扎士。當年，先父識破童震陰謀，不屑同流合污而遭反誣，終落得聲名狼籍，自盡而亡。那時我年僅三歲，隨著母親逃出家鄉，改名換姓，四處躲避童震追捕，連咱們自家的文化、語言都只能聽憑生疏，不敢多學多說。過了數十年提心吊膽的流亡歲月，直到童震辭官告老、壽終正寢，才敢回到故鄉來。先父事蹟都是由先母親口傳述，一字不敢更改。懂事以來，我無時無刻不想著為先君沉冤昭雪，那是我畢生唯一心願，奈何歷盡辛苦，終究徒勞。唉，慚愧啊——」瞅著蒙浩宸，淒楚地囑託道：「從前我總念妳年紀尚小，而今也是時候讓妳知道這段家族冤案。我老了，往後平反的重擔輪到妳挑著，妳要時時念茲在茲，認作首要，凡與此違拗之事皆不足掛念，一生只將此事了結了，便是成就，此事不完，榮樂美好都算失敗。縱使一天我不在了，妳也不可分毫懈怠，曾祖名譽一日不恢復，子孫代代一日不得歇手，懂嗎？」

蒙浩宸低聲應道：「是，孛瓦。」心頭沉甸甸地。

穆歆羽想起也是為那家族之事，她原來的生活都教摧毀，至今與哈丹相思兩地、聚合無期。內心蕭索，懊悔、迷悵、憂懼、怨恨，頃間雜纏不清。

穆克道：「蒙老伯手邊可有什麼證據，我們說不定能幫著拼拼湊湊，想出個辦法來。」蒙淵道：「只有幾件先君留下的遺物，權且存著，卻不足為證。」說罷起身至屋內取了一只陳舊的文件袋來，先是抽出一張邊角已枯黃脆裂的薄紙，說道：「這是當年先君與德國訂製管線鋼板的交易簽收單。」

三人不敢任意觸摸那輕薄易碎的單子，只移身湊看，那單上載著幾行德文，三人僅能辨識其中夾雜的阿拉伯數字，對於內容一字不通。單據下方有雙方簽署，蒙浩宸認出那維文草筆的確簽著「巴圖爾」之名。

蒙淵接著抽出一只信封袋，說道：「這是先君的遺書。」一面將其中信箋取出、攤展。三人屏氣凝神、莊嚴相待，只見那信箋上寫著密密麻麻的維文，後方簽名與鋼板交易單上筆跡一致。蒙淵遞上書信，令道：「宸兒，妳念念信上內容。」

蒙浩宸猶豫了一下，不敢違拒，戰戰兢兢地接過那信箋，逐行逐句讀下。穆歆羽和穆克不懂維語，怔然靜候一旁，待整封信讀完了，蒙淵又問她有何感想，蒙浩宸唯唯答道：「曾祖臨終肺腑，字字血淚。信上細囑家事、陳述他心中的愧歉與苦衷，祈望諒解，通篇卻不見一句提起那工程遺志。」

穆歆羽和穆克聞言也甚訝然。蒙淵道：「是了，先君當時留下兩封絕筆遺書，一封交致親人，只道私事，另一封則詳盡工程後續，教童震截了去，恐怕早已銷毀無存。縱使對照簽名筆跡，頂多證明先君巴圖爾確實曾參與築壩引水一案，還曾負責簽收德國進口的鋼板，對真相於事無補。數十年來我多方遊走、費盡心力，總不能憑這點微薄遺物讓人信服，延宕至今，仍束手無策。」說著又灑下淚來。大家也聽得欷歔，都嘆道：「可惜了那封遺書，若得留存，還怕不能證明其事嗎？」又想：「怎麼存下的遺物都若即若離、似是而非，如此曖昧到底該說湊巧還是不巧？」

蒙淵逕自將單據、遺書收回文件袋中，側身指著大廳牆上正中央的壁氈，問道：「你們可認得上頭圖案？」穆歆羽和穆克答道：「我們借住的客房各有一幅類似之物。」那紅底白紋繁複線條交錯，縱橫有致，與其他掛氈的花草幾何圖甚易區別。

蒙浩宸補充道：「家裏各房間都有這麼一幅壁氈，乍看下雖然相似，其實上頭圖線各有千秋，並非同出一轍。」蒙淵點頭，說道：「宸兒，妳代我把那壁氈取下。」

那氈子從來高懸廳堂，遙遙若不可侵犯，蒙浩宸一時愕然，未及回答，卻是穆克一聲應承：「我來！」一馬當先躍起身子，就搬了張木椅俐落爬上去，三兩下已取了壁氈回座。穆歆羽對此早見怪不怪，倒是蒙浩宸心裏暗暗稱奇，正想笑他一句：「矯捷的小猴子。」一抬眼看見蒙淵肅然端坐，話到嘴邊忙忙收住，想起正談著家族冤屈，自己卻這般輕率，頓時愧赧不已，垂著頭暗自反省。

穆克將壁氈交下，蒙淵稱了謝，又說：「你們再去把每個房間那幅相似的氈子都取來，到屋頂上，我與你們看一項事物。」

三人依言而往，進冬室將各房間繡著縱橫圖線的掛氈一一收集齊全，捲成筒狀攬抱著。蒙浩宸領二人由廳側一道陡斜石砌階梯拾級而上，宅院平頂建築，石梯盡頭通往一片空坦露天曠地，平時可作曬場。

三人來到那平屋頂上，蒙淵已拄著拐杖，挾著原本於大廳取下那幅壁氈佇立相候。秋風颯颯，星沉月隱，漆黑穹窿將大地罩得緊密。蒙淵於屋頂四周打了幾盞燈權作照明，昏黃光線由下往上溢出，各在一處自行暈綻，並未交集成一面完整的光亮。

蒙浩宸上前回道：「孛瓦，各房間的掛氈都取來了。」蒙淵核對道：「共有幾幅？」蒙浩宸道：「共八幅。」蒙淵點點頭，說道：「連同我手中這只，總共九幅氈子，你們將之一一敞開，在這曠地上舖平，各佔一處，不要疊放。」

三人將九幅掛氈全數置於地上，各自彎身逐一展開。屋頂風大，吹得氈子幾欲翻飛，遂找了磚頭壓在四角。

蒙淵問道：「從前壁氈分散各處，乍看只作繁複圖線，現在全數合觀，可曾瞧出點心得來？」三人憑藉那些燈盞的微弱黃光，緩步於壁氈之間偏頭細審，不多時，都有了答案。穆克道：「九幅壁氈實為一幅打散的拼圖。」蒙淵道：「正是。你們再將此圖拼起。」三人相互合作，拾起氈子，連同磚頭一一迤邐至正確位置，拼成一幅三乘三偌大全圖，圖氈足足覆蓋半面屋頂，一覽無遺，十分壯觀。

蒙淵兀自站在另端愀然而視，胸中若有萬千激動，夜風之下他大袖飄飄，自有一種遺世獨立的蒼涼。

掛氈拼起後，便不再是一幅幅教人費解的抽象圖線，猩紅底色，其上繡線潔白如雪，彼此連接成有始有終的清楚線條，色調艷麗而形廓冷斂。蒙淵蹣跚上前，謂穆歆羽和穆克道：「這便是先君蓄水引流的工程設計圖，原稿已佚，幾幅壁氈都是先母按著原圖親手繡製。如今工程完竣，這些氈子也不能證明什麼，只能充作掛飾，追念先人。」又問：「你二人原在豐源村，卻為何故質疑奈費勒，引發公憤，莫非你們也握有證據的蛛絲馬迹？」

二人原本答應蒙浩宸要見機行事，此時聽聞提問，不知該不該坦言相對，以目投之，也未見她使眼神暗示。正躊躇間，蒙淵忽然雙膝一屈，泫然拜道：「若有途徑，還望不吝襄助，我和宸兒此生當竭力回報二位盛恩。」姊弟倆大驚，連忙扶住，勸道：「蒙老伯不要如此，我們盡力相助便是。」

西風一過，蒙淵輕咳起來，雜痰雜淚，憔悴不堪，只這一番折磨，已不是姊弟二人素來熟悉的襟懷暢曠老人。

蒙浩宸終於出聲說道：「孛瓦，夜深風大，還是先回屋裏休息吧。」蒙淵拭淚頷首。眾夥一同下了石梯，送蒙淵至屋側溝渠，替他解了筏，目送他划過水、上了岸。蒙浩宸、穆歆羽、穆克三人方又折回屋頂，收了壁氈下樓。

三人回大廳續坐了一會，老嫗已入屋睡下，桌上留著冷壺空杯、泡爛的茶葉。沉默半日，蒙浩宸始探問道：「今晚一席談話，你們有何感想？」姊弟二人皆不言語，想起眾人初疑奈費勒時，也曾有一番相似情景。那時黃紹解出水壩裏的題詩，前來傢俱行相議，四人關起辦公室的門，在那小小隔間裏面面相對，哈丹直教大家暢所欲言，只是宗族之事，任憑再親密無間之人也不好妄加評斷。巴圖爾既是她先祖，二人如何在她面前無所顧忌。

蒙浩宸等了許久，不聞回應，嘆道：「我先說吧，如若真如孛瓦所言，卻是誰來製作那三道祕文？」

穆歆羽道：「難道是你曾祖巴圖爾所製？」蒙浩宸搖頭道：「不是。你們說那三道祕文以小兒錦刻成，那是回族特有文字，雖然老維文有與其相通之處，畢竟還是不同系統。祕文若為我曾祖所製，理該如遺書以維文寫成。再則，奈費勒雕像在巴圖爾自盡後才建成，他如何設文指對他未知之事？除非第二道祕文不作『雕像』來解。其三，如果童震是聽聞哈曼格藝術家之名，才委託他刻像，可見在此之前他已以此為業，且小有名氣，何以忽然安了個奈費勒經名、水利工程師身分，卻沒有人出來指認、道破？」

穆克接著道：「還有，照蒙老伯的說法，哈曼格原非西北谷民，那麼豐源水壩裏的石柱遺跡便不是姊夫家族圖徽上那幢禮拜樓，那日我們在臨近一帶看到的血翼大鳥也只能歸作巧合。」又說：「神醫姊姊解出第三道祕文指對豐源村最低點，我便曾設想哈曼格是西北谷民，他出谷前與家人祕密約定，要在水壩底留下童震、洪省善作惡的證據，故而他日後才刻第三道祕文指引人到那裏去尋。現在這個想法卻又行不通了。」

穆歆羽道：「當今世人都稱頌童震、洪省善之功，可是無論金嚮導或蒙老伯都對此二人指控歷歷，與久藏壩底的題詩不謀而合，可見這段歷史並非眾所周知的一般單純。」

穆克不曉那水底遺證早教哈正卜派人清除，提議道：「姊姊，當初我們意外發現那首題壁詩時，並不知道便是第三道祕文指引的所在。不如我們再回去把臨近一帶察看仔細，也許除了題詩，更有其他暗示。也順便打探姊夫消息。」

穆歆羽微微一顫，二人正是在那區域遭村民圍剿，要回豐源村已是千般怯懾，何況重遊舊地，但想及能與哈丹重聚，心中抗拒減了幾分，又想起蒙淵聲聲泣訴懇託，更覺不忍漠視。正自委決不定，蒙浩宸先應道：「我和你們同去。」穆克道：「妳從前不是寧死不肯去豐源村？」蒙浩宸道：「從前不曉事，現在知道那裏有我宗族遺史，怎能不一往探尋。」穆歆羽嘆口氣，說道：「好罷，現在更深夜沉，等明天一早，我們再啟程。」其餘二人應肯。

商議既定，各皆離席。穆歆羽和穆克所住客房同在內院左首，中庭與蒙浩宸道了晚安，約好平明一道出發後，姊弟倆便一同沿著長廊過道而去。穆歆羽愈想愈覺矛盾不安，謂穆克道：「村長畢竟是哈丹的父親，與我們先人有舊，對我們還有養育之恩。倘使幫著蒙老伯揭出那巴圖爾功績來，不啻聯手他人扳倒哈丹的家族，這樣可好？」

穆克道：「姊夫從前一心想把那榮耀還歸真正奈費勒後人，如若工程確為巴圖爾策劃，他便是真正的奈費勒，姊夫會贊同我們這麼做的。」穆歆羽憂道：「如若巴圖爾是真正的工程師，再翻舊案，蒙老伯和宸兒恐怕都有危險。」二人想起那一連串受此案牽累之人，不由惴惴不安。

談著，已走到房間門口。穆克道：「按理，蒙老伯誠懇寬厚，又是子息言敘嫡父遺事，應比那身分成謎的金嚮導更可信。他手裏那些物事雖不足直接佐證，也多少相關，但其說對照三道祕文卻有多重破綻和疑點。金嚮導言之鑿鑿，最終不見他口稱的證據，而他的說法卻最是天衣無縫、合情合理。」穆歆羽道：「是呀，蒙老伯情真意切，金嚮導則是為此賠上性命，孰是孰非確實無從臆測。」

穆克道：「或許他倆所說竟是互補而非相悖。金嚮道謂事時我們並不在場，都是事後陸續聽得，也未必聽得真切完備。待我們會上姊夫，再把黃大哥找來，一道煩惱這虛實多面的迷離史案。」穆歆羽點頭道：「只能如此了。」暗自苦嘆：「原本會齊哈丹，便要離開這是是非非到遠處生活，怎偏偏又逢蒙老伯一樁畢生心願，不能不理。唉，到底何時才得平靜生活。」感慨又復無奈地進房歇了。

蒙浩宸獨自回房後，亦覺悵惘，尋思：「他們不久前才從豐源村逃出，現在回去，無疑送死。村民激情未冷不說，那個如狼似虎的村長怎肯放過，我和孛瓦費力救回來的人，不能循原路而亡。」愈想愈覺說好明朝一道同往的約定甚是不妥。盤量他途：「豐源村沒人認得我，我和他們一道而行，徒招眾人注目，成事不足、敗事有餘，還不如我自行前去，當個外地旅客，通行無阻，說不定還能替他們探聽那哈丹的情報。」當下打定主意，合衣而臥。

是夜，高塔那邊傳來薩它爾琴音，聲振林木、摧心裂腑，破曉方歇。

*

翌晨，穆歆羽和穆克起床，內院裏四下找不到蒙浩宸，出得大廳，便見她留了一張紙箋在桌上，說她一個人獨去豐源村行事方便，交代他二人在家靜候消息，切莫尋來礙手礙腳、擾亂行程。

穆克急道：「村長一意清點與當前信史嫌隙之人，她這一去，正是羊入虎口。」穆歆羽道：「宸兒和我們一樣，也是到昨晚才聽得蒙老伯說起巴圖爾之事，她身分應該還不致於教人知曉才是。」穆克道：「但願村長那邊別要早已掌握了巴圖爾後代的消息才好。」二人在大廳裏數著時間等待，內心焦急，如坐針氈。

到了下午，總算等到蒙浩宸家來。她一進門即滿面不安之色，似是受了驚駭，對廳上二人視而不見，甩了膠套鞋，快步直往廚房倒水疾飲，飲罷一杯又斟一杯，直灌下幾杯清水，方復出來，半倚著牆，手掌在那壁龕雕飾上不停摩弄。姊弟二人見她這般慌亂煩躁，也甚擔憂，雙雙迎上，問道：「怎麼了，是不是這一路上什麼不順遂的？」

蒙浩宸看著二人，欲言又止，長嘆口氣，又踱到那一頭，雙手支著窗檯，咬唇鎖眉而立。二人更覺牽掛，跟上前，復問消息。蒙浩宸躊躇大半天，說道：「你們看不出來我毫髮無損嗎？卻是……卻是……」

二人疑道：「卻是什麼？」

蒙浩宸回身相對，嘆道：「我今早上你們豐源村去，一進村子，直接往西北方走，想先去看看那雕像和水壩附近有沒有線索。剛到左近，就看見村民東一群、西一群地走出緩坡來，各自交頭接耳、叨叨絮絮。我依稀聽得幾句：『怎會發生這等慘事，水壩竟然浮了屍體……』『都不知泡了幾日幾夜才撈上來，這期間卻還照常出水供給，真駭人……』『唉，奈費勒斷然想不到他後嗣竟意外淹死在自家水壩裏……』」

穆歆羽和穆克聽到此處，皆不住驚叫出聲，顫聲臆道：「難道竟是村長……」心裏更有另一處不安。

蒙浩宸道：「我聽得心驚膽跳，隨手攔下一人，自稱是欽慕奈費勒之名前來觀光的旅客。

那人打量了我幾眼，搖手嘆道：『如今奈費勒家族也不濟事了，從前那孩子雖曾忤逆，總還能調教，現在卻是後繼無人，沒指望了。』」

穆歆羽聞言如五雷轟頂，霎時面色刷白、氣不暇接，就要暈倒，穆克趕忙扶住。

蒙浩宸道：「我知道那可能是你們心中掛念之人，便大著膽子，硬生生到水壩那裏兜了一圈，拾得這個。」說著從袖袋拿出一頂針織白帽來。穆歆羽顫著雙手接過，虛弱地說：「這是我做給哈丹的帽子。」

穆克強忍悲痛，說道：「姊姊，妳先別絕望，想想當時黃大哥墜崖，我們白傷心了一場。姊夫這會還不知怎麼回事，說不定只是訛傳，我們得親自去弄清虛實，再作後續。」蒙浩宸也勸道：「是啊，你們要找的人我從未見過，也沒親眼看到屍首，不能單憑幾句流言和一頂帽子定奪。」

穆歆羽喘著氣，催道：「好，我們現在就走。」拉著穆克就要出門。

蒙浩宸憂道：「你們冒然而往，恐怕又遭村民遷怒。」穆歆羽已失了理智，含糊不清地說：「那正好，快來把我打死，和哈丹作一處。」一面強拉穆克跌撞而行。

蒙浩宸憂心忡忡地跟上來，扯住穆克衣袖道：「你們要小心。」穆克回頭應道：「我知道，我會看著姊姊的。」蒙浩宸深切囑道：「無論結果，千萬要回來予我知會。」穆克應肯，無暇多言，已教穆歆羽連聲催去。

姊弟倆馬不停蹄趕路，到達豐源村時，已過傍晚。二人盡揀人少的小路通行，託藉夜色，避過途中幾個行人，一逕往村長府邸。

二人自小在這深宅大院進出玩耍，熟門熟路，相偕遶到後院外的小巷，穆克指著那磚砌圍牆，悄聲說道：「姊姊，我先翻過牆去，妳到一旁小拱門等著，我一會就來替妳開門。」穆歆羽應諾，那小拱門是三人幼時偷溜、祕晤的途徑，藏在後院圍牆一角，夜裏照明不到之處。

穆克攀踩著磚牆間隙，手腳併用，像隻蜘蛛俐落而上，頃間已跨過牆頂，瀟灑落地。他拍拍手上灰塵，彎身拉開小拱門上的木閂，穆歆羽鑽了進來，偏院僻境，四下裏闃靜沉寂，整幢院落恍若空蕩無人。二人貼著內屋牆垣，躡手躡腳、銜枚而行，先來到了哈丹房外，內裏悄無聲息，二人試探一回，離開、續行，比及過了幾重私房內苑，漸有光線和人聲。

二人來到大廳牆外，蹲身於一扇鏤花飾窗旁，以矮樹叢掩著身子，由外向內窺視——那屋室裏已是喪奠佈置，回族治喪三日不升炊火，長桌上擺著親友鄰人送來的食籃，廳堂中央停著遺體，窗外角度和距離看不清其容相，卻見哈正卜和俄麗婭雙雙守在一旁垂首拭淚，四處不見哈丹，二人見此景況，心都涼了半截。穆歆羽更是牽掛揪心，幾欲痛哭失聲，慌忙提手摀了嘴，但覺渾身寒徹，氣息難暢。

一晌家丁進來，對哈正卜稟報幾句，哈正卜點點頭，抹了淚迎出去，好一會，接了個食籃回來，隨手擱在長桌上，繼續於那遺體旁默然垂淚。不久家丁又來報，哈正卜收斂情緒，又出去接回個食籃……一整晚不停有人前來弔唁送食，他只得忙裏忙外，長桌上擠得滿滿，不得下噓、不能專注的哀傷。俄麗婭則從頭到尾守在那兒寸步不離，一次也不肯出去與人應酬答禮。

入了夜，外客逐漸少了，哈正卜命家丁去關好大門，立在廳裏，長吁口氣，對著身側那扇飾窗低聲喚道：「小羽、穆克，進來吧。」

二人聞言大驚，愣了愣，遶出樹叢，現身那大廳門首，俄麗婭也甚意外，疑惑地回過頭去，揉揉淚眼，難信所見。

哈正卜招招手，啞聲說道：「你們都過來陪陪哈丹。」

聽聞此語，二人心裏存著那絲渺茫希望徹底塌陷，跨過門檻，穿過前廳，一步一步地朝廳堂中央走去，直到看清那遺體，正是哈丹面容蒼損、四肢腫脹地僵躺著。

穆歆羽雙腿一軟，癱倒在地，穆克和俄麗婭一邊一個將她救醒。哈正卜哽咽地追悔道：「當初真該任由他去找你們，也許此刻正在哪一處無恙生活著，不會冰冷冷躺在這裏……唉，我日夜防守，才到外地出幾天公差，就教他逃了出去。他明知我早派人清掉水壩裏所有遺事，還跑去那兒做什麼？」其他三人也不答話。

姊弟倆扶著哈丹的遺體安靜地守了一夜。穆歆羽悲慟欲絕，想起在蘇覓山頂，她病在危篤，哈丹說無論久短，總要與她作一世夫妻，那些話，猶然在耳，卻是角色移換。可憐他二人新婚離散，竟成永別，山頂最後幾天恬適的日子，已成絕響，約定的未來再不會實現。思及此，她只覺萬念俱灰。

穆克卻是想著當時哈丹磕雕像捨命相救，那臨別場面，心道：「姊夫，雖然你不守信約，沒來與我們聚合，但我會謹守答應你的事。我會好好照顧姊姊，你此去無牽無掛。」

更漏將盡，哈正卜喚人進來差遣，那人領命而去，不久取來一只藍布包袱，哈正卜接著，攜入大廳，交予羽、克姊弟，說道：「天快亮了，我送你們出村子。」

俄麗婭指著那包袱，疑道：「這不是我當初派人交送的錦盒？」哈正卜道：「是。那時正在風勢上，妳差人去送盤纏，教村民發現了，又要發怒追打，正好害了他們。」俄麗婭啞然。

姊弟倆推辭不肯受，哈正卜道：「拿著吧，你們怨的是我，他母子兩個卻是自那天起對我疏淡責難不止，沒一點虧負你們之處。」二人方才收下。

其後哈正卜親自掩護二人出門出巷，直送到村外幾里處。姊弟倆頷首稱謝，未曾多言。哈正卜殷殷交代道：「往後別再犯險回來，找個地方平平安安地生活，總之這裏不再有令你們惦念的人了。」幾句話說得語重心長，又淒涼無限，言訖揮手而去。二人怔然杵著，凝視那寂寥蹣跚的背影，一時萬千感觸，微張了口，卻終究沒喊喚出聲。

哈正卜悵悵而去，不移時，他身影消逝在早晨清景之中，再不能辨見。

穆克道：「姊姊，我們也走了吧。」穆歆羽渾渾噩噩摸著土牆移動，一瞥眼，看見牆邊一起磚刻劃記，正是當時特地留予哈丹相尋的暗號，她伸手觸著牆上圖誌，喃喃說道：「這個再也用不到了。」穆克走上來，兩人抱頭痛哭，哭得聲嘶力竭、跌坐於地，久久不能自己。

良久，穆克強自振作，先爬了起來，再去拉穆歆羽。二人方才站穩，一輛車自背後疾馳而來，長長「吱」的聲猛然煞住，駕駛搖下車窗，在那裏大呼小叫道：「你們兩個在這裏正好，省我一趟油錢進村子索人！」

二人聽得這熟悉的聲音，心下疑惑，一回頭，齊聲驚喚道：「納忠言？」

那車裏坐的不是納忠言是誰？他環眼圓睜、眉毛直豎，一手伸出窗外，連連揮臂對二人催喊：「快上我車來，一齊去常州殺了邊星友！」

穆歆羽和穆克對望一眼，盡摸不著頭腦，猜想：「難道邊導演墜崖後竟也倖存？納忠言又是怎麼下山的？」問道：「邊導演怎麼了？我們為什麼要同你去殺他？」

納忠言道：「你們要給哈丹報仇，我要給黃書蟲報仇，乾脆聯手合作一回，一起去報仇！」二人愈聽愈糊塗，經他這一鬧，暫壓著悲傷，復問：「給哈丹報什麼仇？黃大哥又怎麼了？」納忠言叫道：「他二人都是邊星友害死的，還問什麼！」

姊弟倆駭然驚叫：「此話當真？」納忠言怒道：「你們不去便罷，囉囉嗦嗦誤我時間！」說完便要發車離去。穆克忙忙攔住，說道：「你把事情說清楚，我們便和你去報仇。」

納忠言就坐在車裏，東零西落地將事由原委對車外二人說了——

*

約莫六年多前，邊星友在一次與人閒談中，偶然聽得那遙遠的西疆邊土，曾有人不辭浩大工程，百里引水於沙漠之中。當時只這一念閃現，心想：「有一天定要將此案拍成電影。」想那一望無際的滾滾黃沙，在夕陽餘暉下罩著金澄色流光，詭譎、神祕，最是大銀幕上令人迷醉之景。

往後他陸續收集相關資料，讀遍信史、野史、當地人文風俗，愈覺那故事中人物生動可愛，情節勵志逗趣不乏懸疑，日益堅定決心，為此片定名為《奈費勒傳奇》，滿懷憧憬。

其時，他已入行近十五年，主導三部電影，皆乏人問津、沒沒無名，大半時歲都耗在他人零碎委託的案子裏，舉凡兒童科教、商業廣告、灑狗血的連續劇、旅遊節目、烹飪教學、深夜時段宗教啟示錄……職銜從前製到後製、副導演到助手，拉拉雜雜、混淆不清，總地未擔大任、未成大功，不上不下。明明都在他的領域，外行人看是沾著邊，其實千里之遠。雖是為著餬口，卻也不存苟且之心，有時反而是案主自己說：「到這個水平就好。」久了，他也學會得過且過，早早交了差，省下時間便專注於自己衷願之事，心想：「我的作品卻是絲毫不容妥協的。」

《奈費勒傳奇》從靈感一動，漸次生根發芽，卻總是他內裏之事，他日夜苦思情節架構、調整敘事手法，幾近癡狂而甘之如飴，外境偏又困難重重，沒有亮眼的履歷，三部慘淡舊作讓他處處碰壁。邊星友一面籌款、一面策劃，省吃儉用，接更多案子存錢貼補，電影進度雖緩，從不曾放棄中止。到了第四年，他賣了房，租著小房間住，家中值錢之物老早典當清潔。倏忽五年過去，總算一關過一關，他領著劇組，到新疆實地取景，夜以繼日地拍了幾個月，卻在大功告成，準備收隊東返時不慎迷路。他一個人在大漠中茫茫無尋，終因糧水耗盡昏倒於路邊，幸得哈丹等三人途中救起，攜至磐石鎮若而村，自此在納忠言家中暫時住下。

邊星友對眾人救命之恩著實感激，不時想著該如何回報，對穆歆羽尤其癡心戀慕。初時大家問起他返家行程，他一味推拖與團隊聯絡不攏，終得繼續留下，便是為著穆歆羽，一面又想：「哈丹正是奈費勒後人，倘使與他交厚，一日電影既成，邀他發言，莫如神助。」

那時眾人正為解譯小兒錦和三道祕文一事苦心孤詣、不得其所。邊星友很快察覺他們遇著棘手難題，心忖：「我若能相助一臂之力，一來報恩情、二來敦友誼，但不知大家為了何事煩惱。」一適巧納忠言粗心大嗓，成日裏把那祕文內容正念反念，教邊星友聽得，暗暗記下，反覆琢磨，再使穆歆羽用計輾轉宣告解答，進而博得大家一致贊同他來參與。

原本解開第二道祕文時，邊星友已猜疑不定，不知眾夥急欲解決之事與那雕像作何關聯，詳悉因果之後，更是不肯輕易離開，直想：「此事既與我電影主題息息相關，如何能撒手而去，說不定其中更有新鮮枝葉，來為此片增色添艷。」遂繼續以劇組將回來補拍遺漏之鏡為藉口拖延。

豈料三道祕文將原典愈翻愈遠，電影中大公無私的童震、智多星洪省善一時間成了「童偽洪贓」。

哈丹因那首悖史題壁詩，以及雕像旁違理的木雕刀，想方設法要查清家族歷史，邊星友一面與眾人親善，以獲知這頭情況，一面密集聯絡已回常州的劇組，遙相催促、監督製片進度。琢磨著：「電影年底就要上映，按目前反應預估，當能一炮而紅。如若年底前這段歷史先教推翻，屆時誰還去看一部錯誤片，恐怕連上映都有困難，多年勞苦白費、血本無歸。」又想：「如若順序倒反，我的電影先成大功，一傳千里，縱使事後考證出真相，人人都已熟悉片中劇情，翻案新版影響有限，大家也未必關心。況且那時票房已定、名聲已成。」心下默默祈禱電影能趕在翻案之前。正逢金鄉導屢屢回絕哈丹拜訪、第三道祕文不知指著哪座高山，邊星友暗自慶幸，心想只消再膠著數月，危機自解。

卻在此時，金鄉導忽然改變心意，短短兩日，托出舊賬，意外身亡。哈丹等三人連夜造訪，刻不容緩地邀眾人同上蘇覓山去，邊星友與他們坐在一處，從哈丹和黃紹的對話中拼湊金鄉導如何暗諷指控、乃至招來殺身之禍的重重疑雲，心想：「這下可好，不但童震、洪省善與原史不符，連奈費勒、哈曼格都成了不同人。」

金鄉導一死，哈丹因悲憤轉而積極追究，黃紹在一旁幫著出主意，還提出要請學術界朋友發表論文昭告天下。邊星友一時措手不及，聽得冷汗直流，心中暗叫不妙，長年心血就差這臨門一腳。表面上卻端得從容公平，關心事實真偽更勝自己的作品。

哈丹執意要上蘇覓山，納忠言歡呼附議，其他人也支持，邊星友獨想攔阻，又怕稍微不慎露出馬腳。一番掙扎，不得不與眾人一同上山。當時，他因金嚮導遭滅口一事大受啟發，心中已隱隱萌生殺意，收齊行李，準備動手後直接返回常州，處理電影最後統整。

邊星友酷好奇風異景，上山下海經驗豐富，是個野地常客、戶外高手，只消報個錯誤消息，要陷害不諳山路的一行人也算容易，但他雖急功迫取，畢竟不是大奸大惡之輩，殺人這等大事怎敢輕易做出，何況那行伍三個是救命恩人，一個是千里知音，至於納忠言只愛寶藏，本來就不在謀害清單之列。臨危之時，反而不自主地耳提面命，叮囑大家何處要小心、何地該留意。

上山次日，即逢大雨，合著穆歆羽驟病垂危，眾夥奔命搭救、兼顧不暇，邊星友多著機會，卻遲遲下不了手。即使黃紹發現他在岩穴煮湯，主動要來分一碗，他卻下意識潑掉整鍋湯藥，免得黃紹喝下尚未確認之物而中毒。

那時穆歆羽命懸一夕，邊星友憂急之餘，冷靜回想對面岡巒那似曾相識之景，憶起幼時經驗，兩相對照下，大致有了主張。但記憶畢竟遙遠模糊，雖得七八分肯定，仍不敢賭上那二三分風險。他並不知曉延遲服藥會留下病根，只道謹慎為上，遂每日清早私自忙碌，要把那藥草嚐過七帖再予她療毒，心裏每每悵道：「我若為著試藥肚破腸爛，倒是死得磊落深情，再也犯不著為功名得失浮沉不定，揮不去那禽獸不如的邪念歪想。」某一處竟暗自期盼著那藥草真是穿腸毒藥。

黃紹察覺他拂晨出帳，進而憂心往尋，終得在宕穴那裏尋獲。當時，邊星友正向著裏邊一面顧湯、一面低頭清點電影進展，忽聞背後動靜，慌忙將手中表單藏入衣袖之中，強作鎮定。自此總猜疑黃紹其實窺見了實相，知道他並未如承諾哈丹那般，令劇組將電影停下，反而暗中調撥遙控，又怕他要加害眾人之念已教黃紹看出。疑心生暗鬼，更覺黃紹一言一行都別有意境，甚而愁慮消息早傳知眾人，大家只是按兵不動，靜待他出手，一舉反制。

邊星友愈發忌憚黃紹，心底卻留著黃紹以「歎為觀止」四字概括他那三部人人退卻的電影，他未曾忘記當下那深刻的震撼與感激。直拖延到最後一日，他知道放下這次機會，一待下山，圖謀難成。於是趁隙過了山坳，採了枝蛇螫草，再把蛇木旁土壤翻鬆，好教黃紹不慎踩空墜落，至於那些救命恩人，卻是絕對下不了手的。

翌晨二人一同出帳，結伴閑聊，至山坳旁方始分手。黃紹一路卻是勸慰他莫因這部《奈費勒傳奇》拍不成而喪志，問他手邊還有沒有其他籌拍的電影，還說下山之後大家共商對策，勉他一日終會大展才華。

邊星友愣愣走到宕穴中，想起二人昔日把盞談心、相知相惜，猛然一震，取出那莖事先摘採的蛇螫草蓋在鐵鍋下，發足狂奔，追過山坳、衝上那頭岡巒，正見黃紹來到蛇木旁，一跨步伸手去採那生於尾端的藥草。邊星友駭然震撼，滿面驚恐地大叫：「黃兄，小心！」一面伸長手臂，撲身一躍，卻抓了個空，黃紹已然跌入那萬丈深谷去了。

邊星友悔之無及，跪坐在土坡旁大哭不止。

好半日漸能思考，知曉事已至此，無可挽回，遂脫下外套拋掛至蛇木之上，布置成他在此處出了意外，如此一來眾人自不會懷疑黃紹失蹤與他相關，然後背起行囊動身離開。比及哈丹等人找來，看這外套，又在草叢間撿起黃紹的鋼筆，果然以為二人皆墜崖而去。

邊星友下山之後，便至豐源村散布謠言，要村民先認定哈丹等聯手外人詆毀自己先祖、破壞奈費勒雕像，忖道：「人一旦有了成見，說到這話頭便特別敏感，更不容許些微異象。」豐源村本來人人對奈費勒奉若神祇，聽了攛掇也不管原因理由，一致準備熱血悍衛他們的築壩英雄。這招先發制人、孤立其勢成功奏效。

那一頭是常州團隊連連傳來電影備受矚目的消息。邊星友百味雜陳，只覺到這一步已經沒有退路。

豐源村村民因篤信傳言而暴動，穆歆羽和穆克慘遭亂棒逐出。邊星友聽得此事，慨憤不已，嘆道：「我只想教村民不受其言，未想竟害了她……」和淚心痛如絞，只恨聞訊太遲，不及挺身相救。一會又想：「哈丹必定不肯獨自留下，他出不了村子，只得繼續把此案了結。一旦水落石出，村民知錯，便能將他們姊弟接回。」心中邪念又蠢蠢欲動。若幫著哈丹逃走，總得擔心教村長捉回後，翻案一事沒完沒了，卻是另一途徑省事乾脆——哈丹一除，他們姊弟沒人帶頭，不會再來干預奈費勒之事，算算一舉數得。

電影已是箭在弦上，再則有了黃紹的前例，這回邊星友沒有猶豫太久，潛伏村長府邸附近準備伺機而動。

內裏哈丹也正等待時機，要逃出家門去和穆歆羽姊弟相會，初始連連失敗，房門外監視愈來愈嚴，哈丹只得先安靜下來，故作懶態，讓人相信他處境艱難，早放棄脫逃之意。每回有人進來立即躺到床上，裝得癡癡懨懨，醫生一個接一個，查不出症狀，家裏上下只道他心病沉重，積憂成疾，盼著他自己想開，方能病癒，也有饒舌的暗裏指點，說他定是那一下磕得太重，把腦子都磕傻了。

轉眼一個月將逝，門口守衛看他像個行屍走肉，監督一日怠似一日，礙著村長禁令未解將就守著，好容易遇上村長公務外出，個個鬆散偷懶。哈丹深知機不可失，將老早收拾好的輕便行李隨時揣著，待門外一缺人旋即乘勢開溜，成功逃出房門，一路躲躲藏藏，分秒不敢掉以輕心。

哈丹終得逃出那深宅大院，一出家門，未走幾步，忽地巷裏伸出一隻手來，將他一把抓了進去。哈丹驚疑未定，還道再次教守衛捉回，定睛一看，卻見一人壓低帽檐，直直立在轉角裏，正是邊星友。哈丹疑信參半，好半日才得冷靜辨別，直問墜崖後事。邊星友笑道：「此事說來話長，日後再詳告與你，當前先是離開此地要緊。」哈丹點頭稱是，說道：「能得你相幫，我這回真要與小羽、穆克團聚了。」

邊星友道：「正是他倆要我來接應你。」哈丹喜出望外，忙問：「他們在哪？」邊星友道：「正在村外相候，我這就領你去尋。」

哈丹不疑有他，欣然隨邊星友上車而去。途中邊星友招呼他喫茶喝水，哈丹不好推拒，將那參了藥的茶水飲了，繼續熱烈與邊星友敘舊聊天，直到愈感昏憒，沉沉睡去。

邊星友見藥效發作，試探一回，調頭往西北方疾馳，直至水壩旁，將哈丹拖出車外，扔進水中……

聞及此處，穆克再忍不住怒叫道：「他竟拿我們作誘餌害死姊夫！」穆歆羽早已哭成淚人，泣道：「他既想殺哈丹，又何必費心救我。」兩人悲憤又復悚動，竟差這麼一點，便能與哈丹相會。

穆克機警地問：「你如何知道這些事的？」納忠言道：「全是他親口告訴我。」姊弟倆不明就裏，納忠言續說餘事：

哈丹家門森嚴，屍首撈上時並無外傷，人人只道他自己跑到水壩旁失足淹死，不著外力相強之跡。

殺了哈丹之後，邊星友原欲趕往機場飛回常州，手裏拿著機票，忽然想起：「我將來程票根遺在何處了？」翻遍行李盡尋不著，愈覺是在納忠言家裏留著的，心想：「壞了，若教人知道我劇組根本向來都搭飛機往返，從來沒有中途折返一事，當初扯的謊不攻自破，屆時連謀殺之事都給一併掀出。」又覺納忠言一會顛顛倒倒，一會通透清楚，著實風雲難測，不可不防，遂將班機延後，當晚去到納忠言家如法炮製，準備用同一手法將他滅口，只稍將誘餌改成寶藏。

納忠言初見邊星友，以為自己撞了鬼，躲在桌下呼嚷不止，後來聽得他大難未死，且已發現寶藏，特來相告，登時轉懼為喜，「碰」的一聲頂翻桌子，跳將起來，扯著他連問寶藏何在。邊星友笑道：「正在村界不遠，我這就領你去尋。」納忠言拍手大笑，蹦進屋裏提了鐵鍬隨他上車。

車上邊星友又以茶水勸飲，納忠言毫不客氣地咕嚕嚕灌了幾瓶，一晌邊星友見他不醒人事，調頭把車開往臨近河流。

孰知納忠言醒睡不定，邊星友才將他抬出車外，他竟忽然睜眼，大問寶藏何在。邊星友嚇一大跳，手一鬆，納忠言摔在地上吃了個痛，跟著意識邊星友原本正拖著自己往前方那湍急河流方向去，驚叫：「你幹什麼，謀殺我嗎？」邊星友掩面痛哭，聲淚俱下：「我已為此片作了魔，竟連哈丹、黃紹都害了，絕不能在最後留這一點破綻，功虧一簣。」一面抽搐，一面道出罪行，說起穆歆羽，悵道：「不知道她服了我留下那最後一帖藥否？病如何了？傷如何了？而今可有個安身之處？她若是到常州來，就讓我從此照顧他們姊弟——」

原來邊星友打定主意要圖黃紹墜崖，便自己預先採了最後一枝蛇盤草。他明知此舉留下疑點，也知黃紹不回，尚有穆克、哈丹代勞，卻仍放不下心，寧可讓人懷疑，也要照顧她這最後一回。

納忠言叫道：「干我甚事，我壓根沒看過你什麼鬼機票，你劇組愛坐飛機還是愛開火箭，我才不管哩。」邊星友揩了淚，冷聲說道：「來不及了，到這一步，我錯殺一百，也不能放過一個。」納忠言亂喊亂罵，撲上前要與他拼命，奈何藥效發作下愈覺暈眩不穩。邊星友奮力一撲，將他推落至那潺潺河水之中，隨波逐浪，愈飄愈遠、漸沉漸底……

邊星友遠遠望著他身軀沒入河心，上了車，往機場而去。

第十四回

無址空函

穆克素來渴慕邊星友率性倜儻，一時間不知如何接受這突來的大轉折，又看納忠言義憤填膺，喊得滿頭大汗、喉嚨嘶沙，不似說謊之象，抑著悲慟，向穆歆羽問道：「姊姊，我們下山之前收拾行李時，可還看見邊導演那只灰色大背囊？」穆歆羽恍恍惚惚地搖了搖頭。穆克仔細回想，亦想不起，心忖：「他若是真的墜崖，背囊便還留在原處，不可能在去追黃大哥時先行帶上。除非正如納忠言說的，他刻意將外套掛在山坡旁誤導我們，卻是好端端折回來取了行李下山。」愈想愈覺那麼一只大背包若曾經手，不會毫無印象，再則他出發前帶齊行李，也不會只是聽從納忠言指令。孰真孰假，心底已有了界線。

納忠言不耐煩地拍著方向盤問道：「事情都說完了，到底要不要跟我報仇去？」穆克道：「你既然意識不清地摔進河裏，是怎麼爬上來的？」納忠言道：「我天命非常、福大命大，哪裏需要自己爬上，一覺睡醒，早教河神托上岸來，連衣服都已烘乾，抖抖精神，便直接回家去了。」他昏迷時隨河水沖上岸，一身溼衣在風吹日曬下逐漸晾乾，醒後卻想不透其中緣故，總之撿回一條命，拍拍灰塵歡欣而去。

穆克哀傷地想：「姊夫卻沒有這樣的幸運。」問道：「你這趟是特地到豐源村找我們？」納忠言道：「廢話！」他回家之後，看著黃紹遺下的私物，哭哭啼啼，心裏愈是怨恨邊星友，燃著一把怒火，決定不辭千里殺到常州去報仇。

穆克道：「你既已聽說我們被人趕出村子，怎還要到那裏去尋？」納忠言大叫一聲，拍額呼道：「對呀！我怎忘了！」一會回過神，瞪著穆克道：「忘了又怎地，這不教我逮著了嗎？」催道：「上車！報仇去！」

穆克道：「再回答我一事，便和你去。」納忠言道：「問完一事還有一事，恁般賴皮，我不信你了。」言畢就要搖上車窗，穆克忙以十指攀住，說道：「我也說一事與你。」納忠言道：「我趕著給黃書蟲報仇，沒空陪你聊天。」穆克道：「我要說的正與黃大哥有關。」納忠言道：「真的？」穆克點頭。納忠言催他快說，穆克卻道：「你先回我問題，我才說。」他內心為哈丹的死淒楚瘋狂，只為詳查真相不得不在此巧言周旋。

二人僵持半晌，納忠言沉不住氣，不甘不願地讓了。穆克便問：「你後來是怎麼下山的？」納忠言好似聽了個笑話，回道：「用腳走下去。」穆克道：「可我們在另一頭山頂等你好幾天，也沒見你回來。」納忠言道：「等我做甚？我回去做甚？」穆克道：「山坳和那頭岡巒都沒路下山，你不折回，如何下去？」納忠言冷笑道：「誰說沒路，那是邊星友騙你們。」穆克驚問：「為什麼？他不是一心想救姊姊嗎？若知有路，怎不讓我們下山尋醫？」納忠言道：「笨蛋，不把你們拖住，他怎慢慢考慮要不要殺人。至於女人他自己會救，救不活反正也沒他的電影重要。」

穆克忽地想起蒙浩宸說過蛇螯草葉枯黃前皆可入藥，霎時恍然大悟，心道：「原來如此，他早知道蛇螯草不必現採現煮，才會在決定謀害黃大哥前先備下一枝，故意這麼說，也是要把我們拖住，若是改變心意還能改口說發現新路下山。再則讓黃大哥天天都到崖邊摘藥，他一狠下心隨時可以動手。」想得寒徹了骨髓，面上表情糾結成一團。

納忠言叫道：「別呆愣愣在那做鬼臉，快把黃書蟲的事講來。」

穆克定定神，強自鎮定，把黃紹未死一事詳實說了。

納忠言未待聽完，拍腿忿忿罵道：「該死的黃書蟲，只顧會你們，卻不來會我，枉我這等義氣要替他去報仇，看我回去先把他丟在我家那堆臭書燒了，叫他後悔莫及！」穆克道：「黃大哥也是救人心切，才先領了神醫來看姊姊。後來聽我們說你可能早已遇害，傷心不已，也沒回去探探虛實。」

納忠言怒道：「原來是你們挑撥離間，他現在何處？我找他說去！」穆克摸摸衣袋，找出黃紹臨行前留下的聯絡訊息遞上。納忠言一把搶過，喜得眉開眼笑，盯著那地址呼道：「噫，太好了，這就找書蟲兄玩樂去！」一面發了車。

穆克忙問：「你不去常州報仇了嗎？」這會換了他復仇心切，納忠言卻道：「書蟲兄沒死，我去常州做什麼，你們的仇你們自己去報，我才懶得理哩！」穆克抓著車窗問道：「你不恨邊星友差點殺了你？」納忠言道：「差得遠！快放手，我走囉——」說著催下油門，揚長而去。

穆克追了幾步，已趕不上，望著遠去的車尾，雙手握拳，咬牙切齒地想：「我立刻上常州去，殺了邊星友替姊夫報仇！」一回頭，卻見穆歆羽不知何時已昏倒在地。穆克慌張衝來看視，喊了幾聲，不見她甦醒，想起昨日出門前蒙浩宸扯著他衣袖深深叮囑，心頭一陣動蕩，盤量著：「我答應宸兒一定先回去會晤，豈能爽約。姊姊這般憔悴傷神，不該再讓她勞累，不如先帶她回去，託在那安全之處，請宸兒代為照顧一陣子，我也好無後顧之憂地獨自去常州找邊星友算賬。」主意既定，隨即負起穆歆羽望原路而返。

*

比及回到吐魯番，已近午時。穆克敲了門，老嫗不久便來答應。進得屋去，四下裏找不到蒙浩宸，問了老嫗，咿咿啊啊大半天不明所以。穆克只得先將穆歆羽攙至她房間安置，自己又去裏裏外外找了一遍，皆不見人。前廳敞著窗子，他走近張望，見溝渠上的竹筏繫在對岸，想道：「宸兒到對面高塔給蒙老伯送早餐，怎到這時還不回來？」逕自回廳上候著。

中午，老嫗端上抓飯來，穆克稱了謝，有一勺沒一勺地胡亂吃著。又過多時，總算盼到蒙浩宸進門，穆克起身迎上，原想請她快進去看看穆歆羽，卻教她先劈頭問了句：「你怎回來了？」神情訝然，似是這會見面在她意料之外。穆克有些忸怩，說道：「妳吩咐過我要回來晤告。」蒙浩宸「嗯」了聲，不置可否地點點頭，自顧往裏走。

穆克跟上來，問道：「神醫姊姊，妳怎麼了？」細看之下方察覺她容色沮喪、眼眶脹紅，像剛才哭過。穆克憂心不已，伸了半截手臂要上前關切，哪知蒙浩宸急急一躲，尖聲喝道：「不要碰我！」穆克嚇了一跳，忙將手臂縮回。

蒙浩宸怔怔站了半刻，回過神來，說道：「沒什麼，就是剛才又聽爺爺說起曾祖的冤屈，心裏難過，哭了一場，現在倒是舒坦些了。」說著便到桌前坐下，喚穆克道：「你也過來跟我說說你那邊情況。」

穆克依言於對席入座，忍著悲愴將這一路經歷言簡意賅說了，並憂急求道：「還請妳快去看看姊姊，她三番兩次昏倒，我真怕是她從前花毒又發作了。」

蒙浩宸聞言變色，悻悻道：「那病根早教我爺爺除了，哪還有發作的道理，除非你瞧不起他醫術。」穆克正要辯解，蒙浩宸又冷笑道：「我還當你真守信約，原來是為了求醫、寄人，不得不回頭找我罷了。」

穆克大事當前，也沒心思像平常同她推猜兜哄，就直當當地坦言道：「妳要是不喜我們姊弟留著叨擾，大可以直接說了，不需要拿這些話冤我。天曉得我聽得姊夫遇害，悲恨撕心，一刻也等不及手刃仇人，只一剎那記起妳臨別囑咐，硬是忍吞下來，先來回覆妳。又想姊姊虛弱，不堪奔波，而今妳是我唯一能夠寄望之人，才要把她託給妳。順序因果本是如此，妳就算不會治病、不肯留人，我還是一樣會守信回來晤妳。」說得急迫鏗鏘，差點把氣都噎著了，一張臉脹得通紅。

蒙浩宸未想他這認真起來，不著平日一點促狹之氣。一番話樸質無華，卻教她大為懾服，又不禁揀著那些字裏行間之語念念不忘。收起架勢，跟著認了真，扁扁嘴直言說道：「你姊姊也是我的朋友，我豈會不照顧她，卻是你……我不願你去報仇。」

穆克道：「邊星友殺我姊夫，此仇不共日月，豈有不報之理！」蒙浩宸道：「你就是殺了他，你姊夫不會回來，你卻落個殺人大罪，一生全毀。」穆克道：「我顧不得這許多，妳可知那姊夫其實也是我至親手足，我從小喊他『大哥』。他事事護著我、讓著我，我們說好要作一輩子兄弟，福禍相連，如今他半途而逝，我就像被人削下一臂一腿來，妳說我怎能不痛？怎能不恨？」愈說愈是氣憤，一口氣轉不過來，幾欲窒息昏厥。

蒙浩宸道：「你這是張飛急關公之仇，沒頭沒腦地橫衝直撞，非但報仇不成，自己先莫名其妙送了命。你要尋得他弱處，一招致命，復仇之外還能自保。既然他把那部電影看得比自己性命還要緊，你便從此處進攻，他最怕祕密揭曉影響檔期計劃，為此不惜連下毒手，你偏偏讓他算計失敗，把奈費勒的真相早早公諸於世，屆時此片要不成為他第四部無人問津之作，要不根本上不了場。他以為長年屈才總算熬出頭來，卻橫生遽變、一瞬天黑。他若不崩潰，也是生不如死，比你一刀刺了更是報復。」

穆克苦笑道：「神醫姊姊到底是女諸葛，還是毒蠍子？往後還是少惹妳才好。」蒙浩宸惱道：「你真是正經不過片刻，枉我一番苦心為你籌策。」穆克收起玩笑，搖頭嘆道：「妳深謀遠慮，我卻是扶不起的阿斗。我只圖痛痛快快、速戰速決，何況奈費勒史案至今尚無力證推翻，我也等不了慢慢收集、還未必成功的不確定感。」蒙浩宸又建議道：「他也算個公眾人物，你揭了他殺人凶手的真面目，自有輿論抵制他。」穆克道：「無憑無據，他矢口否認，那些流言說不定還成了他成名的助力。」

蒙浩宸道：「你就算不採計謀，也不能獨自冒險。要不你把你姊夫確切死因告訴你們村長，他自會派人去報仇，毋須你親力親為。」穆克道：「不，我就是要親力親為，替姊夫討這筆血債！」蒙浩宸又勸了半日，苦口婆心、費盡唇舌，穆克說什麼也不肯聽，定要自己去殺邊星友。蒙浩宸束手無策，心想：「一會讓他姊姊來勸他吧。」便說：「我進去看看歆羽，你也先回房梳洗梳洗，休息一會，等頭腦冷靜些了，再來計議不遲。」穆克應肯。

二人一同行至冬室，在穆克房門前分別，蒙浩宸逕自再往長廊深裏而去，到了穆歆羽留宿的客房，只見她仍雙眼緊閉地安靜躺著，眼皮浮腫、唇無血色。蒙浩宸走到她床邊，搬了張椅子坐下，自被褥裏拉出她一條手臂來把脈，聽了一會，大驚大疑，心道：「定是我弄錯了。」趕緊再搭上她手腕，又摸片晌，還是那脈象。蒙浩宸一時沒了主意，愕然獃坐，好半日才回過神來，忖道：「得快找穆克說去。」遂匆匆起身。

一出房門，卻見蒙淵肅然站在長廊外，示意她別出聲，並招手叫她過去。蒙浩宸點點頭，帶上房門，快步繞出長廊，至他身旁怯聲喚道：「孛瓦。」

蒙淵也不應聲，轉身朝另一頭走去，蒙浩宸跟著他背後，緘口不敢多言。

＊

穆克回房小淨，洗下一臉塵沙，登時清爽舒坦。兩日未曾闔眼，事件不迭，也確實累壞了，至此方得小歇一回，躺在床上，卻是翻來覆去、心神不寧，乾脆又爬起來，循路到隔壁客房去看視穆歆羽。

到得門前，裏頭不聞音息，穆克自窗簾縫隙看見穆歆羽尚未醒轉，房裏別無他人，疑想：「宸兒給姊姊診了病，怎沒來告知我是何情況？」一會又想：「大概是姊姊並不要緊，她想讓我休息，才暫時不來相告。」自行開門進入，在床邊輕喚了好幾聲「姊姊」，都不得一點回應。不由憶起在山頂時她沉睡不醒的景況，內心七上八下，坐在床邊守著，只盼她一刻醒來，隨時有人照應。

守了多時，仍無動靜。穆克愈發不安，出了門，自往蒙浩宸那裏問訊，孰知她房門緊閉，此時天色已有些灰淡，房裏並未點燈。穆克提手敲門，喚道：「神醫姊姊！神醫姊姊！」半天沒人回應，估計她不在房間，便要往大廳去尋。

他走出外廊，整座大院鴉雀無聲，從前只道清幽，這一時卻不知怎地，心頭惶惶惴惴，倒教這寂靜鬧得煩躁不堪。

行過中庭時，四下無風，忽覺前方樹叢颯颯，如有生物竄過。穆克警覺叫了聲：「誰？」卻無答應。他款步上前，一面出聲探問道：「神醫姊姊，是妳嗎？」沒走幾步，樹叢裏突然「刷」了聲，滾出一大團物事來，穆克嚇一大跳，定睛一看，竟是那老嫗從枝葉中栽出個筋斗，翻滾到他腳邊，像被人自背後猛踹一腳跌出似的，穆克疑忖：「她怎鬼鬼祟祟在那裏？」忙彎身扶了起來，問候道：「婆婆，妳摔傷沒有？」老嫗一臉驚恐，不及站穩，慌慌張張地踉蹭而去。

穆克怔杵片晌，續往夏室去尋蒙浩宸，行至穿堂，便先遇上，趕忙上前詢問穆歆羽病況，蒙浩宸道：「她傷心過度、欠缺休息，一會我到藥房取些補帖，燉雞湯給她服下，調養一回，便沒事了。」穆克心上大石方才落了地，又問：「姊姊既無大礙，怎昏沉沉地到現在還不醒？」蒙浩宸道：「或許醒了呢，我們一起看看她去。」穆克依允。

二人於是同到穆歆羽房間來，遠遠見門敞著，裏頭黑壓壓一片，穆克心中一凜，想道：「我剛才明明將門掩了才離開，若是姊姊已醒，她怎不開燈？」三步併兩步地衝了進去，摸黑在房裏邊叫邊找。蒙浩宸跟上來，扭開大燈，屋室霎時亮晃晃的，四下卻空無一人。

穆克急得滿頭大汗，蒙浩宸看著床上掀起的被褥，走過去摸摸探探，其上尚留餘溫，對穆克說道：「她剛下床不久，或許只是出去散散步，我們四處找找，應該還在左近的。」

二人當下分頭去尋，穆克前廳搜遍，又回內院一間間查探，總地連連落空。蒙浩宸在天井、庭院兜了一圈，繞到屋外，順著牆垣沿路張望，不久就望見穆歆羽踉踉蹌蹌地在前頭走著，竟是要往溝渠方向去。

蒙浩宸懷疑不定，心想：「她這勢頭好似要尋短見。」趕緊發足追去，一面追、一面喊，穆歆羽卻置若罔聞，也不回頭應聲，仍然搖搖晃晃地望那溝渠走，看看就到岸邊，蒙浩宸提了勁沒命趕來，總算在關頭上攔住了她，氣喘吁吁地責道：「我追妳追得要斷氣，妳怎不睬我？」

穆歆羽回過頭，頰上掛著兩行淚，卻是一臉茫然。

蒙浩宸見她這光景，猜想她八成也沒聽見自己在背後喊喚，便不追究，只說：「妳身上不好，快回去歇著吧。」

穆歆羽也不移步、也不答話，掉頭去看那溝渠，渠上風止水靜，映著一彎明月、幾株樹影，霎時又想起故鄉那段疏影掛月的路程來，眼淚再止不住地滴滴答答墜下，泣不成聲地說：「宸兒，妳別管我了吧，我心都沒了，留著一條命做什麼用呢？」

一言未及，向前跨了一步就要跳下水去，蒙浩宸沒料到她正說著話，竟有這突來之舉，慌忙伸手一擋，險險抓住。穆歆羽卻又掙扎要跳，死意堅決，蒙浩宸怕一個拉扯不住真讓她摔進溝渠裏，脫口說道：「我謂妳一事，妳便不想死了。」穆歆羽哭道：「除非哈丹復生，餘事都不能絕我死念。」蒙浩宸道：「哈丹不能復生，卻可續命。」

穆歆羽一聞此語，果真靜了下來，顫聲問道：「這話什麼意思？」

蒙浩宸咬咬唇，鎖著眉緩緩說道：「妳已有一月身孕。」穆歆羽聞言癡傻，怔怔站著不知所措。此時穆克也正尋來，聽得這消息亦錯愕不已。蒙浩宸續道：「前時我為妳把脈，還在初始之期，摸不出喜脈來。剛才在妳房間，妳昏睡時，我又診過，那脈象已經十分清楚。」

三人在那水渠邊立著，恆如三尊雕像，文風不動。月光下三條影子拖得長長的，自平地一直延展至水中。

良久，穆克先自喃喃說道：「原來姊姊突然昏倒，竟是這原因。」問蒙浩宸：「妳怎跟我說姊姊只是勞累過度？」語氣中自有淡淡的譴責。蒙浩宸道：「我……我擔心她正值悲切，再受刺激，對腹中胚兒不好。原想找個時機說了，卻遇上這麼一鬧，別無選擇。」

往後幾日穆歆羽六神無主地，鎮日捧著哈丹刻予她的山谷百合胸墜，坐在床上啜泣，哭累了即倒頭昏睡，睡醒再爬起來垂淚，一句話也不肯和人說。穆克憂愁無措，擔心她又尋短，日日過來陪著，那報仇之念懸在心裏，暫時不得分身實踐，也不敢對她提起。蒙浩宸則是按時替她診脈，送補藥來給她安胎，穆歆羽先是推拒，卻聽蒙浩宸說她疲勞激動已動了胎氣，再不服藥恐怕流產，這才哭著把湯藥強灌下肚，心裏雜著千般困惑和苦楚。

數日之後，也慢慢弄清這接二連三的變故，心情稍得平靜，下午穆克過來時，便主動拉著他在床邊坐著，問他日後可有打算。穆克見她和自己說話，喜不自勝，扁著嘴說道：「姊姊終於肯理我了，我還道妳根本忘了有個弟弟，自顧尋死覓活地，都不管我會不會傷心。」

穆歆羽歉然說道：「對不起，我那時真的很亂，一心只想隨哈丹去了……」說著又不住灑淚，哭了一回，強忍下，說道：「從前我們在這裏借住，一來是讓蒙老伯替我治病，二則總想著不久要和哈丹會合，不敢走得太遠。而今我病好了，那人……也會不上了，總該想想往後何去何從。」穆克聽出她話裏的去意，便問：「依姊姊看，如何是好？」穆歆羽道：「只和原先說好的那樣，去一處陌生之地重新生活，再不過問前代是非恩怨。」

穆克道：「妳也不想替巴圖爾平反，報蒙老伯恩情了嗎？」穆歆羽道：「我實話告訴你，當時知道蒙老伯要了結的心願與奈費勒一案有關，我已有退意，為著和哈丹見面，勉強而為。現在哈丹沒了，換了我們的骨肉在我腹中，我更不能再捲進去。穆克，你親眼看到多少人無辜受累，死傷不計，還包括我們要永遠因為失去至愛之人痛苦的，甚或這個可憐的遺腹子。奈費勒也好、巴圖爾也好，平不平反就是換個名字，如此而已。我絕不讓我的孩子再為這件過時的舊案苦纏，步他父親悲劇後塵，也不要他像蒙老伯、金嚮導，一輩子沉重地怨著恨著，人生都賠上了。你也要勸勸宸兒想開一些，把我們的慘痛代價給她作了借鑑。至於蒙老伯的恩情，總還能想想其他方法償報的。」

穆克只道姊姊向來溫柔婉轉，不想這會說出一番疾言厲詞來，一時應答不上。想起報仇一事，方道：「前代恩怨可以不管，姊夫卻不能白白死了，還讓邊星友快活自在地拍他的電影。」提及哈丹遇害，穆歆羽再不能堅強，抓著被子痛哭欲絕，穆克也就不敢說了，安慰一陣，待她歇下，兀自辭出。一開門，似覺一道影子急急閃過窗邊，隱匿至轉角牆垣裏。穆克走過去，那牆垣後只有一片枝葉茂密的低矮樹叢，臨著風颯颯作響。他忽地憶起前幾日中庭發生之事，心想：「難道又是那婆婆？」不甚在意地轉身回房去了。

在房裏消磨了少時，總覺心煩意亂，想著去找蒙浩宸聊天解悶，便一路沿外廊繞了過來。行至她房前，只見房門半掩，裏頭蒙浩宸正背著門坐在妝臺旁。穆克敲敲門緣，順手推開了門板。蒙浩宸一聞背後有動靜竟驚跳起來，回身喚道：「孛瓦。」一看是穆克，面上憂色方才卸下，嘆口氣，說道：「是你呀。」伸手將他一把拉了進來，關上門，問道：「找我有事？」

穆克見她愁容滿面，一時也不知該不該再拿自己的事情煩她，猶豫一會，只將剛才在穆歆羽那裏商量去留之途略提一回。蒙浩宸聽了，淡淡說道：「也好，你倆耽擱這多時候，是該好好計劃未來了。」穆克聽出她言下大有分道揚鑣之意，也不是從前故意冷嘲熱諷說著反話，心裏不勝悵悵，問道：「妳真的希望我們走嗎？」蒙浩宸道：「千里搭長棚，天下沒有不散的宴席，你我畢竟不是同路之人，早在你們來時便有離開的一日。」她說得瀟灑，卻教穆克聽得悵惘，當下面色一沉，尚未道別，離情先發，竟差點流下淚來。

蒙浩宸也不理會他神情淒苦，更追問：「何時走呢？就這兩日趕不趕得及？我差那婆子備一席酒菜給你們送行。」

穆克聽這催趕，心上一痛，脫口問道：「從前我提離別妳就不高興，怎這會巴不得我們快走？」蒙浩宸道：「從前你們兩袖清風，趕你們出去流落街頭，倒似我刻薄，只好忍耐留著纏磨。現在那村長給你們一大筆錢，怎還來賴在我家白吃白住。」穆克挫折地說道：「原來我自作多情，還道妳心裏也認著我作朋友，一心要與妳剖心掏肺，每回見著妳都覺歡喜，晚上就想著明天要如何惹妳開心，不想妳卻是這般厭煩我——」

愈說愈急，眼看就要吵了起來，此時廊上傳來一陣腳步聲，和著拐杖點地篤篤而來。蒙浩宸臉色驟變，悄聲說道：「孛瓦來了，你趕緊走。」一面拉著穆克匆匆向門邊，那腳步聲卻已快到門外，蒙浩宸又慌又急，手忙腳亂地又將他拉回房裏，四下一瞥，指著床邊衣箱說道：「你快躲進去。」

穆克隨著她一會前進、一會後退，滿腹疑惑地問道：「蒙老伯來，我幹嘛要躲？」蒙浩宸未及回答，已聽得蒙淵在外頭敲門叫喚。她大驚失色，彎身打開衣箱，將裏頭衣服取出，胡亂丟到床上，抓簾子遮住，再把穆克硬生生推進那大衣箱裏，悄聲令道：「好好待著，不許出來。」穆克不及回答，她已「啪」的聲關上箱蓋，定定神，前去開門。

門一啟，蒙淵隨即跨了進來，冷聲問道：「妳鎖著門在房裏幹什麼無恥勾當，到這時候才來回應？」

穆克在衣箱裏聽得大驚，心想那素來慈厚的蒙老伯怎說出這等苛毒話來，從箱蓋縫隙窺不得全景，只聽蒙浩宸唯唯回道：「我正打算換件衣服，才鎖了門，不想孛瓦會折回來，應門慢了，不是有心。」聲音竟是顫巍巍地。

蒙淵入得房來，質問道：「我讓妳辦的事如何了？」蒙浩宸暗自斜眼看看那衣箱，以維語回了話，蒙淵怒道：「妳又耍什麼花樣，為什麼得出去說？妳刻意要讓人聽見，壞我計劃嗎？」蒙浩宸面色為難地，又回幾句維語。祖孫倆平素不以維語交談，蒙淵只道她這會存心擺弄拖延，盛怒道：「妳愈來愈大膽了，是不是上回打得輕了，就不怕了，這般違拗忤逆，我處心積慮要留的人，妳隨意放他們回去。叫妳別告訴那丫頭她懷孕的事，妳偏生要說，叫妳找機會把那孽障清掉，妳偏偏替她安胎。叫妳遊說他們為曾祖平反，妳盡搭著人家閒事，自己祖宗的冤屈一字不提，我養妳這賤人做什麼用！」

穆克聽得冷汗直下，斷沒想到蒙淵竟是個心懷鬼胎之人，一怒之下就想衝出去揭發他，蒙浩宸見衣箱那裏蠢蠢欲動，知道事情已瞞他不住，趕緊沿著床邊跪下，偷勢壓了一下箱蓋，哀告道：「孛瓦，我知錯了，我一定設法為曾祖沉冤。但是他們姊弟剛才遭逢變故，自己分身不暇，恐怕無力相助，那孩子更是無辜，不如放了他們去，曾祖的案子我們自己再想辦法。」

穆克經她這一壓，知是暗示，只得繼續忍著。

蒙淵怒道：「我勞碌奔波一世，無計可施，妳倒說說妳有什麼辦法。只恨我一時心慈手軟，當初給那丫頭治病時，便知她有身孕，看她積極問我為何事弄琴抒憂，還道她真有誠心相助，才暫時留著那胚兒。未想還是不出我所料，一知懷孕，什麼恩情惠澤全拋諸腦後，只想簡省麻煩一走了之。妳可知她背地裏怎麼輕慢、冒犯妳的先祖，盡把我畢生心事說得一文不值，要不是留著她還有用處，我恨不得當場出去撕爛她的嘴！」

穆克倒抽口氣，恍然大悟：「是呀，自從我們住進來，他便接著宸兒之後時時為姊姊針灸把脈，豈有不知她懷孕之理。」又想：「原來這幾天就是他鬼鬼祟祟躲在暗處，上次教我察覺，臨時把那老嫗推出來充抵，不想今天下午又來偷聽我們說話。」想著那預謀、窺視，一陣寒慄交雜憤恚。

蒙浩宸知道穆克在那衣箱裏必已聽得怒火攻心，苦苦哀求道：「孛瓦，別說了吧，施恩勿念，何況那孩子有何過錯？」

蒙淵冷哼了聲，說道：「那孽障姓什麼？他可是搶了妳曾祖一生功業的假工程師奈費勒的後裔，他們家族所有名譽尊崇、繁榮富貴本該屬於我們，妳別弄不清狀況，留著那累贅他們便無心辦正事。」說著從衣袋裏掏出一帖藥來，蒙浩宸嚇得不敢接，蒙淵喝道：「拿著！」蒙浩宸顫抖地伸出雙手，到了半途又忙忙收回。蒙淵盛怒，令道：「拿著！」

蒙浩宸哭道：「孛瓦，你饒了我吧，我做不出那樣的事來。」蒙淵道：「沒用的東西，妳真不把曾祖冤屈當一回事！」蒙浩宸道：「正是曾祖冤死，我們更不能再造孽他人，否則跟陷害曾祖那些惡人什麼兩樣……」

這話聽在蒙淵耳裏無疑指桑罵槐，一時惱羞成怒，沒等她說完，舉了拐杖劈頭劈臉朝她揮來。穆克在衣箱裏原已摩拳擦掌，這會看他出手打人，哪裏還忍得住，只等不及要衝出來擋著。蒙浩宸怎會不曉他這點心思，急中生智，挺身上去受了一杖，故意順勢摔倒在那衣箱上，用雙臂壓著箱蓋，十指緊緊箝扣住另一頭箱緣，好教穆克不能出來。

蒙淵早是氣得滿面脹紅，看她撲在箱子上，跟上去舉起拐杖狠抽狠打，一面罵道：「下賤東西，我留著妳心向外人，不如現在就斃了妳！」蒙浩宸被打得疼不過，又不敢放空那箱蓋挪騰閃躲，只哭著叫道：「我怎敢心向外人，讓你查出證據，任憑你打死也心甘情願……」

穆克在箱裏急得滿頭大汗，又怕頂開箱蓋撞傷了她，只從縫隙看得那拐杖來回起落，擊得箱板震天作響，每一杖下去都跟著驚心動魄。又想她那些話分明是說給他聽的，他就算出得去也是害死她，一時沒了主意，困在箱子裏空焦急。

蒙淵罵道：「妳還敢強詞奪理，跟我要什麼證據！」下手愈是毒辣，直打得蒙浩宸由慘叫連連到氣息耗盡，他自己也喘吁吁地沒力氣再打，方才甩了甩袖子，忿忿離去。

蒙浩宸朦朦朧朧中聽得他腳步聲漸漸遠了，才鬆開了手，任身子軟塌塌地滑過衣箱。

穆克急急頂開箱蓋跳出來，只見她口吐鮮血，氣息奄奄地委倒於地，當下心中一震，忙過去扶起她攬在懷裏，低聲喚道：「神醫姊姊！神醫姊姊！宸兒！宸兒！宸兒……」無意間看見她衣袖下竟是青青紫紫，舊傷雜著新傷，猛然省悟：「怪不得她那天不許我靠近，就是怕碰疼了傷處露出事跡。那天她從高塔回來時雙眼哭得脹紅，推說是聽著她曾祖遺事心中難過，其實是放我們回去查探姊夫死訊挨了她爺爺責打。」想起自己頻頻誤會她，心裏又是愧、又是悔，忍不住潸然淚下。

蒙浩宸幽幽聽聞他呼喚，尋回一絲意識，睜了眼，靠著他肩上氣若游絲地說道：「傻弟弟，你哭什麼，又不是打你。」穆克抹了抹臉，哽咽道：「寧願打我，省得心痛。」蒙浩宸虛弱一笑，說道：「別難過了，這個我早就習以為常，一會拿些藥敷了就好。」穆克憤懣道：「沒想到妳爺爺真的會打妳，神醫姊姊，我以前真是笨死了，竟看不出妳苦衷來。」

蒙浩宸道：「你還是這麼叫我，剛才卻是我聽錯了。」穆克道：「剛才我情急叫錯，妳別介懷。」蒙浩宸道：「好吧，正好替你省了心思，少記一個名字。」穆克看她一臉落寞，也不知哪來的勇氣，竟衝口說道：「其實我心裏老早是『宸兒、宸兒』地想著妳，就怕妳嫌我輕薄，不敢隨便改口。」說得一顆心跟著突突亂跳。蒙浩宸聽了，喜逐顏開，說道：「我若是嫌你輕薄，還讓你這樣摟著我？」又問：「你都想我什麼？」穆克道：「什麼都想。」蒙浩宸道：「就像你想著妳姊姊那樣嗎？」穆克道：「不是。應該比較像……」話到半途，訕訕止住，蒙浩宸追問：「像什麼？」

穆克手足無措地搔搔頭，赧然答道：「我猜就像……像我姊夫想著我姊姊那樣。現在如果再叫我想那個花前月下的女孩，我便要想著妳了。」說起哈丹，內心不免一陣酸楚，登時熱淚盈眶，蒙浩宸心裏卻是甜絲絲的，兩副情緒，繫著一種情懷。兩人拉著手，頭挨著頭相偎坐著，誰也不提煩心的事了。

*

穆克回到房裏，方才偷得半晌靜好時光又教現世雜沓擠兌而去。他斂著眉盤量道：「現在宸兒的事就是我的事了，她若執意要平那樁舊案，我也不能袖手旁觀，但是姊姊的顧慮也甚是有理，我是那孩子的舅舅，姊夫已經不在，除了我，還有誰來保護他們？」兩邊拉扯，思來想去不知怎麼顧全。忖道：「無論如何，先把姊姊送出去安置好，還要救宸兒脫離苦海，不能讓她們任何一人再受傷害。」

想著，便到穆歆羽房間來，要助她快快收拾行李離開這危機四伏之境，敲門未應，旋開門把，房裏空蕩蕩，不見穆歆羽蹤跡。穆克心中一沉，倉皇轉身四下瘋狂尋找，闖蕩半日一無所獲。他沮喪地來到蒙浩宸房前，猶豫著：「宸兒受那頓苦打，剛才歇下，怎還來擾她。」在廊上踱來踱去，心急如焚、一籌莫展。

一會卻是蒙浩宸先開了門，虛弱地倚著牆，問道：「你怎在那走來走去，也不敲門？」她自窗簾看見他來來回回的影子。

穆克如遇救兵地急急說道：「姊姊不見了，我屋裏四處找遍，也去了溝渠和鄰近之區，都不見人，我擔心她又去尋短。」蒙浩宸沉吟少晌，面露驚恐之色，顫聲說道：「她為著那孩兒不會再尋短，卻是……」穆克忙問：「卻是什麼？」蒙浩宸頻頻咬唇，說不出口，穆克頃間會意過來，惶惶說道：「難道是妳爺爺……」

蒙浩宸只覺羞愧難當，垂淚說道：「對不起，我從不知他有這心思，要不當初說什麼也不攔你們回來的。」穆克問道：「他到底從什麼時候開始算計我們的？」蒙浩宸搖頭不知。

穆克仔細回想，只覺一切過度巧合，不禁懷疑自始至終便是蒙淵的精心布局，乃問：「妳當初為什麼去蘇覓山，才遇上黃大哥？」蒙浩宸道：「那時爺爺託我送一封信到蘇覓山頂，未想不曾抵達，先在途中救了黃紹，便把正事給耽擱了。」

穆克道：「蘇覓山頂根本沒有人家，妳送信去給誰？」蒙浩宸道：「信上並無署名，也無地址，爺爺只說到山頂上仔細留意，便有消息。」穆克道：「可我們在山頂上紮營多日，確無人跡。」又問：「後來妳可再去送信？」

蒙浩宸想了想，說道：「你這一問倒提醒了我，從前爺爺差我辦事，總是不許半途而廢的，這回我送信不成，為了救人只好先回來回覆。爺爺果然非常生氣，原本要打我，聽我說了這一路歷程，忽然轉怒為喜，爽快答應要替歆羽治病，還稱讚我做得好。後來也沒再追究原來的差事，連那封信一直擱在我這裏也不曾要回，送信這事便不了了之。」

穆克道：「難道那時他已有圖謀？」蒙浩宸道：「那時連我都不曉你們來歷，況且我也沒有把你們是豐源村人對他說了。」二人討論著，總湊解不出。穆克道：「我們快看看那封信，或許會有線索。」

蒙浩宸點頭，進房搜找，在一件連衣裙內袋裏取出那封信來。二人一同撕了封緘，將其中信箋取出，打開一看，不由面面相覷——那信箋只是張白紙，其上空無一字。

穆克悚然說道：「他差妳送信只是個幌子。」

正說間，忽聞房外傳來零零落落的撫掌聲，一回頭，只見蒙淵走了進來，拍著手冷笑道：「我來替你們解惑吧。」

蒙浩宸頓時臉色刷白，差點要暈過去，穆克慌忙接著。蒙淵卻是輕聲細語地問道：「宸兒，妳這回真讓我現場捉住，是不是該聽憑我打死了？」穆克警戒地攔在她前方，蒙淵笑道：「不要緊張，這回可沒有你表現的。她立了大功，將功折罪了。」面上神情真的愉快，二人不明就裏。蒙淵逕自慢慢走到房裏一張檀木椅上坐下，仍以那慣有的聲調一字一句地對二人細細託出事由原委——

原來蒙淵有個故友，名叫坎吉，在新疆東陲開了一家邊界旅店，專賣維吾爾道地飲食兼供應客人過站留宿。

那時，納忠言在河灘拾獲那只八角匣盒，拓印第一道祕文請清真寺阿訇解出，遂二話不說直馳東往，開始他的尋寶之行。直到在陝西遇上求學心切的黃紹，與他欺來哄去，一番糾纏之後，終於結伴一道返回新疆，而二人初入邊界時，正是下榻於坎吉所經營的這家旅店。

納忠言當時視那寶盒如命，以布巾將其牢實裹著，日夜揣在懷裏，不許他人觸碰，成日裏神秘兮兮，最怕有人發現來分寶藏。奈何他粗枝大葉，一路漏訊，到了那邊陲旅店時，更不慎把那布包掉在敞廳裏，教店家扣了一夜，隔日清早方復尋回。

坎吉在店裏撿到那只布包時，心想多半是哪個客人不小心弄掉的，外觀找不著線索，只好打開布包查看，試圖物歸原主。豈料布巾一拆，眼前一個奇鳥高樓圖徽清清楚楚地刻在那木匣子上，坎吉很快想起那正是樓禾鎮豐源村，奈費勒家族的祖傳圖誌。

本來奈費勒雖是一地赫赫有名的人物，外村外鎮之人多少聽聞其名，卻不是人人解得詳細事蹟，那圖徽留傳至今也只是用在家族事業上，外地人不曾交流者哪知來由。坎吉掌店遠在彼端，卻曾不下多回聽得蒙淵控訴，對奈費勒臺面上下枝節無所不曉，亦深知蒙淵一生宿願僅在翻案這一樁。

見到那圖徽時，坎吉想起老友長年心力交瘁、奔忙未果之事，當下找來一名會解鎖的夥計，揭了木匣，描摹下三道祕文，再把銅鎖扣回，隔日似原封不動地還給了納忠言，又故意熱心為黃紹指路，打探得他們要往磐石鎮若而村的消息。

其後坎吉便將三道祕文連同黃、納二人行跡報知蒙淵。雖不得此二人是何身分、為何有奈費勒家族圖徽的匣子，還一路神神祕祕、遮遮掩掩，蒙淵數十年下來只要聞得丁點風吹草動，定不放過希望，這回亦是如此。

蒙淵得知消息，當即親赴若而村明查暗訪，但他畢竟不比哈正卜之輩隨時有人手聽候調撥差遣，加上生性多疑，不願冒險外求，一個人在那偌大村子尋兩個不知名姓、不見相貌的生客，茫然不得，若而村這條線索很快斷了。轉而向那則白紙黑字的符碼鑽研。

當黃紹、哈丹等人為著那小兒錦文字傷透腦筋時，蒙淵也正多方尋求解譯，又擔心訊息外洩，直到一個多月前，終於湊齊三道謎題。

他日夜反覆推敲，將第一道祕文也解作「新疆」。第二道祕文沒在「存者猶佚」上費心，只依末句作「豐源村」解。第三道祕文則作「蘇覓山」解。如此層層縮小範圍，倒也相當合乎邏輯。

往後蒙淵認定蘇覓山上必定藏著與奈費勒家族相關事物，便假送信之名差派蒙浩宸先至山上一探，哪知她未上山頂先教種種醫人救人之務耽擱、折返。蒙淵盛怒，喝令她立即將失誤事由一五一十說了，蒙浩宸隱了羽、克姊弟來自豐源村一事，其他的一字也不敢簡省，只盼一會少受點罪。又暗自權衡想著：「看這勢頭孛瓦斷然不會答應替她治病了，得想辦法偷些藥材讓他們帶走，還要教他們如何煎服。」未想蒙淵聽曉全事，轉怒為喜，蒙浩宸還道自己做了善事，贏得爺爺寬容嘉獎，心裏好生欣慰，哪裏料得到蒙淵是因為聽了她念出第三道祕文，心生計策，方才開顏——那時穆克為了替穆歆羽求醫，隨口胡謅說他們是撿了一道謎語，才按照指引到蘇覓山尋寶。蒙浩宸信以為真，還幫著解出正確謎底，也不知那祕文其實共有三題。回覆蒙淵時，也說遇到那群人是為了這道謎題上山尋寶，並將由穆克那裏聽得的第三道秘文轉述一遍，哪裏知道蒙淵早將三道祕文收齊在手，那十六字謎題一唸出，正如一道密碼，他心下已知那些人定是與奈費勒有關，暗忖：「目下他們有求於我，我不如順勢賣個人情，讓他們心甘情願為我效力。」遂答應為穆歆羽治病，又夜夜鳴琴、時時苦嘆，引她來發問。他並不知道在此之前尚有金嚮導陳事、哈丹得傳家木匣等，亦不知道他們私下討論著那三道祕文的存在與他所說史事多有相悖之處。

穆克道：「原來你故意裝得和善、可憐，來博我們信任。」眼中大有鄙夷之意。蒙淵冷笑道：「我本想成個你情我願、互信互助之局，可惜世情淡薄，就算我先救人，還由著我孫女去伺候你，還是敵不過一個未成人形的胚兒。」

蒙浩宸聽得此語，又羞又惱，為自己爺爺是個不擇手段之人感到無地自容。從前還因著血緣好生為那先祖冤事悲慨，此時卻暗暗怨恨巴圖爾，寧可自己沒有這麼一個先人。

穆克怒問：「你把我姊姊怎麼樣了？」

蒙淵道：「不要擔心。此一時、彼一時，現在我可比誰都寶貝那胚兒。我從前留著你們姊弟，還真不知道怎麼用，現在倒有了妙策，多虧宸兒阻止我幹那件糊塗事，拿著那嬰孩，我還怕他們不肯對我言聽計從嗎？」

穆克渾身一凜，心道：「姊姊千方百計要避開的風波，竟讓他變本加厲了。」

蒙浩宸提著膽苦勸道：「孛瓦，何苦呢？你就是爭贏，不過替了他去豐源村作個村長，有什麼樂趣。」蒙淵慍道：「住口！我稀罕作什麼村長？我要他們出面自陳錯誤，教世人都明白過來，奈費勒霸佔數十年的名譽功勳，其實該屬於我先人巴圖爾，還有那尊雕像，老早該撤換成先君尊容才是。」

穆克疑懼交迫地問道：「我姊姊到底在哪？」蒙淵道：「如果我該辦的事順利辦妥了，自然會把她完好無缺地奉還。」穆克道：「好，我現在回去找村長，求他遂了你的願。」說著便匆匆要出門。蒙淵卻在背後叫住，說道：「不忙，再不久便是先君忌日，我乘空擬張懺悔稿，等稿子寫好了，再交由你攜去，命他們在當日照稿宣讀，不得一字擅改。」一面起身，神采滿面地自言自語道：「得快想想稿子怎麼寫，等了一生，總算皇天不負苦心人，這回是真的了。」

蒙淵自顧揣著美夢離開，穆克忙拉著蒙浩宸，說道：「宸兒，妳快把高塔鑰匙給我，姊姊既然不在這主屋，必是在高塔那裏了。」蒙浩宸道：「不瞞你，高塔鑰匙我也沒有，每次過去，爺爺都只許我在玄關候著，從不讓我多踏進半步。既然那是他私人領域，也未必會將歆羽放在裏面。」

穆克又將屋室徹底翻過一遍，找不到人，仍深信穆歆羽正是關在那高塔之中，也顧不得什麼不許亂闖的禁忌了，摸著夜色行舟過去。

那高塔四壁光突突的，不開一窗一格，堅實的牆垣就似一座實心建築，密不透風，只在塔底裁開一個長方形入口，由一扇牢不可破的石門密封，門上原已安著鎖，又加鐵鏈繞住，並以一只生鏽大鐵鎖扣著。穆克拉扯不動、衝撞不破，摸著平滑塔身毫無攀爬可能，他沿著周圍踢踹捶打，圈著嘴大叫道：「姊姊——姊姊——」聲音一觸牆垣已牢牢受阻，根本傳不進塔裏半分，任他喊得嘶啞，那高塔依舊冷冷聳拔於天地間。穆克不禁疑惑，從前琴音如何遠播的。

次日一早帶了工具過去，他慣熟的本領無法挑動那千斤鐵鎖，瞎耗了整天也徒勞無功。往後屢屢嘗試，用盡方法總破不了那銅牆鐵壁。而蒙淵倒是任他喊叫敲打，從不阻攔，一副漫不掛心的樣子。

蒙淵不再讓蒙浩宸送飯，他行蹤不定，來去無期，穆克曾想偷偷跟著溜進高塔，卻毫無機會，那塔門上的鐵鎖也不知是否曾再解下過。穆克憂忖：「姊姊若真在那塔裏，可有飲食日用？」投鼠忌器，他親眼看過蒙淵如何殘忍對待自己孫女，深怕一惹他不快，一個轉身就去對付穆歆羽，故而也不太敢和他頂嘴，心裏灰冷冷地想著：「總地這些人都瘋了，個個乖僻偏狹，迷失人性。」一時而悲觀地再不想相信任何人。

忽忽一月過去，蒙淵卻始終沒來託他送稿，穆克心裏焦急，詢問不果，卻不敢催趕、激挑。

這日，一如往常地過完，白日裏並無特別事情發生。及至中夜，穆克正在自己房裏睡著，迷迷濛濛中，似覺一股紅光在臉上跳動，睜開眼，看見窗簾上若夕照映得通紅，穆克疑忖：「不正是半夜，哪來夕陽？」心一緊，彈跳而起，揭開簾子，只見溝渠那頭火光接天，熊熊火舌隨風翻捲，而高塔正在那火焰之中，四面燃燒著。

奈費勒雕像

第十五回

小錦遺誌

高塔失火，煙氣騰騰直竄夜空。穆克倚窗而視，驚叫道：「不好，姊姊尚在那塔裏！」旋即奪門而出。及至庭院，遇上蒙浩宸也為火光擾醒，心繫蒙淵安危，急急忙忙要前往探尋，二人遂一道同往。

穆克、蒙浩宸拔步飛奔望火而去，頃間已奔至溝渠旁，遠遠望見蒙淵正乘竹筏自前方上岸。他腳一踩地，彎身將竹筏拖上來，雙掌箝住其邊緣，忽地一聲大吼，挺身舉臂，奮力一擲，那竹筏砸在地上摔成片段。

蒙淵縱聲大笑，像陀螺四下追逐著那分崩離析的竹片，繼續狠踩猛砸，嘴裏含糊念著：「容我回去想想吧！哈哈！有趣！有趣！」一面說、一面笑、一面拍手，一會又摔坐在地上，揮著雙臂作出舞蹈姿態。

穆克見他毀了竹筏，猛衝上來，卻已搶救不及，眼看對岸高塔火勢愈燒愈烈，穆克理智全失，一把揪起蒙淵，怒問：「我姊姊是不是在裏面？」蒙淵目無交焦，一逕笑，卻不作答。穆克怒火攻心，面目猙獰，蒙浩宸追過來，攀著他手臂，苦苦哀求道：「不要傷我爺爺。」穆克咬牙切齒，鬆開手，將蒙淵拋在地上，轉身就往溝渠邊去。

蒙浩宸才要去扶蒙淵，一回頭又見穆克正準備犯險，兩頭兼顧不暇，只得先放了這邊，衝上來抓住穆克，說道：「你們姊弟怎都愛擺這一局和我拉扯！」穆克急道：「妳快放手，我要過去救我姊姊。」蒙浩宸道：「你可會游水？」穆克道：「不會。」蒙浩宸道：「你姊姊不一定在那塔裏，你衝動下水，萬一……萬一和你姊夫一樣……」穆克心中一痛，答不出話。

蒙浩宸道：「這渠水甚深，渠道卻窄，我去找根長桿子來，橫架在兩邊岸頭，你把雙手攀著桿子，下截身子浸入水裏，借助浮力，換著手輸送過去。」

穆克憂道：「可有這麼長的桿子？」蒙浩宸道：「我們快去拆了葡萄架，結起木桿，或許夠長。」穆克應肯。

二人不由分說，轉身便走，不及數步，只聽得背後一聲轟然巨響，一回頭，整座高塔已塌了下來，全然頹傾於火焰之中，大風吹過，勢頭更旺，頃間已不復分辨塔樓形跡，只成一堆斷垣殘瓦跌在火中劈劈啪啪地燃燒，冒出陣陣黑煙。

穆克嘶聲大叫：「姊姊——」調頭發足直奔。

蒙浩宸撲身上前死命抱住他，泣道：「穆克，來不及了，你跳下去，就是順利渡了水也無濟於事了！」

穆克被她攔腰抱住，雙腳在土地磨出兩道深溝。二人苦苦糾纏，翻跌於地。穆克匍匐爬著，一面望那岸叫喚，滿臉汗淚交錯。蒙浩宸則拼命抓著他腳踝，隨他緩緩拖行，深怕稍一鬆手就讓他縱身躍下水去。

大火連燒多時，直燒得那一磚一瓦都成灰燼，方漸漸歇止。穆克號泣翻滾，神思昏亂，蒙浩宸連拖帶抱，將他攙回屋中。一進門，大廳燈火通明，原來是蒙淵早已回來，將那老嫗打醒，喝令她去備茶備飯，此刻正自坐在大桌前，桌上擺著一碗碎肉拉條子，他也不使餐具，兩手肘抵著桌邊，十指探在碗裏捉揑，大把大把抓起麵條胡亂塗塞得滿嘴滿臉，桌上地下盡是食物殘渣。

穆克一見著他，怒氣重燃、精神復振，大步上前，髮指眥裂地質問道：「你說清楚，我姊至今是活是死？」

蒙淵聽而不聞，自顧狼吞虎嚥。

蒙浩宸也上前勸道：「孛瓦，事已至此，歆羽在不在那塔裏，你便實說了吧。」

蒙淵扔了麵條，伸出油膩膩的雙掌，以右手扳著左手手指，一根根依序向內扳折，一面數著：「在、不在、在、不在、在……」數到小指，左手握成拳頭，右掌朝桌面重重一拍，大叫：「在！」那碗拉條子隨著跳了幾跳，他看著碗裏的麵癡癡笑著。

穆克怒道：「我姊姊真的在塔裏！」說著就要上前和他拼命，蒙浩宸趕忙攔住。蒙淵不理二人，又張開五指，重新扳數：「不在、在、不在、在、不在……」折到最後一根手指，神情癡疑，自顧說道：「咦，怎這回又不在了？」穆克大吼：「你別在那裝瘋賣傻！」

蒙淵聞聲驚了一跳，怯怯說道：「副督軍休怒，容我回去想想，再來答覆。」穆克道：「想什麼，姊姊在哪，一句話完了。」蒙淵急了，也發起脾氣來，一拍桌，捧起那碗麵砸過來，怒道：「就說容我回去想想，聽不懂嗎？」

穆克、蒙浩宸未及閃躲，教麵條、碎肉、殘菜掛得滿身滿臉，幸而食物起鍋多時，並未燙傷。二人才到廚房清理污漬，回到大廳，便見蒙淵爬上椅子，伸長手臂要去搆那幅高掛的工程繡氈。蒙浩宸大驚，抱著他雙腳仰頭勸道：「孛瓦，你快下來吧，你不良於行，要取氈子吩咐我一聲便是，何苦自己爬上去。」

蒙淵一跳，抓著氈邊，連人帶椅翻倒而下，蒙浩宸跟著拖摔出去，那氈子隨後輕輕飄落，把兩人一椅蓋作一團。此時老嫗正端出茶來，不留神踢中這龐然大物，大叫一聲，整個人撲疊到氈子上，手中茶壺茶盞飛到一旁摔了粉碎，茶湯潑濺地毯，又暈過來滲染了壁氈。

穆克看這亂成一團，一腔怒氣一時也沒處發洩，忙忙上前扶起老嫗、掀開氈子，把蒙浩宸救出來。

蒙浩宸衣服也髒了、頭髮也亂了，神情悲苦地扯著他，哀告道：「你等我些時候，我定替你問出歆羽的下落。」

穆克瞟了一眼仍躺在地上的蒙淵，「嗯」了聲，懶懶地拿開她的手，不回一言轉身離開大廳。

蒙浩宸望著他背影，淌下淚來，聽得蒙淵在腳邊哀聲嘆氣，不得不收拾情緒，前去相扶照應。

穆克走出那烏煙瘴氣之境，此時天已微亮，他收齊了工具、材料，至那溝渠邊編造木筏，預備渡過渠水去探探那灰燼中可有線索。敲敲打打間，不住感傷地想著：「如若姊姊、姊夫都在，再加宸兒，還有那個未出世的娃娃，我們五人從此一道而行，該有多好。」憧憬襯著實情，胸中哀愁登時轉為恨意，一會計算要去殺邊星友，一會權衡蒙淵近在咫尺，不如先殺了他再上常州去，腦中盡是將二人碎屍萬段之念，愈想愈激憤，左手鐵鎚一落，沒敲準，就重重打在右手背上。穆克「噯呀」一聲，回過神來，甩甩手，撿起木材繼續造筏。回憶方才一團混亂的情景，不禁懷疑蒙淵這回又使什麼詭計，心道：「我必得小心提防為上。」又忖著：「他怎老說那句，卻似邊星友從前提過的電影臺詞？」情思混雜，也沒往下探想。

到了中午，蒙浩宸提了個食盒尋來，穆克木筏已造得八九分，無心茶飯，只忙著趕工。蒙浩宸便將食盒擱著，一旁憂道：「我爺爺恐怕真的瘋了，我問他歆羽是不是關在高塔裏，他回說：『容我回去想想，再來答覆。』我問他，高塔為什麼失火，他說：『容我回去想想，再來答覆。』我說，這裏就是你的家，你要回哪去想？他說：『容我回去想想吧，容我回去想想吧……』我問他認不認得我，他拍案大叫：『妳問題怎那麼多，我回去想想，下次一併回答妳行不行！』後來我不問他了，他還是自顧在那裏蹀蹀躞躞，嘴裏不停零零碎碎說要回去想想，一會蹙著眉好似真的沉思什麼，一會彷彿豁然開朗彈指睜眼大叫，一會又一臉惶恐連連對著前方討饒，說回去想想定來覆命。也不知他上哪著了魔，纏上了這句話。」

穆克霎時一愣，接著把先前從邊星友口中聽來的電影情節略說一遍。蒙浩宸訝然說道：「真有此事？難道爺爺竟是因此發狂的？」穆克道：「他又不識邊星友，哪裏窺得電影先機？」當下二話不說，捨了木筏和蒙浩宸一同進城打探。

二人入了城，行不多時，道路為一列行伍封阻，艱難穿過一行，還有一行，隊伍彎彎曲曲繞著街道好幾圈，一問之下，這大排長龍竟都是等著買票進電影院看《奈費勒傳奇》的觀眾。

克、宸二人大惑不解，沿途詢問探聽、拼湊消息：原來邊星友謀害納忠言之後，連夜搭機返回常州，日夜不停趕工。團隊怨聲載道，終於在他高壓督促下，縮時完成了電影。

為免夜長夢多、再生變故，邊星友傾盡所能，硬是將電影提前上映，豈料一路評價看好、喊聲甚高的片子，實際搬上劇院卻是門可羅雀，偌大廳室裏觀眾稀稀散散，一日少似一日，連一個區域都坐不滿。冷冷清清地放了一兩星期，就準備無聲無息地下檔。邊星友千求萬懇，換得他人奚落道：「放著那聲光音效就伺候幾個人，著實不環保，何況那票房恐怕還不夠支付劇院電費開銷哩。」有的則就事論事地勸他：「該來的觀眾早來了，你就是再放一百年，不來的還是不會來。」

對外受盡冷眼，對內是團隊頻頻指他不該操之過急、師心自用地亂改進度，從前志同道合、同甘共苦的一群人轉成債主，向他索要承諾過的報酬，逼他扛起失敗責務。

邊星友心灰意冷、四面楚歌。電影眼看不久下檔，想起長年心血付諸一炬，不禁消磨掉那最後一點自信，嘲諷地想著：「人家是感恩圖報、為知己者死，我卻親手害死自己的救命恩人和知音，就為著一部劣作。早知道沒那等性情，生不出經典之作，凌霄之才不過是顧影自憐的誤會罷了。」懊悔更復瘋狂，將那電影整夜重覆放著，喝著悶酒，一幕笑過一幕，當時自歎的神來之筆個個成了不堪入目的蠢策。

邊星友笑得涕淚翻滾，砸掉杯盞，然後舉起槍來，自絕了性命，死在那仍持續播放的銀幕前。

次日，消息傳開，先有幾個觀眾出面聲援電影之妙，痛惜天妒英才。多有好奇而往，驚嘆而出者，好評擴而廣之，《奈費勒傳奇》頃間一票難求。每日早晨劇院尚未開門，門前已先人滿為患，路上誰不談論那情節和臺詞、沙漠旖旎風光、築壩引水奇蹟——一干氣派角色，穿雜詼諧尷尬的丑角，運用智慧和決心解決難題、洞悉真相，成皆大歡喜之局。奈費勒成了家喻戶曉的人物，父母都勉勵子女說：「真金不怕火煉，就像奈費勒屈就一時，終得撥雲見日。」也有把戲裏戲外對照連結者，感嘆那導演是個「懷才不遇的悲劇英雄」，說他正是胸懷悲苦，才拍攝此片以奈費勒故事自勉，可惜終是寂寞天才不容於世，留下這部「靈魂遺作」英年辭世，卻分毫不曉他自絕背後的重重紛雜細因。

電影大紅，各處邀約不斷，邊星友已死，團隊副導演只得遞補充數，代為接受採訪、頒獎、回應問題，日日行程錦鑼密鼓，每回訪談必定口稱邊星友生前如何以身作則，帶領他們衝出重圍，說劇組人人一心、不曾怨悔，末了不免遺憾垂淚，悲嘆榮耀來得太晚太遲，觀眾跟著感動不已。

穆克和蒙浩宸在那僻境深居簡出，合著一連串凶事惡訊，不曾留意那電影竟已悄悄上映多時，還經歷了這番峰迴路轉，風靡四方。此時各懷憂思，更無心與群眾排隊湊熱鬧。查清事由，即匆匆打道回府。

當晚蒙浩宸果然在蒙淵換下的袷袢衣袋裏找到一張電影票根，因想著：「現在街頭巷尾誰不誇耀奈費勒功績、童震氣度胸懷。孛瓦定是知道大勢已去，一生苦想苦盼之事眼看實現，卻轉作泡影，受不了刺激，因此瘋癲發狂、縱火洩恨。」又想：「那高塔若不是有他存望人事，何至於一朝絕望，就焚塔斷念，看來歆羽原本真是在那塔裏了。」傷痛不止，又不敢去向穆克說出她的推測。

穆克則回那溝渠邊紮成木筏，渡水過去。

上了岸，那黑團團的殘瓦破礫堆疊過頂，他走上前，伸手一觸，頃間塌倒，惹起一陣塵屑。其時天色晦暗，穆克憑著幽微月光，和主屋傳出的燈火，小心舉步而入，穿行於那高塔殘跡。火滅灰冷，餘燼面目全非，剩下一些燒不掉的破銅爛鐵，漆黑變形，依稀尚可辨得本來是鍋是鑊，以及纏繞大門上那鐵鏈鐵鎖。

穆克蹇蹇為步，一路低頭顧望，行至一處，見一斜傾的螺旋鐵梯遺骸，估計是原本通連高塔上下的梯子，鄰近不遠又是一條鐵鏈，埋著半截，只露出其中一段。穆克走過去，彎身將鐵鏈從餘燼中拉出，未想鏈子那般長，他輪手抽了一會，鏈子至尾段又結著另一條鏈子，盤錯糾纏一團。他將鐵鏈輕輕放下，忽地，腳底似踩著一細長圓桿，急急一退，瞥眼大驚：腳下踩的哪裏是什麼圓桿，那是一截燒剩的斷骨。

穆克心驚膽顫，腳下如懸千斤，怔怔杵著一動也不敢動。少時思考復甦，換了另一種恐懼。他強自定了定神，蹲身細察，果然是根骨頭，循此望去，四周還有零零落落的殘骨，幾處留出人體肢骸。穆克頭一暈，趕忙攀住身旁傾倒的螺旋梯扶桿，舉目四望，前方餘燼下如有一物，森冷冷地閃著隱現寒光。他起身摸探過去，取出那發光物事來，端在掌心，立刻辨出那是穆歆羽的耳環。

穆克悲慟欲絕地明白了：「姊姊真的是關在塔裏，還被用鐵鏈鎖著，活活燒死。」收起耳環，一面哭，一面動手把遍地骨頭撿在一處，拉了衣襬權作容納，將骨頭揣在懷裏，小心攜出，尋了一清靜之地掘坑埋了。

當晚就在那埋骨之處陪了一夜，臨近平明，迷迷幻幻地打了個盹，半夢半醒間猶似看見哈丹和穆歆羽笑嘻嘻地攜著手走來，他悲喜交加地抹著淚，激動說道：「太好了，姊姊、姊夫，原來你們都沒死。」

哈丹笑著朝他肩頭打了一拳，朗聲說道：「誰死了，說得這等晦氣。」他摀著肩故意大聲叫痛，穆歆羽笑道：「就該打重些，教你知道這不是一場夢。」他這會卻不覺痛了。

他拉著丹、羽二人，喜問：「既然你們都沒死，我們上哪玩？」穆歆羽道：「去水壩那邊看看雕像如何？」他心中一凜，正想阻止，哈丹卻搶道：「好，我也正要去那裏找穆克和小羽。」他趕忙攔住哈丹，說：「姊夫，那是邊星友騙你，我和姊姊不是都在這裏，你還找誰去？」哈丹和穆歆羽一同回頭，意味深長地瞅了他一眼，笑了笑，自顧攜著手離開，任憑他在背後窮追猛趕、喊破嗓子，也再無交集。

一晌悠悠醒轉，方知是夢，看看天色大亮，黃土上有他親手挖開又填上的痕跡，心道：「這個才是真的。」頓時又是淚流滿面。想想短短時間，他家也沒了，至親二人，一個淹死、一個燒死，連那未及出世的甥兒也無辜陪葬。原以為遇著伊人，她爺爺卻是殺害自己親姊姊的凶手。穆克雙手托額，頭痛心悸，耳畔嗡嗡作響。

昏昏憒憒地摸著原路回來，一進門，便與蒙淵撞個正著，只見他拿著琴弓邊跑邊叫：「琴聲快傳過去，把魚兒釣上來……」蒙浩宸追著喘道：「孛瓦，小心絆著桌腳……」

蒙淵撞著穆克，「唉唷」一聲，彈倒坐地，穆克憤憤撲上前，雙手捏著他頸子，瞠目怒叫：「還我姊姊命來！」

蒙浩宸趕來護著，抓住穆克手臂，勸道：「歆羽生死未明，你別衝動。」穆克鬆開一隻手，掏出那只耳環，將尋灰埋骨一事說了，蒙浩宸面色慘淡，求道：「爺爺已經瘋了，你饒他一命吧。」穆克未及回答，蒙淵先罵道：「賤人，妳才瘋了！」執著那琴弓甩來，霎眼就在蒙浩宸面頰上抽出一道血痕。

蒙浩宸閃躲不及，摀著臉眼淚直下。穆克震怒，續掐著蒙淵吼道：「他哪裏瘋，還會殺人、還會打人，還知道毀了竹筏，斷我救人之路！」蒙浩宸與他拼命拉扯，泣道：「你先放手，進去等我一會，我有話告訴你。」

穆克見她早已鬧得狼狽不堪，心中也甚不忍，只得暫且作罷，依言先入屋去。

蒙浩宸又費一番力，終得把蒙淵安撫停當，理理儀容，來見穆克，誠摯說道：「眼下大局已定，生生死死追悔無益，逝者已矣，卻是活人的仇恨最難解。」穆克道：「有何難解，殺人償命，如此而已。」蒙浩宸道：「你殺我爺爺復仇，我再殺你復仇？」穆克冷笑道：「怎麼？妳要導我去『冤冤相報何時了』那套理論，說服我放棄復仇？」蒙浩宸道：「那倒不是，我深知你性情，不會做那徒勞無功之勸，卻是另外想了個周全法子，教你我兩個都不為難。」穆克半信半疑，問道：「什麼法子？」蒙浩宸道：「殺了我。」

穆克先是一怔，接著乾笑幾聲，說道：「妳果然深知我性情，就像妳曾勸我對付敵人先攻他弱處一般。」蒙浩宸嘆道：「穆克，你不是我敵人，我也不是想用這方法勒索你，我知道你下不了手，如若我自行了結，你能不能承諾不再找我爺爺尋仇？」穆克道：「妳以為『一命抵一命』是這麼瞎湊的嗎？我姊姊關在那高塔，鎖著鐵鏈徬徨無助地看大火愈燒愈近時，可有這番商量餘地？」思及那場面，泣不成聲，再不能交談一言。

往後穆克幾次要對蒙淵下手，總教蒙浩宸及時擋住，泣道：「你要取我爺爺性命，除非先殺我。」穆克對她又恨又惱，但是見到她日日為了照顧蒙淵筋疲力竭，時不時挨上一拳一腿，心裏卻是又痛又憐，在這愛恨之間拉鋸，不時偏激而冷冽地想著：「乾脆大家同歸於盡，一了百了。」想撒手遠去，又不甘大仇未報，又不忍棄她不顧。而她明知他虎視眈眈，卻也不來將他趕出家門，只在蒙淵那邊更加小心維護。

算算時光易逝，這日已逢他埋骨作葬之後的第七天。穆克渡過溝渠，找到那地點，憑悼了一日。回程行經那高塔餘燼，心想：「不如再去找找姊姊有沒有其他遺物。」想著自往這邊來，翻翻弄弄，一無斬獲。正要提步離開，忽見一旁地上似有刻字，他走上前，蹲身撥開塵屑雜草，只見那山谷百合的熟悉圖誌，旁邊跟著一行似曾相識的文字鐫著淺淺凹痕，正是小兒錦。

穆克跪坐在那圖案和文字前，疑忖：「這難道是姊姊留下的遺言？」推測著：「姊姊一定是三道祕文看久了，略曉這文字形廓，便從其中拼揀字音，湊出這句子來予我。」想著她為防蒙淵識破，臨終遺言還得這般迂迴，強忍著哀痛，盤量道：「我且把這遺言謄下，去請黃大哥解譯，看看姊姊託了我什麼話。」身上並無紙筆，當即取出腰刀，割破手臂，把鮮血注在那刻痕裏，撕下衣衫覆蓋其上，印成了一張血書。

回到屋中，避開蒙淵，匆匆向蒙浩宸索了黃紹的聯絡訊息，便攜著血書，逕自望那目的地去了。

＊

穆克火速趕赴地址上的學舍，其時已是掌燈時分，敲了門，黃紹接入，不顧久別寒暄，一進門便掏出那張血書，一面亂無章法地將邊星友如何包藏禍心、陷害眾人，蒙淵亦非善類，老早設局以待，乃至演成今日丹、羽雙雙慘死之悲劇對黃紹哭訴一回，並表明此番前來即是想請他幫譯穆歆羽的遺言。

黃紹接過那血書，卻不忙著看視，面上雖有哀戚之色，大抵還算鎮定。穆克疑忖：「黃大哥向來急人之難，這回怎一點也不熱忱？」想起納忠言得了學舍地址，必已先來會過，並相告舊事底細，黃紹故而並不詫異，又想：「那也不對，納忠言如何曉得吐魯番這邊的事。」胸懷鬱結，無心揣度，只催道：「黃大哥，你快幫我看看這布上文字到底說了什麼。」

黃紹展了血書，略看一眼說道：「這文字我也不懂，另請一人來替你解譯吧。」說著起身入屋，不久復回，背後跟出一個人來，穆克一看大驚，那個人不是他姊姊穆歆羽是誰？

當下瞠目結舌，呆愣了好半日，方才回神。姊弟倆各奔上前，相擁而泣。哭了一陣，穆克揩了淚問道：「姊姊，這到底怎麼回事，我在高塔那裏拾了妳的耳環，還道妳連日來一直關在那塔裏呢。」

穆歆羽道：「我當時確實關在那塔裏，直到高塔失火，才逃了出來。」吸吸鼻子，拉穆克坐在桌前，黃紹亦在對席入坐。

穆克疑道：「那倒古怪，我事後到那火場，卻找到一副殘骨。蒙淵安然無恙，我便一直認作是妳的，如今見妳在此，那骨骸卻是誰的？」穆歆羽聞言變色，激動問道：「你真見著了一副殘骨？」穆克道：「可不是，我以為那是妳，還撿齊了下葬，為此不知啼哭多少回呢。就是來找黃大哥之前，還先去了埋骨之處憑念，才又意外看得這小兒錦遺言的。」

穆歆羽聽了，才止住的眼淚又滴滴直墜，泣道：「是他……」穆克一頭霧水，問道：「姊姊認得這殘骨的主人？」穆歆羽點點頭，忍著悲楚說道：「那天下午，我和你商議要離開之事，你走後不久，蒙老伯便來敲我房門，說他把那薩它爾的調音器遺在高塔裏，四處遍尋不著，想著請年輕人眼力較好幫忙，但宸兒不在，問我能不能去幫他找找。我當然是好，當下便隨他出去……」

二人一道出了主屋、渡過渠水，來到那高塔前。穆歆羽記起蒙浩宸曾再三作囑，不可犯禁，便問蒙淵：「我真的能進去嗎？」蒙淵笑道：「怎麼不能，是不是宸兒又編造什麼話嚇住了妳？」穆歆羽想了想，省悟：「是呀，那原本就是宸兒編來嚇退我們的話。」遂放心入塔。

蒙淵領著穆歆羽進入高塔，指著內裏一道陡窄的螺旋鐵梯，說道：「那調音器便掉在我樓上的房間，我們去那兒看看。」穆歆羽點頭，依著他的手勢登上階級，蒙淵則走在她背後。

高塔砌著厚篤牆垣，不通外來音訊和光線，塔裏陰陰涼涼地，幾盞吊燈懸浮明滅，四下迴盪著二人腳步落在階梯鐵板上的「咚咚」聲響，此外再無音息。

那旋梯徑小彎多，穆歆羽爬了一會，但覺頭暈心脹，一偏頭只見對面塔身如峭壁，自己正站立在半空中，更是心跳血冷，急忙抓緊旋梯扶手，目不斜視。

又行少頃，終得來到盡底，那階梯直通一扇門，其間沒有廊巷過道等作為緩衝，門上有個小四方形裁口，裁口上安著幾根鐵柱，蒙淵道：「就是這裏了。」並指指門把示意她直接開門。

穆歆羽心想：「怎這麼像囚牢？」那裁口裏黑壓壓地，無從探視，她當下深感不安，但因信任蒙淵，只當自己多疑。豈料一踏進門檻，聽得背後「砰」的聲，回過頭，蒙淵的臉已隔在鐵欄杆外，冷笑說道：「妳尚且不知曉吧，先父造塔專懲違逆，這裏只進不出。」穆歆羽驚疑未定，抓著鐵桿問道：「蒙老伯，這是為何？」蒙淵道：「妳該心知肚明，適才妳是如何口出妄言，侮慢先君，還教唆妳弟弟來蠱惑宸兒。枉我費心救妳，妳既自私自利、不思償報，從今往後，只得待在這塔裏好好反省贖罪。」說罷自去。

穆歆羽驚慌失措，喊了幾聲，知他走遠，只得離開窗邊，向房裏探尋。她伸手摸著牆壁，遍尋不著燈源開關。少頃，她眼睛漸能適應黝黑，隱約辨出四周形廓來。此時已過晚飯時分，天色晦暗，殘存的一絲光線權作一室黯淡色調。原來高塔四圍不鑿一格，僅有這房間因位在最頂，臨著一扇天窗，窗上是封死的玻璃，只通照明、不漏氣息，由高塔外觀也無從窺得頂上竟有窗格。

穆歆羽在狹小斗室間摸探著，好一會，約見牆角塞著一團白色物事，移步細看，辨出那是一團被褥來，她心想：「難道牆角有破綻，才以棉被堵住？」登時生出希望，忙忙上前，一靠近，乍見棉被上端還擱著一顆頭顱，其面上雙目緊閉、皮乾膚皺，猶似糊著薄皮的一具骷髏。她「啊」地驚叫一聲，退向後處，一顆心突突作響，不知那頭顱是活人死人，棉被下是否尚有身軀。

神魂未定之時，彼端一瘖啞蒼老的聲音問道：「誰啊？」良久不聞回應，又問了聲：「誰呢？」

穆歆羽提著膽子走近，見那人已睜開雙眼，身體仍裹在被褥裏，轉著枯枝般的頸子，四下張望問詢。他眼凹頰陷、長鬚長眉，看上去少說也有百來歲，像個羸弱病患，卻不知為何蜷在這塔頂牆角，不去好好安頓休養。

此時那老人也已看見了她，仰頭問道：「小姑娘，妳是誰？」穆歆羽一時不知如何作答。老人想了想，說道：「妳定是阿扎士的孫女兒吧。妳到這裏來做什麼呢？」穆歆羽聽他問答平常，疑懼之心慢慢緩下，上前回道：「我不是。我本是來向蒙老伯求醫的病人，未想無端捲入他家族是非，正想抽身，卻讓他誘到這裏，鎖起了門。」說著不禁哭了起來。

那老人道：「孩子，不要絕望，現在晚了，妳先到那炕上睡一睡，明天我們一起想辦法，助妳逃出。」說著掀開棉被，要來相扶。穆歆羽忽聽得一陣嘩嘩聲，仔細一看，方知他四肢都讓鐵鏈鎖著，一動便發擾耳聲響。

她臨時落難，正在求助無門間，忽遇這溫言慰撫，怎不生出倚賴之情來。任由老人牽著她的手，安置在炕上，取棉被替她蓋好，囑她寬心入睡。她闔著眼問道：「老爺爺，你怎有床不躺，縮在那牆角裏睡？」那老人道：「我年輕時就睡在牆角，後來老了，阿扎士才肯添上這張床，可惜我那裏睡了六、七十年，也睡慣了，到這床上來反而不舒坦。」說罷拖著鐵鏈自回那牆角睡下。

穆歆羽聽聞此語，本有幾分倦意一掃而空，心裏惶惶想著：「這麼說來，他至少在這塔裏關上數十年了。」不由想像自己也將在這關到老死，整夜輾轉不能成眠。

翌晨天光破雲，穆歆羽通宵未寐，清晨才恍恍睡去，一覺醒來，驚見那老人竟坐在床畔捏著她手腕，穆歆羽倒抽口氣，猛然坐起，厲聲問道：「你幹什麼？」那天窗長年未曾清理，其上積著厚塵重土，篩進的陽光有限，屋裏仍灰濛濛地，只比夜晚清亮一些。

那老人道：「別激動，對腹中胚兒不好。」穆歆羽詫異不已。那老人道：「我見妳氣虛體弱，似有異常，才來替妳把把脈。」穆歆羽聽他說中自己體況，方始信了幾分，仍面帶戒備地瞅著他。那老人知她心事，離開床側，至木桌旁坐下，四肢上的鐵鏈仍嘩嘩作響，直直連接至牆角，牢實嵌入厚壁之中。

穆歆羽緩緩下了床，問道：「你到底是誰？」白晝裏他形容相貌更顯憔悴乾癟，卻不似夜裏那般駭人。

那老人略過她的問語，說道：「昨晚說要助妳逃出，這會便有法子了。」穆歆羽心想：「若有法子，你豈會困著不走，莫非又是一個偽善騙人的？」那老人道：「妳定想著我自己怎不走吧？妳看我這手鐐腳銬，插翅難飛，但妳不同，趁阿扎士想起要替妳配一副桎梏之前，趕緊逃了吧，晚了只得落得和我一生幽囚。」

穆歆羽心思教他料中，臉上不由紅了紅，前時戒心卸了大半，也過來坐在桌旁，靜候他謂事。心中奇異這看來孱弱的人瑞，其實行步穩健、條理清楚。

那老人指著頂上天窗續道：「看看那窗子，是妳唯一逃命路徑，我們只消把這被子、床單撕成長條、結在一起，綁在妳身上，屆時我便從這天窗垂妳出去。」又嘆道：「這法子我老早想了千萬回，總礙著手腳上這副鐵鏈。曾想斷了手腳逃命，卻又沒人來垂我。」那鐐銬長年依附，嵌在他皮肉裏，一如由他四肢皮下播植而出。

穆歆羽道：「就算把那被子床單都撕了，恐怕也不夠長。」那老人指著壁龕道：「那裏頭還有一些，不夠，便喊冷，阿扎士立刻送一堆來，這倒不愁。」穆歆羽道：「這也奇怪，他這般殘忍地鏈著你，還怕你冷？」

那老人道：「我冷死了，他折磨誰去？要不妳道他真的好心安張炕讓我養老？」穆歆羽答應不上。

那老人續道：「再不久便是古爾邦節，每年阿扎士都要在這日上墳祭祖，不在塔裏。妳暫且忍一忍，等到那日，再來敲破窗子，才不教他察覺。唉，我雖老瘦，總還能負荷妳，我一生廢置，末了若能做得這件好事，也算有個善終了……」

正說間，門外傳來「咚、咚、咚」鐵梯聲響。老人忙對穆歆羽道：「阿扎士來了，我們要作得彼此冷漠，免得他起疑。」穆歆羽點頭，二人各自散在別處，不相交集。

不久蒙淵上來，站在那鐵窗前窺視一會，丟進幾個油饢、一包剩飯殘菜，兀自離開。

那老人把油饢、飯菜拾起，挑出其中好的給穆歆羽，自己卻揀那餿的吃。穆歆羽先是聽他為自己設想周全，現在又這般坦護相讓，心裏哪裏過意得去，那老人卻似渾然不忌，勸道：「為著妳肚裏那個，妳忍心讓他也吃餿食？」穆歆羽別無良計，遂從其言，垂淚說道：「老爺爺，我一日逃出這裏，誓必回來救你。我弟弟就在左近，他會同我一起助你出去，以後就讓我來服侍你、孝敬你。」那老人微笑點頭。

往後穆歆羽便和那老人一同造繩子，幸而那鐵梯招搖，蒙淵每回上來，大老遠已聽得聲響，兩人便趕緊將什物藏在床下，分處兩端，裝得彼此陌生，時而老人刻意對她罵兩句，就好似他倆相互憎厭一般，蒙淵一走，那老人仍餐餐盡力揀出沒餿透的食物相與，自己則吃壞的，又時時替她診脈，看那胚兒是否安好。

穆歆羽心中冤結沮喪，便對著那老人訴苦，將滿腹委屈一點一滴說了，那老人笑道：「我原本還道妳是阿扎士孫女兒——他那孫女兒可乖巧，天天來給他請安，卻常常被他打得哭哭啼啼，我在上頭聽得都不忍欸。」

穆歆羽道：「老爺爺，你又是為了什麼，讓人關在這裏？最初又是誰把你鎖進高塔中來的？」想起他說在那牆角睡了六、七十年，是時蒙淵尚幼，為事者當另有其人。那老人一逕搖頭不答。穆歆羽道：「蒙老伯就在意那件事，難道他不肯放你，也是想逼著你為他先人平反？」那老人道：「正好相反，他們關著我，才少個人橫切側剖，教他們在那謀事途中留下但書註解、史筆旁落。」穆歆羽道：「什麼但書註解、史筆旁落？」那老人不說了，任她一再追問也不肯再吐露一言，只說：「傻孩子，妳不是直說妳想遠離是非。」一語驚醒，穆歆羽便也不再問了。

這日夜裏，二人皆已各自睡下，忽聽得樓下傳來嘶吼狂叫、摔砸傢俱的震天巨響。二人擾醒，門上裁口隱隱橘光烘照，不似平日漆黑，那老人望著鐵欄杆探看，說道：「不好，阿扎士放火燒塔。」

穆歆羽聽那困獸般的叫喊衝撞，害怕不已。那老人拉出床下結繩，一面說道：「等不得古爾邦節了，我現在助妳出去。」穆歆羽道：「可是蒙老伯正在樓下。」那老人道：「他似發了狂，未必來理我們，何況目下別無他途。」並催她快來幫忙。

穆歆羽道：「我不能留你一人。」那老人笑道：「傻孩子，我怎沒為自己計算。」穆歆羽道：「你如何逃出？」那老人道：「這方法複雜，眼前時間緊迫，待我們都逃出去了再細細說與妳聽。快，妳先走，我隨後。」穆歆羽道：「出去之後，我們如何會合？」那老人道：「我自有辦法找妳。」見她懷疑，又說：「別急，到時候我還要抱抱妳的孩兒呢。」

穆歆羽看他說得真切，方才信了。大火竄騰，房間裏已開始落石落土，那老人拾一塊卸下的磚頭，奮力一擲，砸破天窗，塵沙漫天墜洩而下，老人用襖衣將穆歆羽裹著，以防玻璃刺傷，然後以事先結好的長布繩綑在她身上，要扶她爬上層層疊起的桌椅。

穆歆羽仍憂心出塔後二人無從相尋，臨走前苦求道：「爺爺，你若不留個訊讓我知道你是誰，我怎能專心逃命。」那老人眼見火勢蔓延，不能再耽擱，說道：「我姓丁。」穆歆羽抽了口氣，脫口喚道：「丁卒子？」一月共處，從不覺他是個庸懦含糊之人，聽她說著奈費勒舊事時，卻像個旁觀者一般平靜坦然。

那老人呵呵苦笑，說道：「好吧，卒子將軍殊途同歸，問真問假，不如問心無愧。」連聲催趕她。

穆歆羽伏地叩首，重重說道：「丁爺爺，塔外相見。」老人點頭，將她扶起。穆歆羽遂攀窗降地、破衣斷繩，穿煙突火而去……

穆歆羽泣道：「他一定知道我不肯獨自逃命，才這麼哄我。」說著掩面傷心不止。那塔中幽禁的時日，而今想來仍是絕望淒苦，若無老人安慰護持，她怎熬得過災厄。

穆克一邊為自己無意間安葬了姊姊救命恩人而感欣慰，一邊則忿忿罵道：「原來蒙淵從開始就打算害妳，才敢把妳和那曉事者關在一處，還盡拿妳安危來牽制我。那丁卒子明明在他塔裏，他卻說什麼『不知所蹤』，我看水壩就算真是巴圖爾蓋的，誰知成事背後還有多少暗裏。」罵著，不知怎地聯想起邊星友來。

穆歆羽拿起桌上展著的血書看視，穆克問道：「姊姊，這些字可是妳留的？」穆歆羽道：「是我留的。我出塔之後，茫茫無從，一來害怕蒙淵發現我沒死，又來糾纏。二來也不願再回那險境，只想想個辦法引你出來。那時我穿著的那件衣衫口袋裏正巧收著黃大哥的地址，便想先來投靠他。我知道你會去那火場摸索，於是便憑印象在地上刻了幾個看似小兒錦的符號，以及這胸墜暗誌，待你發現，猜測那與我有關，定會來找黃大哥解譯，如此一來，我們便能見面了。」穆克恍然大悟：「所以妳並不會小兒錦，只是劃個大概形廓，引我到黃大哥這裏找妳。」穆歆羽點頭。

姊弟倆劫後相逢，復歡復泣，當晚穆克留下，黃紹先進房睡了，二人便在外廳裏繼續聊到深夜。往後穆克又留幾日，二人商議要走，一面張羅車票船票，物色清幽單純之地。穆克眉上愁結卻一日深似一日，穆歆羽多少也知曉他心事，見他如此，便提議道：「我知道你和宸兒情投意合，你怎不去問問她，願不願和我們一道走。」

穆克遂又回來。蒙浩宸原以為他一去不返了，此刻復見，內心悲喜雜錯，口裏卻說：「原來是你，我還當來了什麼稀客呢。」說著流下淚來，穆克亦哭，兩人牢牢抱著，久久不放。

一晌蒙淵午睡醒來，又開始在屋裏攪得天翻地覆，蒙浩宸不得不抽身照應。穆克在庭院裏乾坐大半天，等到她回來，趕緊將事由對她說了，蒙浩宸詫異至極，說道：「我竟從不知那高塔裏一直關著人。」提及離開，卻惆悵不語。

穆克勸道：「妳爺爺待妳不好，今日之局，是他心魔自引，妳卻何辜。」蒙浩宸道：「穆克，你難道能為了我，捨下你姊姊？」穆克道：「我與姊姊自小相依，如今她身懷六甲、舉目無親，我怎能棄她不顧。況且我永遠忘不了和姊夫那最後一別，他滿臉是血地看著我，深深囑我要代他照顧我姊姊。」

蒙浩宸道：「那便是了，爺爺自幼養我育我，叮嚀寒暖、傳我醫識，小時候也曾將我抱在他懷裏，教我辨識天上星辰，如今他年老失智，我怎能棄他不顧。」穆克道：「不能這麼類比，妳捨了妳爺爺也不只是為了我，妳難道要把一生耗在這屋裏，日日對著瘋老爺啞婆子？」蒙浩宸只是嘆氣，穆克道：「妳爺爺若與那塔中老人一樣長命百歲，妳也再陪他三、四十年嗎？」蒙浩宸垂淚道：「他在一日，我便陪一日罷。」

往後幾日穆克費盡唇舌，總說她不動，兩人在庭院裏坐著，一抬頭望見那葡萄藤上結實累累，想起從前歡樂，內心更是淒楚。

穆歆羽道：「不如我們就近找個地方安頓，也好和宸兒常常來往。」穆克搖頭道：「有蒙淵纏攪著，來往也不濟事。誰知道他真瘋假瘋，何時又要發狠害人，那孩兒不久出世，豈能在這處境中養著。」

行程既定，穆克忍痛前往相辭，見了她，未再多言，只把車班細節一一告與，說道：「宸兒，我要走了，妳有沒有什麼話跟我說的？」蒙浩宸轉身向裏，面著牆不再與他相對，穆克等不到她回頭，嘆息離開。

隔日姊弟倆登車而去，穆克將頭伸出車窗，頻頻回顧探望，莽莽平原上只有兩道車轍愈輾愈長。車行轔轔，此去前路不定，後路無尋。

羽、克走後，不久，黃紹約聘期滿，心繫故里，不復續約，連日整裝，待返陝西。收拾將妥之時，偷了空上劇院看那電影，到了末了，銀幕上打出一行字來：

僅以此片追悼我的千里知音——黃紹。併紀念其友誼

黃紹走出劇院，憶起二人昔日把盞談心時的約定，不住淚下沾襟，仍不悔那四字評斷。那《奈費勒傳奇》則繼續延燒加熱、場場爆滿，劇中角色成就諸多典型人物，穿雜在大家日常酬酢裏。

那副導演姓戴，因經常公開露面，漸漸為人熟悉，「戴副導」簡省了中間一字，接著一呼百應、籌拍新片，話題也轉移到電影本身，不再總是非提邊星友不可了。

許多人看了電影，醉心其風光旖旎、人物偉岸，等不及一訪實地。現在豐源村人人都笑說：「奈費勒功績有二，其一築壩引水，其二帶來觀光產業。」奈費勒家族業已沒落，成為一則真正的傳奇，印刻在村民心裏，代代相傳，感激欽服之情日盛，更對其雕像小心殷勤地維護。

～完稿於二零一四年一月十日，美國西雅圖

釀冒險03　PG1417

奈費勒雕像

作　　者　韓商羚
責任編輯　陳思佑
圖文排版　周妤靜
封面設計　楊廣榕

出版策劃　釀出版
製作發行　秀威資訊科技股份有限公司
114 台北市內湖區瑞光路76巷65號1樓
電話：+886-2-2796-3638　傳真：+886-2-2796-1377
服務信箱：service@showwe.com.tw
http://www.showwe.com.tw
郵政劃撥　19563868　戶名：秀威資訊科技股份有限公司
展售門市　國家書店【松江門市】
104 台北市中山區松江路209號1樓
電話：+886-2-2518-0207　傳真：+886-2-2518-0778
網路訂購　秀威網路書店：http://www.bodbooks.com.tw
國家網路書店：http://www.govbooks.com.tw
法律顧問　毛國樑　律師
總 經 銷　聯合發行股份有限公司
231新北市新店區寶橋路235巷6弄6號4F
電話：+886-2-2917-8022　傳真：+886-2-2915-6275

出版日期　2015年9月　BOD一版
定　　價　320元

國家圖書館出版品預行編目

奈費勒雕像 / 韓商羚著. -- 一版. -- 臺北市 : 釀出版,
2015.09
面；　公分. -- (釀冒險 ; 3)
BOD版
ISBN 978-986-445-035-0(平裝)

857.7　　104012439

讀者回函卡

感謝您購買本書，為提升服務品質，請填妥以下資料，將讀者回函卡直接寄回或傳真本公司，收到您的寶貴意見後，我們會收藏記錄及檢討，謝謝！如您需要了解本公司最新出版書目、購書優惠或企劃活動，歡迎您上網查詢或下載相關資料：http:// www.showwe.com.tw

您購買的書名：________________________________

出生日期：________年________月________日

學歷：□高中（含）以下　□大專　□研究所（含）以上

職業：□製造業　□金融業　□資訊業　□軍警　□傳播業　□自由業

□服務業　□公務員　□教職　□學生　□家管　□其它____

購書地點：□網路書店　□實體書店　□書展　□郵購　□贈閱　□其他

您從何得知本書的消息？

□網路書店　□實體書店　□網路搜尋　□電子報　□書訊　□雜誌

□傳播媒體　□親友推薦　□網站推薦　□部落格　□其他________

您對本書的評價：（請填代號　1.非常滿意　2.滿意　3.尚可　4.再改進）

封面設計____　版面編排____　內容____　文／譯筆____　價格____

讀完書後您覺得：

□很有收穫　□有收穫　□收穫不多　□沒收穫

對我們的建議：________________________________

____

____

____

請貼
郵票

11466
台北市內湖區瑞光路 76 巷 65 號 1 樓
秀威資訊科技股份有限公司 收
BOD 數位出版事業部

....

（請沿線對折寄回，謝謝！）

姓　　名：＿＿＿＿＿＿＿＿　年齡：＿＿＿＿　性別：□女　□男

郵遞區號：□□□□□

地　　址：＿＿＿＿＿＿＿＿＿＿＿＿＿＿＿＿＿＿

聯絡電話：(日) ＿＿＿＿＿＿＿＿＿＿ (夜) ＿＿＿＿＿＿＿＿＿＿

E-mail：＿＿＿＿＿＿＿＿＿＿＿＿＿＿＿＿＿＿